ERIC GIACOMETTI
JACQUES RAVENNE

Journaliste dans un grand quotidien national, **Eric Giacometti** a enquêté à la fin des années 1990 sur la franc-maçonnerie dans le cadre des affaires sur la Côte d'Azur.

Jacques Ravenne est le pseudonyme d'un franc-maçon élevé au grade de maître au rite français.

Amis depuis plus de 25 ans, ils ont inauguré leur collaboration littéraire en 2005 avec *Le rituel de l'ombre*, premier opus de la série consacrée aux enquêtes du commissaire franc-maçon Antoine Marcas et actuellement en cours d'adaptation cinématographique. Ont ensuite suivi *Conjuration Casanova* (2006), *Le frère de sang* (2007), *La croix des assassins* (2008) et *Apocalypse* (2009). Leurs livres sont tous publiés au Fleuve Noir et déjà vendus dans 11 pays.

**Retrouvez l'actualité d'Eric Giacometti
et Jacques Ravenne sur :
www.polar-franc-macon.com**

LE RITUEL DE L'OMBRE

DU MÊME AUTEUR
CHEZ POCKET

IN NOMINE

LE RITUEL DE L'OMBRE
CONJURATION CASANOVA
LE FRÈRE DE SANG
LA CROIX DES ASSASSINS
APOCALYPSE

ERIC GIACOMETTI
et
JACQUES RAVENNE

LE RITUEL
DE L'OMBRE

FLEUVE NOIR

Le papier de cet ouvrage est composé de fibres naturelles, renouvelables, recyclables et fabriquées à partir de bois provenant de forêts plantées et cultivées durablement pour la fabrication du papier.

Le Code de la propriété intellectuelle n'autorisant, aux termes des paragraphes 2 et 3 de l'article L. 122-5, d'une part, que les « copies ou reproductions strictement réservées à l'usage privé du copiste et non destinées à une utilisation collective » et, d'autre part, que les analyses et les courtes citations dans un but d'exemple ou d'illustration, « toute représentation ou reproduction intégrale ou partielle faite sans le consentement de l'auteur ou de ses ayants droit ou ayants cause est illicite » (article L. 122-4). Cette représentation ou reproduction, par quelque procédé que ce soit, constituerait donc une contrefaçon sanctionnée par les articles L. 335-2 et suivants du Code de la propriété intellectuelle.

© 2005, Editions Fleuve Noir, département d'Univers Poche.
ISBN : 978-2-266-15276-1

Avertissement

Le Rituel de l'ombre est avant tout une œuvre de pure fiction, les personnages principaux sont imaginaires. En revanche, les auteurs ont puisé leur inspiration dans des matériaux historiques, maçonniques et scientifiques réels. Les descriptions des « tenues » en loge sont proches de la réalité mais ce roman n'engage en aucune manière les obédiences maçonniques citées.

OULAM

Demande : — Qu'avez-vous vu en entrant ?
Réponse : — Deuil et désolation.
D : — Quel en était le motif ?
R : — La commémoration d'un lugubre événement.
D : — Quel était cet événement ?
R : — L'assassinat du maître Hiram.
[...]
D : — Que fit-on de plus ?
R : — On enleva le drap qui couvrait la bière figurant le tombeau, et l'on fit un signe d'horreur.
D : — Faites ce signe, mon F∴.
D : — Quelle parole fut alors prononcée ?
R : — M∴ B∴ N∴, ce qui signifie : « La chair quitte les os ».

Instruction pour le troisième grade symbolique de Maître dans le Rite maçonnique

Emblème de la société secrète allemande Thule-Gesellschaft, datant de 1919. Au sommet du poignard, une swastika dite solaire – censée représenter l'énergie vitale.

1

Berlin
Bunker de la chancellerie du IIIe Reich
25 avril 1945

La lame du rasoir dérapa une seconde fois sur sa peau rugueuse et fit couler un mince filet de sang sur sa joue. Agacé, l'homme en pantalon noir prit un bout de serviette humide et tamponna avec application la coupure pour tenter de stopper l'écoulement. Il s'était blessé non par maladresse, mais parce que le sol tremblait : les bombardements avaient repris de plus belle depuis l'aube.

Déjà, le béton du bunker conçu pour résister mille ans vacillait sur ses fondations.

Il se regarda dans la glace ébréchée qui pendait au-dessus du lavabo et se reconnut à peine tant les six derniers mois de combat l'avaient marqué.

Il allait fêter son vingt-cinquième anniversaire dans une semaine et pourtant le reflet lui renvoya le visage dur d'un homme âgé d'une dizaine d'années de plus ; deux cicatrices lui barraient le haut du front, souvenir d'un accrochage avec l'Armée rouge en Poméranie.

Le sang finissait de perler.

Satisfait, le SS enfila sa chemise, sa veste noire, et esquissa un mince sourire devant le portrait du Führer qui trônait réglementairement dans toutes les chambres du bunker où il venait d'avoir l'insigne honneur de passer la nuit précédente. Il vissa sa casquette noire sur sa tête, boutonna son col orné sur le côté droit de deux runes d'argent en forme de S et se redressa en gonflant le torse.

Il aimait cet uniforme, parure de puissance et symbole de sa supériorité sur le reste de l'humanité.

Il se souvenait encore de ses permissions quand il se promenait dans les rues au bras de ses conquêtes fugitives. Partout où il se rendait dans l'empire nazi, de Cologne à Paris, il déchiffrait avec amusement la crainte et le respect dans les yeux des passants. La soumission suintait dans leur regard dès qu'il apparaissait.

Même les très jeunes enfants, qui pourtant n'étaient pas en âge de comprendre ce que représentait son uniforme, manifestaient un malaise palpable, s'écartant de lui quand il se voulait amical.

Comme si la noirceur de sa tenue faisait resurgir en eux une peur ancestrale, primitive, inscrite dans des gènes endormis et brutalement réactivés. Et il aimait cela intensément. Sans le national-socialisme et son chef bien-aimé, il n'aurait été qu'un anonyme comme les autres, destiné à une vie médiocre aux ordres d'autres médiocres dans une société sans ambition. Mais le destin en avait décidé autrement et il s'était retrouvé propulsé dans le cercle de fer de la race des seigneurs de la SS.

Seulement le vent avait tourné pour l'Allemagne, les Alliés et les forces judéo-maçonniques triomphaient de nouveau. Il savait que d'ici quelques jours il ne pourrait plus porter fièrement son uniforme.

Berlin allait tomber, c'était une certitude depuis juin dernier, lorsque les Alliés avaient envahi la Normandie. Et pourtant, malgré la défaite annoncée, il avait vécu l'année écoulée avec une joie féroce, intense, « un rêve héroïque et brutal », pour paraphraser Heredia, un poète français tombé dans l'oubli, mais qu'il aimait.

Un rêve pour certains, un cauchemar pour d'autres.

Maintenant, les bolcheviks rampaient dans les faubourgs de la ville en ruine et ne tarderaient pas à tout submerger, telle une horde de rats.

Ils ne feraient aucun quartier. C'était logique, lui-même avait toujours mis un point d'honneur à ne faire aucun prisonnier quand il était sur le front de l'Est.

« La pitié, le seul orgueil des faibles », avait coutume d'affirmer le *Reichsführer* SS Heinrich Himmler à ses subordonnés. Ce même homme avait remis à François la croix de fer pour ses exploits sur le front.

Un nouveau tremblement secoua les murs de béton, de la poussière grise tomba du plafond. Cette fois, l'explosion devait être toute proche, peut-être même au-dessus du bunker, sur ce qui restait des jardins de la chancellerie.

Il n'avait pas peur. Il était prêt à mourir pour défendre jusqu'au bout Adolf Hitler, le chef de la grande Europe qui s'effondrait dans un déluge d'acier et de sang. Tout ce que le national-socialisme avait bâti disparaîtrait, balayé par la haine de ses ennemis.

L'*Obersturmbannführer* François Le Guermand jeta un dernier coup d'œil au miroir écaillé.

Quel chemin parcouru pour en arriver là... Lui, le natif de Compiègne, allait verser son sang pour l'Allemagne, le pays qui, cinq ans auparavant, avait envahi le sien.

Comme d'autres jeunes gens de sa génération au lendemain de la défaite, il avait compris que la France était tombée à cause des Juifs et des francs-maçons. Les corrupteurs de son pays, selon les speakers de Radio Paris.

L'Allemagne, le vainqueur généreux, tendait la main pour reconstruire une nouvelle Europe. Fervent partisan de la collaboration, germanophile de la première heure, il avait fini par trouver le vieux maréchal Pétain trop mou et s'était engagé avec enthousiasme en 1942 dans la Légion des volontaires français contre le bolchevisme.

Contre la volonté de sa famille qui, bien que pétainiste, l'avait renié, l'accusant même de trahison. Les imbéciles.

Enrôlé sous l'uniforme de la Wehrmacht, comme des milliers d'autres Français à l'époque, il avait gagné ses galons de capitaine en deux ans de campagne sur le front de l'Est.

Mais cela n'avait pas suffi. Pour lui, l'idéal absolu demeurait la SS. En permission en Allemagne, il regardait avec envie les seigneurs du Reich et s'était juré d'en faire partie quand il avait appris que les unités Waffen SS incorporaient des volontaires étrangers.

En 1944, il avait rejoint la brigade SS Frankreich, puis la division Charlemagne, et avait prêté serment de fidélité à Adolf Hitler. Sans le moindre état d'âme, d'autant qu'il avait reçu la bénédiction de Mgr Mayol de Lupé, l'aumônier français de la SS. Les paroles du prélat à la gueule de soudard restaient gravées dans sa mémoire :

Vous allez participer au combat contre le bolchevisme, contre le mal à l'état pur.

Très vite, il était devenu l'un des plus fanatiques officiers de la division, n'hésitant pas à exécuter froidement une vingtaine de prisonniers russes qui avaient eux-mêmes abattu cinq de ses hommes.

Son courage et sa dureté le firent remarquer par le général de la division Charlemagne, qui avait aussi pour tâche de repérer les éléments les plus sûrs dans les rangs des volontaires étrangers.

Au cours des rares repas partagés avec le général et d'autres officiers, le jeune Français avait alors découvert une facette cachée de l'ordre noir. Ces SS avaient totalement rejeté le christianisme – une religion pour les faibles – et professaient un paganisme surprenant, mélange de croyances issues des vieilles religions nordiques et de doctrines racistes.

L'officier de liaison du général, un major originaire de Munich, lui avait un jour expliqué qu'à la différence des SS étrangers, ceux issus du sang germanique le plus pur recevaient une formation historique et « spirituelle » poussée.

Fasciné, François Le Guermand écoutait ces enseignements étranges et cruels, évoquant le dieu rusé Odin, le légendaire Siegfried et surtout la mythique Thulé, le berceau ancestral des surhommes, vrais maîtres de la race humaine. Tout au long des millénaires, un combat immémorial opposait la race aryenne aux peuplades dégénérées et barbares.

En d'autres temps, il aurait ri de ces élucubrations sécrétées par des esprits endoctrinés, mais à la lueur des bougies, plongé dans le maelström du combat titanesque contre les hordes de Staline, ces récits magiques instillaient en lui un venin mystique puissant. Comme une drogue brûlante qui coulait dans son sang et imprégnait progressivement son cerveau trop longtemps sevré par la raison dans cette époque en décomposition. Il comprit au cours de ces discussions le vrai sens de son engagement dans la SS et le but ultime de la bataille finale entre l'Allemagne et le reste du monde. Il trouva ce que l'on appelle communément un sens à sa vie.

Adoubé par l'entourage du général, il reçut son vrai baptême SS lors du solstice d'hiver 1944. Dans une clairière éclairée par des flambeaux, face à un autel de fortune recouvert d'un drap anthracite brodé des deux runes couleur de lune, il fut initié aux rites de l'ordre noir sous le regard sombre des soldats présents qui psalmodiaient à voix basse une invocation germanique ancestrale.

Halgadom, Halgadom, Halgadom…

Par la suite, le major lui avait traduit ce mot d'origine scandinave qui voulait dire « cathédrale sacrée » en précisant que cette cathédrale, qui n'avait rien à voir avec celle des chrétiens, devait être considérée comme un but mystique. En riant il avait ajouté que c'était un peu la Jérusalem céleste des Aryens.

Au bout d'une heure, la nuit avait englouti les uniformes de ténèbres revêtus pour la cérémonie, et François en était sorti comme transformé. Sa vie ne serait jamais plus la même, que lui importait de mourir, puisque l'existence n'était que passage vers un autre monde plus flamboyant ?

Ce soir-là, François Le Guermand venait de sceller définitivement son sort à cette communauté maudite et honnie par le reste de l'humanité. Le major allemand lui avait fait comprendre que d'autres enseignements lui seraient donnés et qu'il parviendrait à l'aube d'une nouvelle vie même si l'Allemagne perdait la guerre.

L'avance de l'Armée rouge devenait chaque jour plus menaçante et la division se désagrégeait au fil des combats face aux coups de boutoir de l'ennemi bolchevique.

Un matin froid et humide de février 1945, alors qu'il devait prendre la tête d'une contre-attaque pour reprendre un misérable village non loin de Marienburg en Prusse-Orientale, François Le Guermand reçut l'ordre de se rendre immédiatement à Berlin, au QG du Führer. Sans explications.

Il fit ses adieux aux survivants de sa division déjà durement éprouvée par les combats incessants, mais n'apprit que plus tard que ses camarades, épuisés et sous-équipés, s'étaient tous fait décimer le jour même de son départ par les chars T34 de la deuxième armée de choc russe qui n'en finissait pas de repousser les défenses allemandes vers les rives de la Baltique.

Ce jour de février, le Führer lui avait sauvé la vie.

Pendant son voyage vers Berlin en voiture, il avait croisé des colonnes interminables de réfugiés allemands fuyant les Russes. La propagande à la radio du Dr Goebbels clamait que les barbares soviétiques pillaient les maisons et violaient toutes les femmes qui tombaient entre leurs mains.

En oubliant de préciser que ces exactions trouvaient leur source dans d'autres atrocités commises par les troupes du Reich lors de leurs marches victorieuses sur la Russie.

Les files de fuyards apeurés s'étiraient sur des kilomètres.

Ironie de l'histoire, ces événements lui remémoraient un matin de juin 40, lorsque sa famille avait tiré une carriole sur la route de Compiègne pour fuir l'arrivée des « boches ». Il contemplait depuis le siège arrière de sa voiture les cadavres de femmes et d'enfants allemands qui gisaient de chaque côté de la route, certains dans un état de décomposition avancé.

Il remarqua, écœuré, que nombre d'entre eux s'étaient fait dépouiller de leurs vêtements et de leurs chaussures. Mais ce spectacle déprimant ne fut rien en comparaison de ce qu'il découvrit en arrivant dans la capitale du IIIe Reich à l'agonie.

Passé la banlieue nord de Wedding, il découvrit, stupéfait, à perte de vue, les façades calcinées des immeubles déchiquetés par les bombardements incessants des Alliés.

Lui qui avait connu cette ville si arrogante, si fière de son statut de nouvelle Rome, il regardait avec incrédulité les files silencieuses d'habitants qui erraient dans les gravats.

Des drapeaux à croix gammée pendaient de ce qui restait des toits pour masquer les trous béants provoqués par les explosions.

Bloqué à un carrefour sur la Wilhelmstrasse – qui menait à la chancellerie –, à cause d'un convoi de chars Panzer Tigre et d'un détachement de fantassins SS, François remarqua un vieil homme qui crachait au passage de la troupe. Un tel comportement antipatriotique lui aurait valu en d'autres temps une arrestation immédiate et un passage à tabac ; pourtant, l'homme avait repris sa marche sans être inquiété, en maugréant.

Au fronton d'un immeuble encore intact, le siège d'une compagnie d'assurances, une banderole annonçait en lettres gothiques : « Nous vaincrons ou nous mourrons ».

Arrivé devant le poste de garde du bunker, il remarqua à l'angle de la rue, deux pendus qui se balançaient au bout d'une corde attachée à un réverbère, avec, autour de leur cou, une pancarte qui proclamait : *J'ai trahi mon Führer*. Des déserteurs rattrapés par la Gestapo et exécutés sans autre forme de procès.

Pour l'exemple. Nul ne devait fuir le destin du peuple allemand.

Les visages noircis par l'étranglement oscillaient au gré du vent. Cette scène évoqua à François les pendus du gibet de Montfaucon évoqués par François Villon. Une touche de poésie morbide dans ce décor d'apocalypse.

En se présentant au bunker de la chancellerie, il fut reçu, à son grand étonnement, non pas par un officier mais par un civil insignifiant qui arborait sur son veston élimé l'insigne du parti nazi. L'homme lui expliqua qu'ils seraient affectés, lui et d'autres officiers de son rang, à un détachement spécial dépendant directement du *Reichsleiter* Martin Bormann. Sa mission lui serait expliquée en temps utile.

On lui attribua une chambre minuscule dans un autre bunker situé à un kilomètre de celui qui abritait ce qui restait du quartier général. D'autres militaires, tous détachés des trois divisions SS *Viking*, *Totenkopf* et *Hohenstaufen*, avaient reçu le même ordre de mission et logeaient dans des chambres attenantes.

Deux jours après leur arrivée en ces lieux, le Français et ses camarades furent convoqués par le personnage le plus puissant du régime agonisant, Martin Bormann, secrétaire du parti nazi et l'un des derniers dignitaires à bénéficier encore de la confiance d'Adolf Hitler. Froid, sûr de lui, l'homme au visage empâté avait réuni quinze officiers à l'extérieur du bunker dans ce qui restait d'une grande salle de la chancellerie aux murs sales. Le dauphin de Hitler leur avait tenu un discours d'une voix curieusement aigrelette :

— Messieurs, dans quelques mois, les Russes seront ici. Il est possible que nous perdions la guerre même si le Führer croit encore en la victoire et aux nouvelles armes encore plus dévastatrices que nos fusées longue portée V2.

Martin Bormann laissa errer son regard sur l'assistance et reprit son monologue :

— Il faut penser aux générations futures et croire en une victoire finale. Vous avez tous été choisis par vos supérieurs en raison de votre courage et de votre loyauté au Reich, et je le dis particulièrement à nos amis européens, suédois, belges, français, hollandais, qui se sont comportés comme de vrais Allemands. Pendant les quelques semaines de répit qui nous restent, vous allez être formés pour survivre et perpétuer l'œuvre glorieuse d'Adolf Hitler. Notre guide ayant décidé de rester jusqu'au bout, quitte à y laisser sa vie, vous partirez en temps voulu afin que son sacrifice ne soit pas vain.

Un murmure se propagea dans les rangs des officiers. Bormann reprit la parole :

— Chacun d'entre vous recevra un ordre de mission, vital pour la continuation de notre œuvre. Vous n'êtes pas seuls, sachez que d'autres groupes tels que le vôtre sont formés en ce moment même, sur le territoire allemand. Votre instruction commencera demain matin à huit heures et durera plusieurs semaines. Bonne chance à tous.

Pendant les deux mois qui suivirent, on leur avait appris à survivre dans la plus totale clandestinité. François Le Guermand ne pouvait s'empêcher d'admirer leur sens de l'organisation, encore vivace en dépit de l'Apocalypse annoncée. Depuis longtemps, il ne se sentait plus français, cette nation de pleurnichards qui se couchaient devant de Gaulle et les Américains.

Les conférences succédèrent aux cours pratiques, sans répit, et François resta cloîtré dans des salles souterraines sans voir la lumière pendant des jours. Une vie de rat. Des militaires et des civils lui firent découvrir, ainsi qu'à ses camarades, le vaste réseau d'entraide tissé de par le monde, en particulier dans des pays neutres comme l'Espagne, certaines nations d'Amérique du Sud ou la Suisse.

Ils reçurent même un cours complet sur les transferts bancaires clandestins et la façon de disposer de plusieurs comptes sous différentes identités.

L'argent ne semblait poser aucun souci. Une seule obligation pour tous les membres du groupe : rejoindre le pays qui leur était assigné, se fondre dans la population sous une nouvelle identité et se tenir prêt.

A la mi-avril, alors que les Soviétiques n'étaient plus qu'à dix kilomètres de Berlin, François reçut la visite amicale de l'officier de liaison munichois qui lui avait fait découvrir le véritable visage de la SS.

Il apprit que les trois cents rescapés français de la Charlemagne avaient été affectés à la défense du bunker. Le major lui expliqua qu'il était à l'origine de sa nomination pour sa mission d'après-guerre. Au cours d'un déjeuner vite avalé, l'Allemand lui remit une carte noire ornée d'un T majuscule blanc. Il lui expliqua que cette carte marquait l'appartenance à une très vieille société secrète aryenne, la Thulé Gesellschaft, qui existait bien avant la naissance du nazisme.

Un pouvoir caché au sein même de la SS.

Par son courage et son dévouement, François avait gagné le droit d'en faire partie. Après la guerre, s'il arrivait à s'en sortir, il serait contacté par des membres de Thulé qui lui assigneraient de nouveaux ordres. François avait remarqué que Bormann tenait le major dans le plus grand respect et s'entretenait souvent en aparté avec lui, comme si désormais il se trouvait en présence d'un supérieur. A son grand étonnement, le major se montrait très critique envers Hitler qu'il qualifiait de fou malfaisant.

Le sang finissait de coaguler. La coupure sur la joue devenait maintenant imperceptible.

Le jour du départ arrivait enfin.

Le Français épousseta le bout de ses bottes luisantes et jeta un dernier coup d'œil au miroir. Il se devait d'arborer une tenue impeccable pour cet ultime repas en compagnie de ses camarades.

La veille au soir, un des assistants de Bormann leur avait dit de se tenir prêt pour le 29 avril dans la matinée.

Il sortit de sa petite chambre, quitta son bunker et emprunta le long souterrain qui menait vers une sortie, à un pâté de maisons du QG. Les deux soldats en faction le saluèrent, et il descendit dans la salle de conférences. Les appartements de Hitler se situaient de l'autre côté du bunker et depuis son arrivée, il ne l'avait aperçu qu'une seule fois au cours d'une prise d'armes dans la cour de la chancellerie.

Le visage bouffi par les médicaments et la démarche titubante, le vieil homme avait perdu ce magnétisme enfiévré, source de l'ensorcellement d'une nation entière. Il venait de passer en revue une troupe d'adolescents du Wolksturm, dont l'âge moyen culminait tout juste à quatorze ans, qui nageaient dans leur uniforme et tenaient à la main leurs jouets mortels, des Panzer Faust, ces lance-roquettes utilisés pour détruire les chars à courte distance.

François s'était surpris à prendre en pitié ces pauvres gamins fanatisés voués à une mort certaine. Partisan sans condition de l'Allemagne hitlérienne, il désapprouvait néanmoins le suicide collectif de toute une nation et en particulier des plus jeunes. Un gâchis sans avenir.

En arrivant dans la salle de conférences, François comprit que quelque chose clochait. Ses compagnons, tous debout, raides comme des piquets, scrutaient un homme jeune aux cheveux noirs assis sur une chaise au fond de la salle.

L'homme portait une vareuse déboutonnée de la SS, mais ses yeux n'exprimaient pas la morgue habituelle d'un gradé de ce rang. Des larmes coulaient sur ses joues. François n'avait jamais vu un SS pleurer.

Son visage lui était familier, c'était l'un de ses camarades, un capitaine de la Viking, natif de Saxe, spécialiste des transmissions. En s'approchant, il remarqua d'autres détails qui le firent se raidir. A la place des oreilles, deux trous étaient recouverts d'une croûte de sang séché. Le SS émit des grognements sourds et ouvrit la bouche pour implorer l'assistance.

La voix de Martin Bormann retentit alors dans la pièce :

— Messieurs, je vous présente un traître à notre cause qui était en train de faire ses valises pour rejoindre Heinrich Himmler. Il se trouve que ce matin, la BBC a annoncé que le « fidèle Heinrich » proposait aux troupes alliées une capitulation sans condition. Cette trahison a été immédiatement rapportée à notre Führer qui est entré dans une colère sans bornes. L'ordre a été donné d'exécuter sur-le-champ tous ceux qui rejoindraient Himmler. Pour montrer sa détermination, notre chef bien-aimé a même demandé l'exécution de son propre beau-frère, Herr Fegelein, mari de la sœur d'Eva Braun, qui lui aussi voulait s'enfuir.

L'homme continuait de pleurer.

Martin Bormann s'approcha du prisonnier d'un pas tranquille et lui posa la main sur l'épaule, avec une bienveillance feinte. Il reprit en souriant :

— Notre ami ici présent voulait se soustraire à sa

mission. Nous lui avons tranché les oreilles et la langue pour qu'il ne puisse plus rapporter à son maître les décisions de notre glorieux Führer.

Le hiérarque du parti caressa les cheveux du prisonnier d'un air distrait.

— Voyez-vous, un Allemand, et *a fortiori* un SS, ne peut trahir impunément son sang. N'y voyez aucun sadisme superflu : c'est juste une leçon à retenir. Ne trahissez jamais ! Gardes, emmenez ce déchet et passez-le par les armes dans la cour.

Le SS fut traîné par les épaules par deux gardes et quitta la pièce dans un concert de gémissements.

Le départ du prisonnier détendit d'un cran la tension qui régnait dans la salle. Tout le monde savait que Bormann haïssait Himmler depuis longtemps et n'attendait qu'une occasion pour déboulonner sa statue de commandeur des SS. C'était chose faite.

— Le temps presse, messieurs. La première armée blindée de Joukov s'approche plus rapidement que prévu et ses troupes sont déjà sur le Tiergarten. Votre départ est avancé. *Heil* Hitler !

A l'annonce du salut rituel aboyé sur un ton rauque, le groupe s'était levé d'un bond et tendait le bras comme un seul homme.

Comme pour répondre à ce salut, une violente explosion fit trembler la salle.

François Le Guermand s'apprêtait à rejoindre sa chambre pour se changer quand Bormann l'arrêta et lui prit le bras. Il le fixa d'un regard dur.

— Vous connaissez vos consignes ? Il est vital pour le Reich de les appliquer à la lettre.

Un tremblement convulsif secouait la main du secrétaire de Hitler. François le fixa du regard.

— Je les connais par cœur. Je quitte Berlin par le réseau souterrain encore intact pour rejoindre un point de la banlieue ouest encore sécurisé. Là, je prends la tête d'un convoi de cinq camions à destination de Beelitz, à trente kilomètres de la capitale, où je fais enterrer dans la cache prévue les caisses transportées. Je ne dois garder qu'une serviette contenant des documents.

— Et ensuite ?

— Je rejoins notre neuvième armée qui doit mettre à ma disposition un avion pour atteindre la frontière suisse. Puis je me débrouille pour la traverser et rejoindre un appartement à Berne où j'attendrai de nouvelles instructions.

Bormann paraissait soulagé, François reprit :

— La seule chose que je ne sache pas, c'est ce que contiennent les caisses.

— Vous n'avez pas à le savoir. Contentez-vous d'obéir. Ne faites pas preuve d'indiscipline comme vos compatriotes français.

A la façon dont Bormann articula ce dernier mot, François comprit que le *Reichsleiter* considérait les Français avec un mépris non dissimulé. François n'avait jamais aimé ce bureaucrate pompeux qui se donnait des allures de petit chef et lui répondit d'un ton sec :

— Ce sont mes frères d'armes de la division Charlemagne qui sont là-haut en train de se faire trouer la peau pour stopper les bolcheviks. Quelle ultime ironie de l'histoire, des Français, derniers remparts de Hitler alors que toutes les armées du Reich se désintègrent devant l'ennemi…

Bormann sourit faiblement, voulut prononcer une parole, puis se ravisa et tourna les talons.

2

Camp de Dachau,
25 avril 1945

Les rayons du soleil traversaient les carreaux ébréchés de la fenêtre sale et éclairaient une myriade de particules de poussière qui dansaient dans l'air empuanti par l'odeur des cadavres. Voilà deux jours que les kapos avaient verrouillé la porte du baraquement délabré, ne se donnant même plus la peine d'en extraire les morts. Les prisonniers n'avaient pas reçu de nourriture depuis une semaine et les gardiens espéraient que l'épuisement finirait d'achever les rares survivants.

Dans cette antichambre de l'enfer, au milieu des dizaines de corps décharnés qui gisaient sur les lits défoncés, seuls trois hommes semblaient encore animés d'une étincelle de vie.

Le hasard et la barbarie nazie les avaient réunis tous les trois à Dachau. Quatre mois auparavant ils ne se connaissaient pas et venaient d'horizons très différents.

Fernand, le plus âgé, administrateur en retraite à Montluçon, avait été arrêté en décembre 1943 par la Gestapo après qu'un membre de son réseau de résistance l'eut dénoncé sous la torture. Les Allemands l'avaient déporté à Birkenau puis, sous la menace de l'invasion russe, l'avait transféré lui et cinq mille autres détenus vers Dachau au terme d'une marche forcée qui avait décimé les trois quarts du convoi.

A ses côtés, Marek, un Juif polonais de vingt ans, raflé par la Milice juste avant le Débarquement alors qu'il peignait des croix de Lorraine par bravade sur le mur d'enceinte de la Kommandantur de Versailles. Déporté directement à Dachau, ce fils de charpentier n'avait pu s'en sortir que grâce à son habileté manuelle, fabriquant pour la fille du commandant du camp de délicats jouets en bois et accessoirement les trois nouvelles potences qui fonctionnaient sans interruption.

Le troisième compagnon était Henri, un neurologue parisien de renom, d'une quarantaine d'années, arrêté le 1er novembre 1941, alors que sa femme allait accoucher. Son parcours avait été plus sinueux : kidnappé à son domicile de la rue Sainte-Anne par des auxiliaires français de la Gestapo, il avait été transféré dans un camp de recherche, au bord de la Baltique, placé sous la responsabilité de la Luftwaffe.

Henri Jouhanneau *collaborait* à des expériences menées sur la survie des aviateurs tombés en mer. Depuis la bataille d'Angleterre, les forces aériennes de Goering avaient perdu beaucoup de pilotes noyés dans la Manche. C'étaient des médecins SS qui dirigeaient les expériences de recherche. Au bout de deux années de détention, et comme l'avancée russe se faisait plus proche, le laboratoire avait été démantelé et Henri conduit à Dachau pour s'assurer définitivement de son silence.

Là, au milieu de ses compagnons d'infortune, son esprit et son corps finissaient de céder.

Réfugié dans un angle du baraquement, Fernand, Marek et Henri n'avaient qu'un seul point en commun.

Ils étaient fils de la Veuve, trois francs-maçons perdus dans ce dernier cercle de l'enfer. Fernand, vénérable de loge, Henri, maître, et Marek, jeune apprenti.

Depuis la tombée du soir, Henri délirait. Les privations, le froid, la longue marche pour finir à Dachau, avaient eu raison de ses dernières forces. Appuyé contre le mur en bois, il laissait échapper des paroles que seuls ses frères écoutaient dans le silence de mort du baraquement :

— On a tort de penser que le diable n'existe pas… Le mal est là, parmi nous. Il rôde au fond de la conscience. Il n'attend que l'instant de la délivrance. Il est comme un serpent lové, tapi dans notre architecture. Il est le mauvais frère qui réclame le mot de passe. Et il l'a trouvé.

Marek se tourna vers son voisin.

— S'il continue comme ça, il ne passera pas la nuit.

— Je sais, mais qu'est-ce que tu veux faire ?

La voix reprit, haletante :

— Ils ont réveillé l'antique serpent, la source de tout mal. Il lui ont donné le levain de l'enfer… L'arbre de la science a laissé choir ses fruits sur terre. Et les graines ont germé… germé partout.

Fernand tira une écuelle de sous un grabat. Un peu d'eau grise miroita dans sa main. Il humecta les lèvres d'Henri.

— Demain, d'autres démons naîtront que nous adorerons. Le mal connaît tous les masques. Il s'emparera de nous, parce que nous sommes pétris d'orgueil.

— Je ne comprends pas tes paroles, frère, interrogea Marek.

Un ricanement lui répondit.

— Ils ont été partout. Jusqu'aux confins des sables pour le trouver. Mais il était là, il n'attendait que nous.

— Cette fois, il perd la raison…

Un bruit de bottes se fit entendre et la porte du baraquement s'ouvrit brutalement. Quatre hommes en uniforme vert se ruèrent vers les Français. Tous étaient casqués sauf un. Du talon de sa botte, l'officier écrasa la main de Jouhanneau qui se mit à hurler.

— Emportez-le, aboya le tortionnaire.

Les soldats soulevèrent Henri et le traînèrent avec rudesse hors du baraquement. La porte claqua à nouveau. Les deux déportés se ruèrent derrière la vitre sale pour tenter de voir ce qui allait arriver à leur compagnon. Ce qu'ils découvrirent les pétrifia.

Henri Jouhanneau se tenait à genoux face à un SS qui brandissait dans sa main une canne prolongée d'un bout ferré. L'Allemand se tourna alors vers le baraquement où se trouvaient les deux compagnons, leur sourit d'un air de mépris et fit tournoyer sa canne en l'air avant de l'abattre d'un coup brusque sur l'épaule du déporté.

Henri hurla comme un dément, un craquement sinistre retentit au niveau de la clavicule. Le SS donna l'ordre à ses subordonnés de relever le prisonnier, puis tourna la tête vers le baraquement avec le même sourire que la première fois et frappa à nouveau avec sa canne, cette fois derrière la nuque.

Henri tomba face contre sol.

Fernand se tourna vers Marek, le visage livide.

— Tu comprends ?

— Oui, il sait parfaitement qui nous sommes. Et il pervertit le rituel ! Mais pourquoi ? Nous ne sommes plus une menace ! Nous ne sommes plus rien !

— Marek, si l'un d'entre nous reste vivant il faudra garder en mémoire cet assassinat pour un jour le venger. Comme avant nous dans les siècles passés d'autres compagnons ont vengé la mort du maître.

Le SS s'étira, puis se pencha sur Henri pour lui chuchoter quelque chose à l'oreille. Le Français parut répondre par la négative.

L'officier, sous l'emprise de la colère, se redressa en un éclair et hurla un juron. Puis il leva la canne bien au-dessus de sa tête et l'abattit de toutes ses forces sur le visage du supplicié. Un nouveau craquement sourd retentit.

Ce fut le dernier des trois coups, un sur l'épaule, un sur la nuque, et le dernier au visage.

Derrière la vitre du dortoir, Fernand comprenait qu'il avait en face de lui un bourreau versé dans les subtilités de la maçonnerie.

L'Allemand tourna les talons, adressa un petit signe amical de la tête aux deux déportés et revint vers le baraquement, accompagné de son escorte.

Fernand et Marek s'observèrent longuement. L'instant ultime étant donc arrivé, ils se serrèrent dans les bras, ne sachant pas qui serait le prochain.

La porte s'ouvrit avec fracas. Le soleil pénétra à flots, la lumière dorée irradiait le moindre recoin du dortoir, comme pour mieux accompagner le retour des ténèbres.

3

Sud-ouest de Berlin,
30 avril 1945

François Le Guermand savait qu'il ne s'en sortirait pas vivant s'il restait dans le camion. Instinctivement, il prit la seule décision qui s'imposait et hurla à un soldat de jeter des grenades incendiaires sur les caisses.

Dehors, l'ennemi continuait de faucher à la mitrailleuse les occupants des cinq camions bloqués sur la route.

Son ordre n'eut aucun effet, le jeune soldat était déjà mort. Le Français jeta sur la chaussée le corps sans vie assis à sa gauche dont la moitié du visage avait été emportée par une rafale, et d'un coup de volant brusque emprunta le bas-côté en direction d'une ferme en ruine.

Il jurait contre sa propre stupidité. Tout s'était pourtant bien déroulé jusqu'alors. Il avait quitté Berlin sans encombre, et pris le commandement du petit convoi, comme prévu. Il n'avait que dix kilomètres à parcourir pour atteindre la cache indiquée sur son plan quand, à mi-chemin, à la sortie d'un virage, ils étaient tombés sur une patrouille de reconnaissance de l'armée russe.

Que foutaient là les Ivans ? Normalement, la zone devait encore être sous contrôle de la neuvième armée allemande du général Wenck qui opérait un mouvement de retraite vers l'ouest, en direction des lignes américaines. La débâcle avait sans doute été plus rapide que prévue.

Il fallait à tout prix qu'il s'échappe de ce bourbier.

Un soldat russe sortit brusquement d'un bosquet et se posta devant le camion pour l'intercepter, l'arme au poing. François accéléra et écrasa l'homme sous les roues du camion qui fit une embardée sur le côté. Un hurlement se mêla au concert des balles qui sifflaient à l'arrière du véhicule.

L'officier SS poussa un cri de douleur ; l'une d'entre elles venait de le toucher à l'épaule et un jet de sang gicla sur le volant. Une saveur acide envahit sa bouche sèche.

Il jeta un œil sur son rétroviseur : à trois cents mètres derrière lui, les autres camions semblaient intacts, sauf l'un d'entre eux qui flambait au milieu de la route. Déjà un groupe de Russes grimpait dans les fourgons en hurlant.

Il se mordit la lèvre, les caisses allaient tomber aux mains de l'ennemi. Il était trop tard pour faire marche arrière. Sa botte boueuse appuya sur l'accélérateur et le camion s'engagea à toute allure sur un chemin marécageux qui s'enfonçait dans un bois sombre.

Son cœur battait à tout rompre, il savait qu'il ne lui restait plus beaucoup de temps avant d'être rattrapé par les Rouges. S'il tombait entre leurs mains, il serait lentement mis à mort – le prix à payer pour toutes les atrocités commises depuis le début de la guerre.

Il vit l'un des camions de l'escorte exploser dans un déluge de flammes. Cela lui laissait un peu de répit.

Il fonçait toujours, faillit déraper sur une ornière, redressa de justesse et calcula qu'il entrerait dans le bois en moins d'une minute. Il reprit espoir en ne voyant plus ses poursuivants qui devaient être occupés à piller les camions abandonnés.

Il leur fit un bras d'*honneur*, poussa un cri de triomphe et hurla à tue-tête un couplet du chant de marche de la division Charlemagne :

> *Là où nous passons*
> *Que tout tremble*
> *Et le diable rit avec nous.*

Les paroles résonnaient dans le grondement métallique du moteur. Les premiers chênes sombres se dressaient à l'entrée de la forêt comme pour garder l'entrée d'une grotte aux reflets verdâtres et menaçants.

François grimaça de douleur quand le camion tressauta sur une ornière. Le sang battait à tout rompre dans sa tête. Les arbres défilaient à toute allure devant le camion. Il ne s'arrêterait jamais, peu importe ce qu'il y avait devant lui, ces fumiers de rouges ne le prendraient jamais vivant. Il éructa de nouveau son chant fétiche.

> *SS, nous rentrerons en France*
> *Chantant le chant du diable*
> *Bourgeois, craignez notre vengeance*
> *Et nos poings formidables*
> *Nous couvrirons de nos chants ardents*
> *Vos cris et vos plaintes angoissés.*

Le camion bâché s'engouffra à toute allure dans l'antre végétal pour disparaître à la vue des Russes qui avaient renoncé à poursuivre le fuyard. François continuait de s'époumoner alors que les rayons du soleil disparaissaient sous les lourdes branches qui tombaient en cascade des grands arbres. Après tout il allait peut-être s'en sortir ou du moins augmenter ses chances de survie. Mais si les Russes tenaient aussi le cœur de la forêt, il n'aurait gagné que quelques minutes.

Avec nous hurle Satan
Et nous…

Le SS interrompit brutalement son chant. Un gigantesque tronc barrait toute la largeur du chemin à une dizaine de mètres. Il tenta de freiner désespérément mais le sol gorgé d'eau se déroba sous les roues du camion qui glissa sur le bas-côté. Déséquilibré par le poids de la cargaison, le véhicule se mit à dévaler la pente recouverte de fougères aux reflets émeraude.

La dégringolade sembla durer une éternité.

Les freins ne répondaient plus, l'*Obersturmbannführer* contemplait, impuissant, les branches qui giflaient le pare-brise comme des griffes de bêtes sauvages avides de déchirer le véhicule désemparé.

Puis, comme par miracle, la pente s'adoucit, et le camion meurtri finit par s'arrêter au fond de ce qui ressemblait à un ancien ruisseau boueux.

La tête du Français cogna contre le volant mais il ne sentit même pas cette nouvelle douleur. Il se trouvait dans un état second, à la lisière de la folie.

Tout était sombre autour de lui, le camion s'était immobilisé contre une paroi rocheuse rongée par une mousse noirâtre. Quelques lambeaux solaires parvenaient avec peine à se frayer un chemin au fond de ce gouffre obscur.

Nul bruit autour de lui, rien qu'un silence enveloppant, lourd, humide.

Il parvint à s'extraire du camion. Sa tête tournait, ses jambes flageolaient, son front et son cou se nappaient d'un sang rouge vif jaillissant par à-coups du haut de sa tempe.

Sa conscience l'abandonnait inexorablement. La blessure devait être plus grave qu'il ne le croyait. Mais il voulait s'en sortir, encore une fois. L'instinct de survie, enkysté dans ses muscles à vif, le faisait encore tenir debout.

Il contourna le camion et monta sur la ridelle. Quitte à y rester, il voulait savoir pourquoi il allait perdre sa peau. Avant de s'écrouler pour en finir, il voulait connaître le contenu de ces saloperies de caisses.

L'intérieur du camion exhalait une fragrance douceâtre : un bidon d'huile de moteur éventré par les balles avait répandu son liquide ambré autour des caisses fixées par des arceaux de protection. Il faillit glisser sur la nappe d'huile et se rattrapa à temps sur une matière à la fois dure et molle au contact poisseux et dans laquelle il agrippa ses doigts à tâtons.

Dans la pénombre, il réalisa avec dégoût que sa main s'était fichée dans le visage déchiqueté d'un cadavre haché de balles. Il retira ses doigts d'un geste brusque, incapable de réprimer un filet de bile qui remontait vers sa gorge.

Réunissant ce qui lui restait de forces, il s'assit à côté d'une des caisses estampillées de l'aigle à la croix gammée, prit le fusil d'assaut posé à côté du corps, et commença à donner des coups de crosse sur un des couvercles en bois.

Sa vue se brouillait. Son sang n'arrivait plus jusqu'à son cerveau. Dans un sursaut de rage, il porta un dernier coup qui fit éclater les lames de chêne clair.

Une liasse de vieux papiers se répandit sur ses genoux au milieu des éclats de bois.

François s'attendait à tout sauf à ça. Des papiers. De ridicules monceaux de papiers.

La bouche sèche, la main crispée, il prit un des feuillets pour le lire.

Médusé, il contempla les textes jaunis. Il n'arrivait pas à déchiffrer les symboles étranges qui tourbillonnaient sous ses yeux, mais il perçut nettement une image insolite.

Celle d'un crâne de squelette dessiné à l'encre noire et qui le fixait de ses orbites noires et vides.

Pas la tête de mort familière de sa casquette SS, non, un crâne presque difforme qui arborait une parodie de sourire, un ricanement grotesque.

Au moment de sombrer dans le néant, François Le Guermand se mit à rire de façon incontrôlée, comme un dément. Personne ne l'entendit. Voraces, les ténèbres s'emparèrent de lui.

Au même instant, à cinquante kilomètres de là, dans la chambre glacée d'un bunker souterrain de Berlin, Adolf Hitler, l'homme qui avait plongé l'Europe et une partie de l'humanité dans l'enfer, se tirait une balle dans la tête.

BOAZ

« *L'envie de pénétrer les secrets est profondément ancrée dans l'âme humaine, même le moins curieux des esprits s'enflamme à l'idée de détenir une information interdite à d'autres.* »

John CHADWICK

Tablier maçonnique commémorant la mort d'Hiram.
Musée de la Franc-Maçonnerie (coll. GODF).

4

*Rome, via Condotti,
loge Alexandre de Cagliostro,
8 mai 2005, 20 heures*

— Et je terminerai en vous disant combien, mes chers frères, j'ai été heureux de pouvoir m'exprimer ici devant vous. Depuis longtemps la France et l'Italie ont noué des liens maçonniques d'importance. De nombreux rituels ont vu le jour dans le pays de Dante et de Garibaldi que la France a adoptés et enrichis. Et c'est donc pour moi un honneur que d'être invité parmi vous dans cette loge Cagliostro, loge du Grand Orient de France, en terre d'Italie.

L'orateur, un homme d'une quarantaine d'années aux cheveux d'un noir de jais, contempla le temple maçonnique. Juste derrière lui, un grand soleil peint sur le mur dans un orange stylisé apportait une note de couleur. Un profond silence enveloppa la fin de son discours de remerciement.

Le temple maçonnique ressemblait à une grande caverne bleutée. De fins faisceaux de lumière descendaient du plafond étoilé, identique à la voûte céleste, pour éclairer discrètement les murs bleu nuit.

A gauche et à droite de l'orateur, une quarantaine d'hommes en costume noir, tablier et gants blancs écoutaient, impassibles, figés telles des statues de chair. Exceptionnellement, quelques femmes en longue robe blanche apportaient une note plus claire dans ce décor sorti d'un autre âge.

— J'ai dit, Vénérable Maître, termina l'orateur, en se tournant vers l'Orient, où siégeait le vénérable, celui qui présidait la tenue.

Le vénérable attendit quelques secondes, puis frappa un coup de maillet sur son petit bureau avant d'interroger l'assistance. Au-dessus de lui, sur le mur, était accroché un immense œil égyptien, le Delta lumineux.

— Mes sœurs et mes frères, avant que vous ne demandiez la parole, je tiens à remercier notre frère Antoine Marcas pour sa présence et à le féliciter pour la qualité de sa planche sur *Les origines des rituels anciens de la maçonnerie*. Pour *un simple curieux*, il nous a éclairci bien des horizons obscurs. Nul doute que les questions soient nombreuses. Mes sœurs et mes frères, la parole circule.

Un claquement de mains se fit entendre. Un frère de la colonne du Midi, celle qui se trouvait sur la gauche, la travée réservée aux maîtres, réclamait la parole.

Le Premier Surveillant, après les formules rituelles, la lui accorda.

— Vénérable Maître en chaire, Vénérables Maîtres à l'Orient, et vous tous mes sœurs et mes frères en vos grades et qualités, j'aimerais que notre frère Marcas nous précise, si possible, l'origine du rituel dit de Cagliostro dont notre loge s'honore de porter le nom.

L'orateur consulta ses fiches avant de répondre. Il

tourna délicatement les petites fiches bristol glacées, ornées d'une écriture nerveuse.

— Comme vous le savez certainement, c'est en décembre 1784, à Lyon, dans la loge *La Sagesse triomphante*, que Cagliostro a inauguré son « Rite de la Haute Maçonnerie égyptienne ». Selon ses propres dires, il aurait été initié à ce rituel par un chevalier de Malte, un certain Althotas. Bien sûr il s'agit d'un nom d'emprunt. Selon certains auteurs de l'époque, il pourrait s'agir d'un marchand danois du nom de Kolmer, qui aurait séjourné en Egypte, avant de s'établir à Malte où il prétendait ressusciter les Mystères égyptiens de Memphis. Selon les biographes actuels de Cagliostro, ce dernier aurait en fait été initié à Malte, en 1766, à la loge *Saint Jean d'Ecosse du Secret et l'Harmonie*, et c'est là qu'il aurait découvert ce rituel qui désormais porte son nom. Comme vous le voyez, la question est loin d'être tranchée.

Un autre claquement de mains retentit.

Antoine Marcas observait l'assistance qui l'écoutait avec attention. Outre les Italiens, toutes les obédiences françaises étaient représentées. Des frères de la Grande Loge dont le tablier portait un liseré rouge, symbole du rite écossais, jusqu'aux sœurs de Memphis Misraïm, en robe blanche.

Le vénérable donna la parole à un frère dont le fort accent milanais accentuait le sérieux de l'intervention.

— Je voudrais profiter de la présence parmi nous d'un frère du Grand Orient pour lui poser une question sur la situation de nos frères en France. En effet, pendant longtemps, la vie politique italienne a défrayé la chronique judiciaire, corruption, institutions en déliquescence... nous étions le laboratoire du malaise européen. Or, il me semble qu'aujourd'hui, à son tour, la France est touchée par ces maux et que de nombreux frères sont montrés du doigt comme agents actifs de cette corruption.

Marcas hocha la tête avant de répondre. Les questions politiques ne l'attiraient guère, mais il était bien forcé d'y répondre.

Maçon depuis une quinzaine d'années, il avait nettement senti la dégradation de l'image de la maçonnerie dans son pays. Il était entré dans le temple maçon par idéal, confiant dans les valeurs républicaines et laïques et dans ce concept assez stimulant de perfectionnement de l'individu propre à l'enseignement de son obédience.

Son initiation en loge avait suivi de peu son entrée dans la police et progressivement, au fil des ans, par un lent processus de maturation, il était monté en grade dans sa vie professionnelle et au sein de sa loge.

Arrivé au stade de commissaire dans sa vie profane et de maître chez les maçons, il aurait dû éprouver une sérénité sans faille. Et pourtant. Le climat à l'extérieur du temple devenait plus rude chaque jour.

Là où auparavant les médias louaient l'implication des maçons dans de grands combats tels que l'enseignement, l'accès à l'avortement, la résolution du conflit en Nouvelle-Calédonie, ils se délectaient désormais de révéler des affaires où l'on évoquait de mystérieux réseaux d'influences occultes.

Les brebis galeuses n'en finissaient pas de souiller le troupeau en dépit des vaines protestations de toutes les obédiences et autres tentatives de coups de balai.

L'assistance avait noté son hésitation, pourtant nul murmure n'avait jailli. Le rituel imposait le silence. Le Français finit par s'expliquer :

— Je crois que, malheureusement, la France n'échappe pas aux maux qui touchent les démocraties occidentales : rejet des élites, défiance envers le pouvoir, montée des extrémismes. A tort ou à raison, on nous met dans le camp des puissants.

Marcas s'arrêta un instant puis reprit :

— Quant aux attaques contre nos frères, je crois qu'elles sont parfois caricaturales. Vous savez que les unes des journaux sur les maçons font toujours vendre au moins autant que les dossiers sur les prix de l'immobilier. Voilà au moins la preuve que nous sommes encore une valeur aussi sûre que la pierre. Néanmoins…

Marcas marqua un temps d'arrêt pour choisir ses mots. Il ne livrait pas le fond de sa pensée. En fait, il se sentait de plus en plus mal à l'aise face aux campagnes médiatiques mais aussi pour avoir observé de près le comportement de certains frères indignes de leur tablier.

Commissaire de police, Antoine Marcas avait longtemps fréquenté une loge qui avait abrité entre autres des porteurs de valises pour les partis politiques, de faux facturiers patentés et des intermédiaires douteux, mais habiles à truquer les marchés publics en particulier dans le bâtiment. La loge discrètement nichée dans un pavillon de banlieue parisienne avait été progressivement gangrenée de l'intérieur par un réseau de corruption au plus haut niveau de la vie politique.

Ecœuré par ses découvertes, un an avant que les journalistes n'en fassent leurs choux gras, il avait changé de loge, pas d'obédience. Fidèle à son engagement maçonnique et à ses idéaux, il ne se reconnaissait en rien dans la poignée de corrompus, coupables du dévoiement de leur initiation, mais le doute avait germé sur la façon dont d'autres frères couvraient maladroitement ces dévoiements.

En réaction, il s'était plongé à ses heures perdues dans l'histoire et le symbolisme maçonniques comme si le passé pouvait laver les souillures du présent. Au fil des ans, ses recherches étaient accueillies avec le plus grand respect et sa réputation d'intégrité le précédait dans les loges qui l'invitaient à présenter ses travaux.

Mais sa sérénité s'effritait à chaque fois qu'il découvrait dans les journaux une affaire impliquant des mauvais compagnons. Il le prenait comme un affront personnel.

Les récentes turpitudes sur la Côte d'Azur dévoilées par les médias l'avaient plongé dans une colère froide même si elles concernaient une autre obédience. Un juge complaisant limogé pour avoir trop fait jouer ses amitiés, un collègue policier mouillé avec des figures du grand banditisme, un ex-maire responsable d'une mise en coupe réglée de sa ville à travers une loge dévoyée, authentique repaire de crapules : la salade provençale lui restait toujours en travers de la gorge.

Contrairement à certains de ses frères qui feignaient de s'en laver les mains, car cela concernait une autre obédience, il restait persuadé que ces déjections éclaboussaient l'ensemble de la maçonnerie ; les profanes, eux, ne faisaient aucune différence.

Marcas continua :

— Néanmoins, il est clair que trop de brebis galeuses ont essaimé dans le troupeau. Je suis partisan de la plus grande rigueur pour les chasser du Temple. Peut-être que si nous avions agi avec plus de rectitude, nous n'en serions pas là aujourd'hui. Pensez que le dévoiement d'une seule loge rejaillit sur des centaines d'autres temples. Voilà la vraie injustice. Il me reste parfois dans la gorge un arrière-goût identique au breuvage d'amertume que nous nous devons d'avaler lors de notre initiation.

Après cette intervention, Marcas répondit aux autres questions en mêlant habilement une érudition sans prétention et un trait d'humour quand il devait avouer son ignorance.

Puis le silence se fit. Le vénérable reprit la parole et entama le rituel de clôture de la tenue :

— Frère Premier Surveillant, comment sont les colonnes ?

— Elles sont muettes, Vénérable Maître.

— Dans ce cas, nous allons former la chaîne d'union.

Un à un, les hommes et les femmes se levèrent, ôtèrent leurs gants et croisèrent leurs bras sur la poitrine. Chacun prit la main de son voisin pour former une chaîne humaine autour du centre de la loge.

Le vénérable répéta les paroles rituelles :

— Que nos cœurs se rapprochent en même temps que nos mains ; que l'Amour fraternel unisse tous les anneaux de cette Chaîne formée librement par nous. Comprenons la grandeur et la beauté de ce symbole ; inspirons-nous de son sens profond. Cette chaîne nous lie dans le temps comme dans l'espace ; elle nous vient du passé et tend vers l'avenir. Par elle nous sommes rattachés à la lignée de nos ancêtres, nos Maîtres vénérés qui la formaient hier…

Les mots résonnaient dans le temple.

L'un des officiers intervint d'une voix forte :

— Au nom de toutes les sœurs et de tous les frères présents, je le promets, reprit le Grand Expert.

Maintenant la fin de la tenue suivait son cours inexorable. Chaque phase du cérémonial était réglée depuis des siècles. Comme dans une pièce de théâtre, chaque participant connaissait parfaitement son rôle.

Les surveillants tenaient leur maillet croisé sur la poitrine, le maître de cérémonie frappait le sol de son bâton à pointe de métal, celui que l'on appelait le couvreur serrait dans sa main droite une épée nue.

Marcas se leva à son tour, en prononçant d'une voix haute et ferme les acclamations et le serment de fin :

— Liberté, égalité, fraternité.

Puis le silence se fit. La tenue était terminée, le temple se vidait dans le calme.

A l'extérieur de la salle, à l'endroit que l'on nomme le parvis, le vénérable, un banquier à l'allure aristocratique, l'interpella dans un français parfait :

— Tu restes parmi nous pour les agapes ?

Marcas sourit. Dans toutes les loges du monde entier, les agapes suivaient la tenue et consistaient à boire et festoyer avec entrain dans une pièce consacrée à cet effet, la salle humide.

— Hélas non, mon frère. J'ai promis à un ami de longue date d'assister à une soirée à l'ambassade de France. Mais il est prévu que je revienne demain pour consulter certains livres rares de votre bibliothèque. Peut-être pourrions-nous déjeuner ensemble ?

— Avec plaisir, passe me voir à mon bureau, via Serena, vers 13 heures, je réserverai une table chez Conti.

Le Français salua poliment son hôte et descendit les marches de l'escalier de marbre noir qui menait au rez-de-chaussée. En sortant de l'immeuble, un courant d'air vif le surprit, il ajusta le col de son manteau et héla un des innombrables taxis qui sillonnaient les rues. Il s'engouffra dans une Alfa Romeo, au capot profilé comme le rostre d'un squale et indiqua l'adresse de destination, le palais Farnèse à l'autre bout de la ville.

Comme après chaque *planche*, ou exposé, Marcas se sentait étrangement dispos. Une forme de sérénité qu'il devait à la pratique du rituel en loge. Il se souvenait de l'époque de son divorce, après que sa femme l'avait quitté. Les épouses de policiers ne le restaient jamais longtemps et Mme Marcas n'avait pas échappé à la règle.

Quant à lui, il avait connu les longues nuits d'insomnie, les week-ends de désolation face à son fils qui ne comprenait plus ce père à l'air toujours absent. Certains sombrent dans l'alcool, d'autres courent des aventures éphémères, lui s'était rendu en loge. Là, le regard rivé sur les symboles, il cherchait sa voie. Un chemin long et ardu pour accepter et comprendre, presque une thérapie. Mais, à chaque nouvelle tenue, un apaisement survenait. Un lent travail s'effectuait. Peu à peu des parcelles de son être revenaient à la lumière, baignées d'une énergie nouvelle. Il regardait d'une autre manière des épisodes de sa vie récente. Les moments douloureux revenaient en surface, mais purifiés, acceptés, insérés dans l'homme nouveau qui renaissait à lui-même.

En un an, il s'était transformé sous l'influence du rituel maçonnique.

La voiture filait à travers le centre de Rome, étonnamment silencieuse en cette soirée de mai. Ni klaxons vengeurs, ni animation dans les rues, remarqua Antoine. Brusquement, le chauffeur alluma la radio et le débit saccadé d'une voix d'homme résonna dans le véhicule. Les éructations sonores apportèrent la réponse au Français, le club de foot de Rome jouait en demi-finale contre un de ses rivaux de la péninsule.

Autant dire un combat sacré, une cérémonie grandiose encensée par la Ville éternelle dans son ensemble.

Connaissant la passion des Italiens pour le ballon rond, il se demanda comment faisaient ses frères pour la concilier avec leur engagement maçonnique qui imposait une présence régulière aux cérémonies. Ce devait être un vrai déchirement pour certains. Il se souvenait d'un de ses amis, vénérable d'une loge de Toulouse qui était au supplice à chaque fois qu'une tenue se déroulait un soir de match important du Stade toulousain.

L'Alfa s'arrêta brièvement devant un feu rouge, le chauffeur inspecta d'un œil rapide les deux artères et démarra sans se soucier de l'infraction. Les policiers chargés de la circulation étaient eux aussi devant leur poste.

Un long déchirement retentit soudain dans la voiture, le commentateur semblait hurler à la mort. Marcas comprit que Rome encaissait un but. Le chauffeur, comme pour confirmer son soupçon, frappa d'un grand coup de poing vengeur son volant en ponctuant son geste d'un juron sonore, et la voiture faillit faire une embardée.

Marcas sourit et tourna la tête vers la vitre. Ils venaient de traverser un lieu symbolique de la capitale italienne, la piazza Campo dei Fiori. Là où le philosophe Giordano Bruno avait été brûlé par la papauté plus d'un demi-millénaire auparavant. Il aurait pu faire un excellent fils de la Veuve.

Les temps avaient bien changé, il songea aux trois prélats italiens, également maçons, assidus à sa conférence. En d'autres temps, ils auraient subi les pires représailles de la très Sainte Eglise catholique.

Et pourtant, il subsistait encore quelques points sensibles. Ainsi depuis 1984, par décision papale, les maçons pouvaient assister à la messe mais ne pouvaient pas avaler l'hostie. La communion avec le Christ restait toujours interdite aux frères attachés au catholicisme, un reliquat des anciennes et féroces batailles entre l'Eglise et les loges.

Cela ne posait pas de problèmes à Marcas – il y avait bien longtemps qu'il ne fréquentait plus les églises –, mais il savait que nombre de ses amis, en particulier dans d'autres obédiences, plus déistes, souffraient de cette exclusion. Encore une erreur des profanes, songea-t-il, de croire que tous les maçons étaient des bouffeurs de curé. Certes, la laïcité restait un pilier du Grand Orient, mais les diversités de croyance étaient plus répandues qu'on ne le pensait.

Il émergea de ses réflexions en apercevant au bout de la rue le palais Farnèse. De loin, la demeure brillait de mille feux, des projecteurs cachés dans la pelouse faisaient saillir avec grâce les hautes colonnades de pierre du fronton de l'édifice. Un ballet de voitures élégantes tournoyait devant les hautes grilles en fer forgé.

Antoine mit machinalement sa main dans la poche intérieure de sa veste pour vérifier qu'il avait toujours son invitation. Une manie dont il n'arrivait pas à se débarrasser, il fallait toujours qu'il vérifie ce que contenaient ses poches.

Il savoura le contraste de sa vie avec un plaisir intense. Un quart d'heure plus tôt, il discourait avec gravité dans une enceinte solennelle et, dans dix minutes au plus tard, il se laisserait aller à la futilité et à la vanité de ce monde dans un palais luxueux. Et dans deux jours il reviendrait à Paris dans son commissariat miteux.

Coincé derrière une file impressionnante de véhicules, la plupart conduits par des chauffeurs, le taxi s'arrêta à une cinquantaine de mètres de l'entrée de l'ambassade de France. Antoine régla le conducteur qui fit à peine attention à lui, tant il était plongé dans les affres de la défaite annoncée de Rome sur le champ d'honneur de la pelouse verte.

Une légère brise soufflait depuis le sud et agitait imperceptiblement les arbres qui bordaient la représentation diplomatique. En cette saison, il fallait toujours s'attendre à une petite fraîcheur nocturne, dernier répit avant un été qui s'annonçait, selon les vieux Romains, redoutable.

Antoine se présenta devant un cerbère en costume anthracite, cravate noire sur chemise blanche, muni d'une discrète oreillette. La caricature parfaite de l'agent de la sécurité à l'américaine, modèle *Men In Black* ou CIA, popularisé dans les films à grand spectacle.

Marcas tendit son carton argenté et sa carte d'identité au planton qui le toisa du haut de son mètre quatre-vingt-dix puis le laissa passer sans un mot.

Il avait à peine fait un pas sur la pelouse qu'une jeune hôtesse en tailleur bleu, accompagnée de deux autres invitées, des femmes à la quarantaine séduisante, s'avança vers lui et lui proposa de le guider vers l'entrée du palais.

Marcas se laissa faire sans résister, la soirée s'annonçait bien.

5

*Jérusalem, Israël,
Institut d'études archéologiques,
8 mai, dans la nuit*

Dès les premières soirées du mois de mai, Marek rechignait à rentrer chez lui, préférant travailler au laboratoire jusque tard dans la nuit, toutes fenêtres ouvertes sur le parfum des glycines qui montait des jardins de l'Institut.

Les locaux dataient de la présence anglaise. Un long bâtiment en brique rouge, aux plafonds démesurés qui rappelaient la grandeur perdue de l'Empire. A l'époque, l'Institut abritait déjà des chercheurs en archéologie biblique. Parker, puis Albright avaient officié ici sur les premières fouilles de Jérusalem, tenaillés par la quête de mystères millénaires.

Marek aimait plus que tout cet endroit. Son aspect vieillot, presque à l'abandon, en faisait un écrin pour ses rêveries éveillées quand il s'accordait une pause dans son travail, d'ailleurs son bureau finissait par servir de dépôt à sa mémoire.

Sa thèse dactylographiée, jaunie et froissée, rédigée

une cinquantaine d'années plus tôt, voisinait avec une crosse de hockey au vernis écaillé, souvenir d'un séjour aux Etats-Unis. C'était il y a très longtemps. Marek se souvenait avec acuité de sa deuxième naissance, un printemps de 1945. Quand on l'avait extirpé du camp de Dachau, presque à l'état de cadavre ambulant, et qu'il s'était juré de fuir cette Europe maudite pour recommencer sa vie.

Le petit charpentier de Versailles avait embarqué, grâce aux subsides de l'agence juive, dans un cargo à destination de New York. Un choc, la rencontre d'un pays incroyable qui ne suintait pas l'antisémitisme et la haine du Juif. Il en avait profité pour changer de métier et acquérir enfin un savoir intellectuel en entamant des études d'archéologie hébraïque sur l'histoire de son peuple. Il s'était payé ses études tout seul en travaillant à mi-temps comme charpentier pour des familles riches de la côte Est qui restauraient leurs vieilles demeures. Au cours d'un chantier, il s'était épris d'une jeune fille issue d'une famille patricienne de Boston. Une idylle qui avait tourné court lorsque l'élue de son cœur lui avait avoué que ses parents ne l'autoriseraient jamais à épouser un Juif. Marek avait alors découvert qu'ici aussi il ne serait jamais chez lui.

Dans les années 50, il avait décidé d'émigrer en Israël, sans famille et sans attaches. Dix ans après sa première traversée de l'Atlantique, il avait refait le chemin en sens inverse et avait gagné Jérusalem pour s'y établir. Sa troisième naissance, en quelque sorte, car il s'était immédiatement senti chez lui dans ce pays à la fois si neuf et tellement ancien. Au fil des ans, il était devenu l'un des spécialistes les plus réputés des temps bibliques, une sorte de sage, de vieil érudit malicieux.

Nul bruit ne troublait l'Institut, peuplé des fantômes du passé. Marek se lissa la barbe en s'observant dans un bout de miroir qui traînait sur son bureau. En vieillissant, il ressemblait de plus en plus à un patriarche serein. Cependant, son regard se troublait parfois quand il découvrait à la télévision les cadavres que l'on sortait des bus pulvérisés par des kamikazes du Hamas. Parfois aussi lorsqu'il lisait dans les yeux des enfants palestiniens la même haine qu'il avait éprouvée, plus jeune, pour les Allemands, même si la comparaison pouvait sembler déplacée.

Depuis les Anglais, l'Institut comme l'archéologie avaient beaucoup évolué. La majeure partie des salles était désormais dévolue à des instruments de mesure. Chimie, physique, minéralogie et même l'histoire des climats faisaient partie de l'arsenal permettant de percer les secrets du passé. La moindre pierre, le plus infime tissu, constituaient aujourd'hui une vaste bibliothèque pour les chercheurs.

On y puisait des renseignements presque infinis. Une masse de données hétérogènes dont la synthèse devenait de plus en plus difficile. Une tâche qui, ce soir, revenait à Marek.

Dans le jardin, le murmure de l'arrosage se déclencha. L'employé palestinien venait d'arriver. Marek percevait le bruit du sécateur en action sous la tonnelle.

En soupirant, il reprit le dossier posé sur son bureau.

Deux cent quarante pages, format A4, en interligne simple. Cinq rapports d'analyse. Les laboratoires de géologie, de chimie, de micro-archéologie s'étaient particulièrement distingués, multipliant les diagrammes et les références bibliographiques.

Ils n'ont vraiment que cela à faire, songea Marek. Mais la cause de son amertume se situait ailleurs. Depuis sa création, l'Institut avait pour mission de vérifier la valeur de toutes les pièces archéologiques qu'on lui présentait.

Tous les amateurs, plus ou moins éclairés, tous les marchands d'antiquités, sans compter les illuminés, se pressaient pour obtenir un certificat d'authenticité qui, parfois, valait des millions de dollars.

C'était le cas d'Alex Perillian, Arménien natif du Liban qui, depuis trente ans, écumait le marché trouble des objets archéologiques clandestins pour le compte de riches clients étrangers. Apprécié pour ses bonnes relations avec les Palestiniens et les Juifs, Perillian promenait son embonpoint légendaire dans les villages musulmans de Gaza, à la recherche de vases, statuettes et autres outils marqués du sceau du temps.

Tout un réseau de correspondants occultes faisait appel à lui quand une pièce ancienne surgissait dans une famille. En général, à l'occasion d'un décès. On voyait alors apparaître un objet historique, trouvé par un ancêtre, que l'on tentait de vendre au meilleur prix. Le plus souvent il ne s'agissait que de maigres vestiges, mais Perillian se déplaçait systématiquement et achetait comptant car il savait qu'on essayait d'abord de vendre les pièces de moindre valeur. Ensuite, si la confiance s'installait, on voyait parfois une femme voilée disparaître dans les profondeurs de la maison, pour revenir portant dans ses bras un linge soigneusement plié et apporter les trouvailles les plus précieuses. Et c'était ainsi que Perillian avait découvert pour la première fois, posée sur une serviette en lin, la pierre de Thebbah. Achetée pour cent dollars à une famille de marchands de chèvres, la pierre fut proposée pour vingt fois ce prix à Marek au compte de l'Institut, avec la demande d'un bonus du triple si le décryptage livrait un texte intéressant.

Au début, le vieil érudit ne cacha pas sa méfiance quand l'Arménien lui apporta sa découverte. Ce n'était pas la première fois qu'un collectionneur ou un marchand lui amenait ainsi une tablette gravée. Déjà en septembre 1990, Marek avait dû donner son avis sur l'analyse d'une pierre analogue, celle de Nolan.

Une pièce d'un intérêt archéologique exceptionnel, car elle détaillait avec précision des réparations entreprises à l'intérieur du Temple de Salomon. Ses collègues, Ilianetti et Ptioraceck, avaient, eux, conclu à l'authenticité de la tablette gravée. D'autant que l'analyse chimique indiquait un nombre anormal de particules d'or incrustées dans la pierre. Une poussière qui pouvait provenir de l'or fondu dans la couche sédimentaire et donc de Jérusalem.

L'affaire prit de l'ampleur à l'époque. Toute la communauté scientifique bruissait d'excitation sur son origine et les religieux voyaient dans la pierre de Nolan une relique sacrée. Quant aux dirigeants politiques, ils cherchaient déjà des fonds budgétaires pour acquérir cette pièce d'exception et exposer à la face du monde ce vestige patriotique de premier ordre du temps béni du grand Israël. L'enthousiasme culminait quand Marek décida de s'enfermer dans son laboratoire pour mitonner un tour à sa façon.

Une semaine plus tard, on annonçait la découverte d'une nouvelle tablette gravée en tout point semblable à la précédente. Soumise au même groupe de scientifiques qui avaient déjà procédé à l'analyse de la première pierre, elle fut déclarée, à son tour, authentique. Jusqu'à la publication de l'article de Marek où ce dernier expliquait, non sans humour, comment il avait réalisé ce faux reconnu comme vrai par toute la communauté scientifique.

A l'aide d'instruments d'époque, pour éviter tout dépôt de particules modernes, il avait gravé une pierre vierge, récupérée dans une couche géologique type.

Puis, il en avait saupoudré la surface de sable fin à l'aide d'un simple aérographe. Ensuite, en pilant un fragment de la pierre dans un mortier ancien, et en le réduisant en poudre par ultrasons, il avait placé l'ensemble dans une solution aqueuse.

Quant aux traces d'or, un simple bec de gaz et une vieille alliance de famille avaient suffi pour disperser sur toute la surface des particules aurifères. Enfin, pour aider à une datation précise et irréfutable, quelques éclats de charbon en incrustation, issus d'un vrai site archéologique, avaient permis de tromper les meilleurs spécialistes. Depuis ce jour, Marek fut prié de formuler ses conclusions sur toutes les pièces archéologiques d'intérêt national.

Le vieux scientifique ne pouvait détacher ses yeux rougis de la relique de Thebbah posée sur son bureau. Dès le début, Marek avait su que la pierre gravée ne souffrirait aucune contestation, avant même de passer les analyses principales garantes de son authenticité. Elle était trop pure, presque vibrante d'une histoire immémoriale. D'habitude, Marek se méfiait de ses émotions et préférait miser sur la raison dans son métier mais cette fois, quelque chose de transcendant le saisissait quand il regardait cette… chose. Il pressentait que cette roche portait en elle une vérité transmise par-delà les millénaires. Un message rédigé en des temps immémoriaux par une main dont les os s'étaient depuis longtemps dissous dans les sables du temps.

La pierre de Thebbah, nichée sagement sur son linge écru, lui parlait silencieusement. Soixante-deux centimètres sur vingt-sept, brisée à l'angle inférieur gauche. Quoi qu'amputé de sa fin, le texte gravé restait encore très lisible et semblait avoir résisté aux assauts du temps par un heureux hasard ou grâce aux soins de l'homme.

En général, avant de parcourir la traduction d'un texte gravé, Marek lisait toujours les conclusions des analyses scientifiques et archéologiques. Si les études mettaient en évidence le risque d'un faux ou d'une erreur, il valait mieux le savoir avant de se lancer dans une interprétation historique.

En effet, les textes d'époque étaient plus que rares et, depuis la découverte des manuscrits de la mer Morte, l'Etat d'Israël, comme les grandes religions monothéistes surveillaient de près toute nouvelle découverte qui pouvait toucher au fondement même de leur existence.

Marek, une fois encore, regretta sa décision d'arrêter de fumer. Une seule cigarette, avant d'ouvrir la première page du dossier, juste pour aiguiser la pensée et affûter l'esprit ! Il avait renoncé à ce plaisir le jour de ses cinquante ans. Une sorte de pari qu'il regrettait souvent mais qui lui valait d'avoir retrouvé intact le sens de l'odorat.

Et à l'instant, il sentait monter le parfum puissant des glycines qu'Ali, le jardinier, venait de couper juste sous la fenêtre du laboratoire. Marek respira profondément et se mit à la tâche.

Deux heures plus tard, les conclusions du chercheur tenaient sur une simple page qu'il relisait avec attention.

D'un point de vue minéralogique, les analyses qui ont porté sur trois échantillons révèlent que la pierre dite de Thebbah est constituée d'un grès noir du cambrien. Ce qui pose la question de son lieu d'extraction. L'intermédiaire n'a pas pu apporter d'éléments cohérents sur ce point, indiquant simplement qu'elle se transmettait dans la famille du vendeur depuis plusieurs générations.

Sur le territoire historique d'Israël, trois régions géologiques peuvent postuler à son origine : le sud d'Israël, le Sinaï, ou le sud jordanien de la mer Morte.

L'analyse de la patine sur sept échantillons a permis de déceler la présence de silice, d'aluminium, de calcium, de magnésium et de fer, mais aussi de traces de bois. Ces dernières particules, soumises à une analyse au carbone 14, permettent de dater la patine à –500 (+ ou – 40 ans) avant J.-C.

Cette datation, si elle se confirme après analyse, situerait chronologiquement cette pierre gravée comme contemporaine de la reconstruction du Temple de Salomon.

Marek s'arrêta. Le Temple du roi Salomon... Lieu mythique pour les Juifs, construit par ce roi légendaire et dans lequel furent déposées l'arche d'alliance et les Tables de la Loi. Détruit par le cruel Nabuchodonosor, rebâti sur ordre de Cyrus puis embelli par Hérode sous l'occupation romaine.

La première reconstruction du Temple de Salomon en 520 avant J.-C. constituait un événement essentiel dans l'histoire des Juifs.

Pour tous les Juifs du monde, cet épisode historique restait un symbole absolu et tout ce qui s'y rattachait prenait une valeur démesurée. Marek soupesa la pierre de Thebbah. Si elle se révélait vraiment authentique, il toucherait le jackpot. Les musées du monde entier, les collectionneurs privés et surtout l'Etat d'Israël s'arracheraient cette pièce considérée comme unique. Une compétition féroce, à coups de centaines de milliers de dollars, pour posséder cette splendeur archéologique.

Marek se prit à fantasmer sur tout cet argent.

Il soupira, l'argent ne représentait finalement pas grand-chose d'autant qu'il devait rendre des comptes à un ami de longue date. Son frère de loge en maçonnerie, Marc Jouhanneau. Le fils unique de son compagnon de déportation, Henri, mort en camp de concentration. Henri, à deux doigts de découvrir une vérité perdue avant d'être assassiné par les nazis. Son fils avait continué sa quête par devoir de mémoire.

Marek attendait la venue de la protégée de Marc qui devait lui remettre des documents essentiels au décryptage définitif du message de la pierre de Thebbah. Il avait noté son nom sur un bout de papier après le coup de fil de Marc. Sophie Dawes.

Sophie… Sophia… La sagesse. Un bon présage.

Marek devait la récupérer à l'aéroport Ben Gourion le lendemain dans la soirée – à la descente d'un avion en provenance de Rome – et la déposer à son hôtel, le King David, le plus prestigieux de toute la ville, avant de prendre connaissance des documents.

En dépit de son grand âge, l'impatience le gagnait comme un adolescent transi par son premier amour. Bientôt le mystère se dissiperait et les portes de la connaissance s'entrouvriraient. Il fut saisi d'un doute : que peut-on encore attendre de la vie quand une quête obsessionnelle s'achève… ? Et si les mystères existaient justement pour ne jamais être déchiffrés, et en particulier celui de la pierre qui avait traversé tant de civilisations ?

Il regarda fixement la relique, saisi d'un sombre pressentiment. Peut-être valait-il mieux s'arrêter maintenant et ne pas réveiller des démons endormis ?

Il frissonna malgré la chaleur étouffante et lut la transcription des inscriptions gravées.

Le texte de Thebbah posait bien une incroyable énigme historique.

6

*Rome,
palais Farnèse, ambassade de France,
8 mai 2005*

En règle générale, la France veille à abriter ses ambassadeurs dans des demeures dignes de la représenter avec grandeur à l'étranger et l'ambassade de Rome reste sans conteste la plus fastueuse d'entre toutes.

Le palais Farnèse… Son nom même évoque les splendeurs d'une époque révolue faite d'une magnificence presque absolue : celle de l'Italie de la Renaissance, des princes mécènes, des cardinaux libertins et des courtisanes habiles à damner les seigneurs de l'Eglise.

Bâti au milieu du XVIe siècle, le palais fut la résidence des Farnèse, une riche famille noble originaire du Latium qui s'enorgueillit d'arborer dans son arbre généalogique un pape, Paul III, mais aussi son propre fils, mécréant patenté, un soudard frappé d'excommunication en raison de son goût prononcé pour la rapine et le viol.

Michel-Ange, lui, s'illustra dans la conception du plafond de la grande salle du premier étage, tandis que

Voltera et surtout Carrache se chargèrent des fresques monumentales, telles celles de Persée et d'Andromède qui appartenaient à l'histoire de l'art.

Le goût de la famille Farnèse reflétait à merveille la vanité d'une époque, vanité qu'on pouvait parfois encore lire dans le regard des derniers descendants des dynasties romaines.

Par une subtile ironie, ce sont les Français, actuels maîtres des lieux, qui firent subir les premiers et derniers outrages au palais. Les canonniers du général Oudinot n'hésitèrent pas en 1848 à bombarder une partie du bâtiment. Ce fut le seul accroc au pacte d'amour conclu entre la France et ce palais qui devint le siège de la diplomatie des rois de France en Italie et dont l'un des ambassadeurs fut le frère de Richelieu.

La France ne se sentait donc pas seulement chez elle en ces lieux, mais comme charnellement mêlée à la vie séculaire et tumultueuse de ce palais.

Les rires et les éclats de voix fusaient sous les lambris de la salle de réception. La soirée donnée en l'honneur des soixante ans de la fin de la Seconde Guerre mondiale était un vrai succès.

Pierre, premier majordome, contemplait avec une satisfaction muette l'attroupement des invités autour des buffets disséminés dans la grande salle de réception. De nouveau, il avait rempli sa mission, flatter les papilles des hôtes de la soirée, pour le plus grand bénéfice de l'ambassadeur et donc de la France.

Il avait l'habitude d'enseigner à ses adjoints que le choix des mets d'un cocktail dînatoire relevait d'une science tout aussi exacte que la composition d'un repas traditionnel.

Avec une pointe d'autosatisfaction, il surnommait sa méthode : l'archipel. Partant du principe que les buffets sous forme de longues tables interminables étaient plus que dépassés, il avait opté pour une multiplication de petits îlots de restauration.

Avec un écueil à éviter, ne pas créer d'enclaves du type : un buffet diététique par-ci, un autre pour les gourmands par-là, un troisième pour les amateurs de spécialités exotiques.

Les femmes, par exemple, se ruaient sur le coin allégé tandis que les hommes se précipitaient d'office sur les mets les plus consistants.

Une erreur fatale, car une réception réussie se devait de mêler au mieux les deux sexes. A quoi cela servait-il d'inviter les femmes les plus séduisantes de la société romaine si elles restaient à papoter entre elles autour d'une assiette de sushis ?

Les mâles, aussi sérieux soient-ils, se retrouvaient déçus et l'ambiance en pâtissait. Et la célèbre réputation de convivialité française en sortait plus qu'entachée.

En conséquence, il avait disposé dans la salle cinq îlots identiques composés de monceaux de foie gras en provenance du Périgord, de jambons entiers *pata negra* de Séville découpés à la demande et de toute une palette de viandes froides et charcuteries corses.

Les coins diététiques se composaient de bouquets de sushis et yakis de toutes les couleurs, paniers de légumes frais croquants, petites cassolettes de verdure. A côté de chaque îlot, un serveur proposait les boissons fraîches. L'époque versant dans la tempérance, le choix des alcools se trouvait plutôt réduit, mais le champagne demeurait néanmoins une valeur sûre, en particulier le Taittinger millésimé.

Pierre, toujours satisfait, remarqua l'équilibre quasi parfait qui régnait dans l'éparpillement des robes de ces dames autour des îlots, un signe qui ne trompait pas. Au milieu des smokings noirs, les décolletés de toutes les couleurs voltigeaient avec légèreté et harmonie.

Au moins, les Romaines faisaient preuve d'une vraie créativité, songea-t-il en détaillant une belle brune avalant avec grâce un sashimi rosé. Sa robe ocre et carmin, venait, il l'aurait juré, de chez Lacroix, place Vendetti.

En poste à Berlin, trois années auparavant, il avait détesté la tendance *veuve sicilienne*, robe noire de rigueur, dont se paraient immanquablement les Allemandes, transformant presque les soirées officielles en veillées funèbres.

Autre avantage de l'archipel, les invités pouvaient repérer et évaluer discrètement leurs partenaires éventuels avant de les accoster en respectant à la lettre les us et coutumes. Il remarqua le conseiller militaire des Etats-Unis devisant avec bonhomie avec son homologue libyen, alors que l'attaché culturel israélien, en fait numéro deux du Mossad en Italie, paraissait subjugué par la conversation de la déléguée jordanienne à l'OCDE, en son temps l'une des maîtresses fascinées du terroriste international Carlos.

Les conversations allaient bon train autour des buffets, et l'ambassadeur papillonnait d'îlot en îlot, justifiant sa présence.

La musique de chambre baroque avait cédé la place à la voix grave de la chanteuse américaine Patricia Barber.

Pierre reconnut la reprise, sur un tempo très lent, du standard *Thrill is gone*, « le charme est rompu ». Il jeta un œil à sa montre : la soirée ne faisait que commencer, il ne serait pas couché avant trois heures du matin.

Il soupira. Passé la satisfaction d'avoir accompli sa mission, la sauterie se déroulait sans grande surprise, il devait s'assurer maintenant que les reliefs des assiettes soient régulièrement débarrassés et que les invités n'attendent pas devant les buffets. Si un îlot était trop encombré, il envoyait discrètement un serveur supplémentaire pour accélérer la cadence.

Le buffet situé sous le tableau du Caravage semblait être beaucoup plus convoité que les autres, une file commençait à se former. Les extras embauchés pour l'occasion, la plupart des étudiants présentant bien et parlant le français, étaient déjà tous affairés.

Il décida de se rendre aux cuisines pour récupérer une serveuse. Juste avant de descendre l'escalier qui menait aux cuisines il reconnut Jade, la responsable de la sécurité de l'ambassade, une longue blonde à l'allure de garçon manqué, en grande conversation avec un acteur italien.

Il détourna le regard ; la seule vue de cette femme lui rappelait un cuisant échec, elle l'avait brutalement éconduit suite à une piteuse tentative de séduction. La dame, sélective, ne s'accordait, paraît-il, des aventures qu'avec deux sortes de types : des mâles au physique avantageux, modèle Brad Pitt ou Keanu Reeves, ou des intellectuels au QI surdimensionné.

Pierre ne faisait partie d'aucune des deux catégories, il en convenait lui-même, la nature ne lui ayant attribué que le don de l'organisation, un atout limité pour séduire les femmes.

Le majordome poussa les deux battants des cuisines. Pour une fois, la salle ne dégageait aucun fumet particulier, le buffet ayant été commandé à un traiteur à la mode. Les cuisiniers avaient même été priés de prendre leur soirée.

Il allait faire demi-tour quand il aperçut l'une des intérimaires accroupie, occupée à fouiller dans un sac de toile usé.

Pierre prit son ton le plus martial :

— Venez immédiatement, nous avons besoin de vous sur un des buffets.

La jeune femme leva la tête rapidement.
— Oui, mais…
— Mais quoi ? répliqua Pierre d'un air irrité.

Il n'aimait pas donner deux fois le même ordre, mais il hésita à hausser le ton, troublé par les yeux en amande de la serveuse, d'un bleu vif exalté par des pupilles dilatées.

— Je crois qu'il y a des rats dans la cuisine, j'en ai vu se faufiler dans mon sac, bredouilla la fille dont les courts cheveux blonds étaient ramenés derrière ses oreilles.

Pierre la dévisagea avec une indignation feinte, presque amusée.

— C'est une plaisanterie ? Je n'ai jamais vu un seul rat depuis que je suis ici. Allez plutôt donner un coup de main en salle.

La jeune femme, le visage rougi par la honte, obtempéra sans un mot et s'éloigna vers la salle de réception. Il remarqua sa taille, plus élevée que la moyenne, au moins un mètre quatre-vingts : probablement une étudiante scandinave, encore que l'Italie du Nord, étonnamment, abritât parfois des populations aux cheveux de miel doré, très loin des stéréotypes habituels.

Pierre se promit d'en toucher deux mots le lendemain au représentant de l'agence de placement avant de se raviser ; la fille était jeune et il songea qu'il passerait l'éponge.

Sur la desserte du fourneau trônait une bouteille de champagne à moitié vide avec une coupe sale. La serveuse avait dû se servir en douce et trouver l'excuse grotesque des rats en entendant sa venue.

Pierre décida de s'accorder un moment de répit et prit un tabouret pour s'asseoir. Après tout, cela faisait plus de cinq heures qu'il était debout pour organiser le buffet. Après s'être octroyé une coupe, il veilla à ranger la bouteille de champagne sur le côté. Cela aurait fait mauvais effet si on l'avait surpris avec cet objet compromettant.

Sobre depuis sa dernière cure de thalassothérapie, il s'était pourtant juré de ne plus toucher un seul verre. Il remarqua que la serveuse avait rangé son sac dans un coin devant l'une des poubelles.

Des rats, quelle stupidité !

Le sac de la fille encombrait la cuisine. Le majordome l'observa d'un air maussade et décida de le poser dans un coin, il n'aimait pas le désordre.

Le commissaire Antoine Marcas sut qu'il venait de commettre un impair avec son interlocutrice. L'un de ses amis, amateur éclairé de football, appelait cela *le dribble de trop*, quand le joueur trop sûr de lui tente de forcer une dernière fois la défense adverse au lieu de faire la passe, perdant ainsi lamentablement le ballon.

La jeune femme le regardait maintenant d'un air méprisant, le toisant comme son toast d'anchois mariné qu'elle avalait avec une grimace non feinte.

— Hélas pour vous, il existe encore des femmes qui n'ont aucun besoin d'un homme pour les satisfaire.

Elle tourna les talons et s'éloigna vers un autre buffet.

Marcas but une dernière gorgée de champagne tout en se maudissant. Une demi-heure plus tôt, il l'avait repérée de loin, seule, les yeux dans le vague, avalant toast sur toast. Après quelques sourires échangés, ils s'étaient rapprochés autour du buffet et avaient entamé une discussion sur les beautés du palais Farnèse.

Sophie Dawes, archiviste et libraire de profession, spécialiste en manuscrits anciens, était de passage à Rome pour saluer l'une de ses amies qui travaillait à l'ambassade.

La conversation coulait merveilleusement mais hélas, Marcas n'avait pu s'empêcher de faire de l'humour sur un couple de femmes assises un peu en retrait et qui visiblement appréciaient leur compagnie mutuelle.

Saisi d'une brusque et malencontreuse inspiration, il avait fait remarquer, pourtant en termes choisis, qu'il était bien triste de voir ces deux belles femmes disciples de Lesbos alors que la ville regorgeait de mâles italiens prêts à se dévouer.

Sophie l'avait fusillé du regard sitôt prononcée cette réflexion sexiste. Lui qui détestait la vulgarité en amour s'était comporté comme le pire des machistes, incapable de surcroît d'identifier les préférences sexuelles de la jeune fille.

Marcas consulta sa montre. Après cet échec mémorable, il songea à lever le camp et à rentrer à son hôtel. La journée serait longue le lendemain, d'autant qu'il devait se rendre à la loge Cagliostro pour consulter la bibliothèque. Avant de quitter les lieux, il faillit oublier de prendre congé de son ami, Alexis Jaigu, conseiller militaire à l'ambassade, qui l'avait invité à la soirée.

De toute façon, pour Marcas, les réceptions dans une ambassade lui faisaient invariablement penser à une publicité télévisée pour des chocolats italiens qui avait eu son heure de gloire dans les années 90 sur les chaînes françaises.

Il hésita avant de partir. Sitôt passé la porte de l'ambassade, il ne trouverait plus autant de belles femmes au mètre carré. Marcas aurait tellement voulu ajouter une note romantique à son escapade à Rome. Lui, qui refusait catégoriquement toute mixité en loge, adorait la compagnie de l'autre sexe.

Du temps de son mariage, son ex-épouse le traitait déjà d'arriéré quand il tentait de défendre ses positions. Il avait beau arguer de l'existence de loges féminines, cela ne faisait que conforter l'opinion tranchée dans un monde où la mixité devenait la norme et où seuls les vestiaires des clubs de sport et des piscines résistaient encore à ce *diktat*.

Il savait pertinemment que cette position conservatrice paraissait complètement invraisemblable à des profanes qui y voyaient une sorte de ségrégation entérinant le fait que la femme ne soit pas l'égale de l'homme.

— Alors Antoine, tu apprécies la soirée ? Ça te change de ton commissariat parisien, non ?

Marcas sursauta, il n'avait pas vu venir son ami Alexis.

— Si l'on veut. Mais sauve-moi, trouve une femme qui aime encore la compagnie des hommes.

Alexis Jaigu forma deux cercles avec ses doigts et les porta devant ses yeux, mimant une paire de jumelles. Ce capitaine de vaisseau détaché au renseignement militaire professait un enthousiasme communicatif.

— Grande blonde à deux heures, rousse incandescente à six heures. Les deux cibles semblent isolées sans patrouilleur d'escorte. La blonde est la directrice marketing de la banque San Paolo, la rousse l'adjointe du patron d'une société israélienne qui grenouille dans les ventes d'armes pour les pays émergents.

— Très peu, pour moi. Tu n'aurais pas un modèle plus classique, peintre, danseuse, quelqu'un de plus... artistique.

— Ça peut se faire, en échange d'un petit service. Rien de bien important, d'ailleurs.

— Dis toujours.

Alexis Jaigu marqua une pause, le temps d'avaler un toast au foie gras, puis reprit avec une nuance d'hésitation dans la voix. Il avait bu un verre de trop, ses yeux brillaient.

— Je voudrais savoir si l'ambassadeur en est...

Marcas dévisagea son ami avec étonnement.

— En est de quoi ? S'il est homo, ne compte pas sur moi pour le découvrir. Je t'aime bien, mais il y a des limites que je ne peux pas franchir, même par amitié.

— Mais non. Juste savoir s'il est franc-mac comme toi, quoi !

Le policier se raidit et répliqua sèchement :

— Dans franc-mac, il y a mac, ou cas où tu ne l'aurais pas remarqué. Et puis je ne suis pas une balance. Tu n'as qu'à le lui demander toi-même.

— Tu plaisantes ? Je n'ai pas envie de me faire renvoyer à Paris ou expédier dans un consulat oublié au fin fond de l'Afrique. Vu le pouvoir que vous avez, vous les frères trois points, je me méfie. Je te le demande comme un service. Vous avez bien un code secret pour vous reconnaître. Tu sais bien, la poignée de main en serrant les doigts d'une certaine façon sur le poignet.

Marcas soupira, à chaque fois on lui ressortait les mêmes bêtises. L'influence occulte, les signes de reconnaissance, tout le folklore. Il ne comptait plus le nombre de fois où il s'était fait serrer la main en se faisant palper le poignet par des profanes imbibés d'ouvrages sur la maçonnerie.

Jusqu'à présent, Jaigu l'avait toujours taquiné sur son appartenance à la maçonnerie mais là, il lui demandait un service impossible à honorer.

— Désolé, je ne peux pas.

— Dis plutôt que tu ne veux pas, Antoine. Tu me connais depuis quoi... plus de quinze ans, et tu préfères ménager l'ambassadeur, un parfait inconnu ? Vraiment, vous vous tenez tous les coudes.

Marcas ne voulait pas polémiquer avec son ami qui, de toute façon, commençait à être sous l'emprise de l'alcool. Il le connaissait bien ; le lendemain, Jaigu se confondrait en de plates excuses pour faire oublier l'incident.

— Laisse tomber, Alexis, je vais partir, je suis un peu fatigué. Si tu veux on en discute demain.

Le conseiller militaire comprit qu'il avait été trop loin.

— Non, je n'insiste pas. Pour me faire pardonner, je vais te présenter deux actrices superbes qui n'attendent que nous.

Aussitôt il lui prit les épaules de force et l'entraîna vers la terrasse. Ils passèrent entre les groupes d'invités, son ami saluait des hommes et des femmes qu'il présenta à Marcas et dont il oublia aussitôt les noms et titres plus ronflants les uns que les autres. La politesse diplomatique et ses coutumes particulières le laissaient de marbre. Juste avant de passer sur la terrasse, il aperçut Sophie Dawes qui empruntait les escaliers menant à la salle du premier étage, en compagnie d'une blonde aux jambes magnifiques. Il se surprit à imaginer ce qu'allaient faire les deux jeunes femmes là-haut... probablement s'extasier devant la collection de toiles.

7

Jérusalem,
8 mai au soir

Alex Perillian habitait *la* vieille ville de Jérusalem. Un luxe périlleux entre les opérations de *nettoyage préventif* de l'armée israélienne et les poseurs de bombes du Hamas. Mais Perillian était amoureux de ce quartier qui lui rappelait le Liban de sa jeunesse.

Il aimait les hautes maisons aux façades closes qui donnaient sur d'invisibles cours intérieures. Là, en véritable Oriental, il passait des heures paisibles à goûter la fraîcheur et le silence. Jusque tard le soir, fumant à la lueur de discrètes lanternes, il recevait ses amis et proches voisins arabes qui devisaient à voix basse, gémissant sur la dureté et l'injustice des temps modernes, mais s'en remettant toujours à la miséricorde d'Allah, juste dispensateur du destin.

Quoique d'origine arménienne *et* né à Beyrouth, Perillian entretenait jusque-là d'excellentes relations avec le voisinage, en veillant à équilibrer la balance entre les différents clans de la communauté palestinienne. Mais depuis quelques années, le climat changeait. Les islamistes gagnaient du terrain et ne supportaient pas plus les Juifs que les autres infidèles.

Ils accusaient Perillian de dépouiller les Arabes de leur héritage historique, de le revendre aux *athées*, aux *roumis*, aux *porcs*. Depuis peu, *l'Arménien*, comme on l'appelait, devait payer pour sa sécurité. Ils prononçaient son origine comme une insulte, presque comme s'ils lui crachaient dessus pour lui faire comprendre sa différence.

A chaque transaction, il s'acquittait d'un impôt clandestin qui lui garantissait, du moins pour l'instant, la vie et la tranquillité. Dès qu'il découvrait un objet archéologique d'importance, il devait prévenir un contact qui percevait ensuite un pourcentage non négligeable. Ainsi pour la pierre de Thebbah, avait-il transmis un dossier complet à Béchir Al Khansa, dit l'Emir.

Béchir ne se déplaçait jamais seul et toujours de nuit. Une manière de déjouer la surveillance de la Sécurité israélienne dont les *collaborateurs* pullulaient à Jérusalem Est. Depuis longtemps, il ne possédait plus de domicile attitré et dormait, quand il le pouvait, dans des maisons soigneusement choisies par les spécialistes en logistique de son mouvement. Un service plus qu'efficace que les espions hébreux cherchaient à infiltrer depuis longtemps.

Chaque jour, on lui remettait une liste de trois endroits différents où se réfugier en cas de besoin. A lui de décider s'il se cacherait dans une maison bourgeoise de la vieille ville, une baraque en tôle ondulée dans un camp de réfugiés ou même un studio, loué à cet effet depuis des mois, dans une banlieue juive. Deux gardes du corps l'escortaient en permanence, et il multipliait les déguisements pour échapper à tout risque d'attentat ciblé.

Ce soir, Béchir portait une fine moustache et un de ces costumes blancs qu'affectionnaient les riches commerçants libanais. Une tenue qui convenait parfaitement pour aller frapper à la porte d'Alex Perillian.

Malgré la chaleur que renvoyaient les vieilles pierres, les deux hommes se tenaient assis dans la cour. Les gardes du corps, eux, veillaient devant la porte d'entrée. Béchir laissa éclater sa colère. La pierre de Thebbah n'était plus entre les mains de Perillian.

— Allah est grand, qui a permis la découverte de cette pierre. Et toi, tu l'as transmise à ces porcs de Juifs pour qu'ils la souillent de leurs doigts impies !

Alex Perillian respira profondément.

— Depuis quand les serviteurs respectueux du Prophète s'intéressent-ils à une tablette gravée par des fils de Sion ?

— Tout ce qui a été trouvé en terre d'Allah appartient à Allah. Où se trouve la pierre désormais ?

— Comme d'habitude ! Au laboratoire d'archéologie de Jérusalem. Les scientifiques l'analysent et si elle est authentique, le prix sera élevé et ta part grande.

— Peu importe aux vrais serviteurs de Dieu l'argent maudit des mécréants ! Je veux la pierre.

Perillian sentit la menace et avança un mensonge pour gagner du temps.

— Sois patient. Dès que les conclusions des études seront connues, la pierre me sera rendue. Alors tu pourras…

— Que Dieu maudisse les impies qui ne connaissent pas sa lumière ! Nul ne doit connaître le sens de la pierre. Et ces chiens d'Israël moins que tout autres ! Tu entends ?

— Mais je ne peux rien faire !

Béchir sourit.

— Si, tu vas obéir !

Penché sur sa table de travail, Marek regardait une fois de plus la traduction de la pierre de Thebbah. Il venait de numériser le texte pour l'offrir en pâture à *Hébraïca*. Une merveille de logiciel qui comprenait, dans sa mémoire, tous les textes hébreux anciens, des citations des auteurs antiques jusqu'aux plus récentes découvertes archéologiques.

Bientôt, *Hébraïca* allait se mettre au travail et son moteur de recherche comparerait chaque mot de la pierre gravée avec les textes d'origine. En quelques minutes, le logiciel produirait un diagramme imparable de tous les points de concordance entre les écrits existants et cette nouvelle découverte. Il donnerait même la fréquence de chaque occurrence en fonction des époques *h*istoriques. Une aide précieuse pour dater précisément un fragment.

Pendant que l'ordinateur procédait aux vérifications, Marek contempla la pierre. Il avait voué sa vie au passé de son pays et à chaque nouvelle découverte il retrouvait son ardeur d'étudiant, ses rêves de jeunesse. Etre le premier à pouvoir annoncer qu'on venait d'exhumer un fragment de la longue chaîne qui liait le peuple élu à son destin !

Sauf que là, il venait de découvrir avec stupéfaction qu'il n'était plus le premier.

A l'angle droit de la pierre, une main anonyme avait gravé une croix latine, aux branches largement évasées comme les voiles d'un bateau.

Marek se leva. Il trouva rapidement *L'Histoire des croisades* de Steven Runciman. Une bible pour tous les spécialistes de l'histoire du Moyen-Orient. Marek possédait une édition illustrée. Il feuilleta quelques pages avant de s'arrêter devant la reproduction d'un dessin d'époque.

Aucun doute, cette croix gravée sur la pierre était bien celle qu'il redoutait : la croix pattée de l'Ordre du Temple.

Cet ordre de chevalerie avait été fondé en 1119 à Jérusalem par neuf chevaliers français qui s'étaient installés sur l'emplacement estimé du Temple de Salomon.

Marek, vénérable de sa loge, connaissait sur le bout des doigts leur histoire ; n'était-il pas dit dans les hauts grades que la maçonnerie descendait des Templiers... ? Une simple légende pour Marek encore pétri de culture scientifique.

La croix dansait devant ses yeux. Que faisaient donc les Templiers avec cette pierre ? Il fallait appeler immédiatement Marc Jouhanneau pour le prévenir de sa découverte. Sa montre indiquait une heure du matin, il attendrait le lendemain.

Il jeta un œil sur la recherche des occurrences linguistiques. L'écran de l'ordinateur s'éclaira. Les résultats venaient d'apparaître.

Patiemment, Marek examina une à une les fréquences. Elles étaient optimales. Sauf pour un mot. Un seul.

Un mot qui n'existait pas. D'abord la croix, ensuite ce terme inconnu.

Le téléphone sonna sur le bureau. Malgré l'heure inhabituelle, Marek décrocha avec impatience, irrité par l'interruption. Une voix à l'accent mélodieux retentit :

— Ah, professeur ! Quelle chance ! J'ai essayé de vous joindre chez vous... Alors j'ai essayé au laboratoire. Bienheureuse soit cette habitude de travailler tard !

L'archéologue sentit sa bonne éducation lui échapper.

— Perillian, si vous m'appelez à cette heure pour avoir les résultats des tests...

— Oh non, professeur ! Oh, non ! Un miracle, professeur ! Un vrai miracle ! On vient de m'apporter une autre pierre. La même, professeur !

— Vous plaisantez ?

— Non, la même origine. La famille est venue me la

proposer, ce soir. Vous connaissez les Arabes, professeur, toujours à cacher quelque chose ! Ils…

Marek l'interrompit :

— Perillian, vous savez que pareille découverte peut changer tout le cours des analyses actuelles.

— Je ne sais que ça, professeur ! Et je ne veux pas garder pareil trésor chez moi !

L'impatience de Marek monta d'un cran.

— Quand pouvez-vous me l'apporter ?

— Mais tout de suite. Seulement, moi, je dois rester avec la famille. Vous comprenez, s'ils me voient partir avec la pierre. Ils sont capables de penser que… Enfin vous connaissez les…

— Comment alors ?

D'un coup, Perillian sentit sa gorge se nouer. Cette fois, il jouait sa vie. Le Juif devait le croire. A n'importe quel prix.

— Ecoutez, je vous envoie Béchir. C'est mon domestique, un homme de confiance. Simplement, il faut qu'il puisse passer les barrages de l'armée et…

— Ne vous inquiétez pas de ça. Passez-moi une copie de ses papiers par fax. Je vais avertir directement le ministère. Il pourra se présenter aux points de contrôle dans une demi-heure.

— Merci, monsieur le professeur. Vous verrez, c'est une pièce unique…

Marek raccrocha. Il avait bien mieux à faire que d'écouter le baratin d'un trafiquant notoire. Son regard se fixa à nouveau sur l'écran de son ordinateur.

Le mot révélé par la pierre de Thebbah était là.

Sitôt le combiné reposé, Perillian se tourna en souriant vers Béchir.

— Vous voyez…

Il n'eut pas le temps de terminer sa phrase. Une douleur aiguë lui transperça le ventre. Le canon lustré d'un pistolet muni d'un silencieux brillait dans la pénombre.

Béchir resta un instant songeur en contemplant le commerçant qui s'affaissait lentement sous ses yeux, les yeux écarquillés. Il avait visé la rate, lui accordant ainsi une mort miséricordieuse, douloureuse certes, mais rapide. Sa bonté d'âme le surprit presque, en d'autres temps il aimait voir la vie s'écouler lentement du corps de ses victimes.

Pas par sadisme, simplement par curiosité, pour saisir cette énigmatique lueur qui surgissait au moment ultime. Il se souvint d'un jeune soldat de Tsahal, sentinelle d'une colonie juive isolée, égorgé par ses soins. Le militaire avait agonisé pendant quelques minutes avec le même regard étonné que celui de Perillian.

Les Juifs expiraient exactement de la même manière que les Arabes ou les chrétiens. Plus jeune, Béchir croyait, suivant les préceptes des oulémas, que les vrais croyants, disciples de Mahomet – qu'Allah le miséricordieux veille sur eux –, passaient de vie à trépas de manière différente. Il se trompait. Les traîtres arabes employés par les Juifs, exécutés de sa propre main, mouraient comme les autres.

Béchir rangea l'arme dans sa veste et sortit de la chambre de l'Arménien sans faire de bruit. Les deux gardes du corps le suivirent en silence et montèrent dans la voiture aux plaques d'immatriculation trafiquées.

Il indiqua la direction de l'Institut hébraïque et retira son complet pour enfiler une djellaba poussiéreuse.

Avant la fin de la nuit, il savait qu'il verrait à nouveau dans le regard d'un autre homme, un Juif cette fois, s'éteindre la lueur de vie. Et celui-là n'aurait pas droit au traitement de faveur accordé à Perillian.

On lui avait précisément expliqué le rituel de mort à appliquer à sa victime.

8

Rome,
palais Farnèse, ambassade de France,
8 mai, 23 h

Sophie Dawes se précipita à travers la grande salle, à peine éclairée par les lumières discrètes du parc. Le souffle coupé, la respiration haletante, comme si l'air ne voulait plus rentrer dans ses poumons sous l'effet de la peur qui rétrécissait les vaisseaux de son corps.

La porte était là au fond, qui donnait sur la bibliothèque. Un espoir pour échapper à sa poursuivante. La jeune femme tourna la poignée de toutes ses forces. En vain. La porte en bois sculpté restait désespérément close. Epuisée par sa course, Sophie s'affaissa contre le parquet aux reflets sombres.

Un bruit de pas, souple et léger, se fit entendre à l'entrée de la grande salle, longeant le mur couvert de fresques, contournant avec précaution les meubles estampillés du quattrocento.

Couchée au sol, Dawes percevait le vacarme joyeux de la fête qui battait son plein dans la salle de réception, au rez-de-chaussée. Mais le cliquetis des coupes de champagne et le rire des invités ne parvenaient pas à étouffer le bruit meurtrier des pas qui se rapprochaient. Elle reprit son souffle et rampa en direction de la fenêtre.

— Ce n'est plus la peine.

La voix était ferme. Le ton définitif.

Paralysée par la peur, Dawes leva lentement les yeux.

Devant elle, la jeune femme blonde la contemplait avec un sourire étrange, maniant d'une main une matraque télescopique ornée à son extrémité d'une pointe métallique. La voix bourdonna de nouveau comme dans un mauvais rêve :

— Dites-moi où sont les documents ?

— Mais quels documents ? Je ne comprends rien. Je vous en prie, laissez-moi partir ! répondit la jeune femme figée sur le sol.

— Ne faites pas l'idiote !

Du bout de sa canne, la jeune femme releva lentement l'extrémité de la jupe.

— Ce que vous avez trouvé ne vous concerne en rien. Vous êtes une simple archiviste. Alors dites-moi seulement où se trouvent les papiers.

Un flux de panique traversa le corps de Dawes. Désormais elle se sentait nue, totalement nue.

La voix se fit plus précise.

— Vous avez été recrutée dans votre poste d'archiviste, il y a maintenant un an. Juste après votre soutenance de thèse en Sorbonne. Un très bel oral, parfaitement maîtrisé. Le jury a vraiment apprécié. Pourtant, vous sembliez un peu, comment dire, *empesée* dans votre tailleur flambant neuf. Le manque d'habitude, sans doute. Qu'ajouter, ah oui ! vous deviez vous rendre à Jérusalem demain…

— Ce n'est pas possible ! Vous ne pouvez pas…, gémit Dawes.

— Mais si. Vous êtes toujours sûre de n'avoir rien à me dire ? Alors je continue. C'est votre directeur de thèse qui s'est occupé de vos nouvelles fonctions, et il a beaucoup d'amis ou devrais-je dire beaucoup de *frères* ?

Comme frappée d'un coup de fouet, la jeune archiviste essaya de se lever. La matraque entra en action.

Elle hurla de douleur en serrant son épaule.

— Silence, ou je vous brise l'autre clavicule.
— Je vous en supplie…
— Où sont-ils ?
— Je ne sais pas. Je ne sais rien, pleura Dawes.

La voix changea brutalement d'intensité.

— Le mensonge n'est pas recommandé. Je crains, hélas, de m'être fait mal comprendre, chuchota la fille.

L'instrument d'un noir d'ébène tournoya un instant et vint s'abattre sur la nuque de Sophie. D'un coup, elle ne sentit plus ses jambes et pourtant cette femme qui la suppliciait semblait sincèrement désolée de ce qui lui arrivait.

La voix mélodieuse reprit :

— Vous ne pouvez plus bouger, mais parler reste une option envisageable. C'est votre dernière chance.

Sophie Dawes savait maintenant que le prochain coup lui serait fatal si elle gardait le silence. Elle allait se faire assassiner juste au-dessus d'une salle remplie d'une centaine d'invités… Personne ne pouvait lui venir en aide. Elle n'avait plus le choix.

— Dans ma chambre au Hilton, numéro 326. Je le jure, ne me faites plus de mal.

Sophie ne pouvait s'empêcher de fixer les yeux en amande de son bourreau. Un regard étrange, à la fois clair et distant. Quand la fille, qui s'était présentée sous le prénom d'Hélène, avait entamé la conversation devant le buffet, Sophie était tombée sous le charme. La jeune femme la troublait, d'autant plus que Sophie venait de prendre congé d'un flic, le modèle parfait du grossier personnage, du macho sûr de lui.

Elles avaient discuté avec entrain de peinture italienne, qui par une coïncidence incroyable était aussi la passion dominante d'Hélène. La séduction, raffinée, excitante, montait crescendo et Sophie ne résista pas longtemps quand la belle blonde lui proposa de s'isoler à l'étage, loin de la foule, pour découvrir les fresques.

Sophie assumait sans complexe sa bisexualité et adorait les situations périlleuses en amour, elle l'avait d'ailleurs avoué à son amant, un Américain plus âgé qu'elle qui avait accepté cet état de fait sans discuter.

Les deux femmes étaient montées au premier dans une salle accessible aux invités, sous l'œil placide d'un membre de la sécurité.

Le cauchemar commença dès qu'elles eurent refermé la porte derrière elles, au moment précis où la blonde lui attira le visage entre les mains comme pour l'embrasser.

Sophie eut juste le temps de voir Hélène sortir un petit boîtier noir qui grésillait et reçut au lieu du baiser désiré une décharge électrique qui la fit tomber au sol.

Puis, comme dans un mauvais rêve, la blonde la souleva et la fit s'asseoir sur un canapé.

Sophie avait rapidement repris ses esprits et d'un coup de pied dans les côtes de son agresseur s'était dégagée pour s'enfuir vers la bibliothèque, s'accordant ainsi un répit de quelques secondes. En vain.

Désormais, Sophie avait perdu la partie. Elle pria pour que son agresseur l'abandonne. Ce n'était pas juste, elle n'avait que vingt-huit ans et la vie commençait à peine. Elle aperçut avec soulagement un sourire presque affectueux sur le visage d'Hélène.

— Merci. Tu auras une mort plus rapide.

L'ange blond de la mort posa un baiser délicat sur le front de sa victime et frappa d'un coup rapide sur la tête.

Sophie entendit le sifflement de la matraque dans l'air. Par réflexe, elle leva la main sur son visage. Ses doigts se brisèrent sous le choc. Elle roula au sol, les arcades béantes, maculant de sang le plancher ciré.

Au rez-de-chaussée, la réception se poursuivait. Un ténor, accompagné d'un quatuor, interprétait des airs d'opéra italiens. Un bruit de fête montait à travers les parquets historiés, se glissait le long des murs séculaires, envahissait les chambres privées, les salons dorés, gagnait chaque parcelle du vieux palais.

Avant d'expirer sur un air de Donizetti, *Una furtiva lagrima*, Sophie comprit tout d'un coup pourquoi la tueuse l'avait frappée trois fois à l'aide d'une matraque sur des endroits précis de son corps.

A l'épaule.
A la nuque.
Sur le front.

Elle voulut prononcer le nom qui lui venait à la bouche mais expira dans un dernier souffle.

Le bourreau observa quelques instants la jeune femme étendue sur le sol. Son contrat stipulait une mort à l'aide d'une canne ou d'un objet contondant sur trois parties précises du corps. Les ordres avaient été clairs là-dessus.

Elle s'était exécutée sans états d'âme mais regrettait de ne pas pouvoir utiliser son arme favorite, le couteau, infiniment plus pratique. Hélène effaça soigneusement ses empreintes sur la matraque qu'elle jeta au sol.

Mission accomplie même si tout avait failli capoter quand le majordome avait surgi à l'improviste dans la cuisine pendant qu'elle cherchait sa matraque dans le sac. Juste après qu'il l'eut congédiée, elle s'était changée en vitesse dans les toilettes, sa robe noire dissimulée sous son uniforme de serveuse. Sa cible n'avait présenté aucune difficulté, Hélène connaissait les goûts de la fille.

Du bon boulot. Il fallait maintenant revenir en salle, descendre comme si de rien n'était les escaliers devant l'agent de la sécurité, rejoindre les toilettes pour se changer, récupérer son sac, quitte à assommer le majordome. Elle connaissait au moins dix méthodes pour se débarrasser d'un mâle de sa corpulence.

La vie est merveilleuse, songea la tueuse en sortant de la pièce.

9

*Jérusalem,
Institut d'études archéologiques*

Marek avait lu Descartes. Le *Discours de la Méthode*. Les premières pages, surtout, le fascinaient. L'image de ce philosophe enfermé seul dans sa chambre, son *poêle*, comme il disait, et qui, par la seule puissance de son raisonnement, ramenait tout problème à sa solution…

Le chercheur en tirait une leçon de vie, une méthode personnelle de réflexion qui expliquait pourquoi il préférait travailler, la nuit, dans son laboratoire désert. Marek parlait seul. A haute voix. Il lançait des bribes d'idées aux murs et attendait que l'ordre surgisse enfin du chaos.

Il tapota sur le clavier de son ordinateur. Son compte rendu sur le texte de la pierre prenait forme.

… d'après des formules rituelles similaires que l'on retrouve dans d'autres textes de la même époque, il s'agit d'un écrit d'un des intendants du Temple. Plusieurs fonctionnaires, qui relevaient directement du roi, avaient en charge le bon fonctionnement du sanc-

tuaire. Là, il s'agit visiblement de l'intendant du bâtiment dont la fonction est d'assurer l'entretien matériel du Temple.

Selon les relevés archéologiques, le chantier de reconstruction du Temple avait duré plusieurs années. Sans doute par manque de main-d'œuvre qualifiée et surtout de matières premières.

… Malheureusement nous n'avons qu'un fragment. Le début de la lettre manque, mais on peut en déduire le destinataire : un marchand itinérant, et ce, par des références à des matériaux précis à acquérir. En particulier, deux types de bois sont cités, le cèdre et l'acacia.

Marek saisit une Bible anglaise. Le Livre des Rois décrivait avec précision la construction du Temple ordonnée par Salomon. Tout y était : les dimensions, l'architecture intérieure, les matériaux employés et même le nom de certains des artisans.

La couverture du toit était en cèdre du Liban, l'acacia, selon le Livre de l'Exode, servait à la construction de l'arche d'alliance. Quant à l'airain, il était, avec l'or, le seul métal toléré dans le Temple.

… Sans doute, l'intendant s'adresse-t-il au chef d'une caravane en partance…

La Bible reposée sur la table, Marek songea que plus de la moitié des fragments d'écrits antiques trouvés de par le monde n'était consacrée qu'à la vie administrative des civilisations : des comptes, des factures, des lois, des décrets, des ordres, des contrordres… Décidément l'homme demeurait toujours la proie de deux démons majeurs : l'organisation et la hiérarchie. Et la pierre de Thebbah n'échappait pas à la règle, sauf sur un point :

... trois lignes avant les formules traditionnelles de salut, l'intendant avait rajouté une ultime consigne, un interdit imprévu :
Et surtout, surveille tes hommes, qu'ils n'achètent ni ne ramènent cette graine du démon bv'iti qui ensemence l'esprit de l'homme jusqu'à la prophétie.

BV'ITTI.
Il avait tout compulsé. Dictionnaires étymologiques, lexiques des langues sémitiques, études scripturales, tout, et nulle part le mot *bv'iti* n'était apparu. Comme si dans le tourment des âges, ce vocable n'avait pas survécu, perdu dans les tribulations du peuple juif.

Et lui, Marek, était le premier à voir resurgir ce mot, frappé d'amnésie, qu'un fonctionnaire obscur avait désigné à la malédiction officielle.

Cette fois, le vieux chercheur décida de s'offrir une cigarette, la première depuis vingt ans. Ali, le jardinier palestinien, fumait des Craven dont il laissait toujours un paquet dans la serre. Arrivé à la porte du laboratoire, Marek déverrouilla les systèmes de sécurité. Au moment de franchir la porte, la sonnerie du téléphone retentit dans la pièce. Il décrocha avec impatience.

La voix du gardien grésilla dans le combiné :
— Professeur, vous avez de la visite. L'homme dit que vous l'attendez pour récupérer un colis. Je l'ai fouillé...

Marek sentit une hésitation dans le ton du vigile. Voir arriver un Arabe à cette heure de la nuit à l'Institut était inhabituel.

— C'est bien, Isaac, faites-le monter, je m'en porte garant.

— Comme vous voudrez.

Le professeur raccrocha et se dirigea vers l'ascenseur pour attendre le messager. Plus que quelques secondes et il aurait en main un trésor précieux, inestimable.

Les portes de l'ascenseur s'ouvrirent dans un souffle, laissant passer un homme en djellaba, au visage fin et aux yeux perçants, qui s'avança vers lui en souriant. Il portait un sac de toile beige sale.

— Professeur, je vous transmets le salut et les respects de mon maître.

— Je le remercie, donnez-moi votre paquet pour que vous puissiez repartir chez vous, il se fait tard.

L'homme lui souriait de plus belle.

— Merci beaucoup, professeur. Auriez-vous la bonté de m'offrir un peu d'eau, je suis assoiffé et je ne trouverai pas de café ouvert à cette heure de la nuit.

Marek lui prit le sac des mains, presque brutalement.

— Bien sûr, suivez-moi dans mon bureau, il y a une fontaine.

Les deux hommes traversèrent le grand couloir qui longeait les salles de cours et de recherche, et arrivèrent dans un petit réduit encombré de livres et de revues.

— Servez-vous, les gobelets sont sous le distributeur.

A peine avait-il prononcé cette phrase que le chercheur se ruait sur le sac de toile et l'ouvrait d'un geste brusque. Avec fébrilité, il dénoua le cordon en lin et sortit une masse sombre, noirâtre, qu'il posa sur son bureau. Il ajusta ses lunettes et scruta en détail les contours de la pierre.

Si cette pierre complétait l'autre, peut-être trouverait-il des indications sur ce mot inconnu.

Au bout d'une dizaine de secondes, Marek enleva

la monture de son visage et se frotta les yeux. Sa voix tremblait d'indignation.

— Est-ce une plaisanterie ? Ce caillou est un faux grossier, on ne le vendrait même pas à des touristes américains. Perillian est-il devenu stupide ? Je vous préviens…

Il n'eut pas le temps de finir sa phrase, un coup violent lui brisa l'épaule. Il s'effondra à terre, suffoquant de douleur.

La voix douce de Béchir résonna comme dans un rêve :

— Tu n'as pas à me prévenir, Juif. Votre problème à vous, fils d'Israël, c'est que vous vous croyez encore les maîtres sur ma terre. C'est moi qui te préviens maintenant, ta mort arrive à grands pas. On m'a chargé, et crois bien que je le regrette, de t'achever à coups de bâton.

Un nouveau coup s'abattit sur Marek. Sur la nuque. Sa conscience vacillait mais il se souvenait de tout.

Cette exécution, il y avait assisté soixante ans auparavant dans le camp de Dachau. Il revoyait le SS frapper avec entrain son camarade d'infortune, Henri Jouhanneau. Le troisième coup serait le bon mais il n'eut pas besoin de l'attendre, son cœur ne fonctionnait plus. Avant de mourir, il prononça une seule phrase, apprise maintes et maintes fois dans le rituel maçonnique, en fixant les yeux du tueur :

— La chair quitte les os.

— Encore un rituel juif, marmonna Béchir en frappant violemment le front du vieil homme.

Le sang colora le visage du chercheur.

Béchir posa la pioche en fer désormais ensanglantée, instrument indispensable pour effectuer des fouilles de bonne qualité dans cette partie du globe, puis se rendit au bureau du Juif. Il la vit aussitôt.

La pierre de Thebbah, sagement posée sur le bureau encombré de livres et de papiers. Il la glissa dans le sac, ainsi qu'un dossier qui traînait.

L'ordinateur scintillait sous la lueur de la lampe. Béchir fit une impression de la page d'écran avec les commentaires du chercheur sur la pierre et effaça le fichier.

Il laissa la lumière allumée, repartit en sens inverse vers l'ascenseur, et enjamba le cadavre en prenant soin de ne pas souiller sa djellaba avec la flaque de sang qui s'écoulait de la tête du chercheur.

Pendant que l'ascenseur descendait, il s'interrogeait sur les raisons du rituel de mort que son commanditaire lui avait imposé. Trop compliqué à son goût. En ce moment, il préférait l'étranglement, plus rapide, plus propre. Dans sa jeunesse, l'égorgement avait longtemps été son péché mignon. Et puis, un soir de septembre à Beyrouth, alors qu'il exécutait un contrat, l'élimination d'un rival d'Arafat pendant une soirée privée, un jet de sang avait taché son costume immaculé Armani. Un superbe complet en provenance directe de Rome, équivalant au tiers du contrat, bon à jeter à la poubelle. De quoi abandonner définitivement cette méthode salissante pour ses costumes coupés sur mesure. Depuis ce jour, il s'était reconverti dans l'utilisation du pistolet et de la corde de lin.

Et le pire, c'est qu'il avait appris par la suite avoir été manipulé sur ce coup par les Juifs via un intermédiaire jordanien retourné par le Mossad.

Béchir traversa la cour de l'Institut et se dirigea vers le vigile hypnotisé par les blondes peroxydées d'*Alerte à Malibu* qui se trémoussaient en maillot de bain dans le petit poste de télévision accroché à la guérite. Le gardien mourut instantanément devant Pamela Anderson appliquant un bouche-à-bouche torride à un rescapé de la noyade.

Béchir jeta un œil sur le feuilleton ; lui aussi aimait bien les séries américaines, malheureusement il ne pouvait les visionner que lors de ses déplacements en Europe ou aux Etats-Unis. Ici, il jouait le rôle de l'Emir, fidèle parmi les fidèles, humble et vertueux.

Cette schizophrénie ne le perturbait pas vraiment, les divagations des mollahs le servaient à merveille, l'air du temps sentait bon le Djihad, et Ben Laden avait redonné un coup de fouet à l'Islam.

Mais en son for intérieur il restait un jouisseur, adorait la compagnie des femmes, goûtait aux grands crus et ne dédaignait pas le luxe. La morale des oulémas et leur ascétisme l'agaçaient prodigieusement. Il préférait, et de loin, le panarabisme de Nasser ou le nationalisme passé de mode de Kadhafi. Ces chiens d'Iraniens avaient tout perverti avec leur révolution et maintenant il fallait se couler dans le moule de l'islam le plus intransigeant pour gagner sa vie en tant que tueur.

Il s'en était ouvert une seule fois, devant un prisonnier juif en captivité dans une cave de Ramallah. Un colon enlevé au hasard qu'il fallait tuer pour l'exemple après un raid meurtrier de Tsahal. La routine presque. De bonne humeur, il avait engagé la conversation. Le colon, convaincu de bâtir le grand Israël, détestait néanmoins les intégristes de sa religion. Tous deux étaient parvenus à la conclusion que la déviance fondamentaliste dans les deux religions du Livre instillait un vrai poison. Béchir avait passé un après-midi excellent, et pour la première et dernière fois dans sa carrière, il avait laissé la vie sauve à un Juif. La colère des bouffons du Hezbollah, pour qui il travaillait à l'époque, lui avait fait passer un excellent moment.

Béchir consulta sa montre, il avait juste le temps

de quitter l'Institut et de se réfugier dans l'une de ses cachettes distante d'un kilomètre. Le poste de garde restait silencieux. Béchir enleva délicatement la cassette du magnétoscope relié à la caméra de sécurité. Toute trace devait disparaître. C'était presque trop facile, rien qui puisse doper son adrénaline.

Il hésita quelques secondes, puis appuya sur le gros bouton jaune qui déclenchait l'alarme. Une sirène déchira le silence. Dans quelques minutes à peine, deux ou trois voitures de police seraient là, tous gyrophares dehors.

L'accélération de la pression du sang irradia son cerveau et son cœur. L'excitation revenait. Il s'éloigna en courant vers sa voiture où patientaient ses deux gardes du corps, inquiets du déclenchement de l'alarme.

Le plan fonctionnait à merveille, une planque les attendait à cinq minutes en voiture où ils pourraient se réfugier. Béchir palpa le sac de toile qui contenait la pierre en contemplant la rue qui défilait à vive allure sous ses yeux. Une bien belle nuit sur Jérusalem.

10

Palais Farnèse,
la Grande Galerie,
8 mai, 23 h 30

Marcas sentit cette fois que son charme opérait, la réalisatrice française s'esclaffait à chaque fois qu'il lançait un mot d'humour. Il lui proposerait ensuite de s'éclipser pour aller boire un verre au centre de la ville.

Il sentit une main se poser sur son épaule.

Alexis Jaigu pencha sa tête vers son oreille.

— Viens vite, j'ai besoin de toi, tout de suite.

Marcas soupira. Pas cette fois, il n'allait pas perdre sa seule chance d'ajouter une note sensuelle à son escapade romaine. Avant qu'il n'ait le temps de protester, le conseiller militaire le tira en arrière en marmonnant :

— C'est urgent, Antoine.
— Que se passe-t-il ?
— Suis-moi au premier étage et tu comprendras.

Marcas s'excusa auprès de la réalisatrice en lui assurant qu'il n'en avait pas pour longtemps.

La fête battait son plein, les invités dansaient sans retenue, le quatuor avait laissé la place à un DJ qui enchaînait les nouveautés du moment. Cela devenait le fin du fin dans certaines représentations diplomatiques de recruter des DJ pour apporter une note plus relevée aux soirées souvent empesées.

Marcas suivit Alexis qui grimpait les marches trois par trois, presque au même rythme que les tempos de Beni Benassi qui grondaient dans les haut-parleurs, un groupe que lui avait fait découvrir son fils de dix ans.

Deux hommes barrant le passage de la grande porte de la salle d'apparat s'effacèrent devant le conseiller militaire et son ami.

En entrant, Antoine aperçut deux autres gorilles de l'ambassade penchés sur une masse informe qu'il n'arrivait pas à distinguer.

Il s'approcha et découvrit l'objet de l'intérêt des employés de la sécurité.

Sur le sol, gisait la fille qu'il avait essayé de draguer une heure avant. Le corps paraissait désarticulé, une flaque de sang imprégnait le parquet récemment lustré à la cire d'abeille dont les effluves se mêlaient au parfum de la victime, Shalimar probablement, nota le policier.

Alexis Jaigu respira profondément, puis s'accroupit devant le cadavre.

— Il n'est pas question que cette morte fasse les gros titres de la presse italienne, ce serait une publicité désastreuse pour l'image de l'ambassade. Déjà que nos relations ne sont pas très bonnes avec le gouvernement Berlusconi… Les feuilles de chou de la péninsule vont se régaler !

Marcas fronça les sourcils.

— Qu'est-ce que je viens faire là-dedans ? Tu sais bien que je n'ai aucun mandat pour traiter cette affaire.

Tu ne vas quand même pas me demander d'enquêter, c'est le boulot du responsable de la sécurité.

Jaigu continuait de regarder le corps sans vie.

— Je sais, mais il n'est pas spécialiste des homicides, toi oui. Et puis, la victime était justement une amie personnelle du responsable de la sécurité. Je crains que cela ne brouille son jugement. Je t'en prie, rends-moi ce service ! Note ce qui te paraît suspect, le responsable de la sécurité a été appelé d'urgence, mais…

Marcas soupira.

— D'accord. Encore faudrait-il que j'aie une équipe de spécialistes pour relever les empreintes, examiner le corps et…

Jaigu l'interrompit :

— Pas le temps, je veux juste avoir ton avis. La sécurité a reçu l'ordre de boucler les abords de l'ambassade. On a déjà un témoignage sur l'identité du tueur.

Marcas se pencha sur le corps.

— Et alors ?

— La victime est montée il y a environ trois quarts d'heure avec une autre femme, sous l'œil d'un des gardes. Dix minutes plus tard, cette dernière est redescendue puis a disparu. Ne voyant pas reparaître l'autre convive, l'agent est entré dans la pièce et a découvert le corps. Il a donné immédiatement l'alerte.

— Je ne comprends toujours pas pourquoi tu me mets sur ce meurtre. Je n'ai aucune compétence ici. Le chef de la sécurité va être furieux, du moins je le serais à sa place.

Jaigu sourit, mal à l'aise.

— D'accord. Alors écoute, depuis que je suis ici, je suis en guerre ouverte avec elle.

— Elle ?

— Oui, c'est une femme. Jade Zewinski. Redoutable

dans son genre. La chance a voulu que l'agent en poste dans l'escalier soit un pote, il m'a averti avant elle. Je veux juste avoir ton avis avant qu'elle n'arrive. Ça me permettra d'en savoir plus sur la situation et d'informer l'ambassadeur en premier...

— Tu veux te faire mousser, c'est ça ?

— Ecoute ! Un seul indice peut se révéler primordial. Et puis doubler cette emmerdeuse de Jade constituerait un vrai plaisir. Son amie retrouvée assassinée dans l'ambassade, le premier meurtre dans ce lieu si prestigieux depuis les turpitudes de la famille Farnèse, voilà qui va sûrement nuire à son avancement. Si avec ça elle ne se fait pas muter dans une république d'Asie centrale, je demande mon admission chez tes frangins.

Marcas détestait le caractère conspirateur de son ami et ne voulait pas se mêler à des jeux de pouvoir qui le dépassaient. Mais intrigué par le meurtre, il décida d'examiner le cadavre. Il remarqua le coup porté au front et celui à l'épaule. Curieuse façon de mourir, cela lui rappelait quelque chose, mais il n'arrivait pas à identifier ce fragment de souvenir.

Jade Zewinski n'aimait pas son prénom, persuadée qu'il était synonyme d'un objet fragile, précieux certes, mais délicat. Or, la délicatesse ne faisait pas partie de ses qualités. Après un bac obtenu sans gloire, Jade avait frappé, sans hésiter, à la porte de l'armée.

Tout, plutôt que de continuer à subir l'atmosphère suffocante de la petite ville de province où son père s'était suicidé. Au bout de cinq ans, elle occupait un poste de sécurité en Afghanistan. La seule femme envoyée sur le terrain, attachée à la protection des personnalités médiatiques ou politiques de passage. De quoi se remplir un bon carnet d'adresses.

Un an après son arrivée, elle repartait dans les bagages d'un diplomate avisé qui recrutait discrètement pour les services de renseignement. Encore un an, et les menaces terroristes s'intensifiant, elle partait pour Rome en charge de la sécurité de l'ambassade.

Ici, en coulisse, on l'appelait *l'Afghane*. Ce surnom lui plaisait, beaucoup plus que Jade…

Vêtue d'un pantalon ample de couleur sombre, et d'une veste de tailleur suffisamment échancrée pour atteindre au plus vite son arme de service, Zewinski bouscula sans ménagement les invités de la soirée. Un appel sur son portable avait interrompu son tête-à-tête avec le jeune acteur italien. Un parfait crétin, prétentieux de surcroît, mais suffisamment attirant pour passer une nuit agitée.

Jade laissa le bellâtre planté devant sa coupe de champagne et sans un mot d'excuse disparut pour rejoindre son adjoint qui paraissait affolé.

— C'est votre amie. Elle est morte, on a retrouvé son corps au premier étage. Je suis désolé…

Jade se sentit chanceler, mais elle reprit le dessus. Surtout ne jamais rien laisser paraître.

L'homme poursuivit d'une voix hésitante :

— Il faut que je vous prévienne. Jaigu est déjà là-haut.

L'Afghane pâlit.

— Quoi ? Vous plaisantez ?

— Non, c'est sérieux, il a été alerté avant nous. Je ne sais pas comment.

— Cette merde n'a rien à faire là-bas ! Jusqu'à preuve du contraire il n'est qu'attaché militaire. Dites à nos hommes de le virer.

— C'est difficile. Il a l'appui de l'ambassadeur.

Jade accéléra le pas, bouscula un ministre italien et faillit faire tomber à la renverse l'ambassadeur allemand.

Sa gorge se noua en pensant à son amie, elles ne s'étaient pas revues depuis plus d'un an et Sophie avait débarqué à Rome deux jours auparavant. Elle avait beaucoup changé, plus sûre d'elle, plus mature, ayant presque perdu cette fraîcheur spontanée qui lui donnait tant de charme. Leur amitié remontait au lycée, et elles étaient restées très proches l'une de l'autre, même si Jade ne partageait pas les penchants sentimentaux de Sophie, elle l'avait considérée comme une sœur. Quand Jade s'était engagée, Sophie avait bifurqué vers l'université, mais leur amitié n'avait jamais cessé.

La veille, Sophie s'était épanchée auprès de son amie lors d'un déjeuner dans un petit restaurant de la piazza Navone.

Après ses études d'histoire comparée, elle avait repris la librairie de ses parents, rue de Seine, spécialisée dans les manuscrits anciens, plus particulièrement dans le domaine ésotérique. La demande explosait, traités d'alchimie, documents maçonniques, bréviaires occultes du XVIIIe siècle, elle peinait à assouvir les désirs de ses clients qui venaient du monde entier.

En parallèle, elle était rentrée en maçonnerie, par curiosité, grâce à l'appui de son directeur de thèse. Son engagement la passionnait et elle s'était laissé convaincre de travailler comme archiviste à ses moments perdus au siège du Grand Orient. Sa connaissance des manuscrits anciens lui permettait de trier et de répertorier les tonnes d'archives qui dormaient là-bas.

Jade avait tiqué en apprenant l'affiliation de son amie, elle n'aimait guère les fils de la Veuve. A deux occasions dans son travail, elle avait côtoyé des frères et elle en gardait un goût amer. La dernière fois, un poste à Washington lui avait échappé à cause d'un initié habile à jouer du réseau. Ce copinage la révulsait même si elle reconnaissait que d'autres réseaux existaient au sein du Quai d'Orsay et que celui des fils de la lumière était là-bas moins puissant que ceux des cathos ou des aristos.

Sophie lui expliqua avoir profité d'un voyage à Jérusalem pour faire une halte à Rome et venir la voir. Elle paraissait tendue, lui confiant qu'elle était en mission pour le Grand Orient, chargée de remettre des documents à un chercheur israélien.

Lors du repas, Jade avait remarqué que son amie ne cessait de jeter des coups d'œil furtifs autour d'elle comme si elle se sentait épiée. D'ailleurs, elle lui avait demandé de garder, si possible dans le coffre de l'ambassade, une petite serviette contenant ses documents. Jade avait plaisanté des précautions de son amie mais s'était exécutée pour lui faire plaisir. Puis la conversation avait bifurqué vers les hommes, sujet inépuisable. Sophie confia qu'elle avait enfin admis sa bisexualité et que sa vie se partageait entre un homme d'âge mûr, un riche client américain de passage parfois sur Paris, et quelques amies très tendres rencontrées au cours de soirées particulières.

Sophie, en riant, avait bien tenté de convaincre Jade de l'accompagner sur ses chemins de traverse, mais l'Afghane n'en démordait pas : les hommes, bien qu'exaspérants et infatués, resteraient sa cible préférée.

Le rire de Sophie s'était éteint. Définitivement.

En montant les escaliers qui menaient à l'étage, Jade décida de ne pas faire état des documents confiés par son amie. Obscurément, elle pressentait que la mort de Sophie avait un lien avec les francs-maçons, ce qui l'irrita encore davantage.

Quand elle parvint sur la scène du crime, elle aperçut Jaigu en compagnie d'un autre type penché sur le cadavre. Elle hurla immédiatement :

— Vous n'avez rien à foutre ici ! Dégagez, putain !

Marcas sursauta. C'était une voix de femme jeune et pourtant pleine d'autorité, une voix habituée à commander. A peine eut-il le temps de se lever qu'il se trouva nez à nez avec une blonde aux cheveux courts, à l'allure sportive. Elle le dévisageait avec mépris.

Alexis Jaigu s'interposa :

— Attends, c'est moi qui lui ai demandé de venir. Il est policier, commissaire divisionnaire en poste à Paris. J'ai pensé qu'il pourrait nous aider.

L'Afghane le toisa du regard.

— Depuis quand un type comme toi pense ! Si vraiment tu avais voulu faire appel à ton cerveau, tu te serais contenté de ne pas mettre les pieds ici et de te tenir à l'écart. Jusqu'à preuve du contraire, je suis responsable de toute la sécurité de l'ambassade. Donc, au risque de me répéter, mais je tente de faire appel à ton intelligence, fous-moi le camp et emmène ce type.

Avant que Jaigu n'intervienne, Marcas prit la parole :

— Vous avez tort de le prendre comme ça, mais je comprends votre point de vue. Je vous laisse à votre enquête, chacun son job. Alexis, viens, de toute façon, j'en ai assez vu.

Marcas s'éloigna prudemment, il ne voulait surtout pas rester dans la même pièce que cette harpie qui l'aurait déchiqueté sans pitié. Avec un peu de chance, il pourrait encore mettre la main sur la réalisatrice et finir la soirée sur une note plus romantique.

Jaigu, qui lui aussi avait abandonné la partie, le rejoignit sur le palier.

— Alors, tes impressions ?
— Quoi, ta mégère ?
— Non, le cadavre, voyons !
— Je ne sais pas, ce n'est pas facile. Les coups portés ne relèvent pas d'une logique évidente. La mort est due au choc sur le front mais l'épaule, je ne comprends pas,

à moins qu'on n'ait voulu la faire souffrir. Une clavicule cassée peut faire horriblement mal. Pour le reste, il faudra t'en remettre à ton amie la walkyrie et à la police italienne.

— J'en doute, il n'est pas question que nos amis romains mettent les pieds dans l'ambassade. La jeune femme sera décédée à la suite d'un malaise.

Marcas regarda longuement son ami.

— Vous n'allez quand même pas dissimuler le meurtre. C'est illégal.

— Nous ne dissimulerons rien aux autorités françaises, ne t'en fais pas. Quant aux Italiens, ma foi, ils ont trop d'assassinats commis par la Mafia pour se soucier d'une petite Française victime d'une crise cardiaque. Viens, je t'offre une coupe de champagne aux frais de la République. Mais avant, il faut que je voie notre ami l'ambassadeur.

Zewinski restait comme hypnotisée devant le cadavre de son amie couverte de sang. Deux heures plus tôt, elles plaisantaient dans la grande salle de réception et s'attribuaient des conquêtes des deux sexes en se lançant des défis.

Elle revoyait son visage ovale barré d'une mèche rebelle. Son rire étincelant de petite fille. Et là, ce corps sans vie, cet amas de chair morte qui finirait dans un cercueil. Et le visage fracassé à l'aide d'une matraque déposée juste à côté de sa tête suppliciée.

Elle sortit de sa transe, consciente qu'il fallait agir vite. Ses hommes lui avaient signalé la présence de la fille qui avait accompagné Sophie à l'étage, son signalement avait été communiqué à tous les agents de la sécurité.

Elle aboya des ordres à deux de ses subordonnés :

— Prévenez le médecin de garde. Qu'il l'arrange un

peu. Prévoyez une aide respiratoire pour le transfert. Le masque à oxygène masquera les traces de coups.

Des portes claquèrent. Il ne restait que deux hommes. Des gendarmes. Des hommes sûrs et rapides.

Son portable vibra dans la poche de son tailleur. Elle reconnut la voix de l'ambassadeur.

— Jade, que se passe-t-il ? Quel degré de gravité ? Jaigu m'a appelé pour me prévenir d'un meurtre, là-haut.

Ils étaient convenus d'un code pour estimer le niveau d'urgence d'un événement imprévu, calqué sur l'échelle de Richter d'évaluation des tremblements de terre. Le chiffre équivalant à un niveau maximal avertissait de la mise en danger de la vie de l'ambassadeur ou d'une attaque terroriste.

— *A priori*, 5.

En clair, un événement préoccupant, mais contrôlable.

— D'accord. Faites-moi un brief rapide, je dois m'occuper de nos invités.

— Bien, monsieur.

Pour Jade, la mort de Sophie méritait un 8 sur le plan personnel.

L'ambassadeur s'enquit rapidement de l'identité de la victime et chercha surtout à savoir si ce pouvait être un crime politique. Jade le rassura, son amie ne faisait pas partie du personnel de l'ambassade et ne comptait pas parmi les invités importants de la soirée.

L'ambassadeur compatit au décès et eut même la délicatesse de ne pas pousser un soupir de soulagement.

Jade connaissait la procédure, le cadavre partirait le lendemain matin pour Paris muni d'un certificat falsifié, attestant d'une mort accidentelle, idéal pour tromper la vigilance des douaniers.

Elle accompagnerait elle-même son amie à l'embarquement. Le cercueil de transport serait commandé à la première heure le lendemain. Avec un peu de chance, le corps serait à Paris au plus tard dans la soirée.

Jade ne se faisait aucune illusion sur la présence de la tueuse dans l'ambassade, elle avait dû déguerpir, ce que lui confirma l'agent en poste à l'entrée qui avait vu sortir l'une des serveuses qui ne se sentait pas bien.

Son engagement devait probablement être bidon ainsi que son identité. Un seul indice restait, les enregistrements vidéo sur le circuit de l'ambassade.

Jade posa une dernière fois sa main sur le poignet de Sophie et partit vers la porte. Elle mettrait un point d'honneur à trouver la pute responsable de cette mort atroce.

Au moment où elle poussait la lourde porte, elle tomba sur Antoine Marcas, essoufflé.

— Je voudrais vérifier quelque chose sur le cadavre.

— Pas question, dégagez avant que je ne vous fasse expulser.

— Ne soyez pas stupide. Ecoutez, même si je ne peux pas la voir, retournez auprès du corps et examinez sa nuque. Je vous en prie, c'est très important.

Jade dévisagea froidement le policier, puis haussa les épaules.

— D'accord, mais si vous m'avez fait perdre mon temps vous le regretterez.

Marcas attendit moins d'une minute avant que Jade ne revienne. Elle paraissait troublée.

— Sophie a bien reçu un coup sur la nuque qui lui a probablement brisé les cervicales. Comment le saviez-vous ?

Marcas lui prit le bras.

— Il vaut peut-être mieux que nous en parlions ailleurs.

L'Afghane se dégagea avec colère.

— Ça suffit ! C'est maintenant et tout de suite.

Antoine hésita, puis posa la question qui lui brûlait les lèvres :

— Sophie était votre amie, n'est-ce pas ? Avait-elle des liens avec la franc-maçonnerie ou en faisait-elle partie ?

— Quel rapport avec le meurtre ?

— Répondez, je ne cherche pas à vous piéger.

Jade crispa ses lèvres.

— Oui, elle en était membre. A votre tour, expliquez-vous !

Marcas laissa son regard errer sur les tableaux des maîtres florentins, puis s'entendit répondre :

— La chair quitte les os.

11

Rome

Hélène étouffa un cri de rage. Elle avait mis la chambre d'hôtel sens dessus dessous, aucune trace des documents. Son commanditaire n'allait pas apprécier cet échec. La Française s'était jouée d'elle.

Elle s'assit sur le lit moelleux et essaya de se dominer. On l'avait habituée à penser avec calme. Lentement, elle reprit son inspiration et prononça intérieurement de simples phrases. Quelques années plus tôt, alors qu'elle se trouvait sur la frontière serbe, elle avait vu un prêtre orthodoxe prier ainsi. A chaque mouvement de respiration, il prononçait à mi-voix une phrase sacramentelle, *Kyrie eleison. Kyrie eleison.*

Autour de lui, ses compagnons d'infortune hurlaient leur détresse alors qu'à quelques mètres des irréguliers croates violaient leurs femmes avant de les égorger. Seul le prêtre conservait une sérénité sans faille. Au fur et à mesure qu'il priait, son visage frappait sa poitrine du menton et l'étrange psalmodie s'élevait parmi les cris de désespoir.

Peu à peu les Serbes s'étaient calmés. Un à un, ils

avaient entonné chacun à leur tour la parole sacrée. Cette communion dans la foi avait exacerbé la colère des partisans croates et leurs armes automatiques avaient craché la mort. Hélène avait longtemps observé le visage du prêtre mort. Il affichait une expression indéfinissable, sereine. Depuis, quand la colère ou le doute la gagnait, elle prononçait à son tour des phrases sans âge, des comptines d'enfance que lui chantait sa mère. L'époque heureuse de sa vie.

Mais maintenant, il fallait réfléchir.

Depuis qu'elle était à Rome, Sophie Dawes n'avait eu qu'un seul contact, la fonctionnaire de l'ambassade, son amie d'enfance. Elle les avait filées, pourtant. La fille du palais Farnèse semblait donc la seule à pouvoir posséder les documents et comme il n'était pas question de remettre les pieds dans l'ambassade, Hélène comprit que sa mission avait échoué. Quoi qu'elle tente de faire, il était impossible de s'approcher de l'amie de Sophie Dawes sans risquer de se faire repérer.

Hélène sortit de la chambre, remit son passe magnétique universel dans sa poche. Depuis que les hôtels avaient abandonné les bonnes vieilles clés pour des cartes plastique à bande magnétique, c'était devenu un jeu d'enfant de rentrer dans les chambres. Elle avait acheté un petit appareil d'encodage électronique dans une échoppe spécialisée de Taïwan pour à peine dix mille euros et elle se baladait désormais comme chez elle dans la plupart des hôtels du monde, du moins ceux qui n'avaient pas mis en place un système de contre-verrouillage sur les serrures.

Elle gagna l'ascenseur et sortit de l'hôtel incognito. Elle attendrait le matin pour faire son rapport.

Jade fit répéter une deuxième fois son interlocuteur. Le visage d'Antoine se crispa.

— *La chair quitte les os*. Vous ne pouvez pas comprendre ! C'est une phrase rituelle maçonnique prononcée pour évoquer le meurtre d'Hiram, le fondateur légendaire de l'ordre.

— Je ne vois pas le rapport. Pourriez-vous vous mettre à la portée de la profane que je suis, puisque je suppose que vous en faites partie ?

Marcas se caressa la joue, sentant une barbe naissante poindre sous ses doigts.

— ... Frappée à trois reprises. L'épaule, la nuque et le front. Comme la légende d'Hiram. Voyez-vous, dans la tradition maçonnique, il est écrit qu'au temps du roi Salomon vivait un architecte qui lui bâtit son fameux temple. Détenteur de secrets puissants, Hiram provoqua la jalousie de trois ouvriers qui voulurent les lui extorquer. Ils complotèrent et un soir lui tendirent un guet-apens...

Jade le regarda, médusée.

— C'est du délire ! Sophie vient de se faire assassiner et vous êtes en train de me réciter un passage de la Bible. J'hallucine...

— Laissez-moi terminer. Le premier ouvrier le frappa sur l'épaule, Hiram refusa de parler et s'enfuit. Le deuxième lui assena un coup sur la nuque, mais le grand architecte parvint à lui échapper avant de tomber sur le troisième qui l'acheva d'un coup sur le front.

Cette fois, elle ne voulut pas l'interrompre. Marcas continua son récit :

— Cette histoire possède un sens très important pour nous ; à défaut de la prendre au pied de la lettre elle est riche en symboles. Mais le plus étrange n'est pas là...

— Quoi encore ?

— Il existe une rumeur qui parcourt les loges. A

chaque bouleversement historique, ce type de meurtres aurait précédé le début des persécutions des francs-maçons.

— Vous êtes timbré !

— Vous êtes inculte ! Depuis plus d'un siècle, des meurtres se seraient déroulés à l'identique, en Europe. A chaque fois le même rituel : l'épaule, la nuque et le front. Comme si l'on voulait imprimer la marque du martyre à des francs-maçons, car bien évidemment toutes les victimes en étaient.

— Mais comment savez-vous ça ?

— Je vous l'ai dit, ce ne sont que de vieux récits transmis de bouche à oreille...

— Et...

— Et le message nous est sans doute directement adressé.

— Vous savez qui en étaient les auteurs ? Il est vrai que vous avez tant d'ennemis !

— Nos ennemis n'existent pas, il n'y a que des ignorants.

L'Afghane le regarda férocement et secoua la tête.

— Je vous laisse à vos contes et légendes. Moi, j'ai un meurtre sur les bras, et celui d'une amie qui m'était très chère. Si elle ne s'était pas inscrite dans votre secte, elle serait encore vivante.

L'atmosphère se tendait. Ils s'affrontèrent du regard.

— Ne m'insultez pas, je ne fais pas partie d'une secte et je ne crois pas que votre amie partageait votre point de vue. Et puisque vous ne voulez rien entendre, je préfère partir et oublier cette affaire.

L'éclat des voix résonnait sous les lambris du palais qui avaient recueilli un nombre infini d'échos d'altercations, de complots et de conspirations depuis le temps des Farnèse.

Cette fois, ce fut l'Afghane qui le retint par le bras.

Antoine la fusilla du regard. Il n'aimait pas cette femme et voulut le lui faire savoir de manière définitive.

— Enlevez votre main. Votre bêtise n'a d'égale que votre incompétence en matière criminelle. Je vous conseille de me laissez sortir. Pour votre plus grand bien.

Elle esquissa un sourire de défi. Ce petit flic méritait une leçon.

— Qu'allez-vous faire ? Appeler au secours vos petits copains ?

L'énervement de Marcas monta d'un cran. Les mots jaillirent pourtant dans un souffle :

— La presse suffira. Le Quai d'Orsay sera ravi. Ce n'est pas tous les jours qu'on tue une ressortissante française au palais Farnèse.

— Vous n'aurez pas le temps de faire ça !

— Vous oubliez mes *petits copains*. Il paraît qu'il y en a chez les journalistes. Vous voulez que je passe un coup de fil ? Je suis pour la transparence.

Il sortit un portable gris métallisé de sa poche. L'Afghane serra les poings et baissa le ton :

— C'est un chantage minable. La transparence… Très drôle de la part d'un franc-mac qui passe son temps à comploter dans sa loge.

— Ne soyez pas stupide.

— Ben voyons ! Les réunions interdites aux gens ordinaires pour ne pas voir vos simagrées en tablier ridicule, les réseaux de potes infiltrés dans tous les milieux, les coups de pouce pour faire embaucher un frérot… Suis-je bête, ça n'existe pas, bien sûr !

— Je ne vous suivrai pas sur ce terrain.

— Mille excuses. Après tout, je ne suis qu'une simple profane privée du privilège de jouir de la lumière du Grand Architecte de l'Univers.

— Nous n'avons rien à cacher.

— Tout le monde a un secret !

Marcas la scruta avec suspicion.

— Ah bon ! Alors, quel est le vôtre ?

Le ton recommençait à monter.

— Moi ? Je n'ai aucun secret. Je ne mène pas une double vie de flic et de frangin. Remarquez, ça doit aider pour la carrière.

— Barbouze et escamoteuse de cadavre, ça ne vaut guère mieux !

Marcas et Zewinski se faisaient face, l'insulte aux lèvres.

L'affrontement silencieux dura une dizaine de secondes, puis le policier tourna les talons.

12

Jérusalem

Le liquide rougeoyant coula le long de la carafe, tournoya au niveau du goulot et jaillit dans le verre de cristal délicatement ciselé. Le précieux breuvage emplit bientôt tout le contenu du verre. La main imprima un mouvement sec sur la carafe, stoppant le torrent carmin du château-lauzet.

Une senteur boisée s'exhala de l'écrin cristallin et pénétra dans les récepteurs olfactifs de Béchir. Un pur moment d'extase.

Boire un verre de vin dans son fief représentait pour lui un défi stimulant. Si ses proches savaient que l'Emir s'accordait de temps à autre des libations en secret, nul doute que son prestige en prendrait un sérieux coup. Braver l'interdit multipliait le plaisir de la dégustation. Il porta le verre à ses lèvres, le liquide recommença sa course folle pour cette fois plonger dans sa gorge.

Béchir savoura cet instant incomparable. L'Islam condamnait l'alcool mais il n'en était pas de même au cours des siècles précédents. L'Emir appréciait un très ancien poète persan, Omar Khayyam, qui s'était rendu célèbre par ses textes sur les joies du vin et de l'heureuse compagnie des femmes. Lors d'une mission à Londres il avait acheté très cher un exemplaire daté de la fin du XIXe siècle des *Rubaiyat* de Khayyam, l'une des nombreuses versions qui circulaient à l'époque quand le poète avait connu un regain de gloire dans les cercles littéraires anglais décadents.

Le vin, liquide divin qui embrase l'esprit des mortels... De sa main gauche il caressa la pierre de Thebbah, objet de la convoitise de son commanditaire. Cent mille euros, une très bonne affaire pour une vieille pierre.

D'autant que Béchir n'était pas parti uniquement avec la pierre de l'Institut archéologique. Par précaution, il avait aussi emporté les papiers que le vieux Juif conservait sur son bureau. Juste avant de mourir. L'Emir n'avait qu'une confiance modérée dans son commanditaire. Un Européen sans doute.

Un de ces collectionneurs fanatiques prêts à tout pour assouvir la frénésie de leur passion. Mais savait-on jamais ? Cette pierre pouvait aussi se révéler plus précieuse que prévue. Depuis la découverte des manuscrits de Qumrā̄n en bordure de la mer Morte, la moindre pièce archéologique déterrée en Palestine fascinait les chercheurs du monde entier.

Il faut dire que la lutte semblait désormais ouverte entre les tenants des deux grandes religions monothéistes issues du Livre. Juifs et chrétiens se livraient à un affrontement idéologique qui, s'il échappait au grand public, ne cessait pourtant d'avoir des conséquences religieuses profondes. Pour les tenants du conservatisme juif, les manuscrits de Qumrā̄n prouvaient de façon indubitable que les chrétiens n'étaient en fait que les héritiers quasi directs d'une secte juive minuscule, les Esséniens qui, réfugiés dans le désert, prédisaient l'Apocalypse. Dans cette perspective, le Christ se réduisait alors à un simple prophète de seconde main, qui n'aurait fait que répéter et transmettre, mal d'ailleurs, le message religieux des Esséniens.

Un fils de charpentier inculte qui se serait pris pour le Messie ! Rien à voir avec le fils du Dieu Tout-Puissant. Pour les chrétiens du monde entier, cette interprétation était insupportable. Et nombre de leurs théologiens tentaient de prouver au contraire combien la parole des Evangiles était radicalement différente des textes esséniens de la mer Morte.

Depuis leur découverte en 1947, ces manuscrits ne cessaient de défrayer la chronique. D'autant que beaucoup de ces écrits prenaient la forme de fragments dont la reconstitution originelle relevait bien plus d'hypothèses linguistiques que de certitudes scientifiques. Toujours est-il que ces fameux rouleaux, dissimulés dans des jarres d'huile, continuaient de tracasser l'Eglise. Des livres parus, en particulier aux Etats-Unis, remettaient radicalement en cause la divinité du Christ et donc la légitimité du christianisme.

Béchir s'intéressait à ces questions, car il voyait dans ces attaques dirigées contre l'origine de la foi chrétienne la main et l'argent sioniste. Pour lui, comme pour beaucoup d'intellectuels musulmans, les Juifs étaient incapables d'accepter toute autre croyance que la leur. Et encore moins, une religion qui serait née parmi eux !

Si seulement les *roumis* pouvaient comprendre qu'ils n'avaient pas pire ennemis que les Juifs ! Au début de l'année, pourtant, Béchir s'était réjoui. Une étude monumentale, pas moins de dix ans de fouilles et de recherches, venait d'être publiée qui remettait totalement en cause l'origine essénienne des manuscrits de la mer Morte.

En effet, il semblait bien que le site de Qumrā̄n, où

aurait vécu une importante communauté d'Esséniens, n'aurait été en fait qu'un simple lieu de production de poteries ! Par exemple, les fameuses piscines de purification que l'on faisait visiter aux touristes ignorants n'étaient que de vulgaires bassins de décantation destinés à recueillir de l'argile pour fabriquer de la vaisselle.

Et en plus c'étaient des archéologues juifs qui vendaient le pot aux roses !

Béchir se resservit un verre de vin. Nul risque que la pierre de Thebbah ne provoque un jour un pareil remue-ménage. Il venait de finir la lecture du rapport d'analyse. En fait il ne s'agissait que d'un fragment de contrat commercial. Une simple commande de matériaux. Pas de quoi révolutionner la face du monde ! Et dire qu'un amateur, quelque part dans le monde, payait une petite fortune pour une telle banalité. Décidément, les Occidentaux étaient de vrais décadents.

Désormais, il ne restait plus qu'un dernier problème. Apporter la pierre à Paris.

Béchir reposa le verre et tapota son ordinateur portable de la dernière génération. Il se connecta sur le Net et choisit un serveur spécialisé dans les vols charters de dernière minute à prix cassés. Il cliqua ensuite sur les vols à destination de Paris au départ d'Egypte. Partir de Jérusalem représentait un risque trop grand et les frontières avec les autres pays arabes faisaient l'objet de contrôles renforcés. En revanche, le passage de la frontière entre Israël et la terre des pyramides s'était assoupli.

Il attendit quelques instants les propositions du moteur de recherche qui triait les disponibilités sur plus de trois cents compagnies dans le monde. Trois vols apparurent sur l'écran. Le premier depuis la station balnéaire de Charm el-Cheikh, le deuxième par Louxor et enfin le troisième par Le Caire. Il abandonna la dernière proposition, l'aéroport Nasser était trop surveillé en ce moment à cause des trafiquants d'antiquités. Sa pierre de Thebbah attirerait trop l'attention des douaniers. Louxor, point de départ des croisières à bon marché sur le Nil aurait fait l'affaire, mais la ville lui sembla trop éloignée au sud de l'Egypte. Restait la solution Charm el-Cheikh.

Il ouvrit un tiroir de son bureau et en sortit une carte routière usée d'Israël et de l'Egypte. Bechir grimaça, la route côtière qui menait à Charm el-Cheikh depuis Eilat longeait le désert du Sinaï, une vraie fournaise en cette saison, mais surtout elle était traversée de nombreux barrages de l'armée égyptienne. Le risque était trop grand et l'Egypte une mauvaise idée.

Il cliqua une nouvelle fois et essaya des vols depuis la Jordanie, l'autre pays arabe tolérant avec les Juifs. Deux vols partaient pour Paris via Amsterdam ou Prague à partir du surlendemain.

Par la route, compte tenu des embouteillages massifs, il fallait compter au moins huit heures pour parcourir la centaine de kilomètres entre Jérusalem et Amman. Jouable mais la traversée de la frontière ne serait pas une partie de plaisir, le poste était l'un des mieux gardés de l'Etat juif et les fouilles systématiques.

Il tourna le verre de vin entre ses mains, le réchauffant délicatement.

Une idée lui traversa l'esprit. Lumineuse, limpide, risquée mais efficace.

Il réserva le vol d'Amman à destination de Paris via Amsterdam et fit enregistrer son numéro de carte bleue au nom de Vittorio Cavalcanti, né à Milan, homme d'affaires doté d'un passeport italien irréprochable.

Plusieurs de ses maîtresses européennes lui avaient fait remarquer qu'il avait l'allure d'un Italien, l'une d'entre elles lui avait même trouvé une vague ressemblance avec l'acteur Vittorio Gassman. Cela lui avait donné l'idée d'emprunter parfois une identité italienne. Pourtant, ce ne serait pas sous ce nom qu'il passerait la frontière jordanienne.

Il s'étira et sentit le sommeil le gagner, demain serait une rude journée. Il repensa à sa victime : juste avant de mourir, le vieil homme avait prononcé une phrase qui sonnait à ses oreilles comme une imprécation. Non, ce n'était par le terme exact, plutôt une malédiction.

13

Rome

Marcas tournait entre son pouce et son index la petite baguette de bois qui servait à picorer les tranches de saumon. Un signe d'énervement manifeste chez lui. Il avait jugé préférable de battre en retraite face à la responsable de la sécurité plutôt que de poursuivre un affrontement qui tournait au ridicule.

Elle l'avait provoqué sciemment avec ses attaques au sujet de son appartenance à la maçonnerie et rien n'aurait pu la faire changer d'avis. A quoi bon, ce n'était pas la première fois qu'il entendait ces griefs et nier n'aurait servi à rien. D'abord parce qu'il ne se sentait plus solidaire des compagnons pervertis responsables de la dégradation de l'image des maçons. Et surtout, il sentait qu'il n'avait aucune chance de lui faire comprendre en quoi résidaient réellement son engagement et la beauté des rituels pratiqués. Elle ne voyait que la face sombre...

Décidément, il n'avait pas de chance avec les femmes. Ou bien il ne savait plus s'y prendre. Depuis son divorce, il était resté célibataire et il devait y avoir une raison. Une de ses amies de passage lui avait expliqué, un soir où il manifestait un enthousiasme sexuel limité, que sans doute il ne pouvait se défaire du souvenir de son ex-femme. Antoine manqua d'éclater de rire. A la vérité, les seules fois où il pensait à son ex-épouse, c'était à la fin du mois quand il s'agissait d'envoyer le chèque de la pension alimentaire. Ou bien quand cette dernière, par l'intermédiaire de son avocat, lui envoyait une de ses stupéfiantes lettres de griefs mesquins et de récriminations acerbes dont elle seule avait le secret. Par faiblesse ou perversité, Antoine conservait précieusement ces missives rageuses.

Une sorte de fascination l'empêchait de les détruire : comment pouvait-on passer de tant d'amour à une haine si froide ?

Il scruta autour de lui, espérant que la réalisatrice serait toujours dans les parages, mais à son grand dépit celle-ci avait disparu de la grande salle de réception. L'assistance avait fondu de moitié ; Antoine décida de prendre son manteau et de quitter l'ambassade, la soirée tournait mal. Jaigu ne donnait plus signe de vie, probablement en train de faire son rapport à l'ambassadeur et incidemment cisailler les mollets de sa collègue.

La voix chaude et sensuelle de China Forbes, la chanteuse de Pink Martini, un groupe très couru dans les soirées mondaines depuis la sortie de leur dernier album, flottait dans l'air. Il reconnut le titre, *U Plavu Zoru*, mélange improbable et entêtant de violons, de congas, émaillé d'une mélopée scandée par l'égérie de Portland. Antoine s'arrêta quelques secondes, fermant les yeux le temps de savourer ce délicieux moment. Outre son goût marqué pour la musique des Pink, et leur trip pour les standards des années 40, il fantasmait depuis le début sur la chanteuse, depuis qu'il l'avait découverte lors d'un concert à ses débuts dans la banlieue parisienne. Suave mélange de glamour et de spontanéité troublante.

La chanson finissait doucement sur les derniers accords de violon orientalisant quand il ouvrit les yeux.

Le retour fut rude, Jade Zewinski, plantée face à lui, les mains sur les hanches, le dévisageait avec dureté comme pour lui barrer le chemin. Le souvenir de China Forbes s'évanouit instantanément.

— Ne partez pas. On a besoin de nous.
— On ?

Jade lui tendit un papier froissé.

— Oui, *on* ! Vous, moi ! Le couple maudit ! La *barbouze* et le *frangin*, si vous préférez ! Tenez. Vous savez lire ?

Marcas parcourut en diagonale le fax : ... *le fonctionnaire de police précité se mettra immédiatement à la disposition des autorités consulaires... Il travaillera en coopération pleine et entière avec les responsables des services de sécurité sur place...*

Le commissaire fit la grimace.

— Je présume que vous n'y êtes pour rien ?
— On ne peut rien vous cacher. Si ça ne tenait qu'à moi, je vous aurais fait éjecter de l'ambassade par mes hommes. Il semble que votre copain Jaigu ait pris la désastreuse initiative de signaler votre présence en haut lieu.

Le policier soupira. Il ne tenait pas à s'éterniser.

— Ecoutez, on ne va pas se jouer la comédie. Ni vous ni moi ne tenons à passer plus d'une minute ensemble et...
— Vous pouvez même utiliser la seconde comme unité de référence, si le Grand Architecte de l'Univers vous y autorise.
— Merci de votre précision. Je continue, le mieux est de nous séparer tout de suite. Je pars me coucher,

demain je vous envoie un rapport dans lequel je vous certifie que je n'ai rien vu à l'étage. Vous gardez votre enquête et moi ma tranquillité. Je repars pour Paris et le tour est joué.

Jade sourit. Pour la première fois en sa présence.

— Marché conclu. Bien évidemment pas un mot à vos petits camarades de loge.

— Cela va sans dire, de toute façon si je leur faisais votre portrait ils ne me croiraient pas. Tant d'amabilité et de grâce chez une personne de votre acabit relève du pur fantasme.

Jade encaissa la pique, sans cesser de sourire.

— Au plaisir de ne plus vous revoir, commissaire.

— Un plaisir partagé.

Elle lui décocha un dernier regard acerbe, puis fit demi-tour et s'éloigna vers le groupe d'hommes de la sécurité massé devant la porte des cuisines.

Marcas se dirigea vers la sortie puis au dernier moment obliqua vers le groupe. Jade paraissait furieuse et haussait le ton avec ses subordonnés. L'un de ses hommes pointa le doigt vers le policier, elle se retourna et leva les yeux vers le plafond.

— Quoi encore ?

Ce fut au tour de Marcas de sourire.

— J'avais oublié de vous donner le nom de mon hôtel pour me joindre en cas d'urgence.

Elle le toisa.

— Vous êtes trop aimable, mais je ne crois pas que j'en aurai besoin. Contentez-vous de me faire passer votre lettre par l'ambassade.

Il jeta un œil derrière la porte des cuisines.

— Que se passe-t-il ?

— Rien ou presque. Le majordome qui reprend ses esprits. Il a été assommé. Apparemment par l'une des extras embauchée pour la soirée. Avec un peu de chance, on va dresser un portrait-robot. Bonsoir.

Ostensiblement elle lui tourna le dos et reprit sa discussion avec les agents de la sécurité.

Marcas haussa les épaules et marcha vers les vestiaires. *La barbouze et le frangin*, l'expression frisait le ridicule mais ça sonnait bien. Elle avait peut-être le sens de l'humour.

Il poussa la lourde porte du palais et sentit une brise fraîche caresser sa joue. S'il n'y avait eu ce meurtre, il aurait aimé flâner dans Rome. La capitale des Césars et de la papauté l'attirait irrésistiblement. Et puis, il était aussi un fervent amateur des opéras de Puccini et la *Tosca* se déroulait dans le palais.

Un désir de romanesque le saisit.

Après-demain, il serait dans son commissariat étriqué à lire des rapports, toujours les mêmes, à écouter ses hommes râler et se plaindre, à entendre les mêmes discours convenus, les mêmes plaisanteries éculées. En comparaison, cette fille au prénom impossible respirait la vie, la vraie peut-être.

Marcas haussa les épaules. Avoir quarante ans et fantasmer sur une inconnue, hystérique de surcroît ! Il n'y avait que lui. Mieux valait retourner à ses chères études. Le passé, lui, n'était jamais décevant. Et la maçonnerie était l'affaire de toute une vie.

Une vraie quête. Sans fin.

La vision du cadavre de la jeune fille resurgit dans son esprit. Qui pouvait prendre du plaisir à profaner le rituel d'Hiram, pousser le vice et la provocation jusqu'à exécuter un être humain de la sorte ? La mort d'Hiram, comme toute légende des origines, ne représentait qu'une parabole, surtout riche en enseignement philosophique.

Il fallait être initié pour comprendre la signification

du meurtre, ou à défaut avoir lu des livres ayant trait à la maçonnerie. En l'occurrence, si les témoignages de la sécurité évoquaient une femme...

Une tueuse de maçons. Grotesque et inquiétant, songea Marcas en marchant le long de la grille de l'ambassade. Il sentit le sommeil le gagner et héla un taxi au bout de la rue.

Dans la voiture, son cerveau reprit du service. Il ne pouvait s'empêcher d'analyser, de comparer, d'échafauder des scénarios...

Et puis, de l'autre côté des grilles de l'ambassade, il y avait une jeune femme dont la vie venait brutalement de s'arrêter. Une sœur dont le meurtre était maintenant son problème. Qu'il le veuille ou non. Etre maçon signifiait aussi faire preuve d'une solidarité exemplaire dans la vie... comme dans la mort.

Le taxi s'arrêta devant l'hôtel Zuliani, dans un des rares quartiers encore paisibles de la Ville éternelle. De longues rues étroites qu'évitent les voitures et des trottoirs ombragés de citronniers, le tout bordé de vastes villas construites à l'époque fasciste. Des demeures de dignitaires du régime qui cherchaient leur inspiration dans la tradition historique de la péninsule à tel point que tout le quartier ressemblait aujourd'hui à un patchwork de l'architecture italienne.

La famille Zuliani était, elle, éprise de Venise. De la Venise fin de siècle avec ses palais aux marbres croulants, aux teintes fanées, au crépi rongé par l'air marin. C'est en tout cas ainsi qu'apparaissait aujourd'hui l'hôtel Zuliani aux étrangers qui venaient s'installer pour une nuit ou un mois.

La société immobilière propriétaire du palais pour le transformer en résidence hôtelière s'était bien gardée de changer quoi que ce soit au décor extérieur. Elle savait déjà que ses clients aimaient autant le passé que leur confort. Un privilège apprécié par Marcas quand il avait retenu une chambre dans ce décor d'opéra suranné.

Installé dans sa chambre, le commissaire saisit un de ses calepins dont il ne se séparait jamais. Après l'avoir feuilleté jusqu'à trouver une feuille vierge, il dévissa délicatement le capuchon du stylo en laque rouge que son fils lui avait offert pour la fête des Pères. Et il se mit au travail.

Il nota sur la page de garde le nom de Sophie Dawes et le lieu du meurtre, en ajoutant l'étrange rituel utilisé par la tueuse. Il repensa aux récits d'assassinats similaires qu'un érudit rencontré au cours de ses recherches sur l'histoire de l'ordre lui avait rapportés bien longtemps auparavant.

Il ne savait pas si cette légende noire se basait sur des faits réels ou si elle tirait sa source d'amplifications opérées à partir de récits de persécutions subies par des frères au cours des siècles derniers dans des pays hostiles. L'érudit, vénérable de la loge des Trois Lumières, mort depuis dix ans déjà, était un historien spécialiste de l'Espagne. Il lui avait raconté que, dans ce pays, deux séries d'exactions avaient frappé à presque cent ans d'intervalle les maçons.

La première, juste après le départ des troupes de Napoléon, une centaine de frères espagnols furent décapités pour leur sympathie marquée pour les idées des Français et leur hostilité à la monarchie. La seconde, au moment de la terrible guerre civile opposant républicains et partisans nationalistes du général Franco, ennemi juré de la maçonnerie, *ce mouvement, adversaire acharné du Christ et de l'Eglise catholique*. Les maçons, très présents dans les rangs de la gauche, à la fois dans les cercles politiques et militaires, furent poursuivis par la vindicte des troupes triomphantes du Caudillo et nombre d'entre eux périrent dans les geôles du dictateur qui prit le soin d'interdire la maçonnerie dès son accession au pouvoir.

Marcas se souvint avoir pris des notes après l'exposé de l'historien et il se promit de les retrouver. Il lui semblait qu'il était question d'exactions à Séville, de frères retrouvés le crâne fracassé dans une loge pillée, portant sur le front l'inscription Hiram tracée en lettres de sang. L'histoire remontait loin dans sa mémoire. Mais à l'époque, les exécutions sommaires et les représailles dans les deux camps étaient monnaie courante : seuls des maçons revenus dans la loge avaient remarqué la singularité des crimes.

Quand Marcas repasserait demain à la loge romaine, il demanderait si d'autres meurtres du même ordre étaient répertoriés dans les archives. Trop fatigué, il posa son stylo et se glissa dans le lit aux draps frais. Il s'endormit comme une masse.

Il rêva.

Il montait une échelle gigantesque dressée vers le ciel étoilé, les barreaux grimpaient à l'infini vers une nuée lumineuse. Puis l'échelle tremblait et il chutait dans un abîme noir et sombre au fond duquel un œil gigantesque le scrutait. Une femme tombait à ses côtés, elle semblait calme et le regardait avec bonté. Sophie Dawes, le front taché de sang.

JAKIN

« La franc-maçonnerie est une plaie mauvaise sur le corps du communisme français, il faut la brûler au fer rouge. »

Léon TROTSKI, 1923

« Une société dont l'idéal est clandestin, qui choisit délibérément de se cacher, est une société malsaine. Traitons-la comme une bête immonde. »

Edouard de LA ROCQUE, 1941

« Les fidèles qui appartiennent aux associations maçonniques sont en état de péché grave. »

Cardinal RATZINGER, 1983

« Nous avons raison de dire que la franc-maçonnerie est satanique car elle œuvre puissamment pour manifester l'antéchrist. »

Site *Vox Dei*, 2004

« […] Les francs-maçons, les clubs Rotary et d'autres groupes qui ne sont rien d'autre que des organes de subversion et des saboteurs. »

Charte de fondation du mouvement Hamas

« Parler pour ne rien dire et ne rien dire pour parler sont les deux principes majeurs et rigoureux de tous ceux qui feraient mieux de la fermer avant de l'ouvrir. »

Pierre DAC, humoriste, franc-maçon, *Les Pensées*

Modèle de tablier maçonnique avec inscriptions manuscrites.
Musée de la Franc-Maçonnerie (Coll. GODF).

14

Paris
Grand Orient, rue Cadet

Sur le parvis, le futur initié est plongé dans les ténèbres. Une main experte vient de dissimuler son regard sous un bandeau opaque. Un frisson secoue son échine.

L'angoisse gagne à nouveau son esprit. Déjà, tout à l'heure dans la pièce du cabinet de réflexion, lieu de passage obligé pour toute initiation, son inquiétude n'avait cessé de grandir. Les symboles maçonniques ancestraux étaient là, assemblés pour lui.

La tête de mort posée sur la table, les sentences d'intimidation peintes en lettres noires sur le mur. Combien de temps était-il resté dans ce décor funèbre ? Il n'en avait aucune idée, seul face à ce crâne qui le regardait fixement, les minutes s'étaient dilatées, en heures peut-être... Cette tête de mort n'était-elle pas son double grimaçant dans une vie prochaine, quand la chair aurait quitté ses os... ? Puis, après cet instant d'éternité figé, on était venu le chercher pour l'extraire de son recueillement, imprégné d'une idée unique : à la fin de la cérémonie, il ne serait plus un homme comme les autres.

Et maintenant, il se tient debout. Autour de lui tout n'est que silence. De profane, il va plonger dans le monde inconnu des initiés dont il prétend faire partie.

Un main déboutonne sa chemise. Une autre retrousse son pantalon. Soudain, il a froid. C'est poitrine et jambes nues qu'il va recevoir l'initiation. A peine a-t-il le temps de s'habituer à cette situation inconfortable qu'une corde enserre son cou. Une corde lourde et rêche comme celle qui plongeait dans les temps reculés les pendus dans l'agonie.

Il laisse échapper un rire nerveux. Cette fois, il y est vraiment. Impossible de reculer.

Dans le temple, les officiers se préparent pour les épreuves initiatiques. Tous les frères vêtus de leur costume noir, ceints de leur tablier doivent participer à cette cérémonie.

Une véritable communion de forces psychiques, l'*égrégore* des alchimistes, qui va accompagner le néophyte dans toutes les phases de son initiation.

Un coup de maillet retentit. Le silence tend vers l'absolu.

Le néophyte entre, le corps courbé vers le sol comme s'il devait ramper pour entrer dans le temple. Selon certains maçons érudits, cette coutume est une survivance des initiations médiévales : une expérience symbolique de l'humilité. A nouveau le vénérable prend la parole et interroge une dernière fois le candidat aux épreuves.

A voix basse, comme de nombreux frères qui contemplent le nouveau venu, Marcas répète les questions rituelles. A cet instant, l'homme au bandeau peut encore se rétracter. Il fait un pas, signe qu'il accepte l'initiation.

Marcas le scrute, immobile, il sait que depuis le

XVIIIe siècle, le rituel reste identique. Il faut affronter des épreuves, directement héritées des mystères antiques. Pour recevoir la vraie Lumière, le futur initié devait être purifié par les quatre éléments symboliques : la terre, l'eau, l'air et le feu. Pour les Anciens, ces éléments composaient la véritable nature de l'homme et de l'univers. Chacun représentait un stade de la progression humaine vers la vérité. Il fallait traverser chacun d'eux pour renaître à la condition d'initié.

D'un coup, l'homme sent des mains qui l'enserrent. Un vacarme assourdissant emplit l'espace. L'initiation vient de commencer.

Tout se mêle dans sa tête. La peur, alors que l'équilibre lui manque. Des paroles énigmatiques rythment la cérémonie. Il déambule, perd le sens de l'orientation, un parcours incessant comme s'il errait dans un labyrinthe à la recherche de son centre intérieur. Il se mêle à l'eau. Il ressent l'air. Il touche le feu. Et cette musique lancinante, tantôt douce comme une mélopée orientale, tantôt furibonde comme une danse macabre.

Brutalement tout s'arrête. Symboliquement, il a traversé le chaos des origines et parcouru le chemin de la création.

Marcas voit ce nouveau frère et comme pour chaque nouvelle initiation, il souffre les mêmes angoisses que lui. Et puis il redoute la dernière étape.

La plus terrible. La plus éprouvante.

La nuit se fait dans le temple. Seule est éclairée une partie du sol. Lentement, on dénoue le bandeau du néophyte.

Et il voit. Il voit ce qu'on ne voit pas.

Bientôt, le néophyte va recevoir la Lumière. Les yeux de nouveau bandés, le torse couvert de sueur, il vient de subir tous les voyages. Purifié par les quatre éléments, le futur apprenti attend maintenant sa renaissance.

Sur les colonnes, de nombreux frères, les yeux humides, revivent leur propre initiation.

A l'Orient, Marcas dénoue ses gants. Bientôt le cinquième voyage, celui de l'amitié va commencer. Ce voyage n'existe pas dans le rituel officiel de l'obédience. C'est une tradition qui se perd dans la nuit des origines.

Un à un, les frères tendent leurs mains nues. Escorté du Grand Expert, le maître de cérémonie prend l'homme au bandeau par les épaules et l'incline vers l'Orient. Le vénérable maître saisit ses mains tremblantes et les place dans celles de l'orateur qui les serre à son tour.

Le néophyte parcourt ainsi chaque allée, de mains en mains. Désormais, il fait partie de la chaîne invisible qui unit les francs-maçons depuis des siècles. Quand il arrive devant Antoine, le cœur du commissaire bat à tout rompre. La tension émotive culmine. Il va donner la dernière poignée de main avant que la Lumière soit.

Le rite effectué, Marcas s'abat sur son siège, la gorge serrée et les yeux brillants.

Lentement les officiers remontent les allées avant de s'immobiliser, entre les colonnes, face à l'Orient. Le visage du néophyte perle de sueur, ses jambes ne le soutiennent plus.

Le Grand Expert dénoue son bandeau.

Et la Lumière fut…

Marcas se sent bien. Il est ravi d'être rentré à temps de Rome en fin d'après-midi pour honorer, ce soir, cette initiation réussie. Il détaille ce nouveau frère, jeune, l'air perdu mais néanmoins avec cette lueur dans les yeux, infime mais bien là.

Il lui faudra de nombreuses années d'assiduité et de travail pour gravir les échelons et mériter son tablier.

15

Paris

Le lendemain de l'assassinat de Sophie Dawes, la diplomatie française tournait à plein régime. Le corps avait été rapatrié par avion, puis expédié dans un centre médico-légal pour identification par la famille. Officiellement, la jeune fille avait fait un malaise sous l'effet de l'alcool avant de chuter mortellement dans le grand escalier.

Trois témoins, tous membres de la protection de l'ambassade, remplirent une attestation en ce sens. Des faux exigés par la responsable de la sécurité elle-même. Aucun journaliste n'eut vent de cette affaire et pas un seul invité de la soirée ne remarqua quoi que ce fût. Une vie effacée, une mort retouchée.

Le père de la victime, un vieil homme atteint de la maladie d'Alzheimer, ne se déplaça pas pour identifier le corps. Une vague cousine vint signer en coup de vent le bordereau de consignation à sa place et disparut aussi vite qu'elle arriva.

Deux jours plus tard, le cadavre serait enterré discrètement dans un cimetière de la banlieue parisienne.

Pourtant, ce zèle à effacer toute trace du meurtre se doublait d'une intense activité en coulisse afin d'éclaircir cette affaire sans existence légale.

Au Quai d'Orsay, les services spécialisés reconstituaient avec précision la brève existence de la victime. Dans le même temps, des relais prenaient contact avec le Grand Orient de France pour l'informer qu'une de ses archivistes venait d'être victime d'un regrettable accident.

A l'intérieur même de l'obédience, on procédait à toutes les vérifications et aux contrôles nécessaires. Au ministère de l'Intérieur, la réunion informelle d'un conseiller du Grand Orient, d'un diplomate et d'un haut fonctionnaire du ministère était déjà prévue.

En marge de cette rencontre, Jade Zewinski fut rapatriée sur Paris et priée de se mettre à la disposition des autorités. Antoine Marcas, lui, avait déjà pris les devants et se trouvait à Paris depuis la veille au soir.

Sophie Dawes, qui n'avait jamais posé de problèmes de son vivant, commençait, une fois morte, à gêner au plus haut niveau.

Béchir, dit l'Emir, entamait son long périple vers l'Europe, la pierre de Thebbah soigneusement enveloppée dans sa valise.

Hélène, celle qui avait ôté la vie à Sophie, attendait ses instructions à Rome.

Ceux de Thulé espéraient que les temps étaient enfin venus et se réjouissaient de l'arrivée prochaine de la pierre des Juifs. La vraie lumière apparaîtrait…

Paris, place Beauvau
Ministère de l'Intérieur

— Bien, messieurs, nous sommes donc tous d'accord sur ce point ? Mlle Sophie Dawes a été victime d'un malheureux accident. Une chute malencontreuse dans le grand escalier de l'ambassade de Rome. Le Quai ne fait aucun commentaire sur cet incident déplorable.

Le représentant des Affaires étrangères tourna un regard interrogatif vers ses partenaires assis autour de la table. Le juge Pierre Darsan, conseiller aux Affaires juridiques pour le ministère de l'Intérieur hocha la tête, le délégué du Grand Orient, Marc Jouhanneau, le visage tendu, se contenta d'un simple signe de la main.

— Reste à garantir la discrétion sur toute cette affaire, poursuivit le diplomate.

— L'Intérieur a pris toutes les mesures nécessaires. Dès demain, les gendarmes qui ont été témoins de cet *accident* seront déplacés vers d'autres ambassades.

— Et le responsable de la sécurité, Mlle Zewinski ?

— Elle a quitté Rome après avoir fait preuve d'un sang-froid remarquable. Elle va être débriefée et rejoindre notre groupe de travail.

— Et ce policier, Antoine Marcas ? Que faisait-il là ?

— Un hasard. Il se trouvait invité à la réception de l'ambassade par l'un de ses amis qui lui a demandé de l'aide pour l'enquête préliminaire. Lui aussi est revenu sur Paris.

— Peut-on compter sur sa discrétion ?

Le conseiller de la place Beauvau se tourna vers son voisin avant de répondre :

— Je crois pouvoir vous la garantir.

— Bien, Mlle Zewinski, qui dépend du ministère de la Défense, sera mise à votre disposition le temps de l'enquête. Je vous prie de m'excuser, mais j'ai une remise de Légion d'honneur dans une heure. Je me dois d'y assister.

Le représentant du Quai d'Orsay se leva et salua. Dès qu'il eut franchi la porte, le juge Darsan se tourna vers son voisin. On entendait en sourdine le bruit de la circulation estompé par les doubles vitrages.

— Maintenant, cher monsieur le Grand Archiviste, j'espère que vous allez pouvoir m'expliquer ce que votre employée faisait à Rome !

Marc Jouhanneau, le visage plongé dans ses mains, émergea lentement, les traits tirés et les yeux rougis.

— Sophie Dawes travaillait pour le département des archives du Grand Orient et elle devait faire une tournée à l'étranger pour vérifier certains détails. Elle n'était qu'en transit à Rome pour rencontrer son amie de l'ambassade, Mlle Zewinski.

— Quels détails ?

— C'est une longue histoire. Mais avant dites-moi si le Quai d'Orsay a retrouvé les documents emportés par notre sœur Sophie. Ils sont la propriété du Grand Orient comme vous le savez et…

— Plus tard. Je vous écoute d'abord.

Jouhanneau avait vérifié le cursus du juge Darsan avant de se rendre à l'Intérieur. Un juge habitué aux situations délicates, mais aussi un profane apparemment peu réceptif aux questions maçonniques. Il n'était pas question de tout lui avouer. Il fallait s'en tenir seulement à une partie de la vérité.

Il se passa les mains sur le visage pour chasser la fatigue et commença son récit :

— Il y a maintenant deux ans, nous avons récupéré nos dernières archives qui se trouvaient à Moscou depuis 1945. Ces documents avaient initialement été dérobés par les Soviétiques en Allemagne et provenaient d'un pillage opéré en juin 40 par les nazis dans les temples maçonniques français, en particulier à Paris. Une vraie razzia, des tonnes d'archives expédiées à l'époque à Berlin pour être ensuite étudiées en détail.

— Et pourquoi les Allemands s'intéressaient-ils à l'histoire de la maçonnerie ?

— Pour deux raisons principales. La première d'ordre politique afin de connaître l'étendue supposée des réseaux d'influence de nos loges. N'oubliez pas l'expression de complot judéo-maçonnique très en vogue à l'époque. Les milieux d'extrême droite voyaient des maçons et des Juifs derrière chaque scandale et la maçonnerie a toujours été l'adversaire déclarée des fascistes. Ce que l'on semble oublier un peu trop de nos jours. Ils voulaient mettre la main sur des noms, des adresses, des comptes rendus d'actions censées avoir été menées contre ce qu'ils représentaient. Des fantasmes que l'on voit, hélas, resurgir à l'aube du troisième millénaire.

Darsan se renfrogna.

— Nous ne sommes pas là pour juger du sens de l'histoire, soyez plus précis.

Jouhanneau fit semblant d'ignorer la pique et reprit la parole :

— Leur seconde préoccupation était de nature ésotérique. Le national-socialisme a toujours été traversé par des courants occultes. Pour vous donner un exemple, le choix de la croix gammée n'était pas un hasard et a été inspiré à Hitler par des adeptes d'une société secrète raciste, la Thulé Gesellschaft, dont le swastika fut l'emblème.

— La Thulé… ?

— Ce groupe Thulé existait bien avant l'inscription de Hitler au parti national-socialiste et n'a fait que prendre de l'importance avec la montée en puissance des nazis. Cette secte d'origine bavaroise créée en 1918 par un faux aristocrate, un certain von Sebottendorff, recrutait après la Première Guerre mondiale dans les milieux intellectuels, industriels et militaires allemands. Ses membres subissaient une initiation, se réunissaient secrètement et utilisaient des signes de reconnaissance particuliers.

Darsan émit un petit ricanement.

— Si je comprends bien, c'était une société secrète d'extrême droite qui noyautait et influençait le pouvoir nazi. Si j'osais, je dirais que ça ressemble aux techniques de la franc-maçonnerie...

Jouhanneau répliqua sèchement :

— Absolument pas ! Son but ultime relevait de la perversion pure et simple : bâtir une société germanique pure, débarrassée du judaïsme et du christianisme ; une société héritière de l'antique royaume de Thulé, le berceau mythique de la race aryenne, perdu dans les glaces du Nord et qui aurait disparu dans un cataclysme.

— Comme la légende de l'Atlantide ?

— Tout à fait, mais une Atlantide où ne vivaient que des blonds aux yeux bleus et tous atteints d'antisémitisme virulent.

— Grotesque...

Jouhanneau le regarda avec un triste sourire.

— Oui, mais on a vu ce que ça a donné par la suite dans l'Allemagne nazie. De nombreux dignitaires et des personnes très influentes dans l'entourage de Hitler appartenaient à Thulé. Himmler, dirigeant des SS, Rudolf Hess, Alfred Rosenberg, le théoricien du parti nazi. C'est d'ailleurs ce dernier qui a piloté le pillage de toutes nos archives, mais en fait il ne s'intéressait qu'aux documents d'ordre ésotérique.

— J'ai déjà entendu ce nom, il n'a pas été jugé lors du procès de Nuremberg ?

— Oui, condamné à mort et exécuté. Un illuminé qui voulait anéantir le judaïsme et toutes les autres religions, convaincu que la race aryenne, elle aussi, avait ses Tables de la Loi. Qu'une révélation divine, comme pour les musulmans, les chrétiens ou les juifs, avait eu lieu. Une révélation spécifique aux aryens, destinée à assurer leur suprématie définitive sur toutes les races et religions humaines.

— Je ne vois toujours pas le rapport avec la maçonnerie...

— Selon la société Thulé, les francs-maçons, à travers la Révolution française, avaient été les premiers à abattre le christianisme depuis son avènement en Europe. Un vieux fantasme, si les maçons ont été aux avant-postes de la conquête de la République, il y en a eu aussi beaucoup chez les aristocrates victimes de la terreur révolutionnaire. Mais ceux de cette secte de Thulé restaient convaincus que la franc-maçonnerie détenait un secret absolu. Il fallait le découvrir. Un enjeu capital, comme vous le savez, les dignitaires nazis et surtout les SS n'ont jamais caché leur dégoût du christianisme, une religion d'esclaves pour eux, et leur volonté de rétablir un paganisme nordique.

— Un secret ? reprit Darsan.

— Oui, et ces fanatiques y ont cru jusqu'à dévaliser toute l'Europe. Ils ont pillé des temples maçonniques, en Belgique, en Hollande, en Pologne, et tout a été ramené pour être étudié en Allemagne.

— Et ensuite ?

Jouhanneau sortit une chemise bleue de sa serviette de cuir. Il en retira un texte dactylographié aux caractères anciens imprimés sur du papier jauni.

— Ceci est un document de synthèse rédigé par l'un de nos historiens dans les années 50 sur le vol de nos archives. Lisez-le et vous comprendrez la suite.

Darsan chaussa de fines lunettes rondes et entama la lecture.

Comme pour celles de la Grande Loge de France, une partie de nos archives est restée en France entre les mains du service français des sociétés secrètes qui dépendait de Vichy, la plus grande partie a été expédiée par trains entiers à Berlin pour être triée par des universitaires nazis. Les documents de nature politique partaient dans un département de la Gestapo en charge d'identifier les noms des personnalités ayant pu agir contre le nazisme ou le fascisme pendant l'entre-deux-guerres.

Les archives ésotériques, elles, suivaient un autre chemin et furent expédiées dans un institut spécialisé : l'Ahnenerbe, qu'on peut traduire par l'héritage de la race. *Fondé en 1935 par Himmler, cet organisme avait pour but de chercher les traces de l'influence de la race aryenne dans le monde, mais aussi d'étudier leurs ennemis, les Juifs. Leur devise :* Raum, geist, Tot und erbe des nordrassischen indogermanentum. *En français,* l'espace, l'esprit, la mort et l'héritage des nordiques indo-européens. *Cet institut dont le siège était basé sur la Wilhelmstrasse à Berlin possédait des moyens considérables et a pu employer jusqu'à trois cents spécialistes. On y trouvait des archéologues, des médecins, des historiens, des chimistes... Bref, l'« élite de la science nazie ».*

Les recherches de l'Ahnenerbe étaient entièrement contrôlées par une société secrète, Thulé, qui en décidait les orientations. Le groupe Thulé infiltrait tous les centres du pouvoir nazi et en particulier l'état-major SS.

Nous possédons peu de documents sur cette secte dangereuse, mais nous savons que ce sont précisément deux de ses membres qui furent chargés de la recherche ésotérique sur nos archives. L'un d'entre eux, un certain Wolfram Sievers, secrétaire général de l'Ahnenerbe, haut dignitaire de Thulé, fut jugé à Nuremberg. En marge du procès,

l'un de nos frères, capitaine en charge des interrogatoires, recueillit quelques bribes d'informations sur ce qu'avaient fait les Allemands de nos documents.
  L'Ahnenerbe avait regroupé des chercheurs et des prisonniers, tous maçons, dans un château de Westphalie, le Wewelsburg, restauré et embelli sur ordre personnel de Himmler. Entre 1941 et 1943, des recherches y furent menées sur les archives à caractère ésotérique pillées dans toute l'Europe. Sievers, se sachant condamné à mort, a affirmé à notre frère que les chercheurs étaient sur le point de faire une découverte capitale pour l'avenir de la race aryenne. Une découverte plus importante que les fusées V2. Notre frère a consigné sa déposition, mais en notant que Sievers ne semblait plus jouir de toute sa raison.

Darsan interrompit sa lecture. Les élucubrations des nazis sur l'occultisme le laissaient de marbre. Il poussa un soupir d'exaspération et se tourna vers Jouhanneau.
— Franchement, je ne vois pas l'intérêt de continuer à lire ce galimatias. Les nazis étaient de dangereux fous et les plus déments faisaient partie d'un groupe Thulé, quelle découverte ! J'ai un meurtre à résoudre et ça, c'est bien réel. Et puis, entre nous, expliquer la barbarie nazie en ne se basant que sur des théories occultes ne tient pas la route. Les historiens spécialistes vous riraient au nez.
Jouhanneau le regarda fixement.
— Ne soyez pas réducteur, monsieur le juge. Bien évidemment la montée du nazisme est due avant tout à des facteurs d'ordre rationnel, économique, social, politique et culturel et j'en passe. Mais il existait aussi une dimension ésotérique dans ce mouvement qu'on ne peut balayer d'un revers de la main. Hitler n'était sûrement pas un pantin de Thulé et il est entièrement

responsable des atrocités de son régime mais il est aussi clair qu'il a subi à un moment donné de sa vie son influence. Continuez votre lecture, la clé du meurtre de Sophie est peut-être liée à ces archives.

Darsan haussa les épaules et reprit les pages écornées.

Quand les Allemands sentirent le vent tourner après la défaite de Stalingrad en 1943, ils prirent leurs précautions. Les archives maçonniques furent évacuées et volontairement dispersées.

En Allemagne, à Francfort, en Pologne, à Glogow, Raciborz ou Ksiaz, en Tchécoslovaquie. Dans des châteaux, des mines de sel, un véritable jeu de piste pour éviter que tous ces documents ne tombent aux mains de l'ennemi.

En avril 1944, alors que l'Allemagne était sur le point de perdre la guerre, le haut commandement SS mit en place l'opération Brabant, destinée à dissimuler à nouveau ce trésor de guerre ainsi que d'autres archives de nations occupées. C'était désormais par trains entiers que l'on déplaçait des tonnes de documents dans toute la Silésie. De château en château, Wölfelsdorf, Fürstenteisn...

Quand les Soviétiques envahirent l'Allemagne en 1945, des unités du NKVD, service secret russe, se mirent en chasse de tout ce qui avait été pillé par les nazis. A la fin de la guerre, près de 44 wagons de documents récupérés partirent directement pour Moscou. En fait, à la fin de la guerre, toutes les archives maçonniques pillées en France étaient passées dans les mains du NKVD.

Il faut absolument que nous puissions récupérer notre bien auprès des autorités soviétiques.

Notre Grand Maître a fait une demande auprès de

l'ambassadeur russe à Paris qui, par retour du courrier, a affirmé que l'Union soviétique ne détenait aucun document maçonnique.

Le texte s'arrêtait là.

Darsan leva la tête et tendit les papiers à Jouhanneau.

— Bon, je résume, les nazis vous volent vos archives en 1940 et se les font rafler en 1945 par les Russes. Et alors, que se passe-t-il ?

Jouhanneau intervint :

— Rien pendant quarante ans jusqu'à la chute du communisme. Et puis, d'un coup, la question refait surface. Les Russes cessent brusquement de nier, reconnaissent posséder nos archives et les négociations commencent. Nous avons reçu une première restitution en 1995, les autres se sont échelonnées jusqu'en 2002. En principe, tout nous a été rendu.

— En principe ?

— Oui, en principe. Et c'est là qu'intervient Sophie Dawes. Je lui avais demandé l'année dernière de travailler sur une partie des ces archives.

Jouhanneau se leva. Il regarda par la fenêtre les arbres dont la végétation commençait à s'épanouir. Un nouveau printemps. Une saison que Sophie Dawes, elle, ne verrait plus. Il reprit :

— En fait, ces archives ont fait l'objet de deux recensements : d'abord celui des Allemands et ensuite le russe. Or, il est vite apparu que les Allemands avaient recensé plus de documents que les Soviétiques. Il en manquait.

— Est-ce à dire que les services de Moscou auraient conservé certains fonds ?

— C'est ce que nous avons pensé au début, mais Sophie Dawes, en comparant les deux classements, a trouvé un premier inventaire des Russes, qu'elle a pu authentifier, et qui constate aussi le manque de certaines archives.

Darsan lissa sa moustache. Une habitude prise, quarante ans plus tôt, en Algérie.

— Poursuivez.

De la poche de son veston, Jouhanneau tira une enveloppe qu'il tendit à Darsan. Celui-ci secoua la tête.

— Non, fini la lecture. Je veux une synthèse rapide.

— C'est la copie d'un interrogatoire mené en avril 1945 par l'armée française dans un petit village allemand. Un certain Le Guermand est arrêté alors qu'il tentait de rentrer en France. Un SS de la division Charlemagne, une unité entièrement composée de Français envoyés pour défendre Berlin à l'agonie.

— Mais c'est un cours d'histoire que vous me faites là ! Quel est le rapport avec les archives perdues ?

— J'y viens. Quelque temps avant la chute du Reich, Le Guermand et d'autres SS sont retirés du front pour leur confier une ultime mission : convoyer un chargement vers l'ouest, à n'importe quel prix. Mais le convoi de Le Guermand se fait accrocher par une patrouille russe à quelques kilomètres de Berlin. Selon ses dires, deux camions ont été touchés. Pour éviter que leur chargement ne tombe aux mains des Russes, les SS les font incendier. Le Guermand réussit à échapper aux Russes au volant d'un camion et perd le contact avec le reste du convoi. Il se fait intercepter une semaine plus tard à moitié délirant par un détachement français en patrouille dans le secteur. Il explique qu'il sait où se trouve une caisse de documents précieux portant en entête une équerre et un compas.

— Pourquoi a-t-il déballé tout ça ?

— A l'époque, les SS français étaient souvent passés par les armes dès qu'ils se faisaient capturer. Le maréchal Leclerc lui-même a fait fusiller dix Waffen SS de la Charlemagne interceptés sur une route allemande, considérés comme des traîtres puisqu'ils combattaient sous l'uniforme allemand. Le Guermand ayant échoué dans sa mission, il a voulu monnayer sa vie en proposant de mener les enquêteurs au dernier camion intact caché dans une forêt.

— Et qu'ont-ils trouvé ?

— Rien. Le Guermand est parti avec trois soldats français. Le lendemain, une estafette a retrouvé quatre cadavres dans une grange abandonnée.

— Mais pourquoi me racontez-vous cette histoire ?

— Parce que ce procès-verbal confirme bien que toutes les archives ne sont pas tombées aux mains des Russes. D'autres convois dont celui de Le Guermand se sont mystérieusement évaporés dans la nature. Sophie classait depuis un an avec moi les documents rendus par la Russie. Elle travaillait sur certains d'entre eux dont nous n'avons pu définir l'origine. Ce sont ces documents que je vous ai réclamés en préambule.

Après un moment de silence, le juge Darsan prit la parole :

— Si je résume, on ignore donc où se trouve une partie des archives : soit elles ont disparu, soit elles ont été récupérées. Et quelqu'un a voulu mettre la main sur les documents de votre assistante. Avez-vous une idée de l'identité des meurtriers ?

Jouhanneau tapotait nerveusement la table avec un stylo laqué, signe manifeste d'impatience.

— Je vous l'ai déjà dit. Le groupe Thulé.

— Franchement, monsieur Jouhanneau, j'ai du mal à voir le rapport entre ces histoires du passé et le meurtre de votre collaboratrice. Vos archives, aussi remarquables soient-elles, ne sont qu'historiques et les nazis ont disparu depuis soixante ans, sauf peut-être quelques centaines de nostalgiques dotés d'un QI d'une faiblesse insigne. Alors à moins que des vieillards SS, gâteux, dans une maison de retraite, ne décident de repasser à l'action, je pense que cette piste n'a aucune valeur pour nous.

Jouhanneau sentit la colère monter en lui, mais il voulut encore se maîtriser.

— Croyez-vous que Thulé n'ait pas survécu en transmettant le flambeau à d'autres générations ? Les néonazis, ça ne vous dit rien ? En 1993, la police allemande a découvert sur leur équivalent de notre réseau Minitel un réseau informatique d'échange d'informations utilisé par plus d'un millier d'activistes d'extrême droite. On y trouvait des méthodes de fabrication de bombes, des adresses personnelles de leurs adversaires, militants antifascistes, loges maçonniques, plans de synagogues. Ce système de coordination sophistiqué était baptisé par ses inventeurs... Thulé. Croyez-vous qu'il s'agissait seulement de retraités nostalgiques du IIIe Reich et de crânes rasés bas du plafond ? Détrompez-vous, les concepteurs en étaient des ingénieurs en informatique frais émoulus de l'université, des financiers spécialistes des marchés boursiers et des diplômés d'écoles de commerce.

Darsan poussa un petit soupir.

— Quelques excités tout au plus. Et quand bien même, nous ne sommes pas en Allemagne... De là à voir un grand complot contre vous...

Jouhanneau le regarda durement et sortit un papier de sa serviette. Il lut lentement un petit passage.

Quel malheur que le Führer n'ait pas eu le temps d'éradiquer de la surface du globe cette confrérie ne méritant que le bûcher, par mesure d'hygiène publique... Messieurs les francs-maçons, l'heure de votre expiation approche et cette fois nous n'en laisserons pas un seul en réchapper.

Heil *Hitler !*

Jouhanneau grimaça.

— Ça date de l'année dernière et c'est sur Internet, à la disposition de tout le monde sur l'un des nombreux sites antimaçonniques. Allez lire le Blog maçonnique qui fait une veille sur nos ennemis, et vous serez étonné de la virulence de leurs divagations.

Darsan comprit qu'il était allé trop loin et changea de ton :

— Ne vous emportez pas, je ne voulais pas vous offenser. Heureusement nous avons en notre possession les documents de Sophie Dawes. Apparemment, le ou les tueurs n'ont pas réussi leur coup.

Il lui tendit un porte-documents volumineux. Jouhanneau poussa un soupir de soulagement. Darsan reprit :

— Pour être franc, j'y ai jeté un coup d'œil, c'est tout bonnement incompréhensible. Voilà ce que je vous propose. Le commissaire Marcas et Mlle Zewinski conduiront une enquête discrète sur cette affaire, qui je vous le rappelle n'a aucune existence légale. Ils ne rendront de comptes qu'à moi. Vous avez de la chance, ce Marcas est aussi de votre… maison.

L'entretien se finissait, le juge Darsan raccompagna son hôte.

— Ah, une dernière question, avez-vous lu le rapport d'autopsie de Mlle Dawes ?

— Non.

— Elle a été frappée à trois endroits : la clavicule, le front et la nuque. Cela vous dit-il quelque chose ?

Jouhanneau répondit le plus calmement possible :

— Oui, c'est le rituel de mort du père légendaire de la franc-maçonnerie, Hiram.

Darsan fixa Jouhanneau dans les yeux et poursuivit.

— Le Quai d'Orsay a reçu de notre ambassade à

Jérusalem un rapport hebdomadaire sur la situation là-bas. De la routine, des colons assassinés, des attentats dans des bus et puis un meurtre insolite dans un laboratoire d'archéologie. Au début, la police locale a pensé qu'il s'agissait d'une action terroriste. Mais selon certaines sources autorisées, la victime, un universitaire, a été retrouvé battu à mort, des coups portés sur le corps et le visage.

Jouhanneau sentit son sang se figer dans ses veines. Les tueurs avaient aussi frappé à Jérusalem. Marek !

— Vous ne m'avez pas dit que Mlle Dawes devait se rendre à l'étranger ?

Le Grand Archiviste eut un dernier réflexe :

— Israël ne faisait pas partie de son programme !

La voix de Darsan se fit plus insidieuse :

— Le plus curieux, c'est que ce chercheur a été tué la même nuit que Sophie Dawes. Je vous souhaite bien le bonjour, monsieur Jouhanneau.

La porte s'ouvrit, laissant passer le maçon au visage livide. Darsan s'assit dans son fauteuil patiné par les ans et réfléchit à cette dernière conversation. Cet homme ne lui disait pas toute la vérité, c'était évident. Les services du Quai avaient immédiatement fait le rapport entre les deux meurtres, car les sources diplomatiques israéliennes avaient été prolixes en détails sur l'assassinat, précisant les particularités et les localisations des coups portés à la victime.

Darsan alluma une cigarette et ouvrit le dossier d'Antoine Marcas. Inspecteur à la criminelle, un bref séjour à l'antigang, bien noté par ses supérieurs. Passé commissaire sans problème, puis une bifurcation inattendue par les RG avant de demander contre toute attente sa mutation dans un simple commissariat parisien.

Une fiche jointe au dossier précisait que Marcas fréquenta en tant que maçon une loge particulière alors qu'il était aux RG. Celle des faux facturiers. Divorcé, un fils de dix ans, il passait ses loisirs à écrire des articles sur l'histoire de la franc-maçonnerie dans des revues spécialisées.

Pierre Darsan côtoyait très souvent des maçons tant dans les tribunaux que dans la police et s'en méfiait par nature. De tradition catholique, issu d'une famille maurrassienne, pratiquant convaincu, il voyait d'un mauvais œil ce réseau de frères, tout en prenant bien soin de ne pas les contrecarrer de front.

Marcas en revanche ne faisait pas partie de la loge *Orion*, celle de Marc Jouhanneau. Pourtant, d'après les Renseignements généraux, cette loge, à l'effectif restreint, regroupait tous les frères spécialisés dans la recherche maçonnique. Et à l'évocation du nom du policier, Jouhanneau n'avait eu aucune réaction. Il ne le connaissait pas ou ne voulait pas le connaître.

Le juge reposa le dossier Marcas et prit celui de Jade Zewinski transmis par le ministère des Affaires étrangères. Un parcours étonnant pour une jeune femme de cet âge sans attaches familiales. Classée dans les dix premiers de sa promotion, stages commandos, passage à la DGSE, deux opérations au Moyen-Orient, puis transfert au Quai d'Orsay pour des sécurisations d'ambassades. Détachée à l'Intérieur à compter de ce jour.

Il parcourut encore la dizaine de feuillets du dossier avant de s'arrêter sur un passage imprévu. Le père s'était suicidé cinq ans auparavant à cause de la faillite de sa société, une coupure de presse de l'époque évoquait cette affaire. Darsan relut deux fois le papier en souriant. Apparemment Jade Zewinski avait au moins une bonne raison de ne pas porter les frères dans son cœur. Il reposa le dossier sur le maroquin de son bureau avant d'appeler sa secrétaire et décida de convoquer le plus tôt possible les deux enquêteurs, en commençant par la jeune femme.

Croatie

La brise qui venait de la mer soufflait entre les pins, apportant avec elle une discrète senteur marine qui se mêlait aux effluves boisés des conifères. Les cinq hommes marchaient à pas lents, prenant le temps de contempler la beauté de la forêt. Le plus grand pointa du doigt un petit promontoire en hauteur qui s'avançait vers la mer, flanqué de deux colonnes de pierre en ruine plantées sur une terre rocailleuse. A la gauche des piliers, presque au bord de la falaise, une petite chapelle entourée de trois grands ifs majestueux arborait sa pâleur minérale sous le soleil ardent.

Le petit groupe obliqua dans la direction indiquée par l'homme aux cheveux coupés en brosse et après quelques minutes d'une courte ascension sur un sentier tapissé d'herbes aromatiques arriva sur le belvédère naturel.

Les cinq hommes et deux femmes s'assirent sur un grand banc de bois poli en arc de cercle qui faisait face à la mer et admirèrent la vue sur l'Adriatique, resplendissante sous la lumière ardente du matin.

L'un d'entre eux, le plus petit, le teint rose, le front perlé d'une légère sueur, indiqua à son voisin la chapelle dont la porte était cadenassée.

— Superbe vue, je t'envie de vivre ici. Tout est parfait, une ode à la gloire de la nature, mais pourquoi as-tu laissé subsister cette immondice chrétienne ? Le terrain nous appartient depuis des lustres, on peut faire ce que l'on veut, y compris raser cette chapelle.

Son interlocuteur, un homme aux cheveux gris et aux yeux d'acier, sourit et lui appliqua une tape amicale dans le dos.

— Allons, allons. Un peu de tolérance. Rassure-toi, elle est désaffectée et puis je l'ai consacrée à un usage un peu spécial. Tu verras tout à l'heure mais parlons d'abord de ce qui nous rassemble.

Un petit murmure parcourut le groupe. L'homme reprit :

— Nous sommes en possession de la pierre de Thebbah, du moins elle se trouve entre de bonnes mains et logiquement Sol devrait la récupérer demain à Paris. En revanche, l'opération à Rome a échoué et les documents maçonniques sont restés entre les mains d'une amie de la victime.

Les hommes restèrent impassibles.

— Ce n'est que partie remise, j'ai donné des ordres en ce sens.

L'un des hommes, le plus mince, le regard clair, le front presque dégarni, intervint :

— C'est fâcheux, je te rappelle qu'il faut trois éléments pour élucider l'énigme qui nous occupe. Le premier a toujours été en notre possession, le deuxième est gravé sur cette pierre juive et le troisième, celui qui vient de t'échapper, est toujours dans les mains de nos adversaires. Or, ils vont maintenant se méfier. Les meurtres de Jérusalem et de Rome portent notre signature. C'était d'ailleurs ton idée de leur laisser ce message.

Le plus petit le coupa :

— Il a raison. Je l'avais bien dit que cette opération pouvait se révéler dangereuse et attirer l'attention sur nous. Et dans quel but ? Sol et toi vous nous avez entraînés dans une quête chimérique. N'oublie pas que nos ennemis sont puissants et leurs réseaux tentaculaires.

— Ça suffit ! Les ordres de Sol ne doivent jamais être discutés ! Et je vous rappelle que le rituel de leur mort répond à une promesse de nos ancêtres.

— Je continue à penser que nous nous égarons dans cette histoire folklorique. L'Orden a d'autres buts autrement plus importants. Cette opération reste mineure, je n'en démords pas.

L'homme aux cheveux coupés en brosse jeta un coup d'œil furtif à l'entrée de la chapelle. Son ton se radoucit. Il se leva.

— Tu as raison, je me suis laissé emporter. Allez, le temps est superbe, nous n'allons pas nous disputer. Je vous propose de rentrer communier dans la chapelle.

Les autres le regardèrent comme s'il était devenu fou. Il éclata de rire.

— Venez, entrez dans la maison du Christ et de sa mère. Elle s'appelait avant Notre-Dame de la Passion. Vous savez que ce pays a toujours été très catholique.

Le groupe s'approcha de la chapelle ; une odeur de pierre mouillée mêlée à quelque chose d'indéfinissable les saisit à l'entrée. L'homme aux yeux gris alluma un petit interrupteur.

Trois petits projecteurs illuminèrent l'intérieur de l'église, une construction toute simple aux murs blanchis et aux vitraux récemment restaurés. Un grand crucifix en bois trônait derrière l'autel avec un Christ famélique, ceint d'une couronne d'épines, accroché à ses branches. Un décor religieux classique si ce n'était la présence incongrue d'un grand sarcophage de métal vieilli, de plus de deux mètres de haut, posé devant l'autel et qui avait la forme d'une... femme. On reconnaissait distinctement le visage poli par les ans, souriant, orné d'une cascade de cheveux d'acier, les formes généreuses à peine stylisées des seins et des hanches.

Une exclamation fusa dans le groupe :

— Une vierge de fer !

L'homme qui menait la visite guida ses amis vers l'étrange objet.

— Eh oui, mes amis. L'un de nos compagnons l'a trouvée lors de fouilles dans les caves d'un château à côté de Munich. Une vierge construite au XVe siècle, entièrement restaurée et en parfait état de marche.

L'homme à l'accent britannique l'interrompit :

— J'ai déjà vu ce truc dans un film d'horreur, je croyais que c'était une invention des scénaristes.

— Pas du tout. La vierge fut créée dans l'Allemagne médiévale par les tribunaux de la Sainte Vehme, chargés d'exécuter les mauvais chrétiens et les pillards. Cette juridiction n'avait aucune existence légale et se comportait comme une société secrète avec ses rites si... particuliers dont vous voyez là une survivance.

Il appuya sur un bouton caché sur un côté du sarcophage. Il y eut un petit déclic, le couvercle figurant le visage et le corps de la femme s'ouvrit lentement, découvrant dans sa cavité intérieure une rangée de pointes de fer.

— Etonnant, non ? Les juges mettaient le condamné dans ce sarcophage et refermaient sur lui le couvercle, les pieux de métal rentraient dans la chair en différentes parties du corps. Le nom de vierge de fer est un hommage à la mère du Christ, ces gens étaient très croyants...

— Très ingénieux.

La dalle de pierre sur laquelle reposait le sarcophage était comme bâchée par un filet de couleur sombre incrusté dans la pierre.

— Quelqu'un veut essayer, juste pour voir ?

Un léger rire fusa du groupe. Ces hommes, tous endurcis, avaient déjà affronté la mort mais la perspective de se retrouver dans cet instrument de torture ne les enchantaient guère.

— Toi, peut-être ? dit-il en désignant l'homme au teint rose qui esquissa une grimace.

— Sans façon, merci. Et si nous sortions de cet endroit sinistre ?

— Je ne crois pas. Du moins pas toi.

Un bruit de pas se fit entendre à l'entrée de la chapelle, la silhouette de deux hommes se découpa sous la lumière du soleil. En quelques secondes ils fondirent sur le petit homme et l'immobilisèrent par les bras. Il semblait tout petit à côté des deux brutes au visage carré.

— Vous êtes fou ? Lâchez-moi tout de suite…

— Tais-toi !

La voix de l'homme aux yeux gris fusa net :

— Tu n'aurais jamais dû trafiquer les comptes de l'Orden. Sol a diligenté une enquête comptable sur nos activités sur le nord de l'Europe et a découvert que tu nous avais spoliés.

— C'est faux.

— La ferme ! Tu as détourné plus d'un million d'euros. Et vous savez pourquoi ? Pour se construire une villa en Andalousie. C'est pitoyable !

L'accusé essaya de se débattre, mais la poigne des hommes de main était plus forte.

— Mettez-le dans la vierge.

L'homme hurla :

— Non !

Il tenta de donner des coups de pied dans tous les sens mais en vain. L'un des deux hommes lui assena un cou de matraque sur le front pour le calmer, puis le plaqua au fond de l'engin de torture. Le couvercle fut repoussé mais pas complètement, afin de laisser un entrebâillement suffisant pour que les pieux ne déchirent pas encore le malheureux.

— Je vous en prie. Pitié. Je rendrai tout... J'ai une famille, des enfants.

— Allons, tu sais très bien que pour rentrer dans notre ordre il faut abjurer la pitié et la compassion envers ses semblables. Essaie de mourir comme un homme de Thulé. La peur nous est étrangère.

Des sanglots étouffés résonnèrent dans la chapelle. Du haut de sa croix, le Christ en bois souffrait pour le sort de l'humanité.

L'homme aux yeux d'acier appuya sur un autre bouton camouflé dans l'œil de la vierge. Le bruit d'un petit moteur résonna.

— J'ai fait perfectionner le système en ajoutant un système mécanique qui contrôle la fermeture du couvercle à l'aide d'une minuterie électronique. Si je règle sur le chiffre dix, cela indiquera que ton agonie durera la même période. Le cadran va jusqu'à deux heures...

— Je... je rendrai l'argent...

— Tu me pardonneras, mais je n'ai testé cette trouvaille que sur quelques cobayes. Il faut aussi tenir compte du poids et de la taille de la victime. La perfection n'est pas de ce monde.

Le couvercle se refermait imperceptiblement, les pointes commençaient à effleurer le corps, au niveau des yeux, du ventre, des genoux et bientôt du sexe.

— Je suis trop bon, j'ai mis le curseur sur un quart d'heure. Adieu, cher ami. Et maintenant, si nous allions déjeuner, un excellent repas nous attend au château.

Le petit groupe s'éloigna vers le soleil. La porte se referma alors que les dards de métal commençaient à percer la chair. La vierge de fer souriait dans les ténèbres.

Un long hurlement retentit dans la chapelle.

16

*Paris
Bibliothèque François-Mitterrand*

Une pluie froide tombait en rafales, transformant le parvis de la Grande Bibliothèque de France en patinoire. Dans sa grande sagacité, l'architecte avait imposé un bois précieux en guise de revêtement de sol avec pour résultat une explosion statistique des glissades et des entorses dès la première averse. Peu de temps après l'ouverture de la bibliothèque, les services d'entretien avaient collé sur les lamelles boisées des strips antidérapants au grand soulagement des habitués et des employés qui appréhendaient l'arrivée du moindre nuage.

Antoine Marcas manqua pourtant de glisser sur une portion d'escalier non protégée et se rattrapa au dernier moment à une cage de fer qui emprisonnait un arbuste desséché. Il se redressa et continua son ascension vers le parvis central. Les quatre tours en forme de livres, du moins pour les observateurs doués d'imagination, ployaient sous le vent violent qui soufflait sans discontinuer depuis trois jours sur toute l'Ile-de-France. Une anomalie météorologique en cette saison qui venait après une période ensoleillée. Les Parisiens ressortaient à contrecœur leur tenue de pluie des placards tout en espérant que le temps redeviendrait plus serein.

Marcas reboutonna son imperméable en arrivant devant l'entrée en métal qui donnait accès au saint des saints. Comme d'habitude, l'Escalator ne marchait pas, ce qui ne décourageait pourtant nullement les fidèles. Les grands arbres frêles exotiques ornant l'immense patio central tiraient à tout rompre sur les câbles d'amarrage au vaisseau amiral du bâtiment. Comme si, profitant de la violence complice du vent, ils avaient décidé de se libérer de leur carcan de métal et de s'envoler au loin. Mais les liens d'acier demeuraient solides et les conifères, une fois de plus, restaient prisonniers de leurs attaches.

Curieusement, Marcas aimait cette bibliothèque futuriste, source des passions les plus folles au moment de sa création. En fait, s'il regrettait la démesure des tours qui abritaient les livres, il appréciait le bâtiment enterré dans le sol disposé en écrin autour de ce parc improbable.

Un petit groupe de personnes attendait patiemment devant le sas d'entrée gardé par deux vigiles peu pressés de les faire rentrer. Des parapluies bariolés formaient la seule tache de couleur vive dans ce décor de métal et de bois sombre.

Pendant qu'il patientait dans la file d'attente, Marcas repensait à son séjour à Rome. Il était revenu la veille et gardait en mémoire l'image du corps de la fille sur le parquet de l'ambassade. Une fin tragique dans un décor d'opéra italien. Le fait qu'elle était sœur en maçonnerie ajoutait un soupçon de regret chez le policier. La chaîne d'union perdait l'un de ses maillons.

S'il pouvait choisir le lieu de sa mort, Marcas élirait

sans hésiter cette ambassade de Rome, plus plaisante pour rendre son dernier soupir qu'un banal lit d'hôpital. Il tempéra cette considération d'ordre esthétique en admettant que la façon d'achever sa vie était évidemment à prendre en compte et que, somme toute, mourir à coups de bâton gâchait singulièrement la beauté du lieu.

Le lendemain du meurtre à Rome, au petit matin, il avait passé un long moment dans la bibliothèque de la loge italienne à étudier des manuscrits rédigés à la fin du XVIIIe siècle et à remplir son carnet de notes pour la rédaction d'une conférence, une planche, qu'il ferait ultérieurement sur l'influence de la France dans la maçonnerie italienne.

Alors qu'il finissait son travail de recopiage, l'idée germa de demander au secrétaire de la bibliothèque s'il existait un registre des faits insolites ou curieux survenus dans l'histoire des loges romaines ou italiennes. Une sorte de petit cabinet illustré des curiosités. Le vieux secrétaire, un maçon retraité bénévole aux cheveux blancs qui frôlait allégrement les quatre-vingts ans, lui avait amené un gros carton d'un vert détrempé rempli de papiers maltraités par le temps.

Assis dans un profond fauteuil en cuir, Marcas avait dépouillé avec avidité le coffret. Il cherchait des témoignages de meurtres analogues à celui de Sophie Dawes. La marque des trois coups sur le corps présentait une coïncidence trop flagrante avec la légende d'Hiram.

Au fur et à mesure de sa lecture, il avait déchanté rapidement. Comptes rendus de tenues blanches – ouvertes au profane – sans intérêt, coupures de presse sur des remises de décoration à des dignitaires de l'ordre, articles sur des mises à sac de loges par les groupes fascistes au moment de l'arrivée au pouvoir de Mussolini, puis plus rien jusqu'à la libération de l'Italie par les Alliés.

Il avait alors questionné le vieil archiviste à propos de meurtres inexpliqués de frères dans l'histoire des loges italiennes. L'homme s'était gratté la tête en s'excusant de sa mémoire défaillante, puis s'était souvenu que juste avant la libération de Rome on avait retrouvé trois vénérables assassinés dans un hôtel particulier, non loin du Colisée. Trois cadavres de hauts dignitaires de loges romaines et milanaises découverts le visage fracassé, à une époque où les exécutions sommaires de la Gestapo étaient monnaie courante. On avait donc mis cette tuerie sur son compte.

Le vieil homme, partisan pendant les combats de libération, avait croisé un frère commissaire qui doutait de la culpabilité de la police hitlérienne. Ce n'étaient pas les méthodes de la Gestapo, d'abord parce qu'elle torturait et exécutait ses victimes dans ses propres locaux et que ses crimes se reconnaissaient aux traces de sévices sur les corps suppliciés. Et puis, avec leur sens inné de l'organisation, les nazis avaient regroupé toutes leurs victimes dans des fosses communes pour les achever.

Les yeux du vieux s'étaient illuminés pendant la narration de cette période d'histoire sombre, et Marcas se disait que des frères de cette trempe manquaient cruellement de nos jours. Peut-être tout simplement parce que la société actuelle incitait de moins en moins à la prise de risque et l'audace devenait une vertu obsolète.

Ce héros racorni par le temps, au verbe humble et aux paroles mesurées, cachait sous cette enveloppe promise à la poussière une flamme inaltérable. Peut-être le même courage dont fit preuve Hiram face à ses bourreaux, si tant est que ce personnage de légende eût réellement existé.

L'archiviste lui avait remis une autre chemise encore plus poussiéreuse, remplie de coupures de presse des années 30 sur les violences politiques. L'une d'entre elles relatait l'assassinat en 1934 d'un chercheur, maçon, sauvagement battu avant d'être achevé à coups de masse sur la tête. En marge de l'article était inscrit le mot « Hiram », suivi d'un point d'interrogation à l'encre violette presque effacée. Marcas avait fait des photocopies en se promettant de retrouver à Paris la trace de meurtres similaires dans le passé. Il avait inscrit sur un calepin de cuir rouge le récapitulatif des différents meurtres espacés dans le temps avec pour seul point commun la méthode de mise à mort.

1934. Florence, un frère.
1944. Rome, trois frères.
2005. Rome, une sœur.

Il espérait que cette liste lugubre ne reposait que sur une chimère et qu'il ne trouverait rien dans les archives à Paris, et avait salué le vieil homme avec un profond respect en quittant la loge romaine.

La pluie redoublait de violence, Marcas entra avec soulagement dans le hall de la bibliothèque, bousculé par un groupe de jeunes étudiants qui se chamaillaient devant les yeux atones des vigiles en costume croisé bleu.

Bibliothèque François-Mitterrand.

Le nom de l'ancien président éveillait en lui des souvenirs mitigés qui le renvoyaient aux tout débuts de sa carrière. On avait dit tout et son contraire sur les liens entre l'homme à la rose et la franc-maçonnerie qui, s'il avait misé sur les réseaux maçons lors de son accession au pouvoir, s'en était détaché par la suite, cultivant, comme dans beaucoup d'autres domaines, une ambiguïté calculée. Allant jusqu'à confier des portefeuilles ministériels à des frères dans le gouvernement Mauroy en 1981 mais lors de son second septennat, attaquant ouvertement dans les médias une « clique maçonnique » accusée de détournement de fonds.

Jeune inspecteur au milieu des années 80, Marcas avait commencé son ascension en même temps que la gauche perdait ses illusions utopiques et se frottait aux réalités gouvernementales. Son initiation avait suivi le parcours classique de tout jeune impétrant repéré par des frères bien placés. Un soir, à l'issue d'un repas bien arrosé, l'un de ses supérieurs lui avait demandé, tout simplement, s'il désirait entrer en maçonnerie un peu comme s'il voulait faire partie du club de boules local ou d'une association de chasseurs. Sur le coup il n'avait su quoi répondre.

A vingt-cinq ans, il n'était pas sûr de ses choix et se plier à des règles contraignantes ne l'emballait guère. L'un de ses collègues à qui il s'en était ouvert lui avait fait remarquer, goguenard, qu'il fallait être d'une stupidité abyssale pour refuser une telle invitation, les promotions trois points demeuraient l'un des plus sûrs accélérateurs de carrière au sein de la maison.

Par curiosité et opportunisme le jeune inspecteur Antoine Marcas entra en maçonnerie. Mais au Grand Orient, plus marqué à gauche. Contrairement à la Grande Loge nationale de France majoritaire, elle, chez les commissaires. Un mois plus tard, trois inconnus envoyés par le vénérable de la loge où il demandait son admission étaient venus le rencontrer pour discuter de son engagement.

L'un d'entre eux, un agent d'assurances, désirait voir son appartement pour se faire une idée de sa personnalité. Marcas se souvenait encore avoir fait appel à la concierge de son immeuble pour ranger en catastrophe le désordre et le linge sale. A l'époque, il n'était pas marié. Ni divorcé, non plus.

L'homme à l'allure silencieuse et austère avait longuement détaillé son intérieur et posé des questions sur son mode de vie et ses goûts. Il parlait avec une élocution particulière, détachant chaque syllabe de chaque mot sur un rythme plus lent que la moyenne comme s'il voulait graver chaque parole dans le cerveau de son interlocuteur, c'en était presque hypnotique, comme une douce mélodie qui s'instillait peu à peu dans la conscience.

Pour la première fois, l'inspecteur se retrouvait de l'autre côté d'un interrogatoire, ce qui était assez déstabilisant, d'autant que l'enquêteur semblait tout faire pour le dissuader de profiter des lumières de l'Orient véritable.

Un mois plus tard, Marcas était convoqué au temple du XVe arrondissement, l'enquête n'ayant rien prouvé de répréhensible. Pour ne pas être pris au dépourvu, Marcas avait acheté un livre sur l'initiation maçonnique, et il savait à quoi il allait être confronté.

D'abord l'attente dans le cabinet noir, une petite pièce, chargée de symboles d'origine alchimique, où il lui faudrait méditer et rédiger son testament philosophique. Ensuite, les yeux bandés et certaines parties de son corps découvertes, il lui faudrait subir les épreuves. De longs voyages périlleux, à travers l'eau, l'air et le feu, pour se voir enfin accorder la lumière. L'instant crucial. Celui de la véritable naissance.

A la vérité, il n'y avait aucun secret dans la description de ce rite, tous les profanes pouvaient s'acheter en librairie l'un des milliers d'ouvrages recensés sur la maçonnerie et qui décrivaient en long, en large et en travers ce rituel.

Mais Marcas avait compris ce soir-là que le fait de

vivre cette initiation lui avait procuré une sorte de supplément d'âme.

Il avait ressenti un sentiment indicible, l'impression d'avoir été figé dans un moment d'éternité ; quelque chose de difficile à comprendre si on ne l'avait pas vécu, en tout cas d'intransmissible par le seul biais de la lecture d'ouvrages érudits. Rien de magique, plutôt un état de conscience alterné.

Il en avait discuté avec d'autres frères, l'un d'entre eux, agnostique convaincu, anticlérical et adepte des plaisirs terrestres, lui avait rétorqué que c'était comme le sexe, il fallait avoir pratiqué pour comprendre. « Essaye d'expliquer à un curé ce qu'est un orgasme, à moins qu'il n'ait succombé à la tentation, il sera bien incapable d'imaginer de quoi tu lui parles... »

Après son initiation il fit connaissance avec ses nouveaux frères en loge, mais aucun d'entre eux n'occupait une position vraiment influente. Il en fut presque déçu : ni homme politique connu, ni magistrat emblématique et encore moins de stars des médias. Que des illustres inconnus, des flics comme lui mais aussi des instituteurs, quelques cadres d'entreprise, une poignée d'artisans, des universitaires à la retraite et un cuisinier qui avait eu les honneurs de la presse pour l'attribution d'une étoile au Michelin.

Au fil des ans, il s'était piqué au jeu et avait passé les grades de compagnon puis de maître. Arrivé à ce stade, il commença à fréquenter les autres loges et eut le loisir de côtoyer de près l'un de ces ateliers tant décrié par la presse et dont certains membres avaient perdu tout sens de la rectitude. Pourtant, il revenait toujours à son temple qui avait vu ses premiers pas entre les colonnes. Il s'y sentait en terre connue et amicale, préservé des tourbillons du monde profane.

En toute sécurité, au milieu de frères.

Quand il avait préparé le concours de commissaire, le réseau s'était mis en éveil et lui avait proposé de rejoindre la *fraternelle*, un groupe qui réunissait une grosse centaine de commissaires de toutes obédiences. Marcas n'avait jamais su si le fait « d'en être » lui avait fait gagner quelques points à l'arrivée, mais il s'était bâti en quelques années un solide carnet d'adresses.

Depuis l'après-guerre et l'Epuration, la police française comportait beaucoup de francs-maçons dans ses rangs. Certes, une minorité dans les non-gradés, mais plus on montait dans la hiérarchie, plus le nombre de frères devenait important. Au moins trois ex-directeurs de la police judiciaire en faisaient partie et on ne comptait plus leur nombre au sein des différents cabinets qui s'étaient succédé au ministère de l'Intérieur, place Beauvau.

Les frères les plus férus d'histoire expliquaient que les liens étroits entre la police et la maçonnerie étaient nés avec Fouché, le redoutable ministre de la Police sous Napoléon puis Louis XVIII et accessoirement hiérarque influent du Grand Orient de l'époque.

Marcas ne tenait pas Fouché en haute estime et avait déjà perdu une partie de sa naïveté sur les agissements de certains de ses collègues initiés. Au milieu des années 90, alors qu'il enquêtait sur une affaire de détournement de fonds dans le financement d'un parti politique, il avait reçu à sa grande surprise la visite d'un intermédiaire douteux. L'homme lui avait serré longuement la main en appliquant le signe de reconnaissance usuel, une discrète pression sur la main, et s'était lancé dans un long discours tortueux sur la défense de la République face à la montée de l'extrême droite pour, en guise de conclusion, lui demander de ne pas mettre son nez dans une série de transactions effectuées par une compagnie pétrolière nationale à destination d'un Emirat arabe, via une banque suisse.

L'homme connaissait le nom de la loge fréquentée par Marcas et n'avait pas hésité à se recommander du ministre de l'époque. Marcas avait laissé terminer poliment l'homme aux intonations rocailleuses du Sud-Ouest avant de l'éconduire.

C'était le genre de pression qui l'horripilait d'autant qu'il savait que d'autres que lui, aussi passés sous le bandeau, avaient bien des fois transigé dans des affaires similaires, par solidarité dévoyée.

De là venait son engagement dans l'étude poussée de la symbolique maçonnique et de son histoire, comme une sorte d'antidote au poison distillé par ces mauvais compagnons. Au fil des quinze années passées à la recherche de la lumière, il publiait régulièrement dans des revues historiques, sous un pseudonyme, des études sur la question, et son autorité en ce domaine le précédait quand il allait discourir en loge.

De grosses gouttes de pluie s'accrochaient aux parois vitrées avant de glisser paresseusement vers les rigoles de récupération. Le temps maussade dissuadait la foule habituelle de curieux avides de consultation d'ouvrages uniques, l'ambiance paraissait presque fantomatique.

Marcas se rendit au premier étage et traversa la passerelle de métal qui menait à la cafétéria de la bibliothèque, celle qui laissait entrevoir sous les pieds un abîme profond. Il poussa la lourde porte et inspecta la grande salle aux murs sombres. Un groupe de quatre étudiants devisaient à voix basse autour d'un cahier de cours, un couple de touristes japonais se regardaient en silence et une dame âgée lisait avec application un magazine d'antiquités. Son rendez-vous n'était pas encore arrivé, il commanda un café et s'installa à l'extrémité gauche de la cafétéria, sur la partie Est, à l'Orient pour ainsi dire.

Il ouvrit machinalement un dépliant publicitaire qui traînait sur la table, dévoilant des offres de voyages alléchantes à Cuba et Saint-Domingue, le tout agrémenté de photos de palmiers et de plages de sable immaculé. Quatre cents euros la semaine, à ce prix cela revenait moins cher de partir à l'autre bout du monde que de passer un week-end sur la Côte.

Une vraie provocation avec ce temps pourri et surtout une vraie escroquerie. Fin mai, début juin n'était pas la meilleure saison pour passer des vacances dans ce coin des Caraïbes copieusement arrosé par les averses tropicales. Marcas se souvenait d'une semaine à La Havane noyée sous des trombes d'eau sans interruption.

Il avait passé son temps, avec sa femme, peu avant leur divorce, à goûter aux joies du rhum local et à ressasser leur mauvaise humeur mutuelle dans les bars où l'on plumait les touristes accablés d'ennui. Dans leur chambre d'hôtel, un trois étoiles miteux aux murs décrépis et humides, ils zappaient sur les deux chaînes nationales d'un ennui mortel qui passaient, sûrement pour la millième fois, un reportage de propagande sur le Che. Reportage qu'ils avaient regardé avec la désagréable impression que le grand leader se foutait d'eux, arborant son sourire ironique en vantant les grandes avancées du socialisme sous un ciel éclatant daté des années 50.

Depuis il n'avait jamais remis les pieds dans cette île encensée par le commun et dont il gardait un souvenir amer.

Il leva les yeux d'un air blasé et l'aperçut immédiatement.

Sa silhouette détonnait au milieu des étudiants et des vieux chercheurs. Sûre d'elle, enveloppée dans un grand manteau crème à la dernière mode, Jade Zewinski marchait vers lui, le regard décidé.

Elle dégageait quelque chose, il n'aurait su dire quoi, pas une beauté classique mais une évidence qui la rendait attirante.

Elle l'avait appelé le matin sur son numéro de portable personnel, alors qu'il était encore officiellement en congé. Il fallait qu'elle le rencontre rapidement. Il avait failli raccrocher mais elle avait reçu ordre de se mettre en rapport avec lui. Un ordre qui émanait directement de son ministère. Au plus haut niveau. Il lui avait donné rendez-vous à la cafétéria de la bibliothèque, un lieu idéal pour des conversations confidentielles.

Jade s'assit en face de lui sans retirer son manteau.

— Bonjour… frangin. Comment allez-vous ?

Marcas crispa imperceptiblement ses mâchoires. Le ton de la jeune femme le hérissait. Comme à Rome. Il fit mine de se lever. Jade le retint par le bras.

— Attendez, je disais cela pour plaisanter. On dirait un petit garçon vexé. Vous, les maçons, vous n'avez aucun sens de l'humour. Je m'excuse, je ne recommencerai pas.

Elle leva la main en signe de bonne foi. Marcas se rassit.

— Nous n'avons peut-être pas la même définition de l'humour, mademoiselle Zewinski. Si vous me disiez plutôt pourquoi je suis obligé de perdre une heure sur mes congés à vous écouter.

Jade le dévisagea gravement, son visage s'était assombri. Il remarqua pour la première fois la couleur de ses yeux, d'un marron très clair perlé d'éclats verts.

— J'ai découvert pourquoi on a tué Sophie.

17

Amsterdam

Les passagers qui atterrissent pour la première fois à Schiphol restent souvent stupéfaits par le nombre de boutiques présentes dans l'aéroport d'Amsterdam. Un vrai centre commercial où l'on peut acheter tout et n'importe quoi tant la diversité et la profusion sautent aux yeux. Probablement un hommage aux qualités de marchands dont ont fait preuve les Hollandais depuis des siècles.

Toujours en quête d'idées neuves, d'ingénieux commerçants venaient d'ailleurs d'installer un bar à vins et à fruits de mer offrant huîtres, saumon et tourteaux aux passagers en attente d'un vol. Pour les amateurs de vins, une gigantesque étagère haute d'une dizaine de mètres abritait des centaines de crus nichés dans des petits casiers en bois noir.

Assis devant une petite table de verre transparent, Béchir contemplait fixement son verre de château-margaux en songeant au périple vécu ces deux derniers jours. Il était finalement sorti d'Israël sous l'identité d'un Jordanien, marchand de matériaux de terrassement. Une couverture parfaite, au volant d'un pickup prêté par l'un de ses obligés et rempli de gravats récupérés sur des chantiers et de pierres dont celle qu'il avait volée à l'Institut. Au poste-frontière avec la Jordanie, un policier juif trop zélé avait voulu lui faire décharger sa cargaison, une humiliation prévisible. Béchir avait alerté un comparse qui le suivait en voiture. L'homme était alors sorti de la file de véhicules en poussant des coups de klaxon rageurs et avait été immédiatement cerné par une nuée de militaires israéliens, le doigt sur la détente, à l'affût d'une attaque-surprise de kamikazes.

Le policier avait hurlé à Béchir de dégager et de filer vers son pays de Bédouins crasseux. Arrivé à Aman, l'Emir s'était délesté du camion et de son identité chez un ami et avait changé rapidement de tenue. Il s'était transformé en Vittorio Cavalcanti, touriste milanais de retour au pays natal après un séjour de découverte des merveilles jordaniennes. Le passeport trafiqué, estampillé de faux visas, avait rempli son rôle à merveille.

La pierre de Thebbah soigneusement rangée dans une grande valise encombrée de souvenirs de voyage, il avait juste eu le temps d'attraper son vol pour Paris via Amsterdam.

Tout aurait dû se passer normalement à cela près que la compagnie charter avait dû interrompre son vol à Schiphol sur ordre de la direction de l'aviation civile néerlandaise. Une inspection-surprise de l'avion au moment de l'escale avait relevé des anomalies dans le système hydraulique du train d'atterrissage. Tous les passagers en transit temporaire sur Paris avaient été priés de débarquer sans autre forme d'excuses.

Béchir avait récupéré sa valise sans protester, laissant le groupe de voyageurs en colère, des Français pour la plupart, prendre à partie la malheureuse employée de la compagnie.

Savourant son nectar, Béchir prit ce contretemps avec philosophie, il pouvait s'accorder un ou deux jours de retard même si son commanditaire manifestait des signes d'impatience croissante. Il ne savait pratiquement rien de l'identité de son client, les seuls contacts se limitaient à des mails envoyés via une cascade d'adresses fictives réparties en divers endroits du globe.

Lui-même utilisait un logiciel très performant qui pouvait masquer ses envois de mail en les faisant transiter de façon aléatoire par une centaine de relais dans le monde en moins d'une minute. Seul un ordinateur spécialisé utilisé dans les grandes entreprises d'informatique pouvait casser son système de routage et il n'échangeait que des messages codés d'apparence banale.

Son commanditaire passait ses ordres via un groupe de discussions axé sur les héroïnes de comics américains revenues à la mode avec leurs aventures sur grand écran. Ces bandes dessinées étant diffusées dans le monde entier, il suffisait à Béchir d'acheter la version originale américaine des aventures de Wonder Woman pour connaître le code en vigueur. Il scannait les quatre premières pages du numéro en cours pour sortir un alphabet de référence qui changeait chaque mois en fonction de la parution.

Le client se manifestait toujours sous le même pseudo : *Sol*.

Béchir, lui, changeait systématiquement de pseudo à chaque mission une fois que les phases pré-opérationnelles étaient verrouillées.

Et toujours des prénoms féminins, cette fois il avait opté pour Béatrice, en référence à Dante découvert sur le tard et aussi à une ancienne maîtresse française dont il gardait un souvenir embué. Une séduisante fille de militaire accro à la marche, rencontrée au cours d'un trek d'une semaine dans les sables de Jordanie. Il profitait alors de sa couverture de guide local pour effectuer des repérages afin de trouver de nouvelles planques pour des commandos du Hamas. Leur liaison torride dans les sables du désert resta longtemps gravée dans sa mémoire. L'envoi des mails de *Sol* transitait par un logiciel de cryptage élaboré pour digérer les mots et les phrases et les restituer en langage clair. Le dernier message pour Béatrice, envoyé juste avant qu'il ne quitte la Palestine, avait été : « Rendez-vous à Paris le plus tôt possible, contactez Tuzet au Plaza Athénée. Demandez-lui les clés de sa Daimler. »

Il ne savait pas qui était ce Tuzet, mais du moment qu'il allait toucher son argent, il se moquait bien de l'identité de son contact sur Paris.

Il finit son verre et se dirigea vers le comptoir de réservation de l'hôtel situé en retrait des boutiques de l'aéroport, juste à côté des représentants de loueurs de voitures.

L'hôtesse tapota sur son clavier et lui afficha une sélection de quatre hôtels de luxe. Le Bilderberg, situé à dix minutes de l'aéroport, dans le quartier sud, fréquenté par une clientèle d'hommes d'affaires, juste en face du colossal Hilton à l'architecture passée de mode ; le Amstel Intercontinental, légèrement excentré, tout en marbre et en cristal, et qui s'enorgueillit d'abriter la Rive, le seul restaurant d'Amsterdam à afficher deux étoiles au Michelin ; l'Europe, situé nettement plus au centre avec une vue imprenable sur l'Amstel et son cadre romantique, et enfin le Krasnapolski, monumentale bâtisse de quatre cent soixante et une chambres plantée en face du palais royal.

Béchir choisit l'avant-dernier, le plus typique en plein quartier des canaux, qu'il connaissait déjà pour y avoir passé une semaine, quatre ans auparavant. Il donna son numéro de carte bleue sur un compte dûment approvisionné d'une banque italienne et fit enregistrer la réservation.

De la musique house sortait des haut-parleurs cachés dans la structure de l'aéroport, un son assez désagréable dans ce genre d'endroit. Béchir jeta un œil à sa montre, il était cinq heures de l'après-midi, la garantie d'avoir un embouteillage entre Schiphol et le centre de la ville. Il décida de prendre le train qui reliait en un quart d'heure la station centrale située au nord du Centrum.

Pragmatiques, les Hollandais avaient construit la station ferroviaire directement sous l'entrée de la zone des boutiques. Cinq minutes plus tard, Béchir attendait son train sur le quai bondé de voyageurs. L'express arriva comme prévu et le déposa à la gare centrale d'où il récupéra le tramway de la ligne 16 qui fila silencieusement à travers les rues animées du centre. Personne ne hurlait, pas le moindre coup de klaxon, et pour cause les voitures n'étaient pas admises sur cette artère d'Amsterdam, un vrai paradis pour piétons. Il descendit à l'arrêt Muntplein, prit la rue Nieuwe Doelenstraat de l'autre côté du canal Amstel et se retrouva en quelques enjambées à son hôtel.

Le portier en livrée le salua avec discrétion et il pénétra dans le grand hall du palace rénové par feu son propriétaire le magnat de la bière hollandaise, Freddy Heineken, malencontreusement épris de romantisme XIXe siècle, façon kitch.

Derrière le grand comptoir en arc de cercle, trois réceptionnistes s'occupaient des clients. Il choisit la petite rousse au chignon impeccable occupée à donner des indications à deux Juifs en chapeaux et papillotes, probablement des diamantaires en transit. Instinctivement il serra son poing droit dans son manteau, comme pour refréner une envie de les poignarder par simple plaisir, pour punir les membres de ce peuple qui lui avait volé son pays.

Quand ils se retournèrent pour partir, il leur décocha un sourire amical, presque complice, et lança mentalement un juron bien senti. La réceptionniste, une Espagnole dont le badge portait le prénom Carmen – il ne savait pas qu'il existait des Espagnoles rousses –, lui tendit sa clé en le saluant en italien au vu de son passeport.

Il laissa sa valise au bagagiste et donna l'ordre de la monter directement dans sa chambre.

Quarante minutes après son départ de l'aéroport, il se faisait couler un bain dans la salle de bains de marbre clair. L'hôtel faisait bien les choses, les accessoires de bain portaient la griffe de Bulgari, un raffinement qu'il appréciait au plus haut point après avoir passé deux mois dans des planques empuanties entre Gaza et Jérusalem.

Il plongea dans l'eau brûlante avec délices. Son corps fourbu et courbatu par ces deux jours de voyage se décrispait avec la chaleur qui l'enveloppait. Il n'était plus Béchir, l'un des Emirs les plus redoutés sur le territoire palestinien, mais bien Vittorio, bon vivant milanais, amateur de vin et de jolies femmes.

Son entourage en Palestine avait coutume de le voir disparaître régulièrement, pensant qu'il partait se ressourcer à l'islam le plus pur, en Iran. Lui-même laissait planer le doute sur ses absences et aucun de ses amis palestiniens n'aurait cru une seconde qu'il se prélassait dans un bain à Amsterdam. Cette fois il partait en mission en Jordanie, puis en Syrie pour acheter de l'armement léger en vue d'opérations de harcèlement des colonies juives. Il travaillait depuis quelque temps pour la faction des brigades Al Aqsa, beaucoup plus efficaces que celles du Hamas. Les récentes opérations kamikazes au centre de Jérusalem avaient été une réussite spectaculaire, et instillaient dans le cœur des Juifs une peur gravée à l'acide le plus pur. Son départ programmé, personne n'aurait osé mettre en doute sa parole.

Mais depuis quelques mois, Béchir se doutait que quelqu'un dans son entourage avait été retourné par le Mossad et informait les Juifs d'une partie de ses déplacements. Le mois précédent, il avait manqué de se faire coincer dans la vieille ville et il n'avait dû son salut qu'à une erreur des Israéliens. Il savait que ce n'était que partie remise et que, tôt au tard, ils le cueilleraient comme un fruit trop mûr.

Sa carrière de tueur à mi-temps allait s'achever prochainement et Béchir multipliait les contrats pour prendre sa retraite. Il avait accepté celui sur la pierre de Thebbah par pure cupidité ; avec ce qu'il amasserait il lui suffisait d'une dernière commande pour plier boutique et se retirer avec les honneurs de la guerre.

Il sortit du bain et s'assoupit sur le canapé, le sourire aux lèvres. Quand il se réveilla, la nuit était tombée depuis longtemps sur la ville, il avait dormi plus de cinq heures sans s'en rendre compte et se sentait frais et dispos, en pleine possession de ses moyens. La fatigue s'était presque évaporée comme par enchantement, lui rendant toute sa vigueur.

Il brancha son ordinateur sur la prise Internet et entra en contact avec le groupe de discussions de son client. Il envoya un mail crypté à Sol, l'avertissant de son retard, et prévint qu'il prendrait le Thalys de 15 h 15 le lendemain pour Paris. Selon ses prévisions, il serait dans la capitale française le lendemain soir au plus tard.

En attendant la réponse, il brancha la télévision et zappa sur les chaînes hollandaises. L'une d'entre elles diffusait un reportage sur l'usage croissant des champignons hallucinogènes dans les boutiques spécialisées de la ville. Les *coffee shops*, où l'on servait du cannabis, étaient en déclin au profit des échoppes qui proposaient des champignons de variétés diverses. Béchir se promit d'en acheter, avant de partir, pour sa consommation personnelle, et de les ramener avec lui à Paris.

Il avait déjà ingurgité de la psilocybine lors d'un voyage au Mexique et en avait gardé un souvenir marquant. Un trip complètement hallucinant. Rien à voir avec la marijuana. Une véritable extase et sans les réactions d'accoutumance sauf que l'effet des champignons durait quatre heures après l'ingestion et donnait souvent une diarrhée et des vomissements aigus en phase de descente.

Il continua son zapping et tomba sur la chaîne de l'hôtel qui diffusait des films pornographiques censés séduire les touristes, du moins selon la vision hollandaise.

La scène mettait en présence deux hommes et une femme en train de s'activer avec abnégation et il semblait que les deux mâles montraient plus d'entrain à se donner mutuellement du plaisir qu'à s'occuper de la superbe blonde aux formes généreuses. Son soupçon se confirma quand l'actrice quitta le lit avec un air courroucé. Les deux *bodybuilders* se ruèrent alors l'un sur l'autre avec un enthousiasme non dissimulé. Béchir jura avec force devant ce spectacle affligeant pour son machisme. Et en plus, le brun qui se faisait éperonner par son copain était un Arabe.

Il coupa rageusement le poste et se leva vers la fenêtre, il n'avait plus envie de dormir. Il réalisa tout d'un coup qu'à quelques centaines de mètres se trouvait le coin des putes d'Amsterdam, le quartier rouge, là où les filles travaillaient dans des vitrines.

Il n'avait jamais mis les pieds là-bas, c'était le moment ou jamais, d'autant qu'il sentait monter en lui un désir aussi agréable que lancinant.

Avant de sortir dans la nuit tiède d'Amsterdam, il retira la pierre de Thebbah de sa valise pour la mettre dans le coffre caché dans l'un des deux placards vitrés. Il défit délicatement la toile qui protégeait la pierre, avec une attention particulière comme s'il manipulait un explosif instable.

Compacte, sombre, gravée de caractères hébraïques ancestraux, la pierre reposait à présent sur le drap blanc immaculé d'une chambre d'un palace à des milliers de kilomètres des sables du désert d'où elle avait été extraite, et le lendemain elle voyagerait encore, d'abord vers Paris puis vers une destination inconnue.

Béchir la contemplait avec une fascination hypnotique, il sentit en elle comme une menace qu'il n'arrivait pas à analyser. Les superstitions le laissaient de marbre, mais il ne pouvait s'empêcher d'éprouver une légère inquiétude face à ce bout de roche pour lequel il avait fait couler le sang. Le vieux chercheur juif de l'Institut semblait y tenir comme à un trésor sacré.

Il parcourut la liste de notes rédigées par le chercheur, où il était question de termes étranges, de croix de Templiers, de mots inconnus : BV'ITTI, écrit en lettres majuscules. Béchir ne goûtait pas les devinettes, la seule chose qui lui importait était l'argent.

Et cette pierre devait être très précieuse pour qu'on débourse sans sourciller une fortune pour mettre la main dessus. Son commanditaire l'avait contacté une semaine auparavant, déjà au courant que la pierre se trouvait chez le marchand Perillian. Un nouveau client recommandé par l'un de ses meilleurs contacts, le numéro trois des services secrets syriens à qui il rendait de précieux services de temps à autre.

Le Syrien avait confirmé son parrainage sans préciser l'identité du commanditaire, en ajoutant que Sol représentait des intérêts très puissants et incidemment un ami de longue date de la cause palestinienne. Tuer le vieux Juif et voler une pierre représentait l'un des contrats les plus faciles exécutés depuis une dizaine d'années.

Il remit la pierre dans son sac et l'inséra dans le coffre à clé digitale. Plus vite il en serait débarrassé, mieux cela vaudrait, elle exhalait quelque chose de négatif qui lui déplaisait profondément.

Il jeta un œil sur son ordinateur dans l'espoir de voir apparaître une réponse à son mail. La petite icône sous forme d'enveloppe clignotait sur le bord droit de l'écran. Le message de Sol était laconique : « Confirmons votre rendez-vous précité. »

Sans aucun autre mot d'explication. Il effaça le message et éteignit l'ordinateur, puis se leva pour contempler silencieusement la vue qui s'offrait à lui. Le canal de l'Amstel scintillait dans la nuit, les lumières à l'intérieur des maisons à pignon s'illuminaient et formaient comme une guirlande dont les éclats miroitaient dans l'eau sombre. Des groupes de passants déambulaient joyeusement sur les petits ponts qui reliaient les rives de la cité et des myriades de vélos filaient dans tous les sens.

Il pensa aux nuits de Gaza, quand l'électricité était coupée toutes les heures et que ses habitants n'osaient plus mettre un pied dehors. Faire une balade à vélo pour se rendre à une soirée entre amis, voilà un luxe interdit à beaucoup de ses compatriotes. L'injustice était trop grande, pourquoi Allah avait-il donné l'opulence à des infidèles du Nord et le malheur à son peuple ? Mais son interrogation ne durait jamais longtemps et il savait à quoi s'en tenir sur la religion. La vie n'avait pas de sens et seuls les plus malins ou les plus forts s'en sortaient, le reste n'était que balivernes. Lui faisait partie de ceux qui tireraient toujours leur épingle du jeu. C'était comme ça.

Il enfila rapidement une tenue de ville décontractée, une chemise, un pantalon clair et un blouson de daim foncé, et descendit avec élégance les escaliers de service. Il croisa dans le hall un couple de retraités. Des Russes, vu leurs manières brusques, et qui tous deux devaient porter pour au moins quinze mille euros en vêtements coûteux et bijoux clinquants d'un goût incertain.

Il passa le portillon de l'hôtel et marcha en direction du quartier rouge, au nord, vers le Nieuwmarkt, il ne pouvait pas se tromper, tout droit en longeant le canal Klovenierburgwal.

La municipalité réputée pour sa tolérance sexuelle poussait même le luxe jusqu'à indiquer aux touristes par le biais de panneaux le chemin vers ce lupanar unique en Europe et qui exposait sans vergogne des centaines de filles dans des cages vitrées au bon plaisir des hommes. Brunes, blondes, Asiatiques, Blacks, Russes ; il y en avait pour tous les goûts. Les plus belles logées au premier étage avec vue sur le canal, les autres reléguées au rez-de-chaussée. Les plus vieilles croupissaient dans des box minuscules aménagés dans les petites ruelles autour de la cathédrale.

Béchir croisa un groupe de jeunes touristes anglais éméchés, massés à six devant une vitrine en train d'injurier et de lancer des gestes obscènes à une brune en string noir, d'origine moyen-orientale, qui les regardait d'un air méprisant. Obstinément elle ne voulait pas tirer le rideau alors qu'elle aurait pu le faire, voulant marquer ainsi sa supériorité sur la bande d'ivrognes. Occulter la vue aurait été un signe de défaite.

Le tueur éprouva un curieux sentiment d'admiration devant cette prostituée seule face à cette meute de chiens haineux en rut. Il croisa le regard hautain de la brune aux yeux fardés et pendant un instant crut y déceler une fugitive solidarité. Il décida de lui rendre un petit service.

Dans la rue collatérale, trois marginaux s'imbibaient consciencieusement à la bière ; il leur glissa un billet de cent euros en leur demandant d'aller se colleter avec les Anglais, ajoutant que ces tarés traitaient les Hollandais de pédales efféminées. Il y aurait cent euros de plus si les étrangers se retrouvaient au tapis. Le plus gros des trois, un hybride de Hell's Angel et de déménageur, poussa un juron et lança ses acolytes vers le groupe de touristes.

Les six Anglais eurent un instant de stupeur quand ils virent arriver les trois ivrognes et la bagarre éclata en un instant. Béchir se posta à côté de la vitrine pour jouir du spectacle et lancer une œillade complice à la prostituée qui arborait un sourire vengeur. Il lui offrait ce cadeau réjouissant de voir ces porcs d'infidèles rouler au sol, les vêtements déchirés, le visage en sang.

La brune applaudit devant le spectacle et se tournant vers Béchir l'invita d'un petit geste de la main à venir la rejoindre. Il hésita quelques secondes puis déclina la proposition d'un petit signe de tête amical alors qu'il enjambait le tas de corps enchevêtrés auxquels il jeta un billet sans même les regarder.

Il n'avait plus envie de baiser, empreint d'un sentiment de fierté pour avoir commis une action juste et de ne pas s'être comporté comme un chien tenaillé par ses instincts. La vue des Anglais imbibés d'alcool avait provoqué en lui un curieux écho, il ne voulait pas s'assimiler à ces porcs. Le sexe pouvait bien attendre un jour de plus quand il serait à Paris et se débarrasserait de la pierre.

Il tourna à l'angle d'une ruelle mal éclairée qui donnait sur un pont minuscule enjambant un petit bout de canal. Une femme voilée accompagnée de deux enfants en bas âge le croisa en lui jetant un regard dur, comme si elle savait ce qu'il était venu faire dans ces bas-fonds. Il comprit le mépris avec lequel elle l'avait détaillé. Par un étrange paradoxe, lui, l'Emir, ressentait la réprobation d'une fidèle alors qu'il venait de se comporter dignement. Il aurait pu lui lancer un mot en arabe pour lui montrer qu'elle se trompait, mais il n'en fit rien, à quoi bon ? Elle devait probablement avoir ce regard dur pour tous les infidèles. Le contraste était étonnant entre la prostituée quasiment nue dans sa vitrine et cette mère enveloppée de tissus pour se protéger de la vue des hommes, mais n'étaient-elles pas toutes les deux, à leur manière, prisonnières de règles faites pour le bon plaisir de l'homme ? Le sexe pour l'une, Dieu pour l'autre. Béchir voyait là un raccourci cocasse. Les Européens se choquaient plus d'un voile que d'un string tandis que les fondamentalistes musulmans de plus en plus nombreux professaient une aversion inverse…

Depuis l'année précédente, la tension devenait intense aux Pays-Bas dès qu'il s'agissait du voile islamique. Les médias s'étaient emparés des problèmes de l'immigration depuis l'assassinat d'un cinéaste provocateur, Théo Van Gogh, par un extrémiste islamique marocain. La Hollande, pays de tolérance et d'ouverture, goûtait à son tour, en retard sur les autres pays d'Europe, à l'amertume de l'exacerbation des communautarismes. L'extrême droite du Vlams Blok attisait les braises et récupérait la mise, et l'anniversaire de la chute du nazisme voyait déjà refleurir une nostalgie haineuse de la suprématie de la race blanche.

Si Béchir n'aimait pas les Juifs, il ne goûtait pas plus les nazis modernes et leurs hommes de main. Il s'était mis dans une colère monumentale quand il avait découvert le portrait du Führer dans la chambre d'un de ses jeunes cousins qui débordait d'admiration pour le leader national-socialiste.

Ce n'était d'ailleurs pas un cas isolé. Une bonne partie du monde arabe considérait toujours Hitler, certes comme un dictateur, mais aussi comme le porte-drapeau de la lutte contre le péril juif. Les *Protocoles des Sages de Sion*, un pamphlet fabriqué de toutes pièces par la Russie tsariste sur l'existence d'un complot juif mondial, s'achetait dans tous les souks du monde arabe, de Marrakech au Caire en passant par la vieille ville de Téhéran ou les échoppes des faubourgs de Jakarta.

Béchir qui voyageait beaucoup et avait étudié l'histoire trouvait cette admiration grotesque et lamentable. La stratégie allemande avait intégré les Arabes comme des alliés pendant la Seconde Guerre mondiale et s'était appuyée sur les nationalismes locaux pour lutter contre les Anglais.

Feu Anouar el-Sadate, le raïs d'Egypte, le même qui avait signé la paix infâme avec les Juifs, avait été un agent des services secrets allemands pendant la guerre. Quant au Grand Mufti de Jérusalem, reçu avec tous les honneurs à Berlin par Hitler en 1941, il avait béni les trois divisions de SS musulmans : Handschar, Kama, Skandenberg. L'un des vétérans syriens SS de Kama rencontré lors d'un repas à Damas avait coutume de paraphraser le Mufti : « Le croissant et la croix gammée ont le même ennemi, l'étoile de David. »

Mais Béchir savait que l'idéologie nazie classait nettement les musulmans comme une race inférieure, guère plus haut dans l'échelle de l'évolution que les Slaves ou les Latins.

Il avait croisé des néonazis européens dans des camps d'entraînement en Syrie, au Liban et en Libye. Les mêmes crânes rasés, qui jouaient les sympathisants de la cause palestinienne face au sionisme et organisaient les ratonnades dès qu'ils rentraient chez eux dans leurs brumes nordiques.

Béchir détourna son regard de la femme voilée et quitta les abords du quartier rouge pour se diriger vers le centre et se rassasier dans un restaurant indonésien d'un Richstaeffel copieux, un assortiment de petits bols de spécialités exotiques, très prisées en Hollande.

La sonnette d'un vélo retentit derrière lui et il eut juste le temps de sauter sur le bas-côté pour ne pas se faire renverser par un homme hilare qui pédalait à toute vitesse. Il fallait avoir des réflexes pour survivre dans la cité hollandaise, les voies de circulation pour vélos ressemblaient à des trottoirs et les touristes n'arrêtaient pas de bondir sur les bas-côtés quand surgissaient les myriades de petites reines.

Devant le trottoir sur lequel s'était réfugié Béchir, une boutique aux vitres teintées en violet arborait sur sa devanture un énorme champignon rouge fluo en plastique. Le tueur sourit de satisfaction et entra dans ce qui ressemblait à une reconstitution de caverne avec une fausse cascade de polystyrène expansé peinte en couleur granit. Les présentoirs regorgeaient d'instruments biscornus, d'origine colombienne ou saharienne, favorables à la découverte de paradis artificiels. Le long des murs, des centaines de petits sachets étiquetés contenant des champignons séchés ou des semences ajoutaient une note champêtre, donnant presque aux visiteurs l'impression de se trouver dans une graineterie, une sorte de Jardiland pour camés.

Au comptoir, un jeune Hollandais à l'allure sage d'étudiant en théologie donnait des conseils d'expert à un couple d'Allemands sur la culture à domicile des champignons psychotropes. « Tout est dans le terreau », expliquait-il d'un air sentencieux aux deux naïfs qui avaient acheté une vingtaine de sachets de semence, de quoi remplir une serre entière.

Béchir, en bon connaisseur, choisit un sachet rempli de cinq spécimens d'un champignon au pédicule effilé de couleur blanche surmonté d'un chapeau d'aspect phallique, le *Psylocybe semilanceolata*. Il tâta la texture des spécimens et grimaça. Pas de la bonne came. Il attendit que le vendeur eut expédié ses pigeons, puis l'apostropha en anglais pour savoir s'il n'avait pas de la meilleure qualité. L'employé contourna son comptoir en souriant et lui indiqua un autre étalage avec des sachets de couleurs différentes décorés de têtes de lutins rigolards. Béchir secoua la tête.

— De la bonne qualité, l'argent n'est pas un problème.

Le vendeur garda son sourire inoxydable et retourna dans son arrière-boutique d'où il sortit un carton d'un frigo. Cette fois, il n'y avait plus de gnomes hilares sur le sachet, seulement des boîtes en plastique de couleurs vives contenant des champignons que l'on aurait pu croire cueillis la veille. Il en retira quatre et les déposa délicatement sur une tablette en aluminium brossé.

— Le nectar des dieux, mec, décollage garanti pendant six heures et pas d'atterrissage sur les rotules, tout en douceur. Mais il faut allonger.

— Combien ?

Le jeune homme prit un air contrit.

— Je n'en ai plus beaucoup et mes acheteurs viennent de loin pour se les procurer. En plus ça pousse pas n'importe où ces bijoux, il…

— Combien ?

— Trois cents euros et j'y perds, mec.

— D'accord. Garde-les-moi au frais jusqu'à demain, je passerai en fin de matinée les récupérer.

Le vendeur comprit qu'il aurait pu en demander le double, mais n'insista pas. Béchir régla et sortit, croisant sur le pas de la porte une charmante mamie aux cheveux de neige, avec un fox-terrier, qui venait s'approvisionner elle aussi.

Curieux pays, songea le tueur en se rendant vers la place du Dam, face au palais royal où la reine ne logeait jamais.

Il repensa à Sol et à sa mise en scène macabre, il ne connaîtrait probablement jamais le fin mot de l'histoire.

Au moment où il quittait Israël, les radios et les télévisions nationales évoquaient un double meurtre à l'Institut archéologique. Un chercheur de l'université et un vigile en poste cette nuit-là, décédés après avoir été battus sauvagement. Le tout pour empêcher le vol d'une pièce archéologique, telle était la thèse qui circulait.

Les médias, bien sûr, ne connaissaient pas l'objet du vol, car Marek n'avait pas eu le temps de révéler l'existence de la pierre de Thebbah.

On précisait seulement que le tueur avait dérobé une pièce des collections conservées dans le bureau du chercheur. Béchir et son commanditaire partageaient la connaissance du motif du crime, mais seul l'un d'entre eux connaissait la véritable signification de la pierre de Thebbah.

18

Paris,
Bibliothèque François-Mitterrand

Marcas commanda un autre café et joignit ses mains sur la table. Un petit groupe d'étudiants s'était installé à deux tables de la sienne et ils regardaient Jade avec un intérêt appuyé. L'Afghane continua en baissant la voix :

— On l'a tuée pour mettre la main sur des foutus papiers appartenant à vos copains francs-maçons. La veille de son assassinat, Sophie m'avait expliqué qu'elle devait apporter des documents à Jérusalem pour le compte du Grand Orient, enfin, pour une personne qui travaillait avec elle aux archives de l'obédience. Elle ne m'a pas précisé la nature de ces papiers, mais ils représentaient selon elle un intérêt historique majeur. Pour plus de sûreté, je lui ai alors proposé de les mettre dans mon coffre à l'ambassade.

— Vous les avez ?

— Oui, bien sûr. Je les ai emportés avec moi à Paris.

La curiosité de Marcas s'éveilla, des documents

maçonniques entre les mains de cette profane pouvaient se révéler dangereux. Mais il ne voulut rien laisser paraître de son impatience.

— Vous les avez lus ?

Jade sentit qu'elle intéressait son collègue même s'il semblait de marbre.

— Franchement, je n'en sais rien, il faut être ou historien ou frangin pour comprendre ce charabia. Il est question de rituels, de construction géométrique, de références à la Bible. A vue de nez ça doit dater du XVIIIe ou du XIXe siècle.

— Vous devez les rendre à ses propriétaires légitimes, ce sont les seuls qui pourront expliquer pourquoi quelqu'un a pu tuer pour ces documents.

Jade le fusilla du regard.

— Je sais ce que j'ai à faire, mais pour le moment ce sont des pièces à conviction dans le cadre d'une enquête sur un meurtre qui n'existe pas. Ils seront rendus à vos petits copains en temps utile…

— Pourquoi me racontez-vous tout ça alors ?

La jeune femme se passa les mains dans les cheveux, semblant hésiter.

— Vous ne le savez pas encore, mais nous allons travailler ensemble. Une réunion a eu lieu au ministère de l'Intérieur pour faire la synthèse sur ce meurtre. Le Quai d'Orsay m'a officiellement mise sur le coup en liaison avec vous.

Marcas but une gorgée d'expresso brûlant pour se donner le temps de répondre.

— Je suis censé être en congé pour encore un mois, avec de nombreuses activités réjouissantes en perspective dont ne fera pas partie une quelconque relation avec vous. Vous m'en voyez navré. Je compatis à la mort de votre amie, mais il n'est pas question que j'intervienne sur cette affaire.

Jade sourit d'un air goguenard.

— Mais vous n'avez pas le choix. Il semble qu'en haut lieu un des compagnons de la lumière veuille que vous apportiez la vôtre. Sans jouer les astrologues, je vous prédis un appel de vos supérieurs très prochainement.

— Merci de m'en informer.

— Je venais juste mettre les choses au point. Si nous devons travailler ensemble, il faudra circonscrire nos relations. En plus je vais devoir mettre mon nez dans votre univers de guignol à tablier, ce qui ne m'enthousiasme pas vraiment.

Marcas reposa sa tasse de café. Cette fille prenait un malin plaisir à railler systématiquement son engagement maçonnique. A se foutre de lui.

— J'attendrai de recevoir ce fameux ordre de réquisition pour me prononcer. Mais j'ai une question à vous poser.

— Laquelle ?

— Pourquoi détestez-vous à ce point les maçons ?

Le regard de Jade se fit plus dur. Elle rajusta son manteau sur ses épaules et se leva brusquement.

— Je vous raconterai ça une autre fois. Mais vous avez raison, je n'aime pas ce que vous représentez et je suis persuadée que Sophie est morte à cause des magouilles de vos petits camarades, adeptes tortueux du Grand Architecte de l'Univers. L'entretien est terminé, nous nous reverrons dans un cadre plus officiel.

Sous les yeux médusés de Marcas, la jeune femme tourna les talons et partit en claquant la porte de la cafétéria. Le policier restait sidéré par le caractère à l'emporte-pièce de la jeune femme, aussi têtue qu'une mule. Il n'était pas question de faire équipe avec cette walkyrie. Se voir gâcher son congé par cette fille au prénom ridicule se révélait tout bonnement intolérable. Il paya les cafés et sortit de la cafétéria en jurant intérieurement, pourquoi avait-il accepté cette invitation à l'ambassade… En plus il devait s'envoler pour Washington dans une semaine pour rencontrer des membres de la franc-maçonnerie américaine au Georgetown Institut. Une réunion prévue depuis des mois pour échanger des informations sur les apports de l'iconographie alchimique dans les rituels du XVIIIe siècle.

En poussant la porte de sortie de la bibliothèque, il réalisa que ses projets étaient sûrement déjà clos. Un coup de fil allait les anéantir.

19

*Paris,
16, rue Cadet
siège du GODF,
minuit*

Le temple n° 11 se trouvait plongé dans une semi-obscurité. A l'Orient, au pied des trois marches qui montaient jusqu'à la place du vénérable, ne brûlaient que deux flammes vertes qui jetaient des reflets fugaces sur les murs tendus de draperies noires marquées de signes funéraires. A l'entrée du temple, juste devant le frère couvreur, les deux surveillants feuilletaient le rituel à la lueur vacillante des bougies. Sur les colonnes, les frères silencieux attendaient que débute la tenue au 3e degré, au grade de maître.

Un coup de maillet retentit à l'Orient, suivi aussitôt de deux coups similaires à l'extrémité de chaque colonne.

— Vénérable Maître Premier Surveillant, quel est le premier devoir d'un surveillant en Chambre du Milieu ?

— Très Respectable, c'est de s'assurer que le Temple est couvert.

— Vénérable Premier Surveillant, voulez-vous vous en faire assurer par le Vénérable Maître Couvreur.

Le frère couvreur, assis près de l'entrée, son épée à la main droite, se leva et vérifia que la porte du temple était bien close.

— Très Respectable, le Temple est couvert.

Sur la colonne du nord, assis près du frère hospitalier, Patrick de Chefdebien, PDG de la multinationale de cosmétiques Revelant, contemplait l'Orient.

Dans quelques minutes, il lui faudrait se lever, monter les trois marches et, à la place traditionnelle de l'orateur, lire son exposé devant le public silencieux, mais attentif de ses frères.

— ... Mes frères, veuillez vous mettre à l'Ordre de Maître au passage du Surveillant de votre colonne.

Un à un tous les frères se levèrent et firent le signe de maître au passage du surveillant qui remontait le temple, le maillet croisé sur sa poitrine.

La main en équerre, Marc Jouhanneau, Grand Archiviste du Grand Orient, se demandait à combien de tenues de maître, il avait déjà assisté. En près de soixante ans, peut-être cent, peut-être plus, et il conservait toujours la même fascination pour la cérémonie.

Mais ce soir il n'arrivait pas à se concentrer à cause de la mort de Sophie Dawes, bouleversé par l'assassinat de sa protégée. Il se sentait coupable de l'avoir envoyée là-bas. Il était responsable de sa mort. Quant à Marek, le compagnon de son père, le destin, lui aussi, l'avait rattrapé.

Jouhanneau se ressaisit et fixa son attention sur la tête de mort imprimée sur le tissu noir. Un décor impressionnant, partout des crânes aux orbites sombres alternaient avec des tibias croisés d'un blanc étincelant. La mort partout.

Dans toutes les loges du monde entier, chaque réunion du niveau de tenue de maîtrise commémorait le meurtre d'Hiram, le maître des maçons, assassiné par ceux qui voulaient lui arracher son secret.

Jouhanneau en éprouvait aussi comme un écho lointain, plus intime, qui le ramenait toujours à l'assassinat de son père, là-bas, dans les camps de l'enfer nazi.

— Vénérable Maître Premier Surveillant, à quelle heure les maîtres ouvrent-ils leurs travaux ?

— A midi, Très Respectable.

— Quelle heure est-il, Vénérable Maître Second Surveillant ?

— Il est midi, Très Respectable.

— Puisqu'il est l'heure à laquelle les maîtres maçons ont coutume d'ouvrir leurs travaux, invitez les Vénérables Maîtres qui décorent vos colonnes respectives comme j'invite ceux qui siègent au *Debhir* à se joindre à vous et à moi pour ouvrir les travaux en *Chambre du Milieu* de la Respectable Loge *Orion*, à l'Orient de Paris.

Jouhanneau jeta un coup d'œil circulaire sur ses frères. Chacun d'eux était un spécialiste reconnu de la franc-maçonnerie. On n'était coopté à *Orion* qu'après bien des années de recherches et surtout après avoir prononcé sa *planche d'intronisation*. Un oral redoutable où l'impétrant devait convaincre l'ensemble des frères.

Ce soir, ce Chefdebien, tout haut dirigeant de Revelant qu'il était, devrait faire ses preuves.

— Vénérable Secrétaire, voulez-vous donner lecture du *tracé* des derniers travaux ?

Après les formules rituelles et la liste des frères présents lors de la dernière tenue, le secrétaire présenta et résuma les deux *planches* données. Le *tracé* fut approuvé par les frères et le vénérable reprit la parole :

— Mes frères, nous allons avoir, ce soir, lecture de la planche du Vénérable Maître Patrick de Chefdebien. Comme vous le savez, il est le neveu de notre regretté frère, Guy de Chefdebien, *passé à l'Orient éternel*, il y a un an, et qui fut une des lumières de notre atelier. Son neveu et héritier a repris le flambeau maçonnique et ce soir, son tour est venu de parler devant *Orion* réuni.

— Vénérable Maître Grand Expert, veuillez aller chercher notre frère sur sa *colonne* et le conduire au *plateau* d'Orateur.

Lentement, le Grand Expert tourna autour du *pavé mosaïque* recouvert du *tapis de loge* jusqu'à ce que sa marche rituelle le mène devant Patrick de Chefdebien. Une main à l'ordre, l'autre tenant les feuillets de sa *planche*, Chefdebien entama à son tour le même parcours symbolique autour du centre sacré de la loge.

Puis il monta les trois marches de l'Orient, donna l'accolade fraternelle au Frère Orateur et s'assit face à un auditoire de frères, silencieux et immobiles, les mains gantées, posées rituellement à plat sur les cuisses.

Chefdebien s'éclaircit la gorge avant de commencer.

— Très Respectable en chaire, Très Respectables assis au Debhir, et vous tous mes Vénérables Frères en vos grades et qualités…

Jouhanneau écoutait en silence les paroles qui résonnaient dans le temple. Il éprouvait une méfiance instinctive face à ce Chefdebien, un frère réputé pour son ambition et son goût du pouvoir.

Le sémillant chef d'entreprise quinquagénaire aux cheveux poivre et sel faisait périodiquement l'objet d'articles flatteurs sur ses prouesses à la tête de Revelant et sa politique salariale généreuse avec ses employés habitués à la semaine de quatre jours. Il avait conquis un véritable empire dans l'univers des cosmétiques qui ne cessait de s'étendre dans le monde, et dans le même temps il prenait la tête d'actions humanitaires emblématiques qui donnaient de lui une image chaleureuse. Son chèque de vingt millions d'euros versés au dernier Téléthon et le don de l'un de ses hôtels particuliers à Boulogne à une association de sans-logis l'auréolaient d'une aura de chef d'entreprise citoyen à mille lieues des vieux barbons du Medef.

Initié en maçonnerie dix ans plus tôt grâce à l'appui de son oncle, Patrick de Chefdebien avait grimpé les grades rapidement, un peu trop au goût de Jouhanneau, et s'était taillé de solides appuis au sein de l'obédience.

Son charisme et son intelligence hors normes fascinaient certains de ses frères et on murmurait désormais qu'il ferait un Grand Maître emblématique à l'heure où la maçonnerie ne cessait de se faire clouer au pilori par les médias. Une vraie vitrine.

Pourtant, Jouhanneau restait insensible au charme du PDG de Revelant, très dissemblable de son oncle qu'il avait bien connu, un vieil érudit respecté et admiré bien au-delà de la loge Orion. Il ne voyait en lui qu'un arriviste plus intelligent que ceux qui grouillaient dans les recoins des loges, plus dangereux aussi car auréolé tel un saint des temps modernes.

Jouhanneau avait complètement décroché du discours de Chefdebien. Tout se mélangeait dans sa tête, ce qui en soit sonnait comme un véritable signal d'alarme. La mort absurde de Sophie l'habitait à nouveau. Il se souvenait des heures passées dans son bureau à parler de sa thèse... Elle était jeune et belle...

Quant à Marek, le vieux compagnon, celui qui lui avait révélé la vérité sur la mort de son père, lui aussi était tombé sous les coups des ennemis. Et puis il y avait les archives confiées à Sophie. Bien sûr, l'obédience les avait récupérées. Mais il était sans illusions : Darsan avait dû en faire un double.

La voix grave aux intonations ourlées de Chefdebien emplissait le temple :

— ... et il suffit d'observer le pavé mosaïque que l'on retrouve sur le sol de toutes les loges, cette alternance de cases noires et blanches, tel un échiquier. Vous avez tous marché autour de ce pavé situé au centre de la loge et délimité par les trois grands chandeliers. Il symbolise l'union qui règne entre nous mais aussi, comme le soulignent les textes de nos amis anglais, les *Emulations Lecture*, une parabole sur les jours vécus par l'homme sur terre. Cases noires, cases blanches. L'alternance de jours heureux et de coups du sort ou de déconvenues, la trame qui fait une vie pleine et entière. Pourtant cet échiquier immémorial rappelle comme vous le savez le Beaucéant, l'étendard des chevaliers du Temple. Or, un document inédit, dont je vous donnerai une copie, révèle que les Templiers...

Jouhanneau n'écoutait même plus les explications de Chefdebien. L'un des membres d'Orion, auteur d'un copieux *Dictionnaire illustré de la franc-maçonnerie*, avait déjà planché sur le pavé mosaïque, à partir de textes issus du Talmud, de la très curieuse Michnah de Shekalim et de la Tosephta de Sotah, où il était question d'une pierre plaquée sur le *pavé du temple* et qui aurait recélé la cachette de l'arche d'alliance perdue. La même arche cherchée au cinéma par le héros préféré de son fils, Indiana Jones.

Quant à prouver un lien entre la franc-maçonnerie et les Templiers, c'était un exercice de style qui ne l'amusait plus. Cela faisait fort longtemps que les contes et légendes sur les chevaliers du Temple lui paraissaient d'un intérêt mineur, du moins au regard de sa quête.

Une quête qui reposait sur les documents remis à Sophie et les recherches archéologiques de Marek.

Il se souvenait encore du coup de fil de l'ami de son père quand ce dernier lui avait annoncé la découverte de la pierre de Thebbah.

Marc, c'est elle. Je l'ai entre les mains, tu te rends compte. J'aurais voulu que ton père soit là lui aussi. Envoie-moi ton assistante pour que nous puissions comparer nos éléments. Avec ce que vous avez trouvé dans vos archives et ma pierre nous sommes tout près du but...

Pour Marek, le but se résuma à une mort atroce. Ses ennemis possédaient eux aussi d'autres fragments de l'énigme. Une énigme qui menait à un secret préservé depuis des milliers d'années. La guerre pour la possession du secret s'était rallumée et il n'y aurait pas de quartier, le message de Thulé avec la mort de Sophie était clair.

Un secret que lui seul devait découvrir au risque d'y perdre la raison. Un secret que son père était sur le point de découvrir avant que les nazis ne l'exécutent sauvagement à Dachau.

Ou plutôt ceux qui avaient été derrière les nazis et dont il sentait à présent l'ombre malfaisante rôder aux portes du temple.

20

Croatie,
château de Kvar, dix kilomètres au nord de Split

La barre en bois souple ployait sous le poids de la jambe. La main glissa le long de la cuisse puis plus en douceur vers le mollet et dans un ultime effort sur la cheville. La sueur perlait en petites gouttes sur la joue collée contre le haut de la jambe. Un bref cri de douleur perça quand le dos imprima un mouvement de poussée vers le centre de la barre.

Hélène sentit la douleur irradier à l'intérieur de sa jambe et de son bassin mais elle continuait de forcer ses muscles, à pousser l'étirement jusqu'à son point limite, le point de non-retour où les articulations cèdent et les ligaments se déchirent comme du papier.

La souffrance enfante les songes, écrivait Aragon, un poète français qu'elle appréciait particulièrement, et justement, plus la souffrance gagnait en intensité plus l'esprit devenait clair et les pensées s'emboîtaient avec justesse.

Le pied se tendit une dernière fois. La tension musculaire déclina doucement, imperceptiblement, à mesure que le corps abandonnait sa position en équerre sur la barre de danse.

Hélène utilisait plusieurs méthodes pour faire le vide dans son esprit, mais rien ne valait la torture provoquée par des étirements exacerbés qui lui procuraient en outre une souplesse indispensable dans son métier.

La salle de *fitness* du château était quasi déserte à cette heure avancée de la soirée. Outre Hélène, un gardien suait sang et eau sur une machine rutilante de musculation dans la salle au premier étage. Les invités du château avaient le droit d'utiliser les installations luxueuses de détente, fitness, hammam, jacuzzi, ainsi que la piscine de taille olympique chauffée et taillée à même le roc de la falaise qui surplombait la baie de Kvar.

L'Orden possédait des demeures identiques à Munich, Cannes, Londres ainsi que dans cinq autres villes des Amériques, celle d'Asunción au Paraguay offrait même un golf et un ranch, et deux étaient en construction en Asie. Les membres s'en servaient comme lieu de détente et de réunion loin des regards indiscrets. Kvar présentait l'avantage de se situer en bord de mer avec une vue magnifique sur l'Adriatique dans une zone encore épargnée par la frénésie des promoteurs.

Le château restauré entièrement en 1942 par le gouvernement de l'époque avait servi d'annexe à la délégation diplomatique allemande. Il abritait en fait une antenne de l'Ahnenerbe, sous le contrôle exclusif des SS pendant toute la guerre.

A la libération de la Yougoslavie, il avait été transformé en palais du peuple sous Tito, un palais exclusivement fréquenté alors par la garde rapprochée du vieux maréchal.

A la chute du communisme, un consortium d'hommes d'affaires allemands et croates avait discrètement racheté les murs pour abriter l'Institut de recherches culturelles adriatiques, l'une des nombreuses retraites de l'Orden.

L'Orden, le nom choisi par les rescapés de l'Ahnenerbe, tous anciens de Thulé, pour régénérer leur mission sacrée qui ne devait pas s'éteindre avec la chute de l'Allemagne.

Avant que Hitler ne fût, nous existions. Après sa mort, nous existerons.

Si quelqu'un avait voulu connaître l'identité exacte des propriétaires du château, il serait tombé sur une société immobilière basée à Zagreb, elle-même détenue par une fiduciaire à Chypre dépendant à son tour de trois fondations écrans localisées au Liechtenstein. Un système en cascade également utilisé pour les autres demeures de par le monde ; seul un observateur avisé aurait remarqué que toutes ces demeures de luxe présentaient en commun le fait d'abriter un institut culturel dont l'objet changeait selon la localisation ; étude de la peinture symboliste à Londres, de la culture ouvrière à Munich ou encore des instruments de musique précolombiens au Paraguay.

Le bâtiment néomédiéval de Kvar, flanqué de deux tours crénelées, abritait vingt-cinq chambres, trois grandes salles de réunion, un héliport et une jetée en contrebas pour accueillir des bateaux de jaugeage important. Après Asunción, Kvar était la deuxième demeure la plus vaste de l'Orden, les autres offraient un confort similaire, mais ne dépassaient pas la taille d'un petit hôtel particulier.

Hélène se déplia lentement et ressentit un extraordinaire sentiment de bien-être, les crispations s'étaient évaporées des fibres de ses muscles et une légèreté apaisante prenait possession de son corps. Elle s'empara du combiné mural accroché à côté de la porte de la salle et appela l'hôtesse de la réception pour réserver une séance de massage dans la foulée. Par chance le masseur était libre et se tenait à sa disposition dans une petite salle attenante.

Hélène prit une serviette et contempla la mer par la grande baie vitrée de la salle de gym. Les flots reflétaient les rayons lunaires jusqu'à l'horizon, trois yachts illuminés croisaient au large, et le fanal d'un petit bateau de pêche s'éloignait de la côte. Un décor nocturne idyllique qui expliquait l'engouement croissant des touristes pour la côte croate.

— Fatiguée ?

Elle se retourna et reconnut son père dans l'encadrement de la porte, qui la contemplait. L'homme aux yeux d'acier souriait.

— Un peu, je vais me coucher tôt ce soir. Et toi ?

— La routine... J'espère que tu réussiras ta nouvelle mission, tu sais combien Sol compte sur toi.

— Oui, je n'échouerai pas cette fois.

— A la bonne heure. Nous dînons dans un quart d'heure si le cœur t'en dit.

— Non, je vais me faire masser et au lit.

— Bonne nuit, ma fille. Tu ressembles de plus en plus à ta mère, c'est incroyable, des fois quand je te regarde j'ai l'impression de la voir, vivante.

— Bonne nuit, père.

Le visage de l'homme devint pensif, puis il tourna les talons et disparut aussi vite qu'il était arrivé.

La jeune femme s'épongea le front et se dirigea vers les douches pour éliminer toute trace de sueur. Ses parents l'avaient élevée dans le culte très strict d'une hygiène irréprochable qui ne supportait pas la moindre atteinte à la propreté, suivant en cela les préceptes de l'Orden.

Elle en avait suffisamment souffert lors de ses stages d'entraînement commando et gardait en mémoire ces journées entières de saleté et de fatigue à crapahuter dans des bois humides de Croatie. Mais c'était pour la bonne cause. Là, elle avait appris l'art de tuer de mille et une façons, des plus rapides aux plus douloureuses. Un temps où elle ne s'appelait ni Hélène, ni aucun de la kyrielle de faux prénoms utilisés lors de ses missions, mais Joana, l'enfant perdu de la guerre civile yougoslave.

Aujourd'hui, ce n'était pas tant le goût de tuer qui la motivait, que le plaisir de la chasse et la sensation de dominer son gibier. Son père, leader d'un groupe politique se réclamant des Oustachi, ces collaborateurs féroces des nazis pendant la Seconde Guerre mondiale, l'avait élevée depuis son plus jeune âge dans le culte d'une Croatie pure, libérée des Serbes, des Juifs, des francs-maçons, des Bosniaques et de toutes les autres races inférieures.

Après la mort du maréchal Tito, au moment de l'éclatement de l'ex-Yougoslavie, le père de Joana avait quitté sa famille et son village à côté d'Osijek, tout près de la frontière avec la Serbie, pour prendre la tête d'un groupe paramilitaire spécialisé dans la chasse meurtrière aux Serbes et aux Bosniaques.

Pour Joana, tout avait basculé un matin d'août. Trois jours après son quinzième anniversaire.

Tchechniks, Tchechniks, les Serbes arrivent, les Serbes arrivent... Les cris d'effroi des villageois parcourent la bourgade comme une vague de terreur. Les volets des maisons se referment brutalement, les portes claquent. Joana voit sa mère remplir un sac de vêtements, elle lui demande de s'habiller pour partir très vite. Sa mère est terrorisée. Au moment de franchir la porte, trois hommes en uniforme se dressent devant eux. Des Serbes.

Elles crient mais les hommes les font sortir sans ménagement pour les traîner sur la place du village. Dix habitants, tous des hommes, sont alignés devant le mur du bureau de poste. Elle reconnaît Ivano, son ami d'enfance qui tremble de tous ses membres. Les soldats plaisantent et semblent prendre plaisir aux regards apeurés. L'un d'entre eux, qui paraît être leur chef, s'avance au milieu de la place, met les poings sur ses hanches et hurle en les toisant du regard :

« Les vôtres ont massacré les habitants de notre village, ils ont pendu nos frères, violé nos femmes. Ma sœur de douze ans a été assassinée. Ce sont des chiens et des lâches. Leur chef vient d'ici, indiquez-moi sa famille et je serai grand, je ne vous tuerai pas tous... » Le silence est total. Joana sait que le Serbe parle d'elle et de sa mère.

Le visage de l'homme s'assombrit. Il fait un signe de la main, la bâche d'un camion se relève, dévoilant la gueule noire d'une mitrailleuse lourde. Joana veut ouvrir la bouche et se dénoncer, mais trop tard, le serpent d'acier crache son venin dans un vacarme assourdissant. La pierre blanche de la poste se colore d'un sang rouge vif, les corps se font hacher, des lambeaux de chair volent dans tous les sens. Ivano, qui n'avait que quatorze ans, n'existe plus, réduit à un amas supplicié par le métal.

L'officier serbe lève la main pour stopper la mitraille. Joana entend les cris des blessés. Sa mère sort des rangs et crache au visage du bourreau. Joana la rejoint pour ne pas la laisser seule face à la mort.

L'homme ne dit rien, les contemple avec un regard éteint comme s'il était déçu. Il sort lentement un revolver et le plaque sur le front de sa mère, exactement au-dessus de la racine du nez. Elle s'est arrêtée de trembler. Elle hurle que son homme la vengera et qu'il n'est qu'un chien de Serbe.

Le coup de feu éclate, Joana voit distinctement l'arrière du crâne voler en morceaux alors que le corps s'écroule à la renverse. Joana a la gorge en feu, mais ravale sa salive. L'officier se tourne vers elle et pose délicatement le canon de son pistolet sur sa tempe. Elle remarque qu'il est jeune, pas plus de vingt-cinq ans. Il se penche vers elle. Elle sent la chaleur de son haleine dans le creux de son oreille. « Je ne vais pas te tuer, je ne suis pas comme ton porc de père. Tu vas vivre pour lui dire que je le tuerai de mes mains. Dis oui de la tête si tu m'as compris. » Joana acquiesce en pleurant.

L'homme rengaine son pistolet. C'est fini. En à peine cinq minutes, les Serbes quittent le village. Joana tombe à genoux à côté du cadavre de sa mère et hurle de haine et de douleur mêlées.

Quand son père rentre, elle transmet le message sans sourciller. Un an après, lors d'une opération de ratissage, le commando de chasse auquel elle appartient capture une petite unité serbe. Elle reconnaît l'assassin de sa mère. Son père organise une chasse à l'homme en le lâchant dans un village en ruine et offre à sa fille de le traquer. Elle mettra une demi-heure à l'achever, après lui avoir logé deux balles dans les genoux, et s'être acharnée au couteau sur chaque partie de son corps. Ses hurlements résonnent dans les ruelles calcinées du village. Puis calmement elle se voit chuchoter à l'oreille du supplicié : « Tu m'as créée, grâce à toi je suis née une seconde fois. Merci pour ce don, celui d'accorder la mort. » L'homme meurt d'une balle entre les deux yeux. Joana n'a que seize ans.

Quelques années encore et elle se taillait une réputation de tueuse efficace et impitoyable. Quand la guerre cessa, Joana n'eut aucun mal à se reconvertir dans l'assassinat sur contrat et les trafics de toutes sortes. Les femmes n'existent pas vraiment dans ce créneau.

La Croatie devenue une nation indépendante, son père se métamorphosa en un homme d'affaires respectable dans le domaine du tourisme international. Cependant, il conservait toujours le contrôle occulte de mouvements nostalgiques des Oustachi et effectuait de fréquents voyages en Allemagne pour ses affaires et la politique. La Croatie entretenait des liens étroits avec l'Allemagne depuis des années, les Allemands avaient d'ailleurs financé en sous-main l'achat d'armement lourd permettant aux Croates de résister face aux Serbes, plus puissants.

Le père de Joana fréquentait les partis d'extrême droite européens et avait fait connaître à sa fille certains de ses amis allemands et parmi eux un petit groupe de gens puissants et totalement insoupçonnables. Des initiés qui lui avaient révélé le sens politique et sacré de toute chose.

Ainsi se perpétuait la confrérie de l'Orden, gardienne de l'antique Thulé, le berceau de l'aryanité la plus pure. Joana comprit alors pourquoi elle avait été choisie par le destin. La vengeance et la violence n'étaient rien face au sentiment de puissance qu'on lui inoculait.

Ce fut sa troisième naissance.

L'eau brûlante du jet de douche coulait sur sa peau, lui procurant des sensations intenses, comme si elle fusionnait avec l'onde liquide incandescente. La chaleur détendait ses muscles, elle se sentit gagner par une torpeur bienfaisante qu'elle ne voulait pas voir disparaître.

Au moment précis où sa volonté s'effaçait, alors qu'il lui devenait presque impossible de stopper le jet, elle bascula le robinet sur la position eau froide. Le froid intense chassa brutalement la chaleur apaisante, son corps trembla sous l'étreinte glacée. Ses artères et ses veines se coagulèrent sous la chute de température.

Elle coupa le robinet et fut envahie à nouveau par un frisson de jouissance. La douche écossaise était une des techniques qu'elle mettait en pratique chaque jour pour garder la forme et l'esprit libre.

Tout en se séchant avec une serviette de laine rêche, Hélène se repassa au ralenti l'exécution de Sophie Dawes, elle ne s'arrêta que quand sa main coula vers son entrecuisse. Elle la retira brutalement. Elle ne devait pas. Il lui fallait se priver de ce plaisir tant qu'elle n'aurait pas récupéré les documents, tant qu'elle n'aurait pas rempli toute sa mission.

Après son demi-échec, on lui avait ordonné de quitter immédiatement Rome pour Kvar afin d'y recevoir de nouveaux ordres. Elle avait pris un avion de ligne régulière entre Rome et Zagreb, puis une voiture était venue la chercher pour la déposer au château. Le soir de son arrivée, on lui avait transmis les dernières instructions. Il fallait repartir à Paris pour mettre la main sur l'amie de Sophie Dawes. Sitôt arrivée, on lui transmettrait l'adresse parisienne de son nouveau gibier.

Et la manière de le tuer.

La Croate avait déjà opté pour une nouvelle identité et choisit l'un des passeports, mis à sa disposition par l'Orden. Désormais, elle s'appellerait Marie-Anne. Hélène n'existait plus.

La tueuse ne se souvenait plus du nombre exact d'identités endossées au cours de ses missions, une petite dizaine peut-être, mais une chose curieuse était survenue au fil du temps. Quand elle se composait un personnage différent elle finissait par ajouter à sa personnalité propre un fragment de la psychologie de la précédente.

Un tel patchwork qu'elle en arrivait à se demander si ce changement d'identité n'était pas un prétexte pour effacer progressivement la vraie Joana et la remplacer en couches successives par une femme universelle.

Lors d'un passage en Croatie, elle avait consulté un psychanalyste pour ne pas sombrer dans une schizophrénie définitive. Le praticien, par ailleurs vieil ami de son père, et parfaitement au courant de ses activités, lui avait conseillé de ne pas empiler les changements d'identité au risque de voir définitivement sa personnalité s'effacer. Bien sûr Joana avait continué de multiplier ses avatars.

La jeune femme noua la serviette autour de ses reins et pénétra dans la minuscule salle qui diffusait une musique de relaxation vaguement orientalisante. Elle se dénuda et s'allongea sur le ventre. Le masseur, un homme athlétique aux cheveux châtains, se frottait les mains avec une huile parfumée aux essences orangées ; tout concourait à rendre l'atmosphère chaleureuse et sereine.

— Bonjour, mademoiselle.
— Bonjour, Piotr.
— Comme d'habitude, un massage complet ?
— Avec plaisir. C'est si bon de s'abandonner dans des mains expertes.

L'homme glissa ses mains sur le corps de Marie-Anne de bas en haut avec une fermeté très professionnelle. A l'instant où les mains fermes pétrissaient le bas des omoplates, Marie-Anne revit le visage suppliant de Sophie Dawes quand elle lui assenait le troisième coup. Elle esquissa un sourire. Une mise à mort parfaite. Du bel ouvrage.

Et ensuite... Pour la première fois, elle se demandait si elle continuerait encore longtemps à occuper ce poste d'exécutrice des basses œuvres de l'Orden à plein temps. Sa vie lui procurait des émotions extraordinaires, des voyages dans tous les coins du monde mais parfois elle se prenait à rêver d'une vie de famille. Elle ne pouvait pas lier des amours durables en raison de ses changements d'identité et il en était de même pour ses amitiés. Ses seules relations se trouvaient au sein de l'Orden, et globalement les hommes qu'elle y rencontrait se révélaient plutôt bornés. Il y avait bien eu ce fils de lord anglais qui organisait avec ses amis de l'aristocratie des soirées pimentées, une passade agréable qui avait commencé lors d'un bal sur le thème « Indigènes et Coloniaux ». C'est elle qui avait soufflé à certains participants l'idée provocante de se costumer en héros du IIIe Reich. Une tentation à laquelle n'avait pas résisté le prince Harry, ce benêt. Elle avait beaucoup ri quand l'affaire avait fait la une des journaux britanniques et scandalisé l'opinion. Leur liaison n'avait duré qu'un temps… Parfois, quand elle se retrouvait seule dans une chambre d'hôtel à l'autre bout du monde avec pour unique compagnie une télévision, elle enviait les gens ordinaires qu'elle méprisait habituellement.

Sous l'effet des mains expertes, Marie-Anne commença à gémir.

21

Paris

Au temple n° 11 de la rue Cadet, la tenue de la loge *Orion* se terminait. Peu à peu les frères refluaient vers le *parvis* avant de monter à la salle d'*agapes* à l'étage. Dans le temple, le Maître des cérémonies, aidé du Grand Expert, finissait de ranger les *décors* tandis que les chandelles de cérémonie s'éteignaient une à une.

Accoudé au bar, dans la *salle humide*, Patrick de Chefdebien recevait les félicitations de ses nouveaux frères d'*atelier*. Sa *planche* sur les recherches maçonniques de son oncle emportait l'adhésion. On avait toujours jugé le vieux marquis un peu mystique, plus porté à imaginer des théories qu'à les démontrer.

A la lumière de la synthèse de son neveu, il apparaissait que le vieux rêveur avait réussi à mettre au jour certains éléments, jusque-là mythiques, d'une filiation indirecte entre l'Ordre des Templiers et celui des francs-maçons.

Depuis l'apparition de la maçonnerie symbolique au XVIIIe siècle, beaucoup de maçons, et non des moindres, avaient revendiqué cette filiation avec les chevaliers à la croix patté. Cet héritage donnait lieu à un nombre incalculable d'études, de livres érudits, mais aucune preuve formelle, validée par des recherches historiques incontestables, ne permettait d'établir de certitudes. Pourtant, des coïncidences troublantes existaient.

Les maçons opératifs, les bâtisseurs d'origine, avaient noué des liens étroits avec les Templiers, grands constructeurs de châteaux et d'églises dont l'architecture symbolique semblait dissimuler bien des enseignements occultes.

Et puis les deux organisations, toutes deux d'origine chrétienne, avaient subi les persécutions de l'Eglise catholique. Comme si les successeurs de saint Pierre voulaient abattre à jamais un enseignement ésotérique qui échappait à leur contrôle.

Assis dans un fauteuil en cuir, Marc Jouhanneau méditait sur la planche qu'il venait d'entendre, Patrick de Chefdebien venait de s'asseoir à ses côtés.

— En pleine réflexion, mon frère ?
— Ta planche donne à penser.
— A la vérité, je n'ai fait que synthétiser les dernières recherches de mon oncle. Je n'ai pas beaucoup de mérite. J'aimerais aller plus loin mais ma société Revelant me prend beaucoup de temps, tu t'en doutes.
— Oui, et je suis heureux que tes responsabilités profanes te laissent quand même du temps pour te consacrer à la maçonnerie.

Chefdebien ne put s'empêcher de sourire.

— Peut-être y a-t-il plus de rapports que tu ne le penses entre Revelant et la maçonnerie.

Un bruit de chaises se fit entendre. Les frères s'installaient pour le repas. Jouhanneau tendit la main et se leva. Il n'assistait jamais aux agapes. Trop animées pour lui. Il est vrai qu'autour de la table, les discussions allaient bon train sur la planche donnée en tenue et sur le lien qui réunissait, par-delà les siècles, deux organisations initiatiques. Les francs-maçons *spéculatifs* dont l'origine remontait à l'époque des Lumières et l'Ordre du Temple, dissous par la force sous Philippe le Bel.

En réalité tout le travail présenté par Chefdebien portait sur l'usage fait par des francs-maçons sous le Directoire, puis l'Empire, d'archives médiévales récupérées dans le grand pillage révolutionnaire des monastères. Durant cette époque troublée où les loges étaient interdites, certains frères avaient discrètement mis la main sur de nombreux textes anciens directement issus de la vente des biens de l'Eglise et de l'aristocratie.

Des bibliothèques entières, qui dataient parfois du Moyen Age, étaient dispersées à l'encan pour le plus grand profit d'érudits que l'on retrouvait ensuite, la paix civile revenue, à l'origine de nouveaux rites en loge.

Ce que démontraient les recherches de Chefdebien, c'était bien que certaines chroniques religieuses de l'époque templière ou minutes de procès de l'Inquisition avaient directement inspiré des maçons dans l'élaboration de leurs rituels. On y retrouvait la trace de coutumes, de rites d'origine chevaleresque directement empruntés à des témoignages médiévaux.

A table, Patrick savourait son succès. Etre reçu avec les honneurs dans la loge *Orion* le rapprochait de son oncle dont il était l'unique héritier. Un héritage surtout moral. Le vieux marquis, avec son château délabré en Dordogne et ses collections de vieux papiers ne pesait guère face au jeune et fringant président de Revelant.

— Ta planche était remarquable, mon frère, prononça un frère au crâne dégarni s'asseyant à son tour à la table des agapes. Et tu parles presque aussi bien que tu écris.

Chefdebien s'inclina face à son nouveau voisin, un

pharmacologue spécialisé dans la recherche botanique qui avait raté de peu le Nobel dans les années 80. Celui-ci baissa le ton de sa voix.

— Les Templiers ont toujours véhiculé nombre de fantasmes auprès de bien des gens. Crois-tu vraiment que l'on fasse un jour l'exacte lumière sur ce qu'ils étaient réellement ?

— Honnêtement je n'en sais rien, mais si mes modestes travaux permettent de dissiper une part d'obscurité, j'en serai ravi.

Le chercheur le scruta avec malice.

— Oublions ces chers chevaliers à la croix pattée et leurs légendes. Parle-moi donc de tes recherches, pas ésotériques mais celles de ta firme. Un de mes confrères de la faculté m'a dit que Revelant cherche en ce moment des biologistes de haut niveau.

Chefdebien se doutait que ses travaux sur l'Ordre du Temple n'étaient qu'un prétexte. Les agapes servaient aussi à parler business.

— Je serai ravi de t'éclairer mais il vaut mieux en discuter ailleurs, lors d'un déjeuner, par exemple.

Chefdebien savait que c'était un test pour le sonder afin de déterminer s'il était du genre à mélanger affaires et travaux maçonniques. Le biologiste n'avait aucune raison valable de se faire embaucher chez lui. Orion gardait une réputation intacte et n'admettait pas le mélange des genres au contraire d'autres loges. Il avait donné la réponse la plus diplomatique possible. L'autre n'insista pas.

Patrick de Chefdebien n'allait pas commettre le moindre faux pas. Au cours de son discours il avait remarqué que Jouhanneau paraissait soucieux, presque indifférent à la présentation de ses travaux.

Amsterdam

Béchir n'aimait pas l'impatience. Elle le rendait faible. Impuissant même. Nu sous les draps, il attendait avec désespoir une érection qui ne venait pas. Depuis que la femme l'avait laissé seul pour se déshabiller dans la salle de bains, tout son corps n'était qu'un frisson. Son désir le paralysait. Jamais il n'avait autant voulu une femme. A tel point que son sexe ne lui obéissait plus. Béchir sentit monter en lui l'ignominie de la honte.

Il l'avait rencontrée au bar de l'hôtel alors qu'il buvait un dernier verre avant de monter dans sa chambre. Belle, mariée au patron d'une société de courtage en diamants d'Afrique du Sud, elle était venue à Amsterdam pour négocier quelques pierres. La femme d'affaires sûre d'elle qui comme lui voulait s'accorder un moment de plaisir avant de reprendre le travail.

Et voilà qu'au moment de vérité, rien... N'être même pas capable d'honorer une Européenne. Béchir se leva précipitamment. Il n'y avait pas d'autre solution. Il lui fallait un adjuvant. Tout de suite. Et il en connaissait un. Particulièrement puissant.

Il ouvrit une petite boîte et en sortit une boule de couleur brune qu'il avala avec avidité. Il fallait compter un petit quart d'heure avant que la substance fasse son effet. Un mélange concocté par un de ses amis italiens à base de kif et de champignons réputés pour leurs propriétés aphrodisiaques.

Dans les Pouilles, à chaque automne, les paysans de certains villages isolés partaient à la cueillette de champignons dont on disait qu'ils étaient hallucinogènes. On parlait d'orgies, de folie, d'hallucinations. On disait même que les plus pauvres attendaient aux portes des maisons pour recueillir l'urine des nantis et connaître à leur tour l'ivresse des dieux. On racontait aussi les accidents, les drames quand la drogue cessait son effet. Les vomissements d'abord, puis une diarrhée putride et enfin une souffrance psychologique intolérable, celle d'avoir été chassé du Paradis. Une vraie chute dans le désespoir.

Vêtue d'un body noir échancré qui épousait ses formes généreuses, la femme entra dans la chambre et s'avança lentement vers le lit. Pour laisser le temps au Palestinien de bien détailler son corps, d'en imaginer tous les charmes vénéneux, les cavités secrètes, les recoins indécents. De quoi rendre fou un homme. D'ailleurs, les yeux de Béchir étaient étrangement fixes. Il tendit la main vers une boîte en plastique entrouverte.

— Tu en veux ?

Elle se rapprocha.

— C'est quoi ?

— Un mélange de champignons qui ont la forme d'un pénis. En Inde, on dit qu'ils sont la puissance fécondante.

— Je n'ai pas besoin de ça, souffla la jeune femme en s'asseyant au bord du lit. Ah, les hommes et votre culte phallique, c'est à la fois ridicule et charmant.

— Tu ne sais pas ce que tu perds !

— Tu en as pris ?

— Touche mon sexe et tu sauras.

Béchir se taisait. Jamais il n'avait vu pareille indécence. Il se rappelait juste un concert de piano auquel il avait assisté enfant. Et les mains de la femme, des mains longues, fines, qui frappaient les touches jusqu'à les faire gémir.

Le mélange commençait à produire son effet, plus rapidement que prévu.

22

Paris

Un souffle doux caressait les feuilles des platanes, du moins ceux qui avaient réussi à échapper à la fureur destructrice des jardiniers de la Ville de Paris. Dans son enfance, Marcas se souvenait de rues ombragées à perte de vue par ces arbres tendres et familiers. Le quartier du marché Saint-Pierre était plongé dans une léthargie profonde.

Les premiers rayons du soleil coloraient en mauve les quelques nuages en apesanteur au-dessus de la capitale. Les rues désertes des contrebas de Montmartre restaient encore sous l'emprise des ténèbres qui se dissiperaient bientôt. L'astre scintillant se levait paresseusement au loin à l'est, au-delà du périphérique, peut-être du côté de Strasbourg ou de Metz. Vers l'Orient.

Marcas scruta l'horizon, émerveillé par les jeux de couleurs à l'œuvre dans le ciel et il se souvint d'un collègue policier américain, un frère rencontré lors d'une conférence internationale sur les nouvelles criminalités à Washington. En dissertant sur les différences de rite entre leurs obédiences respectives, l'Américain, un flic d'Arlington, lui avait expliqué que, lors de l'initiation des postulants, le vénérable prononce une phrase solennelle du rite écossais : « Le soleil préside au jour, la lune à la nuit et le Maître gouverne et dirige la loge. »

Sensible aux rapports étroits entre la symbolique maçonnique et son environnement quotidien, Marcas goûtait la beauté des allégories et des paraboles qui donnaient un sens parfois précis et exquis à des événements d'une banalité absolue comme un lever de soleil. Ainsi en loge, l'Orient se trouve à l'est, du côté où le soleil se lève. Chaque jour, la lumière se répand depuis l'est comme l'ouverture des travaux dans le temple qui commence avec l'illumination d'un chandelier positionné à l'Orient.

L'émotion qu'il éprouvait devant un lever de soleil restait toujours intacte et parfois il se demandait si l'une des composantes du bonheur ne résidait pas dans la contemplation et la compréhension de choses simples. Rien à voir avec une interprétation *new age* ou magique, pour lui il s'agissait plutôt d'une sorte de géométrie sacrée, d'un ballet mathématique où, plagiant le poète, les images, les sons et les odeurs se répondaient.

Hélas, les odeurs cette fois ne s'harmonisèrent pas avec la beauté du ciel et polluèrent ce moment de plaisir. Marcas évita de justesse trois déjections de chien qui jonchaient le trottoir. Sept heures du matin, l'heure fatale où les meilleurs amis de l'homme se vidaient les boyaux sous l'œil complice de leurs maîtres et où l'odeur fraîche des excréments s'exhalait avec force. Il croisa un homme âgé au visage chafouin, qui traînait derrière lui un chien minuscule au museau tout aussi grognon.

Marcas pressa le pas. En fait il ne ressentait aucune nostalgie des années passées, quand les platanes pullulaient, car Paris était aussi plus sale et les murs des immeubles haussmanniens se peignaient d'un noir crasseux. A l'époque le ravalement n'était pas obligatoire. Quant aux Parisiens, ils rivalisaient toujours de grossièreté.

Il tourna au croisement de la rue André-del-Sarte encombrée de barrières de sécurité posées le long du trottoir. Un type coiffé d'un bonnet orange, une cigarette au bec, placardait des affiches sur les portes des immeubles. Marcas s'arrêta pour déchiffrer l'un d'entre elles. A tous les coups il s'agissait de l'avis de tournage d'un film, demandant aux habitants de déplacer leur voiture pour laisser la place aux camions de la production.

L'extrémité de la rue del-Sarte possédait la particularité de croiser l'escalier parisien le plus prisé par les cinéastes quand ils voulaient figer sur pellicule une ambiance typique garantie. Les marches longeaient le parc de la butte et montaient vers la place Bonnard puis le Sacré-Cœur. Une vraie carte postale.

Nous tournons ici une scène d'un film d'aventures avec Jude Law et Sharon Stone, merci de libérer la rue pour la journée. Signé : Universal Studio.

Combien de films avaient été tournés ici ? Des centaines probablement. Les habitants du quartier devenaient blasés à force de voir tous les deux mois les gros camions de tournage encombrer la rue. Une association s'était même montée pour râler auprès de la mairie du XVIIIe et tenter de stopper les malotrus. En pure perte.

Marcas grimpa les marches avec entrain en humant la douceur de l'air. La place était vide, seul le café Botak était ouvert et avait déjà installé les deux chaises longues qui seraient prises d'assaut par les touristes et les habitués à partir de onze heures. Il fit un signe à la serveuse et commanda sa drogue matinale composée d'un chocolat chaud, bien tassé, beaucoup de poudre de cacao noyée dans du lait écrémé. Un raclement familier se fit entendre.

Un balayeur en gilet vert, l'uniforme des nettoyeurs de la ville, collectait sa moisson quotidienne de détritus laissés pendant la nuit par les hordes de touristes qui envahissaient le quartier. Canettes de sodas, bouteilles en plastique de toutes les couleurs, emballages bariolés, éclats de verre de bouteilles d'alcool bon marché, que du classique.

Marcas habitait le quartier depuis dix ans et ne se lassait pas d'en redécouvrir toutes les particularités, comme le parc de la butte bâti sur des anciennes carrières où, dit-on, Cuvier le naturaliste avait découvert des ossements fossilisés de dinosaure.

Le policier prenait le temps de savourer son cacao. La matinée s'annonçait rude avec la réunion prévue au ministère. Jade – il n'arrivait toujours pas à se faire à ce prénom –, Jade donc avait vu juste. Il avait bien reçu un appel de son supérieur direct pour l'informer que ses vacances s'interrompaient afin de lui permettre d'enquêter à titre informel sur le meurtre de l'ambassade. Il ne savait pas s'il devait s'en réjouir, sa seule raison valable pour participer à cette enquête ne tenait qu'à la nature si particulière du meurtre.

Etrangement, le seul fait de revoir Jade le mit en joie, même s'il savait qu'ils allaient se disputer.

Croatie,
Château de Kvar

Pourquoi fallait-il toujours que les hommes considèrent la beauté comme un élément décisif dans la description d'une femme ? Marie-Anne soupira en reposant la fiche que les services d'Hiram lui avaient fournie sur Jade Zewinski. Une biographie décrivant de façon assez exhaustive le parcours de la jeune femme. Encore une fois, la réactivité de l'Orden était à saluer.

L'auteur de la fiche, un homme naturellement, s'était laissé aller à quelques commentaires sur le physique de sa cible.

Allure sportive et séduisante, visage agréable mais affirmé...

Quel machisme. Jamais, elle ne trouvait le même type de description sur les hommes. Son avant-dernière cible, un intermédiaire marchand d'armes d'origine danoise, à la limite de l'obésité, était proprement répugnant et pourtant sa fiche n'avait rien indiqué de particulier. Comme si le corps des hommes n'était qu'un détail.

L'Orden possédait des sympathisants bien placés dans de nombreuses administrations de par le monde et si le cloisonnement restait de rigueur, elle était persuadée que les données sur Jade ne pouvaient provenir que d'une source française. Les informations fournies incluaient l'adresse personnelle, le service de rattachement de la fille ainsi que son numéro de portable.

La mission de Marie-Anne consistait à récupérer les papiers qui lui avaient échappé à Rome sans pour l'instant toucher à un cheveu de la fille. Il ne fallait pas se mettre à dos le gouvernement français en tuant l'un de ses serviteurs mais si pour une raison majeure l'obtention des documents nécessitait une élimination physique, alors... Sol en personne avait donné ses consignes.

Marie-Anne alluma une cigarette en laissant errer son regard sur la baie illuminée. Elle considérait Sol avec un respect teinté de méfiance. Il faisait partie de la poignée d'hommes à l'origine du renouveau de la société Thulé et était l'un des derniers survivants d'une époque révolue. Il planait autour de lui une aura de mystère, même au sein des instances de l'Orden.

L'une des énigmes tenait au pseudonyme du vieil homme, Sol, le soleil en latin ou en espagnol. Dix ans plus tôt, elle l'avait vu de ses propres yeux abattre de sang-froid dix prisonniers bosniaques pendant la sale guerre et regarder leurs cadavres comme s'ils n'étaient que de la viande avariée.

Sol changeait de lieu d'habitation tous les deux mois et établissait ses quartiers dans les demeures de l'Orden avec une préférence depuis quelques années pour celles établies dans des pays tempérés, comme la Croatie.

Le château de Kvar possédait en outre la particularité d'être l'un des deux centres spirituels de l'Orden avec celui d'Asunción. Chaque année au solstice d'été, autour du 21 juin, la grande réunion liturgique se passait à Kvar en alternance avec Asunción. A cette occasion, les cryptes monumentales bâties dans le but d'abriter les cérémonies étaient rouvertes pour permettre aux fidèles de communier.

Cette année, dans un mois et demi, le solstice serait fêté à Kvar et Sol avait promis une fête inoubliable à tout point de vue.

Il n'était pas à proprement parler le maître de l'Orden, plutôt son conseiller spécial auprès d'un directoire renouvelé périodiquement. Le directoire s'était réuni au château depuis deux jours et la rumeur courait que l'un des membres avait goûté les charmes de la vierge de la chapelle, une trouvaille de son père mais qui semblait plutôt tenir son inspiration cruelle de Sol. Son autorité ne se discutait jamais. Marie-Anne qui se piquait de légendes celtiques le comparait à Merlin, dans la mesure où il était un puits de savoir en matière ésotérique et donnait à des membres choisis des cours de haut niveau.

Après une mission réussie aux Etats-Unis, elle avait eu l'honneur, en guise de récompense, d'assister à l'un d'entre eux sur l'influence du paganisme dans la mystique chrétienne. Un discours brillant qui emportait son auditoire à des sommets d'exaltation.

Mais Sol restait aussi un homme d'action et, malgré son âge, prenait plaisir à s'entraîner sur le terrain auprès de ses hommes, comme en Croatie pendant la guerre.

Avant de quitter le château de Kvar pour une destination inconnue, Sol lui avait recommandé de prendre soin d'elle et expliqué qu'elle allait détenir, si elle réussissait sa mission, la clé d'un secret qui bouleverserait l'avenir de l'Orden et probablement celui de la race élue. La sienne naturellement, pas celle de la race usurpatrice. D'ailleurs, il lui avait confié que l'un des membres de cette race maudite s'était fait tuer à Jérusalem au même moment que Sophie Dawes à Rome et dans les mêmes conditions. Il lui expliquerait un jour la raison de ce rituel de mort.

Elle n'avait pas posé de question.

Marie-Anne tombait de sommeil. Elle éteignit sa lampe de chevet. Le départ du château était prévu pour six heures, à bord d'un hélicoptère de l'Orden qui devait la déposer à l'aéroport de Zagreb puis de là elle prendrait un avion pour Paris. Sa chambre d'hôtel était déjà réservée et son identité enregistrée. Elle pensa à Zewinski et songea qu'elle aurait plaisir à l'affronter physiquement, tant le défi l'excitait. Elle aimait par-dessus tout se battre avec une femme et souvent elle entretenait sa forme en pratiquant le judo, discipline dans laquelle elle excellait, avec des membres de l'équipe nationale de Croatie. Jade lui paraissait une adversaire à sa mesure. La mort de Sophie avait été une formalité alors que son amie paraissait beaucoup plus coriace. Pourvu que les circonstances de la mission impliquent l'obligation de l'éliminer. Elle s'endormit d'un trait, l'esprit et le corps vidés. Une autre proie.

HEKKAL

— *Pourquoi avez-vous été fait maçon ?*
— *A cause de la lettre G.*
— *Que signifie-t-elle ?*
— *Géométrie.*
— *Pourquoi Géométrie ?*
— *Parce que c'est la racine et le fondement de tous les arts et la science.*

Catéchisme maçonnique de 1740

Perséphone tendant des épis de blé (ergotés ?) à un initié au rite d'Eleusis.
© *Photo Scala, Florence*

23

Hollande

Le Thalys roulait à faible allure à travers la morne et grise campagne batave noyée sous une faible pluie. Des paysages qui évoquaient tout aussi bien la Belgique, que Béchir n'allait pas tarder à traverser, ou le nord de la France. Confortablement installé dans son fauteuil de première classe, il contemplait l'étendue infinie des champs de pommes de terre environnant la voie ferrée. Quel contraste avec les terres arides de Palestine où ses frères se battaient à chaque instant pour en tirer une maigre subsistance. Rien à voir avec les terres confisquées par les Juifs et transformées en champs fertiles à coups de millions de dollars américains. Si seulement les autres pays arabes avaient fait preuve de la même solidarité, la Palestine serait un nouvel Eden.

Les Hollandais se battaient contre la mer pour gagner des terres continuellement gorgées de l'eau du ciel, les Palestiniens, eux, luttaient contre le manque chronique de chance. Allah avait fait jaillir l'or noir, mais pas en Palestine.

Béchir détourna son regard du paysage pour se

concentrer sur ses voisins, trois Juifs orthodoxes en caftan noir, chapeau noir et papillotes. Des diamantaires au teint très pâle et aux cheveux clairs comme l'on en trouve souvent chez les Juifs hollandais. L'Emir goûta à l'ambiguïté de la situation, s'ils connaissaient son identité ils s'enfuiraient sur-le-champ. Un comble. Le destin se révélait parfois facétieux. Il leur souriait avec ironie et avait même pris la peine d'échanger quelques paroles avec eux sur le temps pluvieux et l'amélioration de la restauration dans le Thalys. Sa pointe d'accent italien le leur rendait affable et sympathique. Au cours du repas, les Juifs lui firent remarquer en plaisantant qu'il aurait pu passer pour l'un des leurs avec une kippa sur la tête. L'Emir répondit que c'était un grand honneur pour lui et promit de passer dans leur boutique de diamantaires d'Anvers la prochaine fois qu'il séjournerait dans cette ville.

Il restait encore deux heures avant de parvenir gare du Nord. Béchir se leva pour se dégourdir les jambes au bar du train et s'offrir un café. Il prit la sacoche de cuir qui contenait la pierre de Thebbah et traversa le wagon, louvoyant entre les rangées de sièges de première occupés essentiellement par des hommes d'affaires qui faisaient la navette entre Amsterdam, Bruxelles et Paris. Des privilégiés reconnaissables à la coupe stricte et sombre de leur costume, aux ordinateurs portables toujours branchés et aux quotidiens financiers posés sur leur tablette. Un univers normalisé régi par des codes précis, insupportable à Béchir pour qui l'existence sur terre ne se justifiait qu'en fonction de ses poussées d'adrénaline.

Le Palestinien avait atteint le deuxième wagon lorsqu'un petit frisson parcourut le haut de son dos. Quelque chose clochait. Un infime signal d'alarme résonnait dans sa tête, un mécanisme d'alerte qui s'enclenchait automatiquement quand un danger se présentait dans son environnement.

Il poussa la porte des toilettes pour s'isoler et se concentrer sur la recherche de l'information fugitive qui avait dû provoquer son système de défense. Il fit couler un filet d'eau froide sur ses mains et se rafraîchit le visage. Faire le vide, laisser remonter son inconscient à la surface, rejeter toute raison, une technique enseignée par un vieux soufi syrien lors d'un de ses entraînements.

Une minute s'écoula, puis la connexion se fit dans le circuit complexe de ses neurones. L'homme aux yeux clairs assis en chemise gris perle à l'avant-dernier rang de droite. Le même qu'il avait croisé, buvant une bière dans un bar juste à côté de son hôtel. Pourtant, il ne l'avait jamais regardé en face mais son esprit l'avait enregistré inconsciemment et, les deux fois, l'homme semblait absorbé dans la lecture d'une revue. Quelle était la probabilité pour que ce type se retrouve dans le même train que lui ? Béchir n'aimait pas les coïncidences, ce qui lui avait sauvé la vie plusieurs fois.

Il n'en était pas sûr à cent pour cent mais ce gars le suivait. Il décida de ne pas repartir en sens inverse – cela aurait pu mettre la puce à l'oreille de son pisteur – et continua vers le wagon-bar. Pour qui travaillait-il ? Probablement le Mossad, ou le Shin Beth, pour lesquels il constituait une cible de choix. Ils avaient dû le repérer au poste-frontière de Jordanie et le suivre à la trace. Le blondinet du train n'avait pas le type juif, mais Béchir connaissait suffisamment les habitudes de recrutement des services secrets israéliens qui raffolaient des agents blonds aux yeux bleus, utilisés pour éliminer les anciens nazis pistés en Amérique du Sud.

Béchir ne pouvait pas se permettre de laisser son poursuivant derrière lui, il devait s'en débarrasser rapidement, soit dans le train – un peu délicat compte tenu du manque d'espace –, soit en France avant qu'il n'arrive à l'hôtel Westminster. Si son client apprenait qu'il avait été suivi, il ne donnait pas cher de sa peau. Il attendit un bon quart d'heure au wagon-bar, puis revint à sa place en faisant le chemin en sens inverse.

Arrivé à son niveau, il jeta un bref coup d'œil au blond qui dormait, des écouteurs de *discman* aux oreilles. Un sommeil en apparence paisible. A un seul détail près, il avait bougé son pied au moment où Béchir passait devant lui. Un mouvement presque imperceptible, mais qui confirma la première impression du Palestinien qui consultait sa montre négligemment. Il ne lui restait qu'un peu moins de deux heures avant Paris. Le train allait arriver à Bruxelles. Il rejoignit les trois Juifs assis dans son compartiment et se cala dans son fauteuil après avoir refermé la porte.

Les trois compères l'accueillirent avec bonhomie, puis continuèrent à deviser dans un hollandais mâtiné de yiddish.

A tous les coups le pisteur ne travaillait pas seul et d'autres comparses l'attendaient discrètement en gare du Nord. C'est ce qu'il aurait fait à leur place. Dès ce moment, il serait quasiment impossible de leur échapper. Seule alternative, descendre à Bruxelles et tenter de semer son poursuivant. Ensuite, il serait encore temps de rejoindre Paris par d'autres moyens que le Thalys. Mais cela signifiait la perte d'au moins une demi-journée.

Le train traversait la banlieue de la capitale belge et allait arriver dans cinq minutes en gare. Sa décision était prise. Béchir s'empara machinalement de sa serviette et commença lentement à se lever. Soudain il vit le Juif, assis à sa droite, lui glisser un papier sur sa tablette avec un mot écrit en majuscules noires.

Un mot en trois lettres qu'il connaissait depuis peu :
SOL.

24

Paris

Jade sortit du bureau du juge Darsan, ragaillardie par l'entretien qu'elle venait de passer, enfin un haut commis de l'Etat qui ne louvoyait pas et assumait toutes ses responsabilités. Il comprenait parfaitement sa douleur et lui avait confié la direction de l'enquête, ce qui voulait dire que Marcas devenait son subordonné. Son rôle se bornait à apporter ses lumières en matière maçonnique – si le meurtre se corrélait vraiment à cet univers – et éventuellement à favoriser des contacts avec la police si cela se justifiait.

« *Je ne suis pas maçon si ça peut vous rassurer, mademoiselle, il n'y aura aucune pression sur votre enquête* », avait-il rajouté en la regardant longuement droit dans les yeux.

L'Afghane avait carte blanche pendant un mois, un bureau serait mis à sa disposition dans le XVIIe arrondissement et un assistant détaché du GIGN, habitué aux missions spéciales, lui serait affecté. Un ancien de la cellule d'écoutes téléphoniques de l'Elysée, un homme sûr, habitué aux opérations « hors cadre ».

Elle croisa Marcas et lui fit signe de rentrer à son tour dans le bureau du juge. « *Au parloir, commissaire.* » Le sourire éclatant qu'elle affichait ne rassura guère Marcas qui y voyait comme une menace latente. Il referma la porte derrière lui et s'assit à l'invitation du juge qui jouait avec une règle de fer entre ses doigts.

— Commissaire, je vais être direct, cette affaire doit se résoudre rapidement et en toute discrétion. Cet assassinat dans une de nos ambassades pose essentiellement deux problèmes. Le premier, et le plus important à nos yeux, se résume à une faille majeure dans la sécurité de nos représentations diplomatiques. Pour le Quai et pour l'Elysée, cela démontre que n'importe qui peut s'introduire dans une ambassade comme celle de Rome et s'y promener à son aise. Cela ne doit plus se reproduire. Pour cette raison, l'officier Jade Zewinski pilotera cette enquête. Vous comprendrez comme moi qu'à partir du moment où il s'agit d'une affaire de sécurité diplomatique, elle soit la première concernée.

Darsan guetta dans les yeux de Marcas une réaction, mais le policier restait impassible.

— Et le second problème ?

— Il se trouve que la victime travaillait pour le Grand Orient et l'une des hypothèses table sur une élimination liée à son appartenance à votre obédience.

Darsan prit le soin de détacher chaque syllabe du dernier mot avant de reprendre :

— C'est là que vous intervenez. Vous avez, si j'ose m'exprimer ainsi, une double casquette, policier et maçon, ce qui entre nous devient terriblement banal ces temps-ci. Il y en a au moins cinq à l'étage du cabinet du ministre et autant dans chaque service. Ça ne me gêne pas particulièrement dans la mesure où cela n'interfère pas dans la conduite des affaires courantes. Vous me suivez, commissaire ?

Marcas voyait venir le juge.

— Non, monsieur. Et puis, toute proportion gardée, nous sommes moins nombreux que ceux de la Grande Loge nationale française dans ce ministère...

Darsan plissa les lèvres, réduisant sa bouche à une mince fente.

— Ne jouez pas au plus fin, Marcas. J'attends de vous une enquête loyale, vous devez me rendre compte de toute chose avant de chercher à être fidèle à votre engagement de maçon. Votre obédience doit sûrement conduire sa propre enquête en parallèle, je ne veux pas de mélange des genres.

Marcas sentit la menace à peine voilée. Le juge laissa un long silence s'installer, puis continua sur un ton plus affable :

— Vous êtes placé sous les ordres de l'officier Zewinski, mais il s'agit d'une subordination formelle. Dans la pratique, vous collaborerez avec elle en la conseillant.

Darsan adopta un sourire patelin. Marcas remarqua que le juge pouvait changer très rapidement de visage, et alterner la menace et les manifestations d'amitié en quelques minutes.

— Entre nous, commissaire, oublions un instant ces histoires de maçonnerie. Nous faisons tous les deux partie de la police nationale, Mlle Zewinski, elle, vient de la gendarmerie, certes d'un corps d'élite, mais bon elle reste un militaire, discipliné mais pas vraiment une adepte de la subtilité et de la nuance. Vous avez des qualités complémentaires qui feront merveille avec ce chien fou, je n'ose dire chienne folle, ça ne sonne pas bien à l'oreille.

— Et cela n'induit pas le même sens.

Darsan sourit. Marcas n'appréciait guère l'humour de mauvais goût, mais se prêtait au jeu.

— Parfait, je vois que nous nous comprenons à merveille. Vous me rendrez compte directement de vos activités, je vous laisse mon portable et celui de mon adjoint. Je vous raccompagne, Mlle Zewinski vous mettra au courant des moyens mis à votre disposition. A très bientôt, j'espère.

En moins d'une minute, Marcas se retrouva à la case départ dans l'antichambre. Jade l'attendait sagement en feuilletant avec nonchalance le mensuel de la police nationale.

— Cher collègue, nous sommes attendus tous les deux dans nos nouveaux bureaux. Pas d'objection à prendre ma voiture ?

— Pourquoi pas, il faudra bien se supporter mutuellement pendant ce mois de cauchemar. Et puis cela vous fera le plus grand bien de servir de chauffeur à un... frangin.

Jade esquissa une moue de dégoût.

— J'ai bien transporté des talibans puants de crasse capturés à Kaboul, ça ne me changera pas beaucoup. Du moment que vous ne tachez pas mes sièges.

— Ça promet, marmonna le policier.

Ils descendirent rapidement les marches du grand escalier et montèrent dans une petite MG vert métallisé qui démarra en trombe. Le GPS indiquait un embouteillage vers le quartier Saint-Augustin. La voiture fit demi-tour pour rejoindre l'avenue des Champs-Elysées au niveau de Clemenceau.

— Enterrons la hache de guerre, Marcas. Je veux sincèrement retrouver l'assassin de Sophie. Faites-moi la conversation pendant que je conduis. On risque de tomber en plein bouchon dans quelques minutes.

— Vous voulez que je vous parle de quoi ?

— Briefez-moi sur la maçonnerie, pas pour me convaincre d'y rentrer mais pour en connaître les grandes lignes. Par exemple, vous faites quoi dans vos tenues ?

Antoine éclata de rire.

— Impossible à expliquer ! Tout est dans le rituel !

— A d'autres !...

— Vous savez, c'est beaucoup moins mystérieux qu'on ne le croit. Dans certaines loges, on débat de grands sujets de société, l'éducation, l'immigration, et cela s'apparente à des clubs de réflexion. Dans d'autres, les frères étudieront les symboles. Par exemple, il y a deux semaines, j'ai entendu une planche, un exposé dans notre jargon, sur la couleur bleue. C'était passionnant.

L'Afghane le regarda avec dédain.

— La couleur bleue... Et pourquoi vous ne vous appelez pas les francs-charcutiers ou les francs-boulangers ?

Elle rétrograda brutalement, le moteur hurla. Marcas eut un haut-le-cœur et déglutit. Par où commencer, songea-t-il, impossible de résumer l'histoire de la maçonnerie en un quart d'heure.

— Je vais tâcher d'être simple. Il faut se transporter en l'année 1717, plus précisément au soir du 24 juin dans une auberge située au cœur de Londres, *L'Oie et le Gril*. Là, une petite assemblée composée d'aristocrates, d'hommes de loi et de savants décide de créer la Grande Loge de Londres. Ces hommes, venant pourtant d'horizons très différents, avaient choisi d'adopter le vocabulaire et la philosophie hérités des compagnons bâtisseurs médiévaux. Ces artisans étaient à l'origine des cathédrales qui symbolisaient, sur terre, l'expression la plus aboutie de la représentation divine. Ainsi l'analogie suivante : bâtir l'homme comme on construit une cathédrale était séduisant pour des esprits éclairés, insatisfaits par l'obscurantisme de la religion dominante. Et puis, maçon voulait dire aussi architecte et féru de géométrie, une science sacrée depuis les Egyptiens.

— Ils avaient déjà la manie du secret à l'époque ?

— Oui. Depuis le Moyen Age, les corporations de maçons utilisaient des signes de reconnaissance et des mots de passe qui, par la suite, ont été repris par les francs-maçons. Le secret servait aussi à se protéger de gens qui pouvaient vous voir d'un mauvais œil le pouvoir ou la religion en place. D'ailleurs, parmi les fondateurs de la loge, il y avait des membres de la Royal Society, un groupe étrange très impliqué dans la recherche ésotérique, l'étude de l'alchimie et de la kabbale d'origine juive. Des pratiques qui sentaient le soufre.

Jade klaxonna rageusement pour faire circuler un car de touristes allemands qui bloquait l'arrivée de l'avenue Franklin-Roosevelt, président des Etats-Unis et maçon comme la plupart des pères de l'indépendance américaine. Elle insulta le conducteur du bus.

— Excusez-moi, je vous ai interrompu, mais on devrait interdire les cars de touristes aux heures de pointe.

Marcas ne sut pas si elle se moquait de lui. Il reprit :

— Quatre ans plus tard, en 1721, un certain révérend Anderson rédigea le texte fondateur de la maçonnerie, les *Constitutions* d'Anderson, révélant la tradition légendaire de ses origines à partir d'un mélange savamment dosé d'archives secrètes et des récits officiels. Et là, on remonte à la nuit des temps.

— Continuez, j'ai l'impression que ça va se corser.

— Selon Anderson, la source originelle de la maçonnerie vient d'Orient, des temps bibliques dont certaines grandes figures, Caïn, Enoch, Abraham, auraient perpétué un enseignement caché, basé sur ce que l'on appelle communément la géométrie comprise comme une philosophie de l'illumination. Un enseignement transmis à partir de l'Egypte, utilisé et approfondi par le fameux Euclide et préservé par la suite avec les Juifs lors de leur Exode vers la Terre promise sous la conduite de Moïse.

— Un vrai circuit touristique !

— Salomon fera bâtir son temple par les initiés à cette science, en particulier par Hiram ou Adoniram, l'architecte en chef et on peut dire père fondateur légendaire de la maçonnerie. La tour de Babel, les jardins suspendus de Babylone, les fulgurances géniales des grands scientifiques, Pythagore, Thalès, Archimède, les audaces du père de l'architecture antique, le Romain Vitruve, tout serait lié à cet enseignement maçonnique qui aurait ensemencé les esprits et les histoires.

— C'est prouvé par les historiens ?

— Non, les *Constitutions* d'Anderson s'appuient sur des éléments trop mythiques pour prouver ce récit de fondation.

— Mais pourquoi n'apporte-t-on pas de preuves ? Sinon c'est trop simple. Moi aussi je peux m'inventer comme aïeule Cléopâtre ou la reine de Saba.

— C'est exact et tout cela fait l'objet de nombreux travaux au sein des loges du monde entier. Toujours selon les *Constitutions* d'Anderson, la chaîne de transmission du savoir a failli être brisée deux fois. La première lors de l'invasion de l'Empire romain par les tribus germaniques, Goths et Vandales. La seconde par les disciples de Mahomet quand ils déferlèrent sur l'Europe. Charles Martel apparaît ainsi, toujours selon le texte, comme celui qui sauva la tradition maçonnique de l'anéantissement.

— Le même qui a stoppé les Arabes à Poitiers ?

— Oui, c'est d'ailleurs triste de remarquer que nos adversaires d'extrême droite l'ont aussi pris comme personnage fondateur de leur propre mythologie nationaliste. Pour revenir à notre sujet, la tradition, après s'être épanouie en France, à l'époque des cathédrales, prit le chemin de l'Ecosse et de l'Angleterre, mais sous une forme plus secrète qui a perduré jusqu'en 1717, année de la création officielle. La boucle est bouclée.

— Vous me ferez une petite fiche, naturellement.

La petite MG se faufila entre deux camionnettes, roula une cinquantaine de mètres pour s'arrêter devant un feu rouge, au niveau de la rue de Washington, ville phare des Etats-Unis et bâtie selon une architecture purement maçonnique. Le soleil de printemps à la lumière flamboyante continuait sa longue descente vers l'ouest, sous peu il arriverait dans l'axe de l'Arc de triomphe.

De chaque côté de l'avenue, un flot ininterrompu de piétons déferlait sur les trottoirs, traversant sur les passages protégés sans se soucier de la couleur des feux tricolores. Au milieu de cette marée humaine, un long serpent de carrosseries d'automobiles s'étirait jusqu'en haut de l'Etoile. Le bouchon parisien dans toute sa splendeur. Jade s'alluma une cigarette, souffla une longue bouffée et interpella son voisin :

— Et la France dans tout ça ? Comment votre club d'Anglais a-t-il contaminé notre pays ? Pardon, comment a-t-il fait bénéficier la France de ses lumières ?

— A l'époque, le royaume anglais se déchirait dans une guerre civile et religieuse opposant la dynastie des Stuarts catholiques et les protestants de la maison de Hanovre. Après avoir été renversé, l'ex-roi Jacques II Stuart s'exile en France à Saint-Germain-en-Laye avec ses fidèles, encore appelés jacobites, qui s'installent avec lui dans notre pays. Les maçons anglais eux aussi sont divisés entre hanovriens, au pouvoir, et jacobites rejetés dans l'opposition en Angleterre ou en exil en France. Et ce sont ces derniers qui fondent en 1726 la première loge française à Paris dans le quartier de Saint-Germain-des-Prés dans l'arrière-salle d'un traiteur anglais de la rue des Boucheries.

— Je n'étais pas loin, on aurait pu vous nommer les francs-bouchers...

— Très spirituel... La Grande Loge de France est officiellement créée, mais fera très vite l'objet d'une lutte d'influence entre jacobites et hanovriens. Pour autant, ce sont tous des aristocrates, très attachés à leurs prérogatives, mais aussi très respectueux de la religion. Ainsi les jacobites se sont même mis sous la protection du pape de l'époque avant de disparaître pour de bon avec l'échec définitif du retour des Stuarts sur le trône d'Angleterre.

La MG avança de deux mètres, mais rien ne semblait pouvoir briser l'étau de compression de la circulation.

— Mais alors pourquoi les francs-maçons sont-ils responsables de la Révolution française s'ils étaient issus de la noblesse ?

— Encore une légende tenace. Disons qu'à partir du premier tiers du XVIIIe siècle, la maçonnerie prend vraiment racine chez nous. Le duc d'Antin est nommé premier Grand Maître français en 1738, l'Ordre s'implante dans toute la France en intégrant ce que l'on pourrait appeler l'élite de l'époque, nobles libéraux, musiciens, marchands, militaires, ecclésiastiques éclairés. L'épanouissement des loges en province, lui, va de pair avec l'émergence de courants divergents, exactement comme dans un parti politique.

— Et d'où vient le nom de Grand Orient ?

Bien qu'il s'en cachât, Marcas adorait répondre aux

questions de profanes sur l'histoire de son ordre. Il aimait se replonger dans ce passé riche en événements, en particulier dans ce XVIIIe siècle, ferment de la civilisation des Lumières et de la raison, où l'absolutisme vacilla pour la première fois en France.

— Il apparut lors d'une de ces guerres d'influence en 1773, des frères avaient fait scission et fondèrent une Grande Loge de France éphémère qui disparut rapidement.

— Je comprends mieux maintenant pourquoi vous passez votre temps à vous bouffer le nez entre frangins des différentes obédiences, du GO, de la GLNF, de la GLF et tous les autres G que je ne connais pas. Vos querelles intestines ne datent pas d'hier.

— C'est vrai, et je suis le premier à le regretter, et c'est aussi pour cela que le mythe de la grande conspiration maçonnique ne tient pas la route une seule seconde sauf peut-être dans l'esprit des théoriciens du grand complot. Il n'a jamais existé un Grand Maître suprême ou un Vatican maçon qui dicterait ses ordres à toutes les loges.

Une voiture klaxonna derrière la MG pour la faire avancer. Trop absorbée par la conversation, Jade n'avait pas vu que la file recommençait à avancer. Elle avait raté le feu vert.

— Mais la Révolution, c'est bien vous ?

Marcas alluma à son tour une cigarette et sourit.

— Oui et non. A l'époque, seules les classes relativement aisées fréquentaient les loges en France et dans le reste de l'Europe. Quant à ceux qui venaient du tiers état, ils se recrutaient chez les fonctionnaires royaux, les artistes, les écrivains ou encore la petite bourgeoisie. On comptait entre vingt-cinq et trente mille maçons dans toute la France avant 1789, et ce n'étaient pas vraiment des révolutionnaires assoiffés de sang et de décapitation.

La MG arriva sur la place Charles-de-Gaulle alors que le soleil se plaçait juste dans la trouée de l'Arc de triomphe. Marcas sentit que ses explications intéressaient Jade. Jamais durant un aussi long moment, ils ne s'étaient accrochés. Marcas reprit :

— Lors du vote des députés sur la mort de Louis XVI, on trouvait des maçons divisés quasiment à parts égales entre le oui et le non. Les révolutionnaires purs et durs étaient par essence hostiles à la maçonnerie dans la mesure où celle-ci n'a jamais prôné l'extrémisme. Mais il est aussi vrai que les idées d'égalité sociale ont été fortement encouragées en loges pendant la période pré-révolutionnaire. De là à imputer la Terreur aux maçons, c'est un fantasme longtemps entretenu par l'Eglise et l'aristocratie ainsi que la droite nationaliste. Il fallait un bouc émissaire.

— Vous rigolez, on m'a toujours appris que Danton, Saint-Just et Robespierre en étaient. Vous nous agitez à chaque fois des petits gars sympathiques comme Montesquieu, Mozart ou Voltaire, mais vous cachez les grands fauves.

— Cela reste une énigme gênante, mais l'Histoire est truffée d'hommes dévoyés. Faut-il condamner l'Eglise à tout jamais à cause de la Sainte Inquisition et du boucher Torquemada ?

— Mouais…

La jeune femme mit son clignotant pour s'engager sur l'avenue Hoche. Marcas poursuivit :

— Savez-vous que nous roulons sur une place construite à la gloire de l'empereur Napoléon, aujourd'hui baptisée Charles-de-Gaulle, mais truffée d'allusions maçonniques.

— Ça ne m'étonne plus que ce soit l'anarchie totale pour conduire ici. Les voitures arrivent dans tous les sens, c'est mal foutu, jeta Jade, occupée à ne pas se faire accrocher par un 4×4 qui voulait lui couper la priorité.

— L'Arc de triomphe qui célèbre les victoires de l'Empire fut construit par un architecte maçon. Regardez le fronton, vous y verrez quelques symboles de notre ordre. Les avenues qui débouchent sur la place ont pour nom des maréchaux d'Empire, sur vingt-six au total, dix-huit étaient maçons. Quant aux bas-reliefs, ils sont pour la plupart transparents pour un initié : c'est le cas de « la Marseillaise » ou de l'« Apothéose de 1810 ».

— Et il y a beaucoup d'autres exemples de ce genre ?

— Oh oui. Si vous allez faire un tour dans les galeries couvertes Vivienne et Colbert, vous trouverez des poignées de mains sculptées ou une ruche, l'un de nos symboles.

Jade accéléra rageusement, coupa la priorité à une moto au risque de la renverser, puis fila sur l'avenue Hoche jusqu'au niveau de l'entrée du parc Monceau. Marcas en rajouta une cuillerée :

— Ah, le parc Monceau ! Si vous allez vous promener dans l'allée sud vous découvrirez une petite pyramide construite par un frère et juste après…

— Stop, j'ai compris, n'en rajoutez pas. Le cours est terminé. Ma tête va éclater à force d'ingurgiter votre science infuse.

La voiture tourna sur la rue de Courcelles, puis obliqua vers la rue Daru où elle se présenta devant une petite porte de parking grise. Jade actionna le bouton d'entrée et la voiture s'engouffra sur une pente qui débouchait dans un parking désert, avec quatre places vides délimitées par des traits de peinture jaune délavé.

— Suivez-moi, nous avons du travail.

Marcas prit son temps pour sortir du petit cabriolet. Il ne voulait pas obéir tout de suite à ces injonctions, question de principe.

— J'ai ce qu'il faut pour vous stimuler, commissaire.

— Ah oui, et quoi donc ? dit-il en traînant la voix.

Jade marqua un temps d'arrêt pour faire durer le plaisir. Décidément, elle aimait le narguer. Autant en profiter, c'est elle qui commandait mais il ne fallait pas que cela soit trop ostentatoire. Elle connaissait suffisamment les hommes pour en avoir dirigé en quantité suffisante, ces petites choses fragiles se vexaient rapidement quand une femme leur donnait un ordre de façon trop marquée. Jade le laissa ralentir et s'engouffra dans l'ascenseur. Au moment où elle appuyait sur le bouton du troisième étage et qu'il était encore à cinq mètres devant, elle lui lança :

— Je croyais que vous vouliez voir les documents d'archives de Sophie. J'en ai une copie complète là-haut au bureau.

Marcas réprima un juron et s'élança.

25

Bruxelles

Le train était désormais immobile, parvenu à quai. Les trois Juifs regardaient fixement Béchir avec une sorte de condescendance, comme s'il était un petit garçon pris en faute. La porte du compartiment avait été poussée, les rideaux tirés et le Palestinien se trouvait seul au milieu d'ennemis potentiels. Comment ces trois hassidims avaient-ils mis la main sur le nom de code de son client ?

Le Palestinien réfléchissait rapidement. S'ils avaient été envoyés par Sol, alors pourquoi étaient-ce des Juifs ? Et s'ils appartenaient aux services israéliens, c'est qu'ils avaient intercepté le nom de Sol. Dans ce cas, ils récupéreraient la pierre de Thebbah puis le liquideraient aussitôt. Mais pourquoi s'être habillés en Juifs orthodoxes aussi repérables qu'un imam en plein prêche… ?

La seule chose dont il était certain, c'est qu'il ne s'était jamais senti aussi vulnérable. Cette pierre portait malheur, il le savait depuis le début.

Le plus âgé rompit le silence :

— Béatrice ?

Béchir fit celui qui ne comprenait pas.

— Oui, l'Arabe... Béatrice, c'est bien ton code d'identification, non ?

— Je ne vous suis pas...

— Suffit, nous sommes là pour régler tes problèmes. Alors tu vas nous obéir bien sagement. Tu restes assis et discret jusqu'à Paris. Nous, on s'occupe de ta sécurité.

Béchir n'aimait pas le ton familier employé par le vieux Juif.

— Qui êtes-vous ? Mossad ? Shin Bet ?

Les trois hommes se regardèrent en silence et éclatèrent de rire. Le plus âgé reprit d'une voix presque affable :

— Est-ce qu'on a des gueules de Juifs, l'ami ?

Le Palestinien le toisa du regard. Ces gens étaient fous.

— Arrêtez de vous foutre de moi, je vous ai posé une question.

Le plus jeune cessa de rire et l'apostropha :

— Ça suffit, on s'est bien amusés avec toi, mais on a du travail. Hans, montre-lui.

Celui qui était le plus près de la porte du compartiment jeta un œil dans le couloir, puis se tourna vers Béchir. Il ôta son chapeau, passa sa main sur ses cheveux et retira un filet quasi invisible qui supportait de fausses papillotes. De son autre main il décolla délicatement la barbe qui entourait son visage. En moins d'une minute, celui-ci avait subi une vraie métamorphose, dévoilant un homme glabre au visage lisse. Plutôt banal s'il n'avait eu ce regard dur et perçant.

Des faux Juifs. Béchir poussa un soupir de soulagement. Au moins, il ne se trouvait pas entre les mains de ses ennemis. L'un des trois reprit :

— Tu vois, l'ami, il ne fallait pas t'inquiéter, nous

sommes envoyés par Sol. Quand tu l'as prévenu de ton retard, il nous a tout de suite alertés de ton arrivée sur Amsterdam. Nous sommes chargés de ta sécurité ou plutôt de ce que tu transportes, bien que nous ignorions ce qu'il y a dans ta sacoche.

— Je n'ai pas besoin de votre aide, je suis un professionnel.

Le plus jeune lui tapota la main en s'adressant aux deux autres :

— Le problème avec les Arabes, c'est qu'ils sont trop arrogants et au final, ils se font mettre par tout le monde. Ça ne m'étonne pas que les Juifs les fracassent depuis des décennies.

Puis, se retournant vers Béchir, il lui serra le poignet.

— Ecoute-moi bien. Tu t'es fait suivre par deux pros depuis ton arrivée à Amsterdam, l'un d'entre eux est dans le train et ce n'est pas un ami de la cause palestinienne, si tu vois ce que je veux dire. Très probablement, un des agents israéliens qui t'ont pisté depuis la Jordanie. On va s'occuper de lui, c'est pour ça qu'on a mis ce déguisement de merde. Si tu savais à quel point on a horreur de ressembler à des Juifs, tu peux même pas imaginer…

Celui qui était assis en face de Béchir ajouta :

— Un quart d'heure exactement avant l'arrivée en gare du Nord nous allons te débarrasser du type qui te colle aux basques et tu pourras aller tranquillement à ton rendez-vous. Au fait, très bien ton petit numéro avec la pute dans la vitrine du quartier rouge…

— C'est vous que je verrai à Paris ?

Hans remettait consciencieusement sa barbe postiche et ses boucles de cheveux torsadés.

— Non, notre mission s'arrête là, nous repartirons avec le prochain Thalys, sous une apparence plus… civilisée.

Les deux autres éclatèrent à nouveau de rire. Hans les interrompit :

— Maintenant, jouons aux cartes pour déterminer lequel de nous trois va liquider le vrai Juif et aider notre ami l'Arabe opprimé, ici présent. On en a bien pour deux bonnes heures avant d'arriver.

Le Palestinien crispa ses mains sur ses genoux ; les trois hommes étaient des racistes fanatiques. La façon dont ils prononçaient les mots juif et arabe le rendait stupide de colère. Lui qui faisait trembler ses ennemis, qui avait tué tant d'hommes de par le monde, était obligé de supporter ces immondes porcs. Quand il aurait fini sa mission et empoché le prix du contrat, il devrait se venger de cette humiliation.

Mais ce qui l'inquiétait au plus haut point, c'est qu'il ne s'était rendu compte de rien, les trois hommes l'avaient berné. Une chose impensable, signe que ses sens s'émoussaient. Certes, il avait vu juste avec le gars assis dans l'autre wagon mais il n'avait rien vu de l'autre équipe qui le suivait depuis Amsterdam. Une erreur impardonnable.

Les trois joueurs l'avaient complètement oublié et tapaient le carton comme si de rien n'était, en prononçant des exclamations en hollandais.

Une heure et demie plus tard, ils traversaient les champs de l'Oise. Le train arriverait bientôt en gare du Nord. Les trois hommes posèrent leurs cartes et se levèrent comme sous l'effet d'un ordre silencieux.

L'un d'entre eux, celui qui avait gagné la partie, sortit d'une trousse noire une grosse bague, une chevalière en argent ciselé, ornée en son centre d'une fine pointe de diamant. Toujours dans la trousse, l'homme prit un flacon blanc muni d'un bouchon à pipette. Il fit perler une minuscule goutte sur la pointe de diamant avant de faire tourner la bague autour de son annulaire.

La porte du compartiment coulissa et ils passèrent dans le couloir sans accorder le moindre regard à Béchir, comme s'il n'avait jamais existé.

Juste avant de disparaître à sa vue, le plus âgé se tourna vers lui.

— Quand nous arriverons à destination, ne te précipite pas, fais en sorte d'être le dernier à sortir du train. On ne veut pas que tu rates le spectacle.

La porte fermée, le Palestinien resta seul, plongé dans des pensées toutes plus morbides les unes que les autres.

Les trois hassidims marchaient lentement le long de la travée centrale et suscitaient des regards blasés des voyageurs, des habitués de la ligne. Seul un petit groupe de Japonais gloussa en les voyant cheminer, tanguant avec le balancement du train. Arrivés au deuxième wagon, les deux premiers perdirent soudain l'équilibre, valsèrent quelques secondes, et le plus corpulent tomba à moitié sur l'un des voyageurs qui était en train d'écouter un *discman*.

Le hassidim s'agrippa à l'avant-bras du voyageur et se confondit en excuses. Le voyageur sourit et hocha la tête en signe de compréhension. Le trio continua sa route et s'éloigna vers les wagons de tête. La scène avait duré moins d'une minute.

Le Thalys arriva à 16 h 53 précises à la gare du Nord. Béchir descendit sur le quai dix minutes plus tard. Il faillit se faire bousculer par deux pompiers et un homme en blouse blanche qui couraient en portant un brancard. Arrivé au milieu de la rame, il aperçut distinctement à travers une fenêtre l'homme blond s'agitant comme un dément. Il gesticulait, saisi de convulsions et une écume blanche ourlait ses lèvres.

Il hurlait des paroles incompréhensibles au point que ses cris s'entendaient sur tout le quai. D'autres voyageurs s'étaient attroupés à côté de Béchir pour jouir du spectacle. Les pompiers, l'infirmier ainsi qu'un contrôleur du train essayaient de ceinturer le forcené, mais il semblait posséder une force surhumaine.

Ses yeux injectés de sang se fixèrent sur Béchir qui recula instinctivement alors que la vitre du train les séparaient. L'homme se jeta avec une violence inouïe sur la fenêtre en poussant un cri strident comme s'il voulait attraper le Palestinien.

En cognant la barre de métal qui traversait la vitre, son visage se colora d'un sang noir qui dégoulina sur le sol. Les spectateurs poussèrent un cri de dégoût. Le contrôleur baissa alors le rideau pour isoler le malheureux dont le corps s'effondrait le long de la fenêtre.

Béchir s'éloigna avant que le rideau n'occulte totalement l'intérieur du wagon, en se demandant quel type de poison agissant à retardement avait été utilisé par les tueurs.

Il frissonna en pensant que lui aussi pourrait avoir droit à une injection mortelle sitôt sa mission achevée. Il avait été repéré et représentait donc une menace potentielle. En Palestine, il trouverait immédiatement un refuge sûr mais à Paris il opérait en territoire hostile, sans aucun contact pour lui venir en aide.

Il fila le long du quai et prit le premier Escalator sur la droite pour se rendre à la consigne à bagages. Un gardien inspecta sa valise pour appliquer le plan Vigipirate remis en activation toutes les deux semaines. Béchir choisit un coffre et déposa la valise en prenant soin d'extraire le sac contenant la pierre de Thebbah. Il laissa les documents dans la valise, une sorte d'assurance-vie si son client voulait se débarrasser de lui quand il livrerait la pierre. Il nota mentalement le numéro du casier, sa mémoire ne lui avait jamais fait faux bond, puis se dirigea vers le métro. Il n'aimait pas le quartier de la gare du Nord ; il fallait toujours attendre des heures avant d'attraper un taxi qui de toute façon mettrait autant de temps à le déposer avenue Montaigne où il avait rendez-vous. Il prit soin d'observer les alentours pour vérifier qu'il n'avait pas été suivi ; ce n'était pas le cas.

Pour la première fois depuis très longtemps Béchir éprouva cette terrible sensation qu'il aimait infliger à ses victimes : la peur.

26

Paris,
jardin du Luxembourg

Le pigeon picorait les miettes de pain avec une voracité étonnante, comme s'il n'avait rien avalé depuis des jours. S'enhardissant, il s'approcha du pied de Marc Jouhanneau, espérant grappiller de nouvelles miettes. Au moment où il touchait presque de son bec la chaussure de Jouhanneau, une détonation se fit entendre juste derrière la chaise en métal peinte en vert. Effrayé, l'oiseau s'envola en un clin d'œil pour se réfugier sur la branche d'un chêne.

Lui aussi surpris, Jouhanneau tourna la tête et aperçut un petit garçon qui le regardait d'un air moqueur avec à la main le sac plastique éventré dont il s'était servi pour provoquer la petite explosion. Il écarquilla les yeux en fronçant les sourcils, pour le tancer, mais l'enfant décampa sans demander son reste.

Jouhanneau reprit sa position initiale : bien calé sur la chaise au métal rouillé, les pieds posés sur le siège voisin. S'il suffisait d'adopter une pose menaçante pour écarter les dangers qui se présentaient, comme tout serait plus simple… Mais les ennemis qui rôdaient ne se laisseraient pas plus facilement intimider que le gamin.

Jouhanneau sortit de la poche de sa veste un carnet à la couverture de cuir noir défraîchie par le temps. L'un des journaux intimes de son père dont il ne se séparait presque jamais surtout quand la vie lui envoyait une nouvelle épreuve. Celui-ci était daté de 1940-1941. Un carnet inachevé, interrompu le 30 octobre 1941, la veille de son arrestation par les Allemands pour un voyage sans retour.

Henri le gardait précieusement, presque comme un talisman. C'est à cause de ce petit carnet et de quelques autres datés d'années antérieures, donnés par sa mère le jour de ses dix-huit ans il y a bien longtemps, qu'il avait pris la décision de rentrer en maçonnerie. Mais c'est celui des années 40 qui lui tenait le plus à cœur. Il le consultait avec tendresse et respect à chaque fois qu'il devait prendre une décision importante ou qu'il se sentait découragé. Comme s'il demandait conseil à ce père disparu depuis plus de soixante ans et qu'il n'avait jamais connu.

Il ouvrit la première page.

14 juin 1940

Les Allemands défilant en fanfare sur les Champs-Elysées. Qui aurait pu croire une telle chose possible ?… Ils sont exactement comme ceux que j'avais rencontrés à Nuremberg en 36, arrogants, barbares, imbus de leur supériorité victorieuse. Et combien y en a-t-il de la société Thulé dans cette parade… Bien peu sans doute, car eux ne défilent pas en pleine lumière. Ils sont déjà à l'œuvre, apportant avec eux la nuit.

Déjeuner avec Bascan au Petit Richet. L'ambiance était lugubre et deux hommes un peu éméchés ont crié que la France méritait sa défaite, que les Juifs et francs-maçons allaient désormais marcher au pas. Nous n'avons rien dit, à quoi bon !! N'ai pas eu le courage de passer à l'hôpital pour voir les malades. Discours à la radio.

Le maréchal Pétain est notre seul rempart désormais. Qu'il protège la France des hordes de Hitler et de ceux qui le manipulent.

15 juin 1940

Le vénérable Bertier est venu ce matin très tôt, vers sept heures. Il était affolé, les Allemands ont débarqué hier rue Cadet et des scellés bloquent désormais l'entrée du GO. Personne ne peut plus y accéder. Bertier m'informe que pratiquement l'intégralité de nos archives est restée à l'intérieur. Nous n'avons pas eu le temps de les évacuer. La défaite nous a sonnés debout. C'est une catastrophe sans précédent pour l'Ordre. La Grande Loge de France a elle aussi été dévalisée.

30 juin 1940

Les Allemands commencent à emporter nos archives, l'un de nos frères policiers, encore en poste, a réussi à se renseigner. C'est une unité spéciale, dépendant de la Gestapo, la Geheime Feldpolizei, qui procède au transfert... Le préfet de police de Paris, le F∴ Langeron, le F∴ Nicolle, directeur de la police judiciaire ainsi que le F∴ Roche de la brigade spéciale de la PJ ne peuvent intervenir que pour prévenir nos frères. Ils sont de plus en plus pessimistes pour l'avenir.

20 août 1940

Aujourd'hui, le maréchal Pétain a dissous officiellement toutes les grandes obédiences, cinq jours après avoir promulgué sa loi sur la dissolution des sociétés secrètes. Ainsi les craintes de nos frères de la loge des Compagnons ardents étaient fondées. Je ne voulais pas y croire. Le maréchal nous a qualifiés d'organisation dangereuse. Un vieillard haineux et sénile, voilà à qui la France vient de se donner en mariage forcé... Mais ce n'est sans doute que le début d'une longue nuit pour les lumières de l'Orient. La nouvelle loi impose l'envoi de formulaires à tous les fonctionnaires pour signaler leur appartenance à la maçonnerie.

30 octobre 1940

Je « ne suis plus considéré » comme médecin hospitalier depuis un mois, maintenant. On m'a conseillé de prendre un congé... de longue durée. Durant tout ce temps, profonde dépression. Je suis comme perdu. Je n'ai rien pu écrire. On dit que certaines loges se reforment clandestinement. Je n'ai même pas ce courage...

Les Allemands ont donné l'ordre à tous les Juifs de se faire recenser dans les commissariats sous peine de poursuites. Des F∴ policiers rechignent à faire ce travail indigne et bâclent ce fichage, mais hélas ! la plupart de leurs collègues font preuve de zèle. Quelle honte pour nous tous. Mon pauvre pays !

2 novembre 1940

Je suis allé ce matin au Petit-Palais voir de mes yeux la déjà célèbre « exposition maçonnique ». J'ai dû faire la queue pendant vingt minutes avant de pouvoir rentrer à l'intérieur tant la foule se pressait pour découvrir nos « pratiques ». Des retraités, des adolescents, des femmes bien habillées, des ouvriers dans leurs habits endimanchés, toute la France réelle, si chère à M. Maurras, est venue comme pour visiter un zoo. Un zoo maçonnique. Et ils ont l'air souriant tous ces braves gens. Ces sourires me soulèvent le cœur. Les organisateurs ont affiché à l'entrée deux énormes pancartes d'information où l'on nous accuse d'avoir « ruiné, dévalisé la nation ». Nous sommes responsables d'une « comédie grotesque, mensongère, malhonnête ». J'en suis malade de rage. A l'intérieur de l'exposition tout est dévoyé, ils ont reconstitué une loge avec un squelette couché à terre. Une pitrerie répugnante. Dans un coin, toute seule, une Marianne en buste, saisie dans une de nos loges, à laquelle ils ont accroché une pancarte d'infamie titrée « l'aveu ».

Voir mes compatriotes assister à ce spectacle m'a plus glacé le cœur que d'y croiser des soldats allemands. Et puis au moment où je me sentais le plus abattu, mon regard est tombé sur une équerre et un compas, jetés là après avoir été sans doute volés dans une loge. Notre crucifix à nous ! Tout d'un coup, mon cœur s'est rempli de fierté et le courage m'est revenu. Je ne peux pas l'expliquer, mais la lumière a jailli encore une fois. Quand je suis ressorti, l'espérance jaillissait de nouveau en moi. Un jour, ces gens qui ont monté ce spectacle de foire misérable, ceux qui ont créé ces lois iniques, devront payer, payer leur offense à la vraie lumière.

21 décembre 1940

Les ténèbres envahissent le monde mais la lumière est éternelle. Nous avons déjà reconstitué une dizaine de triangles en Ile-de-France à la place de nos loges. Quel bonheur, mes frères ! Repas avec Dumesnil de Grammont qui appartient à un réseau de résistance maçonnique dénommé Patriam Recuperare ; il m'a présenté un frère au regard déterminé, un certain Jean Moulin. Nous nous sommes donné l'accolade avant de nous quitter. Le combat sera long et difficile.

Nous en savons un peu plus sur le système de répression mis en place par nos ennemis français et allemands. Les pétainistes ont créé trois services, pas moins, pour nous ficher et étudier nos dépouilles. Celui des Sociétés secrètes avec à sa tête un certain Bernard Fay, un responsable de la Bibliothèque nationale, monarchiste convaincu, érudit de salon, mais qui nous hait depuis longtemps. Il a eu le culot d'installer ses bureaux rue Cadet, à notre siège, et s'active sur le peu d'archives que les Allemands n'ont pas emportées. Ensuite, le Service des Associations dissoutes dirigé par un commissaire de police de Paris ; lui et ses sbires ont autorité pour perquisitionner chez nos frères quand il leur plaît. Enfin, le Service des recherches dont la direction est centralisée à Vichy et qui se rapporte directement à l'entourage de Pétain ; ils s'intéresseraient plutôt aux activités politiques. Selon plusieurs F∴, bien informés, si ces entités se jalousent, les deux premières sont bien sous le contrôle étroit des Allemands. Ce sont bien ces derniers qui restent les plus dangereux, mais les informations à leur sujet sont floues. La seule chose certaine, c'est qu'ils ont installé leur quartier général de lutte antimaçonnique eux aussi au siège du Grand Orient à un étage différent des Français.

21 mars 1941

A chaque fois que je branche la radio sur la BBC, la lumière resurgit. Plusieurs de nos frères qui ont rejoint Londres et de Gaulle sont responsables de l'émission Les Français parlent aux Français. *Les profanes ne savent pas que les premiers coups sonores de l'indicatif tiré de la Ve du F∴ Beethoven sont des signes qui nous vont droit au cœur. Savent-ils que très souvent, à la radio de Londres, nos frères diffusent les passages les plus symboliques de* La Flûte enchantée, *l'opéra maçonnique de notre F∴ Mozart.*

Par-delà les mers, la chaîne d'union se reconstitue !

28 juin 1941

Pétain et son régime réactionnaire ont lancé un nouveau recensement des Juifs de France, cette fois en zone sud. Il paraît qu'on leur demande de déclarer tous leurs biens.

11 août 1941

Les Allemands ne cessent de conquérir du terrain en Russie, ils semblent invincibles. Pétain a sorti une nouvelle loi interdisant aux anciens dignitaires et gradés maçons les postes de fonctionnaires comme pour les Juifs. Le frère Desrocher qui travaille au Journal officiel *a alerté nos amis, il est question de publier au JO les noms de nos frères. Est-ce possible… Vu ce matin une nouvelle affiche caricaturale représentant de bons Français en train de labourer, assaillis par des loups représentant les Juifs et les maçons. Je crains que mes compatriotes ne gobent ces mensonges atroces. La raison a disparu. Les nazis ont-ils inoculé ce poison ? ou l'avions-nous oublié et il se serait réactivé à leur contact ? Voilà que les Français, ce peuple issu de brassages multiples au cours de son histoire, se refuseraient à reconnaître comme ses égaux certains des siens.*

Quelle bêtise incroyable sur le plan scientifique ! Nous savons pourtant d'où vient cette théorie et je m'amuse de ne pas l'avoir prise au sérieux quand j'avais rencontré ses propagateurs il y a dix ans en Allemagne. Que Thulé soit maudite à jamais pour ce qu'elle a fait. Et même cet âne casqué de Pétain a demandé une aryanisation de toutes les entreprises. Une aryanisation ? Mais ont-ils déjà regardé la tête de leur Führer ?

21 septembre 1941

Les premières listes de noms ont été publiées dans le JO et bien évidemment dans tous les torchons à la solde de nos ennemis. Je m'attends à voir le mien paraître. Je n'ai pas peur, mais en même temps cela m'angoisse pour ma femme et mon fils. Contacts avec nos frères de la loge La Clémente amitié, il est prévu de se revoir une fois par mois. Les Allemands ont arrêté trois de nos F∴ dont nous sommes sans nouvelles. Un ami de notre réseau a pu obtenir des informations sur nos persécuteurs allemands. Officiellement, un lieutenant du contre-espionnage, basé rue Cadet, dirige les activités antimaçonniques pour la France et rend compte directement à Berlin. Apparemment un autre service nazi, que nous n'arrivons pas à identifier, continue de piller nos archives et opère maintenant des descentes en zone non occupée dans certaines de nos loges. Ceux-là cherchent surtout les documents d'ordre ésotérique.

23 octobre 1941

C'est fait, mon nom a été publié avec d'autres avant-hier dans un journal collaborationniste. Professeur Henri Jouhanneau, vénérable du Grand Orient. J'ai l'impression que tout le monde a lu cette liste, que j'ai été jeté en pâture comme un criminel. Notre concierge a fait une allusion à haute voix devant un voisin, quand elle m'a entendu descendre l'escalier, en gueulant que les « frérots ne faisaient plus la loi ». La même s'en était pris au vieux couple Zylberstein du quatrième en les insultant à leur passage parce qu'elle était une « Aryenne de souche ». J'ai plus de chance qu'eux, ils sont vraiment persécutés de toutes parts.

Moi qui suis tolérant par nature, je sens monter en moi des pulsions de haine. Ce poison tant prisé de nos ennemis.

25 octobre 1941

On a retrouvé le vénérable Poulain mort assassiné dans son appartement. Il a été tué à coups de masse, par trois fois, à l'épaule, à la nuque et sur le front. Une parodie de la mort d'Hiram. Poulain était l'un de nos F∴ les plus érudits en matière d'ésotérisme maçonnique. Il avait soixante-douze ans et ne menaçait personne. C'est le F∴ Briand qui a été chargé de l'enquête sur ordre direct de la Gestapo. La coïncidence est trop forte. Cela ne veut dire qu'une seule chose :

ceux de Thulé sont là. Ils nous le font savoir en confiant l'enquête à un de nos frères. Ils nous ont toujours surveillés, détestés. Maintenant, ils nous tuent.

28 octobre 1941

Ce matin très tôt, trois policiers français sont venus me chercher pour m'emmener pour un interrogatoire. Mon fils s'est réveillé en pleurant, ma femme s'est évanouie en me voyant partir. Pourvu qu'elle tienne. Ils m'ont conduit rue Cadet. Leur cynisme est infini ! Je croyais pénétrer dans l'antre du mal et pourtant j'ai seulement eu l'impression de me retrouver dans un vaste service administratif dirigé par des bureaucrates consciencieux. Comme si le mal était devenu banal. Ainsi c'est chez nous-mêmes qu'ils nous fichent si méticuleusement... Au bout de trois heures d'attente, deux Allemands en civil m'ont convoqué pour m'interroger sur les archives de notre ordre. Le premier, assez borné, semblait être un policier uniquement préoccupé par des questions politiques. Il voulait savoir si j'avais travaillé sur une opération fichage des sympathisants français à la cause allemande avant-guerre. J'ai failli rire, mais je me suis retenu. Puis il est parti et m'a laissé seul avec le second, plutôt courtois, à l'allure d'officier et au français impeccable. Très vite, il m'a questionné sur mon grade en maçonnerie et mon intérêt pour l'ésotérisme. Ses connaissances en ce domaine m'ont impressionné et j'ai compris, bien qu'il n'en ait rien laissé paraître, que c'était un membre de Thulé.

Nos pires ennemis ! Il m'a expliqué qu'il travaillait pour un institut culturel allemand, l'Ahnenerbe, chargé d'étudier l'histoire cachée des civilisations. Il recrutait des chercheurs, des érudits, bien sûr non-juifs, pour leur proposer de travailler en Allemagne sur des documents d'archives inédites découvertes dans les pays d'Europe occupés. Je lui ai dit que je comptais reprendre bientôt mes activités à l'hôpital et que je ne pouvais donc pas partir. Il m'a demandé la nature de mes recherches et en hochant la tête m'a expliqué que l'Ahnenerbe possédait aussi un département médical en charge d'expériences très utiles pour l'humanité.

Il m'a glacé le sang en m'avouant qu'il ne mettait pas les Juifs et les maçons dans le même sac. Dans un cas, il s'agissait d'une race à part, dans l'autre seulement un choix philosophique perverti.

Puis, à ma grande surprise, il m'a laissé partir en me demandant toutefois de ne pas quitter Paris. Cet homme m'a dégoûté au plus haut point, il ne peut être que de Thulé.

30 octobre 1941

Je le sais maintenant, ils me surveillent matin et soir. Je n'ai pas bougé de notre appartement pendant deux jours. Je ne peux plus rester en contact avec mes frères du comité de résistance. J'arrête la tenue de ce carnet pour aller le déposer chez un ami dévoué. J'espère le récupérer en des temps moins incertains. J'ai peur. Que vont devenir ma femme et mon fils s'ils m'enlèvent ou m'assassinent ?

Jouhanneau referma le carnet sur le dernier paragraphe rédigé par son père. Sa mère lui avait raconté que les Allemands étaient venus le prendre le 1ᵉʳ novembre 1941 et qu'elle ne l'avait jamais revu. Ils avaient appris quelque temps après la guerre sa mort à Dachau deux jours avant la libération du camp. Plus tard, à l'âge adulte, un vieux compagnon de déportation, un Israélien prénommé Marek, lui aussi maçon, avait retrouvé la trace de sa famille lors d'un passage à Paris.

Il avait insisté pour le voir, lui raconter l'horreur et évoquer longuement la nature des travaux effectués par son père sous la contrainte des nazis. Avant de mourir, Jouhanneau avait juste eu le temps de parler. Un aveu que Marek, vieillissant, ne se sentait plus la force de porter seul.

Jouhanneau détendit ses jambes ankylosées sur la chaise. Lui aussi vieillissait. Après les confidences de Marek, il avait tout fait pour oublier. Il est des destins trop lourds quand on n'a jamais connu son père... Et puis à la mort de sa mère, en contemplant cette petite femme chétive dans son cercueil, il avait fait un vœu...

Depuis sa vie prit une nouvelle direction, plus rien ne pouvait être comme avant. A son tour il s'était fixé une mission : achever l'œuvre de son père. Marek n'avait rien caché de la façon dont son père avait été assassiné, lui aussi, comme Hiram, et voilà qu'à l'aube du troisième millénaire, les ennemis séculaires recommençaient à frapper.

Pendant des années il avait tenté de retrouver leur trace, du moins sur les documents et les rares témoignages qui subsistaient sur cette société secrète officiellement disparue avec la chute du nazisme.

La société Thulé. L'ennemie implacable.

Et qui désormais avait mis la main sur la pierre de Thebbah, ce qui la rapprochait dangereusement du secret.

Elle avait survécu à la chute de l'Allemagne nazie et étendait ses tentacules dans l'ombre. A force de persévérance Jouhanneau avait réussi à convaincre une poignée de ses frères, tous de hauts gradés, certains d'entre eux appartenant à d'autres obédiences que le Grand Orient, de constituer une fraternelle de vigilance.

Le ciel au-dessus du parc du Luxembourg se striait de nuages en lambeaux, le soleil chutait lentement vers l'ouest. Il était temps de partir et de rejoindre la rue Cadet pour son rendez-vous avec ce commissaire, Marcas. Il se leva et étira ses bras engourdis par la station assise prolongée. Des cris d'enfants résonnaient autour de lui. Il se dirigea vers la station de RER à l'entrée du parc en se demandant quel effet cela lui ferait s'il voyait son nom inscrit dans les journaux, avec comme seul titre de gloire, celui d'être maçon.

Franchement déplaisant. Non qu'il ait honte de son appartenance mais il restait persuadé que cela provoquerait des réactions hostiles.

Il avait lu quelque part, était-ce un livre ou un article, que certaines personnes réclamaient à cor et à cri une loi de divulgation d'appartenance à la maçonnerie. Bien sûr pas dans l'esprit de Vichy, les motifs se voulaient plus nobles, puisque la maçonnerie n'avait rien à cacher. Non, simplement parce que ses membres ne jouaient pas la transparence, refusaient de se prêter à la comédie moderne, se mettre à nu devant les caméras et les médias… Et Jouhanneau, peut-être trop marqué par l'histoire de son père, trouvait ce débat indécent. Une véritable atteinte à la liberté individuelle.

Dix ans auparavant, en Angleterre, un député travailliste avait lancé une commission d'enquête parlementaire sur l'influence de la franc-maçonnerie dans l'administration anglaise. Il en avait conclu que tous les juges et policiers devaient se faire ficher et révéler leur appartenance. Là encore, les motifs s'appuyaient sur la constatation réelle de dérives et de conflits d'intérêts qui, dans certaines affaires criminelles, avaient gêné le bon déroulement des enquêtes. Et très vite, le débat s'était enflammé et les effectifs de maçons avaient fondu, de 700 000 frères dans les années 80 ils étaient passés à 260 000. Une vraie hémorragie. Une vraie peur. Au nom de la démagogie.

Mais d'un autre côté, il comprenait l'inquiétude des profanes, à force de voir surgir au grand jour des affaires douteuses portées par de mauvais frères. Rien de nouveau sous le soleil de l'Orient. Avant-guerre, le scandale de l'homme d'affaires Stavisky avait provoqué une vague d'indignation contre la maçonnerie dont certains membres avaient trempé dans cette sale histoire.

Jouhanneau descendit pensivement les escaliers de la station de métro et se concentra mentalement sur la menace qui s'étendait.

Y avait-il un moyen de ne pas subir passivement l'offensive du groupe Thulé ? Que faire contre des gens qui, comme le diable, prétendent ne pas exister ?

Il ne croyait pas une seule seconde à l'enquête initiée par ce Darsan du ministère de l'Intérieur, qui s'était presque payé sa tête. Certes, il aurait pu appeler quelques frères au ministère pour faire pression, mais la tactique aurait été trop grossière et surtout trop visible. Il fallait encore attendre et peut-être utiliser ce Marcas dont il ne savait pas grand-chose si ce n'est que ses travaux sur l'histoire de l'Ordre jouissaient d'une réputation de plus en plus flatteuse. Peut-être un futur membre pour Orion ?

D'ici là, Jouhanneau devait s'en faire un allié par tous les moyens pour court-circuiter Darsan quitte à utiliser la fibre fraternelle, ce qu'il répugnait à faire d'ordinaire. Mais l'enjeu, cette fois, était vital.

27

Paris

Assise à son bureau, l'Afghane faisait durer le plaisir. Devant elle, Marcas se taisait. Il faut dire que l'endroit avait de quoi le troubler. Le juge Darsan possédait le sens de l'ironie, à moins que ce ne soit du cynisme.

En sortant de l'ascenseur, Antoine avait bien remarqué l'halètement poussif de l'appareil, les murs dont la peinture s'écaillait par plaques entières. Sans compter au palier, le tapis de sol qui partait en lambeaux. L'immeuble semblait dater d'un autre siècle. Partout une odeur de moisi qui s'accentuait à mesure que l'on se dirigeait vers les étages supérieurs.

Sitôt rentré dans la petite pièce qui jouxtait le bureau, Marcas avait compris. De tous côtés, un bric-à-brac insane. Des photos d'identité, des crânes désarticulés, des instruments de mesure et sur le mur, placardée, une affiche, une caricature d'un diable aux doigts crochus étendant ses griffes sur le globe, avec ce mot unique qui se répétait sans cesse : *Juden*.

Dans un petit fauteuil défoncé, le pire l'attendait. Là,

gisaient des cordons de vénérables, des pierres taillées et brisées, des soleils et des lunes en carton-pâte qui finissaient de pourrir. Un décor de mauvaise opérette dans une dictature d'Europe centrale. Il avait fermé la porte comme s'il abattait le couvercle d'un cercueil humide et vérolé par la pourriture.

Jade déplia lentement ses longues jambes comme un chat qui joue avec son ombre.

— Impressionnant, n'est-ce pas ? Rien n'a bougé.
— Mais je croyais que tout...
— Que tout avait été détruit, mais non !
— C'est ignoble !
— Vous savez, les fonctionnaires du ministère de la Défense sont des gens consciencieux. Quand l'Occupation a pris fin, ils ont récupéré l'immeuble qui appartenait à la Gestapo. Cet endroit n'a aucune existence légale et sert de bureau très pratique pour monter des opérations spéciales qui elles aussi n'ont jamais existé. Quant à tout ce bric-à-brac, on ne sait jamais, ça pourrait resservir.

— Ce n'est pas possible !
— Mais si, ce sont les reliques de la fameuse *Exposition antimaçonnique* de 1941. J'ai vérifié.
— Mais comment a-t-on pu garder ces...
— Je me suis laissé dire que le général de Gaulle s'était fait tirer l'oreille pour autoriser à nouveau les sociétés maçonniques. Et puis, les communistes étaient puissants à l'époque et, encore aujourd'hui, ils ne vous aiment guère. En fait, l'immeuble possède quelques placards remplis de mauvais souvenirs. Un jour je vous montrerai celui du deuxième étage : il contient une bonne vieille gégène qui a servi en Algérie et une baignoire inventée par la Gestapo française de la rue Lauriston, très ingénieuse, munie d'une chaise bascu-

lante. Si ça se trouve, quelques-uns de vos potes frangins ont dû prendre un bain là-dedans.

Marcas eut soudain un air d'enfant perdu qui troubla Zewenski.

— Excusez-moi. Je n'aurais pas dû. J'ai été indécente. Je vous assure que, pas plus que vous, je ne supporte ces...

— Assez !

Mais Jade était lancée. La pression depuis la mort de Sophie devenait trop forte.

— Non, vous, écoutez-moi ! J'en ai assez de cette guerre stupide entre nous. J'ai une amie à venger...

— Et moi, une sœur, l'interrompit Marcas.

— Je sais. Je suis fatiguée. Je ne dors plus. Sophie, c'était...

— Les années d'innocence ?

Le visage de l'Afghane pâlit sous le maquillage.

— Ne me parlez jamais d'avant...

— Avant quoi ?

Jade se leva précipitamment.

— Nous nous sommes égarés. Vous voulez les documents ? Prenez-les. Et puis, par pitié, ne regardez pas mes jambes. Tous les hommes *me* font ça !

Antoine ne répondit pas et s'installa au bureau. Il ne savait pas pourquoi son cœur battait la chamade.

Sur la table au maroquin de cuir, Zewinski étalait des photocopies. Une cinquantaine de feuilles où se reconnaissaient pêle-mêle des signatures, des sceaux, des diagrammes... De banals papiers pour un profane mais un trésor pour lui. Pour d'autres aussi qui n'avaient pas hésité à assassiner Sophie pour mettre la main dessus. L'Afghane remarqua une lueur d'excitation qui brillait dans les yeux du policier et ajouta :

— Ce n'est pas tout. Sophie avait établi une note au

sujet de ces documents. Je... Je ne l'ai pas transmise à mes supérieurs. Tenez. Elle est pour vous.

Le commissaire devait avoir l'air ébahi, car son interlocutrice secouait nerveusement la main pour qu'il saisisse enfin les feuillets.

— C'est la dernière chose que Sophie ait écrite. Mais je vous laisse lire seul. Je vais fumer une cigarette dans le couloir.

Comme elle traversait la pièce, Antoine ne put s'empêcher de la contempler, désorienté par tant de complexité chez une femme. A la fois solide comme un roc, exerçant un métier rude, sans concession, et en même temps laissant affleurer une sensibilité sur des détails comme le regard des hommes sur ses jambes. Au dernier moment, il s'aperçut qu'il les fixait de nouveau.

— Excusez-moi, vraiment je ne voulais pas...

L'Afghane sourit comme gênée, elle aussi.

— Ne vous excusez pas. Après tout, il faut que je m'habitue à votre regard et puis vous êtes quand même plus avenant que les talibans que j'ai fréquentés à Kaboul.

Et elle sortit. Marcas se cala dans son siège en espérant oublier les fantômes cauchemardesques errant dans la pièce voisine et se concentra sur les papiers qu'il avait sous les yeux.

Sophie Dawes travaillait comme une bonne archiviste. Marcas en était désormais convaincu. Chaque document était identifié, numéroté et décrit avec précision : datation, signature, thématique...

Rien n'avait échappé à l'analyse systématique de la sœur Dawes. Elle s'était évertuée avec passion à mener toutes les recherches, suivre toutes les pistes, épuiser chaque hypothèse. Une passion personnelle ou celle de son directeur de thèse, Marc Jouhanneau, qui avait aussi la main sur les archivistes du Grand Orient ? Et surtout pourquoi l'avait-il envoyée à Jérusalem ?

De toute façon, on pouvait comprendre leur intérêt commun, précisément pour ces documents. En effet, ces témoignages d'archives n'avaient été inventoriés que par les Soviétiques, pas par les Allemands. Comme s'ils venaient d'une autre source que les nazis ou bien que ces derniers n'aient pas voulu les intégrer dans leur inventaire officiel... C'était sans doute cette anomalie qui avait intrigué l'archiviste et lancé ses recherches.

Au départ pourtant il ne s'agissait que de pièces banales. Les archives d'une loge de province, près de Châteauroux, pour les années 1801-1802. Des planches, des relevés d'architecture, des correspondances internes... Tous les documents étaient quasiment signés de la même main, Alphonse du Breuil, vénérable de la Très Respectable Loge *Les Amis retrouvés de la Parfaite Union*.

Sophie Dawes avait procédé à une étude comparative du nom de la loge sans rien découvrir de bien original. Dès le début de l'Empire, les loges ne cessaient de se créer ou de se recréer avec des noms attachés aux vertus de l'amitié fraternelle : une manière d'oublier les déchirements de la Révolution et de célébrer l'époque et le régime nouveaux.

Quant au vénérable, Alphonse du Breuil, il était l'archétype du maçon de son temps. Initié avant la Révolution, trésorier de sa loge. On le retrouve dès 1793 dans les armées de la République sur le Rhin. Puis il participe à la campagne d'Italie de 1796 où il est nommé lieutenant après une blessure à la jambe. En 1799, il prend part à l'expédition d'Egypte, détaché militaire auprès du corps de scientifiques que Bonaparte amène avec lui. Il réapparaît en France à la fin de 1800, demande son congé de l'armée avec le grade de capitaine et achète des biens nationaux dans la Brenne, près de la ville du Blanc. En 1801, il soutient le Consulat à vie en faveur de Bonaparte.

Et dès la proclamation de l'Empire, il allume les feux d'une nouvelle loge pour laquelle il demande une patente au Grand Orient de France, seule autorité maçonnique officielle depuis mai 1799.

Et c'est là que les choses se compliquent subitement. Sophie avait transcrit toute la correspondance échangée entre Alphonse du Breuil et les responsables du Grand Orient de France chargés de constituer et vérifier la régularité des loges, et le moins que l'on puisse dire c'est que l'échange avait rapidement tourné au dialogue de sourds.

Dès ses premiers courriers, du Breuil veut faire imposer ses propres rituels et créer son temple dans sa propre propriété à Plaincourault. Si cette dernière exigence paraît raisonnable, en revanche les plans architecturaux du temple prévu ont dû surprendre le Grand Orient. Joignant des épures, du Breuil voulait un temple en forme de vis, c'est du moins la première comparaison qui vint à l'esprit de Marcas. Un long rectangle couronné d'un Orient dont le demi-cercle dépassait largement sur les côtés. Ou alors une sorte de parapluie, pensa Antoine.

Dans une lettre suivante, après que le GO eut émis sans doute quelques réserves, du Breuil affirmait que ce modèle de temple lui avait été directement inspiré par les édifices religieux antiques qu'il avait découverts en Egypte. Dans la marge Sophie Dawes avait rajouté : *Incohérent*.

Dans les autres lettres, du Breuil ne fait plus d'allusion à son temple, si ce n'est une fois où il précise que le centre de la loge, à la place du pavé mosaïque, devra comprendre « *une fosse dans laquelle se verra un arbuste aux racines nues. Symbole essentiel, car c'est par la vie qui naît d'abord sous la terre que l'on peut atteindre les sept cieux* » ! Ensuite il n'est plus question que du rituel.

D'après le recensement de Dawes, il n'y a pourtant plus aucune trace du rituel complet imaginé par du Breuil. Un rituel qui avait cependant existé puisque plusieurs courriers, émanant du Grand Orient, y font allusion. En particulier quand un officiel de l'obédience s'étonne de l'importance que donnait du Breuil au breuvage d'amertume. Cette coupe amère que l'on fait boire au futur initié et dont la seule valeur est de prévenir le néophyte que le véritable chemin maçonnique est une voie difficile. Une simple étape symbolique au demeurant.

Pas pour du Breuil qui voyait dans le breuvage d'amertume, l'élément clé du mystère maçonnique comme le confirme le brouillon inachevé de l'une de ses planches :

« *... la coupe que nous offrons à l'impétrant est la porte qui ouvre sur la vraie vie. Elle est la voie. Aujourd'hui nos rituels sont dévoyés, nous mimons l'initiation, mais ne la vivons plus. Les voyages que nous faisons accomplir au néophyte ne sont que le pâle reflet des initiations véritables qui ouvrent les portes de corne et d'ivoire...* »

« *Les portes de corne et d'ivoire* » ! Si Antoine se souvenait bien, il s'agissait d'une citation d'Homère, reprise par Virgile : chacune de ces deux portes était censée ouvrir sur l'au-delà. Mais on ne savait laquelle ouvrait sur le Paradis ou l'Enfer. Marcas reposa les feuillets sur le maroquin. Il imaginait la tête des profanes soviétiques quand ils traduisaient ces documents. Un délire décadent bourgeois teinté de mysticisme réactionnaire. Quel intérêt à perdre son temps avec des simagrées religieuses ?

Le retour de Jade dans le bureau le fit sursauter.

— Alors ?

— Votre amie a fait du beau travail d'analyse. Mais, selon moi, en vain.

— Comment ça ?

Zewinski paraissait déçue.

Antoine jeta un regard désabusé sur la liasse de photocopies.

— Ce ne sont que des élucubrations ésotériques sans intérêt ! Un frère qui rêve de régénérer la maçonnerie, de lui insuffler un sang neuf et originel... Il y en a eu des tas comme lui... C'est notre côté messianique.

— Je ne comprends pas.

— Ce sont les papiers d'un officier de l'Empire. Un ancien de l'expédition d'Egypte avec Bonaparte. A son retour il tente d'installer une nouvelle loge et un nouveau rituel qu'il prétend inspiré de la vraie tradition égyptienne.

— Mais quel rapport avec la maçonnerie ?

— Aucun, sans doute. Mais au retour d'Egypte, ils ont été des dizaines à créer ainsi des rites égyptiens. *Les Sophisiens, le Rite oriental, les Amis du désert*... Et j'en passe. A cette époque une véritable vague d'égyptomanie a balayé les cénacles culturels en France et par là même la maçonnerie aussi.

— Mais tout ça a disparu ?

— Non, il existe toujours de nos jours une maçonnerie égyptienne, celle de *Memphis Misraïm* qui continue d'initier. Mais au début de l'Empire, c'était une mode. Rien de sérieux. Je crois vraiment que votre amie n'est pas morte à cause de ses papiers. Ils sont sans valeur.

Jade hésita.

— Ce n'est pas ce qu'elle prétendait quand je l'ai

vue à Rome. Et puis pourquoi ce voyage à Jérusalem aux frais de votre obédience ?

— Je dois voir Jouhanneau, son directeur de thèse, très bientôt. Je le lui demanderai. Etes-vous sûre de ne rien avoir oublié quand vous avez rapporté ces papiers ? Et que Sophie n'a pas ajouté quelque chose de spécial quand elle vous en a parlé ?

L'Afghane feuilletait les papiers épars, le regard perdu.

— Non, tout est là. Je croyais vraiment que vous alliez nous trouver une idée de génie, genre une formule secrète uniquement décryptable par les maçons et que je n'aurais pas comprise. Et ce vieil illuminé, il n'a rien de particulier ? Du Breuil. Un joli nom bien de chez nous, ce n'est pas comme Zewinski. C'est de la noblesse ?

— Non, un simple bourgeois enrichi par la Révolution. Il avait acheté une terre à…

Marcas fouilla à son tour dans les photocopies. Ses mains frôlèrent celles de Zewinski.

— … à Plaincourault, près de Châteauroux.

Jade retira brusquement ses mains.

— Vous plaisantez ?

— Mais, quoi ?

— Ce nom !

Le souffle de l'Afghane devenait haletant.

— Quand j'ai mis ces papiers dans mon coffre à codage électronique de l'ambassade, Sophie m'a demandé si le code d'ouverture pouvait se changer juste le temps d'une nuit. Je me suis moquée de sa parano, mais elle avait l'air tellement angoissée à l'idée qu'un autre que nous puisse y avoir accès que je l'ai autorisée à le faire. Elle a choisi un mot…

— Ne me dites pas que…

— Oui, c'était bien le nom de ce village. Je lui ai

alors répondu que le code d'accès au coffre devait avoir quinze lettres. Ça a fasciné Sophie !

Marcas fronça les sourcils, quelque chose ne collait pas. Il reprit le papier écrit par le maçon du Breuil et compta chaque lettre une à une. Il secoua la tête d'un air ennuyé.

— Il doit y avoir une erreur, *Plaincourault* ne fait que treize lettres !

Zewinski le scruta avec un air grave, prit un stylo et rédigea sur un bout de papier le nom du village.

— Quand Sophie a composé son code, voilà comment elle a écrit le nom : P l a i n *T* c o u r *R* a u l t. En y ajoutant deux lettres, T et R. Elle disait que c'était l'orthographe originelle.

— Mais quelle orthographe ?

Jade se mit à balbutier :

— Celle des chevaliers de l'Ordre du Temple. Les Templiers.

Antoine émit un petit rire.

— Coucou, les revoilà, ça faisait longtemps !

Puis il devint songeur. Jade le regardait avec intérêt.

— Ça ne va pas ?

— Quelque chose me dérange dans ce manuscrit.

— Quoi ?

— Regardez ce passage : *Seul le rituel de l'ombre mènera l'initié à la lumière.*

Les yeux du commissaire erraient dans le vague.

— Je n'aime pas cette expression : *rituel de l'ombre*. Ça évoque quelque chose de malsain.

28

*Paris,
avenue Montaigne*

Le hall de l'hôtel bruissait de murmures assourdis, une meute de photographes attendait depuis plus d'une heure l'arrivée de Monica Bellucci pour la présentation de son nouveau long métrage. Exceptionnellement, l'entrée du Plaza Athénée était filtrée par trois agents de la sécurité qui avaient bien du mal à contenir la foule de fans avertis de l'arrivée de la star depuis la veille. Béchir grogna quand il aperçut la horde qui bouchait le passage et tenta de se frayer un chemin avec peine.

Arrivé devant l'un des agents, il expliqua qu'il avait un rendez-vous professionnel au bar, son apparence n'étant pas celle d'un fan, on le laissa passer.

Au Plaza Athénée, demandez à JB Tuzet les clés de sa Daimler. Le message électronique de Sol était pour le moins énigmatique. Béchir se faufila entre les photographes pour se diriger vers la réception et demander le nom de son contact, mais juste avant d'atteindre le comptoir il l'identifia instantanément. Un panneau à l'entrée du bar annonçait le récital de JB Tuzet, un crooner français qui reprenait avec Manuela, *une chanteuse invitée en guest star*, des standards de Sinatra, Dean Martin et d'autres lovers de l'époque. Un crooner comme contact, pourquoi pas...

Le tour de chant commençait une demi-heure plus tard. Il demanda à une hôtesse où se trouvait le chanteur. La fille, une blonde gracieuse, sourit en lui désignant un homme aux cheveux bruns accoudé au bar en compagnie d'une superbe métisse aux cheveux plaqués en arrière. Béchir remercia et fila droit vers le chanteur de charme, pressé de remettre cette pierre maudite et ensuite disparaître de la circulation. Il gardait en mémoire le visage ravagé du type dans le train au moment de son effondrement, il ne voulait pas finir comme ça.

Les deux chanteurs s'essayaient en duo devant le bar. La fille tenait à la main une coupe de champagne comme un micro et prenait une voix modulée.

> *Gone my lover's dream*
> *Lovely summer's dream*
> *Gone and left me here*
> *To weep my tears into the stream...*

Le crooner la regardait avec des yeux brillants. Il enchaîna *a capella* devant la femme en robe de satin noir, le regard perdu dans le lointain, *Willow weep for me*, un standard chanté dans les années 50.

> *Sad as I can be*
> *Hear me willow and weep for me...*

JB Tuzet lâchait ses vocalises sans se forcer, un verre de bourbon à la main gauche, la main de la fille dans l'autre. Il se la jouait juste ce qu'il fallait, avec un second degré étudié. Béchir n'allait pas attendre la fin de la chanson.

— Navré d'interrompre votre roucoulade, monsieur Tuzet, on doit se parler...

Le chanteur se retourna l'air lassé avec une moue dédaigneuse et le détailla des pieds à la tête.

— Mon gars, je n'ai pas encore viré ma cutie, rappelle-moi dans cent ans.

Il tourna la tête vers la fille.

— Désolé, Manuela, les gens sont si impolis de nos jours, je...

Béchir le coupa, la voix plus menaçante :

— Les clés de ta Daimler, Tuzet.

L'expression du crooner changea instantanément, passant du mépris au sourire éclatant.

— Il fallait le dire plus tôt. Ne t'énerve pas. Manuela, excuse-moi deux secondes, mon chou, je reviens.

Le crooner l'entraîna toujours en souriant à la sortie du bar puis vers une porte d'ascenseur à côté de la réception. Il laissa passer un couple d'Allemands qui attendaient leur tour puis se figea en lui serrant le bras. Le sourire s'était envolé.

— Bon sang ! Vous deviez arriver hier, j'ai poireauté toute la soirée après mon tour de chant.

Béchir dégagea son bras et répondit sèchement :

— Je n'ai pas à vous fournir d'explications. Voici le colis, ma partie du boulot est terminée.

Le Palestinien allait retirer son paquet quand le chanteur le stoppa vivement.

— Non, pas ici. Prenez les clés de ma Daimler, elle est garée au parking de l'hôtel, juste à côté du monte-charge. Mettez le paquet dans le coffre et déposez les clés à la réception à votre départ. On s'occupera du reste.

Un signal d'alarme résonna dans la tête de Béchir.

Cet arrangement ne lui plaisait guère, il n'aimait pas les parkings même dans les grands palaces. Ou alors il les repérait bien à l'avance. Il avait déjà buté deux types dans un parking, un endroit idéal pour éliminer quelqu'un en toute discrétion. De toute façon même s'il devenait parano, il ne pouvait se permettre une nouvelle erreur d'inattention comme dans le train. Depuis son arrivée à Paris, il vivait dans la hantise d'un faux pas mortel.

— Navré, JB, mais je ne descends pas dans ton garage. Voilà le paquet et ferme-la. Tu passes dans un quart d'heure, ne fais pas attendre ton public.

— Mais, je ne peux pas... Les ordres sont formels.

— Je m'en fous de tes ordres, j'ai fait mon job.

Et sans attendre de réponse, Béchir lui mit dans la main le sac en plastique contenant la pierre de Thebbah, comme s'il se débarrassait d'un sac d'ordures. Il tourna les talons et laissa le crooner, le regard noir, en plan, le bras ballant avec son sac. Béchir n'avait plus qu'une idée : quitter l'hôtel et disparaître.

A coup sûr le chanteur n'était pas le seul employé de Sol. Si trois tueurs pouvaient être réquisitionnés à Amsterdam, il devait y en avoir d'autres à Paris, voire même dans l'hôtel. Il ne se faisait aucune illusion, le fait d'avoir été suivi par un inconnu représentait un facteur de risque inacceptable pour Sol. De toute manière Béchir agirait de la même façon à sa place.

Il jeta un œil vers l'ascenseur, un homme à la carrure de déménageur s'était approché de Tuzet et le regardait fixement d'un air hostile. Il portait la même bague que le faux Juif du train.

Béchir pressa le pas, il fallait sortir de ce guêpier, et vite ! Une seule pression de cette bague et il se retrouverait en train d'agoniser dans ce palace sans que personne sache jamais ce qui lui était arrivé. Il suffisait simplement de l'empoigner quelques secondes et le tour était joué. Mourir la bave aux lèvres au Plaza Athénée, quelle belle fin…

Il se tourna vers l'entrée. Un nouvel homme, en complet gris, posté à côté de l'entrée, marchait maintenant vers lui en échangeant des regards avec les deux autres.

Béchir était pris au piège.

Soudain, un mouvement de foule se fit entendre devant l'hôtel, des hurlements hystériques fusaient à l'entrée. Les photographes qui avaient gardé leur calme jusqu'à présent se ruaient sur la porte avec une rapidité ahurissante, bousculant tout sur leur passage.

Monica, Monica, Monica.

Du délire. La flamboyante Italienne fit son apparition, suivie de deux gardes du corps et de trois assistantes, le portable rivé à l'oreille. L'acolyte en costume gris fut pris au dépourvu, et se retrouva poussé par l'un des gardes du corps de la star, Béchir en profita pour foncer vers l'entrée, renversa une fille de la cour de l'actrice et jaillit à l'extérieur. Il n'avait que peu de temps et remercia mentalement la superbe poupée italienne.

Les agents de la sécurité l'avaient laissé passer mais il se retrouvait face à une meute de fans hurlants, brandissant en masse des appareils photo. Une muraille humaine. Il se retourna, les deux molosses, encore à l'intérieur de l'hôtel, tentaient de le rejoindre, il n'avait qu'une minute d'avance. Pas plus.

Il prit une profonde inspiration et fonça sur la foule comme un taureau chargeant dans une arène. Il donna un coup de poing au ventre d'un garçon qui vociférait au premier rang et qui s'effondra comme une loque. Béchir appliqua brutalement des coups de coude à droite et à gauche, marchant sur les pieds des fans dont les cris de douleur se noyaient sous les acclamations hystériques. En moins de vingt secondes, il avait traversé le troupeau. Mais la partie n'était pas terminée, les autres suivraient exactement le même trajet.

Il traversa l'avenue Montaigne en courant et se plaqua dans l'encadrement d'une porte cochère isolée entre deux lampadaires et qui possédait un renfoncement juste assez grand pour le dissimuler à ses poursuivants. Ceux-ci venaient de s'extraire de la foule et regardaient dans tous les sens pour tenter d'identifier Béchir. Celui qui portait un costume gris scruta dans sa direction mais ne le vit pas.

Béchir souffla. Dix secondes de plus et ils l'auraient repéré. Il allait maintenant patienter avant de disparaître discrètement.

Soudain, une lumière éclatante inonda le porche. Son cœur bondit, il était complètement à découvert. Une voix retentit dans l'interphone situé à dix centimètres de sa tête.

— Monsieur, êtes-vous un résident ou un visiteur ?

Béchir comprit ce qui venait de se produire en découvrant la petite caméra située au-dessus de la porte de l'immeuble. Un signal infrarouge avait décelé sa présence et prévenu le gardien de la résidence. Un système de plus en plus répandu dans les immeubles luxueux, pour éviter les agressions-surprises.

La voix se fit plus grave.

— Si vous n'avez aucun motif valable pour stationner devant la résidence, vous devez vous en aller, sinon nous préviendrons la police.

— Je ne fais rien de mal, j'attends des amis qui doivent me rejoindre.

— Vous les attendrez sur le trottoir, ceci est une propriété privée. Dernier avertissement.

Avant qu'il ne puisse répondre il vit de l'autre côté

de l'avenue l'un de ses poursuivants pointer un doigt dans sa direction. Trop tard.

Il courut le long des boutiques de mode en direction des Champs-Elysées, là où la foule était plus dense. L'autre sens, vers le pont de l'Alma, était moins fréquenté à cette heure et il aurait perdu un temps précieux à traverser le flot des voitures.

Il manquait de souffle. A ce rythme, ses jambes se fatigueraient vite et les hommes de Sol le rattraperaient. Sa gorge se serra, la salive se fit plus âcre, les veines de son cou battant furieusement comme si leur diamètre ne suffisait plus à charrier le sang sous pression. Ses années d'entraînement s'étaient évanouies, son corps ne supportait plus cet effort trop violent.

Les noms prestigieux défilaient sous ses yeux : Cerruti, Chanel, Prada, il faillit bousculer un groupe de jeunes filles, qui ressemblaient à des apprentis mannequins. Il lui restait à parcourir trois cents mètres avant d'atteindre le bout des Champs-Elysées au niveau du rond-point Marcel-Dassault.

Ses deux poursuivants, mieux entraînés, avaient traversé la rue et ne se trouvaient qu'à une cinquantaine de mètres de Béchir, ils gagnaient insensiblement du terrain.

Le Palestinien décida de changer de côté de trottoir et traversa en sens inverse l'avenue Montaigne devant un feu juste au moment où il passait au vert. Il gagnait un peu d'avance, car les deux hommes ne purent traverser tout de suite et durent attendre une quinzaine de secondes pour passer à leur tour.

Béchir parvint juste devant l'entrée du restaurant l'Avenue où se pressaient top models, actrices et habitués des plateaux télévisés. Il bifurqua à l'angle du restaurant et prit en remontant la rue François-Ier pour se ruer sur sa droite dans la rue Marignan qui débouchait à nouveau sur les Champs-Elysées. Son seul espoir était d'attraper un taxi, mais il abandonna vite cette idée. Le trafic était totalement paralysé.

Les hommes recommençaient à gagner de la distance, réduisant l'écart d'une vingtaine de mètres. Au bout d'une minute qui lui parut une éternité, il atteignit enfin la grande artère centrale.

Des nuées de touristes piétinaient le trottoir, mais aussi beaucoup de familles de Moyen-Orientaux aisés, originaires des pays du Golfe, qui avaient acheté des centaines d'appartements voire des immeubles entiers dans le secteur. Béchir bouscula trois hommes d'affaires qui reluquaient une fille en petite tenue en affiche pour le Ponk, une des boîtes de strip-tease du quartier. Sans s'arrêter, Béchir aperçut fugitivement la pub et comprit qu'Allah lui avait envoyé un signe pour le sauver et semer ses poursuivants qui étaient maintenant à proximité.

Béchir connaissait bien le Ponk et sa disposition intérieure. Au moment de son ouverture en 1999 il avait passé plusieurs semaines à Paris et fréquentait une Russe, Irina, qui arrondissait ses fins de mois en pratiquant l'effeuillage sensuel dans cette boîte.

Du strip haut de gamme pour clientèle chic, rien à voir avec ce qui se passait du côté de Pigalle. Il venait la voir de temps à autre pendant ses passages et ils adoraient s'envoyer en l'air dans les salons privés de la boîte. Une pratique interdite par la direction. Béchir se souvint que l'un des petits salons possédait une issue de secours incendie.

L'idéal, du moins en théorie, pour semer les tueurs de Sol.

C'était la seule issue.

Monica Bellucci lui avait accordé un répit dans l'hôtel, une strip-teaseuse pouvait lui offrir la délivrance.

Sur les Champs, au niveau du feu, les moteurs des voitures grondaient, leurs conducteurs avaient vu le petit bonhomme de signalisation pour piétons passer du vert au rouge, la chaussée redevenait une terre hostile à tout ce qui ne roulait pas.

La file de véhicules qui descendaient de l'Etoile vers la Concorde s'ébranla. Béchir fonça vers le terre-plein central à mi-chemin du trottoir opposé. C'était la même manœuvre que précédemment mais elle présentait un risque accru. Les Champs étant trois fois plus larges que l'avenue Montaigne, cela représentait trois files de voitures dans chaque sens et trois fois plus de risque de se faire écraser, d'autant que les automobilistes parisiens ne faisaient pas de cadeau aux piétons et encore moins sur la plus grande avenue de la capitale.

Une moto pila à trente centimètres de lui, un bus qui avait démarré freina net et un concert de klaxons se déclencha pour maudire Béchir qui arriva sain et sauf à mi-chemin, protégé par une étroite bande réservée aux piétons coincés entre les deux files de voitures.

Un endroit très prisé par les touristes qui se postaient là pour se faire photographier dans l'axe de l'Arc de triomphe. Béchir reprit son souffle longuement en se tenant les côtes. Il vit ses deux poursuivants sur le trottoir qu'il avait quitté, presque exactement là où il se trouvait trente secondes plus tôt, protégé d'eux par le flot des voitures qui filaient à toute allure.

Le plus gros le dévisageait en souriant et lui fit un petit signe de la main comme s'il était un ami perdu de longue date. L'autre, l'air maussade, tentait de mettre un pied sur la chaussée mais reculait, dépité, devant la vitesse élevée des voitures.

Béchir leur tourna le dos et estima le temps à mettre pour passer sur l'autre rive et atteindre le Ponk, situé en bas de la rue de Ponthieu, au maximum à trois ou quatre minutes, pas plus. Mais il ne pouvait pas attendre que le feu passe au rouge, car les deux hommes feraient exactement de même. Béchir attendit le passage à l'orange, le moment où les automobilistes ralentissaient ou pour d'autres accéléraient pour passer le feu. Béchir pria pour ne pas avoir affaire à la seconde catégorie, auquel cas il se ferait percuter violemment et sa carrière s'arrêterait net.

Mais il n'avait plus le choix.

Face à lui, les enseignes lumineuses des magasins brillaient dans la nuit, les affiches de cinéma promettaient des aventures merveilleuses aux spectateurs impatients et lui se battait pour sa survie. Il s'était toujours persuadé que le destin le rattraperait en Palestine ou du moins dans un pays du Proche-Orient, jamais il n'aurait pensé jouer sa peau sur les Champs-Elysées.

Le vert disparut, l'orange apparut. C'était le moment.

Béchir se jeta au milieu des voitures qui tentaient de grappiller quelques mètres. Son genou cogna la portière d'un cabriolet gris métallisé, une douleur fulgurante irradia dans son corps, mais il continua de courir.

Un scooter fit une embardée pour l'éviter et dérapa en se fracassant contre une camionnette de livraison garée en double file. Les klaxons retentirent de plus belle, mais il était déjà sur le trottoir. Derrière lui, les deux hommes avaient repris leur course folle, mais avec un temps de retard.

Béchir slaloma entre les passants et prit la rue du Colisée à toute allure. Il courait sur la chaussée, mais le trottoir était trop petit et la foule trop dense. Au bout de deux cents mètres, il tourna à l'intersection de la rue de Ponthieu, suivi à une cinquantaine de mètres par les hommes de Sol qui regagnaient du terrain.

Son pouls s'accélérait, les muscles de ses jambes brûlaient comme si son sang vomissait de l'acide dans ses veines. Plus qu'une dizaine de mètres avant l'entrée de la boîte. Il stoppa net sa course.

Il ne pouvait pas se présenter devant les videurs comme s'il franchissait la ligne d'arrivée d'un marathon, il n'aurait eu aucune chance d'entrer d'autant que le filtrage était sélectif. Certes, les clients des boîtes de strip manifestaient une certaine impatience à pénétrer dans les lieux, mais aucun n'arrivait en courant.

Il épongea sa sueur avec un vieux mouchoir en papier qui traînait dans sa poche et se présenta devant l'entrée d'un pas assuré. Ses poursuivants venaient à leur tour de déboucher rue de Ponthieu et l'ayant repéré devant la boîte, ils ralentirent à leur tour. Un Noir au crâne rasé, en costume croisé et cravate lui sourit et le laissa passer en lui souhaitant une bonne soirée.

Béchir remercia à nouveau Allah d'avoir eu la présence d'esprit de prendre son costume Cerruti pour son rendez-vous au Plaza. Habillé comme à Amsterdam, il se serait fait refouler, à n'en pas douter.

Son cœur battait à tout rompre, encore calé sur sa course, et il avait du mal à reprendre un rythme de respiration normal. Ses poumons tentaient de se mettre au diapason du changement et son cerveau semblait sur le point d'exploser sous l'effet de la pression du sang.

Il descendit la volée de marches qui débouchait sur un long couloir étroit drapé de tentures rouges. Une rangée de petits spots blancs incrustés dans le sol guidait le client vers la salle centrale de la boîte. Il pressa légèrement le pas pour ne pas se faire rattraper et demander un salon particulier en priant pour que celui qu'il demanderait soit libre. A vingt heures il avait toutes ses chances, il était encore tôt et la salle ne serait pas encore remplie.

Il déchanta quand il arriva dans la salle. L'endroit était plein à craquer d'hommes en costume-cravate accompagnés de quelques femmes en tailleur assis devant les tables qui entouraient le podium en verre transparent fiché de deux barres de métal qui montaient jusqu'au plafond. Bourré à craquer un jeudi en semaine... Il comprit en tombant sur une pile de flyers posés sur une table à l'entrée. *Tous les jeudis, soirée After Work, quinze euros l'entrée.* D'habitude, le tarif d'admission s'élevait à dix euros de plus.

Il s'avança vers le bar. Un morceau de musique samplé par le DJ Dav, qui se trouvait être aussi l'un des patrons du lieu, sortait d'une multitude de haut-parleurs cachés dans les murs.

Deux blondes en robe de soirée mauve et noire descendaient de l'escalier qui arrivait vers le podium en se déhanchant subtilement au tempo de la musique. D'autres professionnelles de tous les modèles, black, brune, rousse s'effeuillaient avec une certaine grâce devant les tables des clients.

Béchir se souvint qu'Irina lui avait dit qu'au début, pour les Français qui n'avaient pas l'habitude du *Table Dance*, une spécialité importée de Miami, le fait de se trouver à quelques centimètres de paires de seins et de fesses sans avoir le droit de les toucher provoquait une frustration quasi insoutenable.

Béchir repéra trois costauds en costume sombre debout le long des murs, tous munis d'une oreillette discrète, prêts à intervenir au moindre client qui se serait autorisé des familiarités avec le personnel féminin. C'était l'un d'entre eux qui les avaient surpris, lui et Irina, pendant qu'il la caressait dans un salon.

Les consignes étaient d'autant plus strictes que des flics avaient joué les clients un peu entreprenants pour vérifier que la boîte ne masquait pas une officine de prostitution de haut vol. Certaines copines d'Irina faisaient des extras en dehors du service avec des habitués qui les avaient repérées, mais dans l'ensemble la plupart respectaient les règles, elles étaient payées en fonction du nombre de strip-teases réalisés sur table ou dans les salons.

Sur quarante euros pour un show privé de cinq minutes, elles en touchaient la moitié. Les plus demandées se faisaient entre deux cents et trois cents euros dans la nuit. Certes beaucoup moins qu'une activité d'escort girl – le triple environ – mais rapporté au mois, c'était un salaire plus qu'honorable de cadre de grande société.

Les strip-teaseuses n'étaient pas payées en euros mais en billets imprimés par la maison que les clients achetaient à une hôtesse.

Une grande brune sophistiquée en fourreau noir s'approcha de lui avec un large sourire. Une Italienne probablement avec un vague air d'une actrice dont il ne se souvenait plus le nom.

— Bonjour, je suis Alexandra, vous voulez une table ou seulement rester au bar ?

Raté, Béchir croyait que c'était l'une des strip-teaseuses, la fille, qui aurait pu faire partie de la troupe, n'était en fait que l'hôtesse d'accueil. Une erreur compréhensible, si elles n'étaient pas à tour de rôle sur le podium, les effeuilleuses tournaient entre les tables pour proposer leurs services, le plus souvent en robe glamour.

— Je voudrais un salon privé. Plus précisément celui à droite du comptoir.

— Navrée, mais il est déjà pris et je crois que deux autres clients sont en attente.

Béchir aperçut soudain les deux hommes de main qui venaient de déboucher dans la grande salle. Ils ne l'avaient pas encore repéré, mais ce n'était qu'une question de secondes. Il sortit de sa poche un billet de cent euros qu'il glissa dans la main de l'hôtesse et pointa une jeune femme du doigt.

— Dégotez-moi ce salon et la brune là-bas qui ressemble à Angelina Jolie. Au fait, les deux types baraqués qui viennent d'entrer ont été envoyés là par l'un de vos concurrents. Si j'étais vous, je préviendrais la direction.

La grande brune le regarda, surprise, mais empocha le billet.

— Attendez que le salon se libère, je ne peux pas interrompre le strip en cours mais vous passerez avant les autres clients. Prenez vos tickets, je reviens tout de suite.

Tout se jouait maintenant, songea Béchir. Les gars l'avaient repéré et ils s'avançaient lentement vers lui, l'un des deux tripotait sa chevalière. Plus de doute, Sol avait signé son arrêt de mort, il suffisait d'une bousculade et c'en était fini de lui. Il se plaqua instinctivement contre le mur. Les types marchaient droit devant eux, foulant la moquette léopard rose, ils ne se trouvaient plus qu'à cinq mètres. Juste le temps de contourner une table de clients hilares, et ils seraient sur lui. Le plus gros arborait une petite balafre sous l'œil et transpirait à grosses gouttes, l'autre le suivait en trottinant.

Béchir vit la bague en argent retournée autour du doigt boudiné du gros dont les petits yeux bleus semblaient rivés sur lui.

Il jeta un œil désespéré au salon masqué par un rideau de perles de verre, toujours occupé. Sa respiration s'accéléra à nouveau, il était dos au mur.

Les types étaient à deux mètres, la partie se terminait. Son mécanisme de secours s'effondrait. Mourir dans une boîte de strip-tease, Béchir y voyait là une ironie surprenante. Les oulémas affirmaient que le paradis rempli de vierges était réservé aux seuls vrais combattants de la foi. Il allait trépasser au milieu de femmes magnifiques, à moitié habillées, et se réveiller après sa mort au royaume des houris qui satisferaient tous ses désirs… si Mahomet n'avait pas menti.

Au moment où le gros allait arriver face à lui, une armoire à glace s'interposa entre eux. Béchir ne voyait même plus la salle, le dos du gorille remplissait tout son champ de vision, à peine apercevait-il la nuque rasée de près à dix centimètres au-dessus de ses yeux.

L'hôtesse avait bien alerté la direction et trois agents de la sécurité entouraient les hommes de Sol pour les prier, poliment mais fermement, de quitter la boîte.

Voyant qu'un affrontement serait sans issue, les deux tueurs battirent en retraite. Le gros sourit et fit un signe à Béchir en désignant sa montre et en pointant le doigt vers l'entrée. Le message était clair, ils l'attendaient devant la sortie.

L'hôtesse revint vers Béchir.

— Tout est réglé, votre salon est prêt et Marjorie vous attend. Vous avez vos tickets ? Merci de nous avoir avertis, les intrus ont été expulsés et la maison vous offre une coupe de champagne.

— Merci. Juste une dernière question : vous êtes italienne ?

Le fille sourit.

— Non, je viens de Tel-Aviv. Bonne soirée.

Le Palestinien éclata de rire, il venait d'être sauvé par une Juive, décidément le destin se révélait facétieux.

— Vous venez d'un très beau pays, shalom.

Béchir acheta ses billets et rentra dans le petit salon qui lui rappelait d'excellents souvenirs avec Irina, il repéra tout de suite le petit signal lumineux au-dessus de la porte de secours. Le clone d'Angelina l'attendait sagement, prête à commencer son show. Il lui donna ses billets. Elle commença à retirer l'une des bretelles de sa robe lamée. Il prit le temps de contempler le sein lourd et généreux qui apparaissait, puis fit un pas de côté.

— Ma belle, continue ton déshabillage et ne t'occupe pas de moi. Je ne fais que passer. Ce n'est pas l'envie qui me manque, mais j'ai une urgence.

Sous les yeux médusés de la fille, il poussa la lourde porte qui se referma automatiquement derrière lui et se retrouva dans un couloir sombre encombré de caisses de bouteilles. Au fur et à mesure qu'il progressait, la musique s'estompait. Il ne savait pas où débouchait le couloir, mais il atteindrait forcément une issue à l'air libre. Compte tenu de l'orientation, le boyau devait mener vers la galerie située sur les Champs-Elysées, puisque la rue de Ponthieu lui était parallèle. Il poussa une nouvelle porte et s'arrêta, ébloui par la lumière.

Ses prévisions se révélaient exactes, il se trouvait dans une travée de la galerie qui donnait sur les Champs. Il savoura ce moment de liberté. Encore une fois, il avait échappé à la mort, les houris attendraient un autre rendez-vous. Quant aux deux crétins, ils poireauteraient jusqu'à la fermeture ou au pis enverraient un complice pour rentrer dans la boîte, mais d'ici là il serait très loin.

Il s'interrogea sur l'opportunité de prendre un taxi pour la gare du Nord afin de récupérer discrètement ses bagages, mais l'option restait dangereuse. On pouvait très bien l'avoir vu passer à la consigne juste après son arrivée. Il pouvait aussi prendre une chambre d'hôtel pour y passer la nuit à Paris, mais il ne se sentait plus en sécurité.

Il opta pour une autre solution. Tant pis pour sa mallette, il la récupérerait ultérieurement. Il avait juste le temps de filer dans une des autres gares parisiennes et de prendre un train de nuit vers n'importe quelle grande ville de province.

Allah était grand et généreux avec ses serviteurs.

Béchir traversa la galerie déserte le cœur plus léger, les rideaux des boutiques étaient baissés. Les Champs n'étaient qu'à une cinquantaine de mètres. Il traversa d'un pas alerte le couloir du centre commercial.

Au moment où il jetait un œil à un costume Hugo Boss exposé en vitrine, sa tête explosa de douleur.

Béchir s'affaissa sur le sol, il distingua un visage flou penché sur lui. Une voix d'homme retentit.

— Tu croyais vraiment nous échapper ?

Il sombra dans le noir. Etait-ce l'effet du choc ? Dans son délire il vit au-dessus de lui la pierre sombre de Thebbah. Au-dessus de lui, comme si elle s'apprêtait à l'écraser.

29

Grand Orient de France,
Rue Cadet

Dans le temple où le Maître des cérémonies soufflait les bougies, Marcas pliait soigneusement son cordon de Secrétaire. Sur le parvis, de petits groupes discutaient à voix basse. Plus bas, dans la salle des agapes, des bruits de verres se mêlaient aux volutes bleutées des premières cigarettes.

— Dis-moi, Antoine, c'est bien toi qui es chargé de l'enquête sur cette jeune sœur morte à Rome ?

Marcas jeta un regard stupéfait sur son voisin qui rangeait son maillet de vénérable dans une petite valise en cuir sombre. C'était bien la première fois que son vénérable l'interpellait sur son travail de policier. Surtout une enquête réputée informelle.

— On ne peut rien te cacher !
— Tu es seul sur cette affaire ?

Antoine dissimula une grimace. Décidément les profanes avaient bien raison de penser que les francs-maçons étaient informés de tout avant tout le monde.

— On m'a donné un compagnon de boulet. Enfin une compagnonne. Tu es au courant ?

Le vénérable sourit. Il dirigeait la fraternelle de la judiciaire depuis dix ans.

— J'ai entendu parler d'une virago qui te portait un amour infini, mais je ne sais rien de plus sur elle. En revanche, je peux te dire qui est le juge Darsan, délégué par le ministère de l'Intérieur, qui va suivre l'affaire. Pas précisément un de nos amis.

— C'est-à-dire ?

— Il a la réputation d'un réactionnaire. Mais, à la vérité, je le croirais plutôt anarchiste.

Le rire du commissaire rebondit dans la salle.

— Réactionnaire et anarchiste ? Tu plaisantes !

— Je n'en sais rien, mais écoute, Antoine, ce n'est pas pour ça que je te parle de cette affaire. Tout à l'heure, en salle humide, je vais te présenter à un de nos frères. Il est venu exprès pour te voir. Et comme il est bien placé...

— Si c'est un *canari*..., commença Marcas.

— Pire que ça, c'est l'archiviste officiel de notre obédience, Marc Jouhanneau.

— Tu te moques de moi ? Je dois le voir officiellement demain ! Qu'est-ce qu'il fout ici ?

— Sans doute préfère-t-il l'ambiance discrète des loges. De toute façon, il te parlera *sous le maillet*. Tu sais ce que cela signifie. Alors tu prépares ton sourire le plus fraternel, tu l'écoutes avec attention et, demain, je passe chez toi.

Tout en descendant l'escalier vers la salle humide, Marcas se préparait à rencontrer le Grand Archiviste. Cette fonction n'existait pas à proprement parler au Grand Orient, mais depuis quelques années, de plus en plus de frères avaient marqué un regain d'intérêt pour tout ce qui touchait à la mémoire de l'ordre.

Les recherches se multipliaient, de nombreuses loges de province déléguaient un des leurs pour retrouver l'histoire de leur atelier. Le Grand Archiviste était devenu un frère indispensable et un homme injoignable. Un homme qui l'attendait.

Après les présentations d'usage et l'accolade rituelle, Marcas s'assit auprès du Grand Archiviste. Un homme souriant, fluet, à l'âge indéterminé. Il portait un smoking et un nœud papillon noir.

— Comment as-tu trouvé la planche de ce soir, mon frère, le sujet n'est pas vraiment de ceux que tu affectionnes, non ? débuta Antoine.

Le sourire de l'archiviste se fit plus mince.

— C'est vrai, je m'occupe rarement de politique. Encore moins de changement politique. Mais la situation est telle – la montée des extrêmes, la corruption politique, la misère sociale – que…

— Qu'il faut agir ? interrogea Marcas.

— De là à réclamer une VIe République comme l'a fait l'orateur qui a planché ce soir…, s'inquiéta l'archiviste.

— Que faire d'autre ? soupira Marcas. Les gens ne votent plus, l'intolérance gangrène la société, l'argent règne partout !

— Sans doute, mais ce n'est pas pour cela que je suis venu te voir, *mon frère*.

A l'accentuation de ces derniers mots, Marcas se tut aussitôt.

— Je veux te parler de Sophie Dawes.

Marcas observa un silence prudent.

— Dis-moi (Jouhanneau baissa la voix), tu as lu le rapport d'autopsie ?

— J'ai même vu le cadavre.

— Tu sais ce que ça signifie ?

— Oui, qu'une ordure a peut-être tué une de nos sœurs de manière rituelle. Exactement comme dans la légende d'Hiram quand il a été frappé à mort par les trois mauvais compagnons.

— *L'un l'a frappé à l'épaule.*

— *L'autre à la nuque.*

— *Et le dernier sur le front.* Mais ce n'est pas tout. Tu sais que même s'il n'y a pas d'enquête officielle sur la mort de Sophie Dawes, c'est un juge, Darsan, qui suit le dossier.

— Je l'ai rencontré.

— Moi aussi. Ce juge est un vrai furet. Lui aussi a remarqué les blessures. Et il a trouvé un meurtre similaire. En Israël.

— Quand ?

— Il y a trois jours. Un archéologue, spécialiste d'épigraphie. Il travaillait sur des fragments de textes anciens retrouvés lors de fouilles. Et c'était aussi un frère. Un vrai frère.

— C'est peut-être une coïncidence ?

Le regard de Jouhanneau s'assombrit.

— Il a été tué la même nuit que Sophie Dawes. Et puis… C'est lui qu'elle devait rencontrer à Jérusalem.

La liste de frères morts selon le rituel d'Hiram s'allongeait.

— Ecoute-moi, mon frère, reprit Marcas avec gravité, si tu veux que je trouve l'assassin de notre sœur, il faut que tu me dises exactement ce qu'elle faisait comme travail chez nous.

— Elle classait les archives revenues de Moscou. Les Soviétiques avaient superposé leur propre système de tri à celui des nazis. Chaque dossier est donc détaillé en double. Comme notre sœur lisait aussi bien l'allemand que le russe, elle vérifiait si certains documents n'avaient pas disparu entre les deux archivages.

— Un travail de routine ?

— Oui, sauf qu'elle a découvert une différence entre les deux recensements. Certains documents semblaient avoir disparu avant même que les Soviétiques s'en emparent.

Le commissaire fronça les sourcils.

— Et alors ?

— Nous avons mis la main sur un lot d'archives, non répertoriées, volontairement ou non, par les Allemands. Des archives inédites. Et c'est pour ça qu'elle a été tuée.

Un murmure s'échappa de la bouche de Marcas :

— Tu es certain que notre sœur a trouvé cette seule différence entre deux recensements ? De simples pièces d'archives ? Et si elle avait trouvé autre chose, à qui en aurait-elle parlé ?

Le visage de Jouhanneau se crispa.

— Elle n'avait pas beaucoup d'amis... Si ce n'est cette femme flic...

— Jade Zewinski ?

— Oui, elle était... très liée avec Sophie. D'ailleurs, elle lui avait même confié les documents. C'est comme ça que nous les avons récupérés.

— Je sais, et je les ai même vus. Zewinski en a conservé une copie.

Autour d'eux, les frères commençaient le repas d'agapes tout en commentant la planche présentée en loge. Un doute traversa subitement l'esprit de Marcas.

— Et toi, tu étais comment avec Sophie ?

Un sourire fatigué traversa un instant le visage de Jouhanneau.

— Regarde-moi !

Antoine se pinça les lèvres avant de se reprendre.

— Mais pourquoi vous vous intéressiez à ce lot d'archives ? Elles sont banales. Je n'y ai vu que le délire d'un frère trop porté sur l'Egypte. J'ai même cru lire entre les lignes l'ombre des Templiers. Comme si cela ne suffisait pas à compliquer les choses.

— Elles ne sont pas banales !

Le ton de Marcas s'éleva brusquement.

— ... Tu ne crois pas à ces histoires de Templiers, quand même ! D'ailleurs on ne tue pas pour ça !

— On tue pour un secret. Un secret que le Temple a peut-être possédé.

— Des foutaises !

Jouhanneau haussa la voix :

— Tu n'en sais pas assez pour juger !

Quelques frères interrompirent leur conversation. Le Grand Archiviste continua plus bas :

— Sophie avait rédigé une note à ce sujet. Malheureusement, je ne l'ai pas retrouvée dans ce que m'a rendu Darsan.

Instinctivement, Marcas porta la main à la poche de sa veste, mais il avait changé de costume pour venir en loge. La note manuscrite que Jade lui avait laissée était chez lui.

— Eclaire-moi...

Jouhanneau soupira. Il lui fallait aller plus loin désormais.

— Tu as lu les archives ?

— Avec attention. Sois-en certain.

— Je n'en doute pas. Alors tu as remarqué que le frère du Breuil avait acheté des terres dans un petit hameau de l'Indre, du nom de Plaincourault, n'est-ce pas ?

— Effectivement, j'ai vu ce nom.

— Il y a là-bas une chapelle édifiée par les Templiers. Là est la preuve.

Le commissaire joua les naïfs.

— Je ne comprends rien. La preuve de quoi ?

En bout de table, le vénérable faisait tinter son couteau sur un verre. C'était le moment des *santés*. Jouhanneau grimaça.

— Du Breuil évoque un rituel de l'ombre, et cette preuve en fait partie. Mon foie vieillit encore plus vite que moi. Je vais devoir rentrer.

Marcas lui prit le bras.

— Quelle preuve ?

— Va à Plaincourault, tu comprendras.

Et il se leva.

— Plaincourault, répéta Marcas comme dans un rêve tandis que Jouhanneau posait devant lui une carte frappée au sceau du Grand Orient.

— J'ai rajouté mon numéro privé.

Et se penchant pour l'accolade rituelle, il ajouta dans un murmure :

— Et n'oublie pas, ils sont partout.

— Que veux-tu dire par ils ?

— Ceux qui ont tué Sophie et tous les autres. Une organisation structurée qui nous persécute depuis bien longtemps et veut mettre la main sur un secret qui nous appartient.

Marcas se pencha vers son voisin.

— Qui sont-ils ?

— Tu le sauras vite. On les appelait Thulé avant-guerre, ils ont peut-être changé de nom depuis. Mais leur signature reste la même. Ils exécutent avec la même méthode et veulent le faire savoir.

Le visage du commissaire se figea. Il hésita, puis se lança :

— Ecoute, j'ai effectué des recherches à la loge mère de nos frères italiens. Il y a eu des meurtres similaires en 1934 et 1944. Mais en France ?

Jouhanneau le regarda avec gravité.

— Moi aussi j'ai entamé cette recherche il y a longtemps. Mon père a été assassiné à Dachau, de cette terrible façon. Il avait croisé le Mal.

Un sixième crime, pensa Marcas en regardant s'éloigner le Grand Archiviste.

Quand il fut dehors, Jouhanneau se sentit vieux. Ce Marcas n'y arriverait jamais. Il lui faudrait un appui puissant.

Et un seul homme pouvait le lui fournir.

Il composa le numéro de Chefdebien sur son portable. Il allait lui proposer un rendez-vous pour le lendemain si le dirigeant de société était libre. Un pacte avec le diable, Chefdebien exigerait une contrepartie comme, par exemple, son appui pour accéder au poste de Grand Maître. Cette seule pensée fit grimacer Jouhanneau, mais le danger que représentait Thulé, lui, était mortel.

30

Chevreuse

Un goût de poussière amère emplissait la bouche de Béchir comme s'il avait mâché de la terre. Ses glandes salivaires tentaient de lutter contre cette saveur désagréable mais en pure perte.

Il se redressa en sursaut.

La pièce était sombre, une odeur de moisi mêlée à une senteur rance flottait dans l'air. Il était dans une sorte de cave, remplie de cageots et de casiers de bouteilles de vin à moitié défoncés. Sa tête lui faisait mal. L'une de ses mains était attachée à une paire de menottes fixée à une barre de fer scellée dans le mur. Il passa son autre main, libre, derrière son oreille et tâta une grosse bosse douloureuse en retrait de la tempe.

Le froid et l'humidité baignaient sa cellule.

Il essaya de se lever mais les muscles de ses jambes refusèrent de fonctionner et de toute façon sa main prise au piège ne lui aurait laissé que quelques dizaines de centimètres de marge de manœuvre.

Son corps s'écroula sur le vieux matelas de toile brune sur lequel ses ravisseurs l'avaient abandonné.

Tout commençait à remonter à la surface de sa mémoire, à rebours. Le matraquage dans la galerie marchande, la boîte de strip-tease, la course des deux gorilles, le crooner à l'hôtel…

Il s'était fait prendre comme un débutant.

Le sang revenait petit à petit, d'abord dans les pieds, puis les chevilles et les cuisses, mais il avait toujours l'impression d'avoir les jambes prises dans un étau. Le goût d'amertume disparaissait insensiblement et les ténèbres se dissipaient dans la pièce. Ses pupilles s'habituaient progressivement à l'obscurité et il devinait, à peine à un mètre devant son lit d'infortune, une grille qui bloquait le réduit dans lequel il était emprisonné.

Il tenta à nouveau de se lever et ressentit une vive douleur dans ses chevilles. Il vit les câbles d'acier enroulés autour de ses jambes jusqu'à hauteur des genoux et dont une extrémité était fixée à un vieil anneau fiché dans le mur poisseux. On lui avait enlevé ses chaussures et ses chaussettes, le laissant les pieds nus.

Béchir n'insista pas. Le mécanisme était ingénieux, plus il tirerait sur ses liens plus l'étau se resserrerait au risque de lui couper la circulation. Il ne ressentait pourtant aucune panique, son métier l'avait habitué au danger et son esprit était entraîné à résister à l'angoisse inhérente à ce type de situation. A ses débuts, dans les années 80, il avait été kidnappé au Liban par une faction dissidente du Hezbollah qui l'avait détenu pendant trois mois dans des conditions similaires. Une expérience qui l'avait endurci.

Il regarda autour de lui dans l'espoir d'apercevoir un objet qui pourrait lui servir à se détacher mais il ne vit que quelques tessons de bouteilles traînant sur la terre de la cave. Rien d'utile. Il reprit sa position couchée sur le matelas.

Béchir n'arrivait pas à comprendre pourquoi Sol ne

l'avait pas fait liquider dans le train au lieu d'attendre qu'il livre la pierre à l'hôtel. Les trois faux Juifs auraient pu l'éliminer avec leur bague empoisonnée et repartir avec la pierre, le laissant agoniser en bavant comme le pauvre type du train. Pourquoi l'attendre au Plaza s'ils se méfiaient de lui…

Il aurait probablement les réponses à ces questions bientôt, ce n'était pas la peine de se torturer en vain.

Un bruit de pas résonna derrière la grille. Béchir se redressa.

Deux hommes pénétrèrent dans son champ de vision mais il n'arrivait pas à distinguer leurs visages. Le grincement d'une clé dans une serrure se fit entendre et la grille s'ouvrit lentement. L'un des hommes appuya sur un interrupteur rongé par l'humidité et la lumière jaillit d'une ampoule qui pendait du plafond. Béchir cligna des yeux pour s'habituer à ce flot de lumière.

L'un des deux hommes le regardait en souriant, presque avec chaleur. De taille moyenne, la soixantaine, le visage un peu poupin, barré d'une moustache grise à la gauloise qui retombait sur les plis de la bouche, l'homme portait un tablier de toile serré autour de la taille. Une allure de bon vivant dont les traits couperosés et l'embonpoint trahissaient une faiblesse pour les plaisirs de la table.

Béchir reconnut le deuxième homme, l'un de ceux qui l'avaient coursé.

L'homme à la moustache sympathique s'approcha de lui avec un large sourire.

— Bonjour, je suis le jardinier. Quelle est votre fleur préférée ?

Béchir ouvrit de grands yeux. Il crut avoir mal compris et répliqua :

— Qui êtes-vous ? Détachez-moi tout de suite et prévenez Sol que je veux lui parler.

Le bonhomme jovial s'assit au bout du matelas et tapota les mollets emprisonnés de Béchir.

— Calmez-vous, mon jeune ami. Vous n'avez pas répondu à ma question. Quelle est votre fleur préférée ?

Béchir se demandait s'il n'avait pas affaire à un fou tant la question paraissait complètement déplacée dans cet endroit sordide. Il haussa le ton :

— Rien à foutre de tes fleurs, papy. Va chercher ton patron.

L'homme à la moustache le scruta avec tristesse, comme déçu par sa réponse.

Il sortit un sécateur de jardinage de la poche de son tablier, dégagea la petite bague de sécurité, ce qui détendit le ressort de décompression avec pour effet de dégager les mâchoires de l'outil.

Toujours en souriant, il saisit le pied gauche de Béchir et inséra un orteil entre les lames du sécateur. Le Palestinien se redressa brutalement.

— Attendez, qu'est-ce que vous voulez…

Le bon vivant dodelina de la tête.

— Je ne vous ai pas menti, pourtant. Vrai ?

Béchir avait l'impression de se trouver dans un asile, l'homme professait des paroles absurdes.

— Menti sur quoi ? Je ne comprends rien…

A peine avait-il prononcé la fin de sa phrase que Béchir hurla de douleur. Le sécateur entra en action brutalement, coupant net le petit doigt de pied. Le bout de chair tomba sur la terre tandis qu'un jet de sang jaillissait et tachait le tablier du tortionnaire.

— Je vous l'ai dit, je suis le jardinier. Et un bon jardinier se doit d'utiliser de bons outils. Bon, on ne va pas y passer la nuit, je vous repose la question, mon garçon. Quelle est votre fleur préférée ?

Béchir se débattait pour s'échapper de ses liens d'acier mais cela ne fit que les resserrer davantage.

— Vous êtes dingue... Je... La rose...

Le jardinier se gratta la tête comme s'il mesurait la portée de la réponse du Palestinien, puis secoua la tête.

— Mauvaise réponse, mon ami. C'était la tulipe.

D'un coup précis il sectionna le doigt de pied voisin. Béchir hurla comme un dément et faillit s'évanouir. Le deuxième homme se plaça à côté de sa tête et le gifla à toute volée. Béchir déglutit. La peur était en lui, elle le rongeait comme un acide brûlant, encore plus forte que la douleur.

— Je vous en supplie, arrêtez, je vous dirai tout ce que vous voudrez.

Le jardinier se leva et rangea son sécateur dans la poche de son tablier. Il prit une pipe dans son autre poche et la bourra consciencieusement pendant que le sang de Béchir s'écoulait à jet discontinu sur le sol.

— S'il vous plaît, je vais me vider de tout mon sang, stoppez l'hémorragie. Je vous en prie...

Une odeur de tabac caramélisé se répandit dans la petite pièce, chassant les mauvaises odeurs. L'homme tira quelques bouffées, le regard dans le vague.

— Je suis le jardinier. Je vous l'ai dit, non ?

Béchir sentait son sang s'échapper, l'affaiblissant chaque seconde. Les nerfs de son pied hurlaient mais surtout il se rendait compte qu'il perdait la raison, incapable d'entamer un dialogue cohérent avec son bourreau. Il ne fallait pas le vexer, l'amadouer.

— Oui... je sais... c'est un beau métier.

Le visage du tortionnaire s'illumina.

— C'est vrai, vous ne dites pas ça pour me faire plaisir ? Je suis bien content. De nos jours, on a perdu la considération et le respect des métiers manuels.

Béchir sentit qu'il allait s'évanouir, il avait dû perdre

au moins un litre de sang. L'hémoglobine se répandait par capillarité sur une surface de terre de plus en plus étendue.

L'acolyte resté silencieux lui administra une nouvelle paire de gifles. Le jardinier se rassit sur le matelas et sortit à nouveau le sécateur qu'il posa à côté de lui.

— Non, non ! hurla Béchir.

— Allons, allons. Calmez-vous. On va vous faire un solide bandage et stopper l'écoulement, dit-il en extrayant une bande de gaze, du coton, un petit flacon d'alcool et des élastiques chirurgicaux.

Son adjoint enroula les bandes autour du bout du pied supplicié avec application. Le sang cessa de couler.

— J'ai maintenant assez de terre pour mes petites protégées. A ce propos, vous n'êtes pas porteur du sida ou d'un virus du même genre ? Mes fleurs ne le supporteraient pas.

— Je... Je ne comprends pas.

Le jardinier se leva, prit la pelle et le sac plastique qu'il avait apportés. D'un geste souple, il transvasa toute la terre imbibée de sang dans le sac.

— Voyez-vous, l'un de mes amis biologistes m'a expliqué que le sang pouvait être en principe un excellent engrais pour la croissance de certaines fleurs. J'essaye de vérifier cette théorie depuis quelques années. Et pour tout vous dire, je ne suis pas mécontent de moi.

Béchir se raidit. Cela voulait dire que ce malade récupérait du sang humain comme engrais. Combien de pauvres types avait-il dû torturer...

— En fait, je vous ai posé une devinette sur votre fleur par taquinerie. Quelle qu'aurait été votre réponse, je vous aurais sectionné les doigts, je fais toujours ça pour rendre les choses poétiques. Voilà ce qui va se passer maintenant. Vous allez prendre un peu de repos, le temps que je m'occupe de mes roses, et puis je reviendrai.

Béchir n'osait pas poser de question de peur de le froisser et de se faire couper un autre doigt. Le jardinier lui tapota le pied avec bienveillance.

— Il vous reste encore dix-huit doigts, profitez-en bien.

Les deux hommes sortirent et refermèrent la grille. Béchir cria de nouveau :

— Que voulez-vous, par pitié ?

Le jardinier le scruta comme on regarde un enfant qui ne comprend pas ce qu'on lui dit.

— Les autres je n'en sais rien, moi j'ai une centaine de roses à nourrir.

L'homme s'éloigna d'un pas tranquille, mais revint tout d'un coup vers la grille.

— Je n'ai pas été honnête.

Béchir entendit la voix du jardinier comme dans un rêve.

— Je ne coupe pas que les doigts. Mais je garde le meilleur pour la fin.

Béchir hurla.

Aux étages supérieurs du manoir, personne ne pouvait entendre la longue supplique du Palestinien. L'insonorisation des murs et le calme environnant, tout concourait à une atmosphère de silence ouaté. Le petit château de Plessis-Boussac niché dans un charmant vallon au sud de Paris abritait le siège de l'Association française d'étude des jardins minimalistes. Les quelques curieux et les passionnés de botanique qui appelaient le numéro de téléphone de l'association tombaient systématiquement sur un répondeur indiquant sa mise en sommeil provisoire. Ceux qui s'aventuraient devant les grilles pouvaient apercevoir les occupants du château en train de jardiner ou d'entretenir les cultures des champs aux alentours. La petite équipe de bénévoles de l'association commandait régulièrement leurs provisions aux commerçants du village voisin et ne manquait pas chaque année d'organiser une journée portes ouvertes pour faire découvrir la superbe serre attenante au château, réputée pour ses plantes exotiques et sa magnifique collection de rosiers.

Le président de l'association, spécialiste des roses, jouissait d'une réputation de bon vivant et ne manquait jamais de faire des dons aux dames de la Croix-Rouge du village. Tout le monde dans le coin le surnommait le jardinier, ce qui lui faisait très plaisir. D'origine sud-africaine, il était venu s'installer dans la région à la fin des années 80 après le rachat du château par des investisseurs de différents pays européens, amoureux de la nature. De temps à autre, certains d'entre eux venaient faire une petite retraite dans ce charmant coin de nature encore préservé des miasmes de la pollution.

Le manoir servait de halte pour les dirigeants de l'Orden et certains de leurs membres en transit vers d'autres pays. C'était une des maisons de seconde importance de l'Orden réparties dans le monde.

Au premier étage, dans la tour entièrement réaménagée se trouvait la chambre d'honneur des invités. Une grande pièce meublée dans le style Empire avec un lit sous baldaquin et un somptueux bureau en bois sculpté.

Sur le sous-main posé sur le bureau, sur un dais de velours rouge, trônait la pierre sombre de Thebbah. Le contraste des deux couleurs accentuait encore plus la noirceur de la roche.

Sol contemplait la pierre avec respect. Enfin, elle lui appartenait et cela représentait le début d'une nouvelle vie. Il la caressa longuement, passant ses doigts sur les caractères hébraïques vieux de plusieurs millénaires, glissant sa main pour la soupeser. En dépit de son aspect minéral, elle semblait vibrer d'une vie inconnue. Sol restait comme hypnotisé par elle.

Il rompit l'enchantement et se regarda dans le petit miroir posé sur le côté du bureau. A quatre-vingt-cinq ans passés, sa vigueur physique déclinait mais ses facultés intellectuelles demeuraient encore intactes. Combien lui restait-il à vivre sur cette terre ? Cinq, dix ans maximum, et encore… Mais le cours du destin allait basculer ; le texte de la pierre et les documents qu'il gardait depuis des années allaient enfin le conduire vers la porte qui ouvrait sur un univers inconnu.

Il se passa la main dans les cheveux et rajusta son col de chemise. Un tremblement sourd résonna dans les entrailles du château, le bruit du tracteur que l'on venait de sortir. Un souvenir remonta à la surface, très lointain, dans un autre pays, une autre vie.

Sol se vit dans la glace et ferma les yeux, ce n'était plus le vieillard aux cheveux de neige qu'il avait devant lui mais le fringant SS. L'*Obersturmbannführer* François Le Guermand. Le jeune idéaliste qui venait de passer sa dernière nuit dans le bunker de Hitler et partait pour une mission qui allait changer le cours de sa vie. Ces merveilleuses années 40, quand le sang coulait dans ses veines, charriant la jeunesse et la puissance, l'incertitude de l'avenir et le goût du danger. Une bouffée de nostalgie l'envahit.

Pendant ses années d'exil en Amérique du Sud et dans d'autres pays accueillants, il avait observé l'évolution de la société moderne, mais jamais il n'avait pu retrouver l'excitation éprouvée lors de ces années de fer et de feu quand son pays d'adoption, l'Allemagne, fut à deux doigts de bâtir l'empire le plus puissant que la terre ait jamais connu.

Le mot doigt le ramena à des considérations plus

terre à terre. Le tueur palestinien qu'il avait embauché devait sûrement être passé dans les mains, ou plutôt dans les mâchoires du sécateur. A titre personnel, il méprisait la torture mais reconnaissait son efficacité, et le numéro mis au point par le jardinier faisait toujours son effet même sur les plus coriaces. L'absurdité de son comportement, mélange de violence et de conversation sans queue ni tête, désorientait ses victimes et les plongeait dans un état de soumission extraordinaire.

Un jour, il lui avait montré sa collection de doigts et d'autres appendices conservés dans des bocaux de formol. Une vingtaine rangés au fond d'une armoire et contenant chacun les restes d'un de ses suppliciés. Et encore, il n'avait pas ramené ceux collectionnés en Afrique du Sud quand il exerçait son métier de conseiller militaire, pleins de doigts de Noirs à ne plus savoir qu'en faire.

A chaque fois qu'il le croisait, Sol essayait de ne pas montrer la répugnance que lui inspirait le jardinier dont la réputation d'expert en torture dans l'Orden n'était plus à prouver. Certains, moins poètes, l'avaient surnommé sécateur pour son goût prononcé pour cet instrument et son habileté à tailler les rosiers et les doigts.

Sol reprit la pierre de Thebbah entre ses mains et inspira longuement comme s'il voulait entrer en communication avec son âme millénaire. Satisfait, il la remit délicatement sur son dais écarlate et se leva avec lenteur.

Il partirait dans deux jours pour retourner en Croatie mais avant il fallait s'entretenir avec Joana qui n'allait pas tarder à arriver. Il manquait une pièce du puzzle et c'étaient ces maçons qui la détenaient entre leurs mains.

Il les haïssait. Ses compagnons d'armes SS au sein de la société Thulé lui avaient révélé l'étendue du pouvoir maléfique de cette secte tentaculaire. Après la guerre, le réseau Thulé l'avait sauvé à nouveau avant de lui redonner une identité et de le mettre en sécurité d'abord en Argentine puis au Paraguay. François Le Guermand, comme beaucoup d'anciens nazis, s'était offert une nouvelle vie.

Il s'était marié, construit une vie de directeur de société de composants électroniques appartenant à un membre de l'Orden. Mis en sommeil, on lui avait demandé de se réveiller à la fin des années 50 et de coordonner au sein de l'Orden la cellule de veille sur la maçonnerie. Progressivement, son rôle s'était accru au point de prendre une place centrale au sein de l'Orden. Lui, le petit Français, devenu le conseiller de l'ordre d'inspiration germanique.

Au fil des décennies écoulées, il avait observé l'évolution surprenante de la société, la guerre froide, les fusées sur la Lune, les bouleversements survenus à la chute du communisme, les inventions incroyables…

Cette seconde vie était passée comme dans un rêve, comme si la première n'avait jamais existé. Et maintenant, parvenu au bout du chemin, il allait enfin achever ce qui lui tenait à cœur, au plus profond de son être.

Lui, Le Guermand, s'était vu confier comme mission de leur dérober à nouveau leur secret ultime. La semence du monde. Une quête qui touchait à sa fin.

31

Paris

Raté. Jade ajusta à nouveau son pistolet Glock dans l'alignement de la cible, écarta ses pieds pour répartir le poids de son corps et bloqua sa respiration. Son doigt pressa la détente. La balle sortit du canon à environ cent kilomètres-heure et troua le haut du bras de la silhouette noire peinte sur le carton. Raté. Elle avait visé le coude.

Séance terminée. Lamentable. Sur vingt tirs, douze seulement étaient corrects, Jade perdait la main. Le visage tourmenté de Sophie restait gravé dans son esprit. Et le pire c'est qu'elle ne croyait pas une seule seconde à une chance de trouver la meurtrière de son amie. Comment identifier cette tueuse alors qu'elle était à Paris et que le crime s'était déroulé à Rome... Elle posa son arme et son casque antibruit sur le petit comptoir du box et fit signe au permanent du club de tir pour l'avertir de la fin de sa séance.

Elle croisa un de ses anciens amants de passage au club, qui opérait au sein des COS (Commandements des opérations spéciales).

— Jade ? Comment va ?

— Bien, je reviens de Rome, et toi ?

— Chut, c'est un secret d'Etat !

— Prétentieux ! L'année dernière, j'ai vu à la télé ce qui s'est passé en Côte-d'Ivoire. On m'a dit que tu y étais à ce moment-là. Ce ne serait pas toi qui as dégommé le nez des deux avions Sukhoï de l'aviation ivoirienne sur le tarmac de l'aéroport d'Abidjan ?

— Je ne vois pas de quoi tu parles, ma chère.

— Mais si ! Juste avant les Ivoiriens avaient bombardé l'une de nos bases et tué neuf soldats français de la Force Licorne.

— Vraiment...

— Tant pis pour toi ! Je t'aurais dit qui a éliminé dans un bordel de Budapest les deux mercenaires biélorusses qui pilotaient les avions.

— Rien, je ne dirai rien même sous le sceau du secret.

— Va au diable ! Mais passe-moi un coup de fil si tu restes quelque temps à Paris.

— Promis. Ciao !

Jade le regarda s'éloigner vers le stand de tir. Elle l'enviait. Les missions spéciales lui manquaient terriblement et plus elle réfléchissait, plus elle se demandait si elle avait bien fait d'accepter cette mission de police. Sur le coup cela paraissait une bonne idée, mais elle savait que le besoin de vengeance ne justifiait pas de se lancer là-dedans. Depuis qu'elle était revenue à Paris, elle se sentait comme déracinée ; pourtant, elle avait retrouvé le charmant appartement rue Brancion prêté à l'une de ses amies historienne pendant qu'elle résidait à Rome. Christine, son amie, s'était installée chez son petit ami du moment pendant le séjour temporaire de Jade à Paris.

Mais l'Afghane n'arrivait pas à trouver ses marques dans la capitale, trop d'années à bourlinguer... Au bout du troisième jour à Paris, elle commençait à tourner en rond entre le bureau sinistre de la rue Daru et son appartement qui lui semblait désormais trop exigu. A Rome, elle vivait dans un cent cinquante mètres carrés avec vue sur le Colisée...

Jade sortit du club de tir et monta dans sa voiture. La pluie s'était mise à tomber, elle ne pourrait pas rouler avec la capote abaissée. La journée partait mal et elle se rendit compte que sa mauvaise humeur était aussi liée à ce Marcas. Quand il était à ses côtés, elle avait envie de le gifler, comme ça, juste pour le plaisir. Ses airs supérieurs, ses cours d'histoire sentencieux sur ses frangins l'agaçaient prodigieusement. Mais, pendant son absence, elle se surprenait à penser à lui. Elle avait consulté sa fiche, comme lui avait dû le faire aussi, et découvert qu'il était divorcé, vivait seul et semblait avoir comme seule passion, outre son métier, l'histoire de son ordre maçonnique.

Pas de quoi fantasmer. Physiquement, il était plaisant mais pas le modèle à faire se retourner les femmes dans la rue ; elle était curieuse de savoir comment il était sous ses vêtements. Son allure svelte cachait-elle un corps gracile ou finement musclé ? Presque des propos de mec... Elle jaugeait les hommes avec impertinence et sans tabou, peut-être à force d'en fréquenter à longueur de journée dans son travail.

Normalement, sa qualité de franc-maçon aurait dû la faire fuir en courant, cela fut d'ailleurs sa première réaction.

Elle se souvint de ce jour horrible, l'année de ses dix-sept ans.

Elle avait séché les cours pour revenir à la maison écouter un nouveau disque de Cure acheté en cachette. Sa mère, médecin, était partie une semaine en congrès et son père passait ses journées dans son entreprise de négoce de produits chimiques.

La journée s'annonce magnifique, un soleil splendide illumine les bois. Elle ouvre sans bruit la porte de la grande maison silencieuse et file dans sa chambre, persuadée d'être seule. Tout à coup, elle entend du bruit au bout du couloir, dans la chambre de ses parents. Elle reste tétanisée. Si son père la voit, elle risque de prendre un savon. Elle se maudit de ne pas avoir vérifié dans le garage la présence de sa voiture. Elle ne sait pas quoi faire. S'il la découvre, il lui supprimera son week-end de sortie en Normandie avec ses amis.

Et si ce n'était pas son père mais des cambrioleurs ? Elle panique, se précipite dans la chambre et se cache dans son lit. Jade n'a jamais été très courageuse. Des pas résonnent sous le couloir puis dans l'escalier qui mène à la pièce qui sert de bureau à son père. Une seule personne. Elle se recroqueville dans les draps et prie pour que ce soit lui. Au-dessus de sa tête, les pas résonnent de nouveau. C'est son père, elle reconnaît sa démarche pour l'avoir souvent entendue dans la nuit. Mais d'un autre côté, elle n'en est pas totalement sûre. Elle espère qu'il va partir bientôt. En ce moment, ça ne va pas fort pour lui, des huissiers sont déjà passés deux fois à la maison et elle a surpris une conversation entre ses parents où il était question de fermer l'entreprise.

Jade attend depuis vingt minutes. Soudain, un coup de feu retentit au-dessus de sa tête. Elle jaillit du lit et monte quatre à quatre les escaliers, pousse à toute volée la porte du bureau et découvre l'horreur.

Paul Zewinski gît dans son vieux fauteuil en cuir râpé, la tête penchée sur le côté, les yeux grands ouverts ; une flaque de sang grandit sur le sol. Elle hurle et s'enfuit de la maison. Elle court, loin, à travers les bois et s'effondre. Si elle était sortie de son lit, elle aurait pu le sauver. Mais elle est peureuse.

Elle apprendra un an plus tard par le notaire de la famille qu'une cabale aurait été montée contre lui par un concurrent et un juge du tribunal de commerce pour faire liquider l'entreprise et récupérer ses dépouilles à peu de frais. Le notaire avait ajouté d'un air entendu que les deux responsables de la mort de son père étaient francs-maçons. Elle ne savait pas ce que cela voulait dire mais pour elle ce mot nouveau résonnait comme une insulte. Elle ne pouvait s'enlever de l'esprit que c'était sa propre lâcheté et ces maçons qui avaient été les vraies causes du suicide de son père. Si elle avait réussi à vaincre ses peurs en s'engageant dans un métier à haut risque, elle avait encore des comptes à régler avec ces maçons.

La pluie cessa quand elle s'engagea sur le boulevard périphérique à la hauteur de la porte de Bagnolet. Elle avait juste le temps de rejoindre son amie Christine pour déjeuner et ensuite de passer au bureau, bien que la seule pensée de mettre les pieds dans cet endroit sinistre la rendît morose.

Quand elle avait quitté Marcas après l'examen de la copie des archives de Sophie, elle s'était promis d'en savoir un peu plus sur ces Templiers cités par son amie. Elle ne voulait surtout pas questionner le policier, trop ravi de faire étalage de sa culture. Jade avait cliqué sur Internet le mot Templier, avec pour premier résultat l'affichage de douze mille pages, de quoi décourager les plus téméraires. D'ailleurs, le peu qu'elle en avait parcouru ne l'incitait guère à en lire plus. Des histoires de trésors cachés, de secrets perdus depuis Jésus, de conspirations millénaristes, d'une survivance à travers des sociétés secrètes innombrables dont... les francs-maçons. Jade abdiqua face à l'impossibilité de discerner le vrai du faux. Seule Christine, spécialiste en histoire, et qui travaillait comme consultante pour des émissions historiques à la télévision et à la radio, pourrait l'aider. Sémillante, blonde, télégénique, Christine de Nief descendait d'une famille qui avait vécu en partie en Egypte et dont les racines mêlaient plusieurs cultures.

Si elle faisait preuve d'ouverture d'esprit, grâce à l'influence de sa mère, une femme cultivée et raffinée, elle n'en gardait pas moins une rigueur forgée par ses études. L'érudite idéale pour lui dresser un tableau de ces chevaliers du Temple sans tomber dans les délires habituels.

Jade arriva devant un restaurant à la mode de la porte d'Auteuil qui raflait la jeunesse dorée du quartier et en profitait pour alourdir l'addition. C'est Christine qui avait choisi l'adresse. Entre autres manies vaguement énervantes, elle adorait les adresses où il fallait être vue.

L'Afghane laissa les clés de sa MG au voiturier et entra en trombe dans le restaurant bondé. Elle contourna la file d'attente et aperçut Christine en pleine discussion avec un homme brun assis à la table voisine dont le visage ne lui était pas inconnu. Son amie abandonna son voisin et la héla en faisant de grands gestes.

— Ma chérie, quel plaisir. D'où viens-tu ?
— De *tirer* toute la matinée. Divin.

Elles se regardèrent pendant quelques secondes et éclatèrent de rire.

— Je vois que ton humour ne s'est pas amélioré. Enfin, c'est comme ça qu'on t'aime.

Jade se pencha vers son amie en chuchotant.

— Et c'est qui le beau mec à côté de toi ? Je l'ai déjà vu quelque part, non ?

Christine prit une mine sérieuse.

— Comment, tu n'as pas reconnu Olivier Leandri, le présentateur qui monte ? Un ex à moi, d'ailleurs. Si tu veux, je te le présente. Un type charmant.

Jade sourit.

— Non, je veux tout autre chose. Que tu me parles des Templiers.

Son amie eut l'air interloqué.

— Depuis quand t'intéresses-tu à l'histoire ?

— Je t'expliquerai. Choisissons les plats d'abord.

Le serveur prit la commande pendant que les deux jeunes femmes dégustaient en apéritif une coupe de champagne.

— Que veux-tu savoir exactement ?

— Les grandes lignes et quelques détails en particulier.

Jade expliqua brièvement ce qui s'était passé à Rome et le rôle des archives maçonniques. Christine lui brossa alors un tableau complet des Templiers. Jade apprit l'essentiel sur l'ordre créé au début du XIIe siècle par neuf chevaliers, à Jérusalem, dans les ruines de l'ancien Temple de Salomon, d'où leur nom de Templiers. Au fil des siècles, l'ordre s'était arrogé une puissance gigantesque dans toute l'Europe, quadrillée par des centaines de commanderies, et servait de banquier aux rois et reines. Deux cents ans plus tard, en 1312, ce fut la chute brutale. A la demande pressante de Philippe le Bel, roi de France, le pape Clément finit par interdire l'ordre, servant ainsi de déclencheur à une persécution sanglante. Commanderies réquisitionnées, biens saisis, chevaliers emprisonnés et torturés, le Temple disparut à jamais de l'histoire. Bien sûr, cette fin tragique inspira par la suite les hypothèses les plus folles, devenues un filon inépuisable pour les innombrables amateurs de mystère et d'ésotérisme de pacotille.

— Ai-je répondu à ta question ? lança Christine en avalant une fine tranche de magret de canard.

— Oui. Quel est le rapport entre les Templiers et les francs-maçons ?

— D'un point de vue historique, aucun. Pas un seul spécialiste sérieux, je veux dire reconnu par ses pairs, n'a pu prouver de liens entre les deux. Les maçons, du moins certains d'entre eux, sont persuadés du contraire. En fait on rentre là dans un univers parallèle où l'étude des symboles et des rituels prend le pas sur la recherche historique classique.

— Toutes ces histoires de trésor et de secret... Ce ne serait alors que du vent...

— Je n'ai pas dit cela. Je remarque seulement qu'aucune preuve n'est avancée.

Jade paraissait déçue.

— Ecoute, pour les besoins de mon enquête, je dois me rendre dans une ancienne chapelle au centre de la France. Si je trouve quelque chose là-bas, pourras-tu m'aider ? C'est très important.

— Si tu veux, mais je dois partir dans trois jours à Jérusalem pour le tournage d'un documentaire sur Saül de Tarse.

— Saül de quoi ?

— Saint Paul, voyons.

Les deux amies se séparèrent en s'embrassant. Avant de la quitter, Christine se ravisa :

— Tu sais, le mystère des Templiers... On n'a pas élucidé toutes les zones d'ombre. Qui sait, il y a peut-être encore une clé à trouver ?

Au moment où Jade se faisait ramener sa MG devant la porte du restaurant, son portable vibra dans sa poche. Elle décrocha.

— Antoine à l'appareil.

— Je ne connais pas d'Antoine, désolée.

— Antoine Marcas. Vous me remettez ?

Jade sourit, elle ne lui trouvait pas une tête d'Antoine.

— Désolée, Marcas, mais je ne vous identifiais pas à

la simple évocation de votre prénom. Ça viendra peut-être un jour. Quoi d'autre ?

— J'ai vu Jouhanneau, on tient peut-être une piste intéressante sur les commanditaires de votre tueuse, mais il va nous falloir accéder aux fichiers spéciaux d'Interpol et de l'antiterrorisme. Je vous propose de passer au bureau, Darsan a fait le nécessaire pour nous autoriser une connexion temporaire. Rendez-vous vers dix-sept heures, cela vous convient ?

— Tout à fait. Je voulais… Je voulais vous…

— Oui ? Dépêchez-vous, je dois raccrocher.

— Rien, j'ai failli me montrer gentille.

Le silence dura quelques secondes.

— Attention, à ce rythme vous allez bientôt me demander de vous faire initier…

Jade sentait l'ironie acide. Elle changea de ton et prit une voix cassante :

— Plutôt mourir. Allez au diable !

Sur ce, elle raccrocha et décida de se changer les idées. La tentation d'aller faire les boutiques la saisit. Toute sa garde-robe de printemps pendait dans les placards de son appartement de Rome. Elle n'avait emporté que le strict nécessaire pour venir sur Paris. Un peu de futilité ne lui ferait pas de mal.

Elle donna un coup d'accélérateur et prit la direction du quartier Saint-Germain.

Chevreuse

Son pied le faisait souffrir atrocement. Personne ne lui avait donné de calmant et la douleur irradiait dans chaque fibre de son corps. Pour la première fois de sa vie de tueur, il avait pleuré comme un gamin apeuré. Il redoutait le retour du fou avec son sécateur. Ils ne pouvaient quand même pas le torturer sans rien exiger en retour. Après tout, il avait rempli sa mission jusqu'au bout.

Des bruits de pas dans l'escalier. Béchir blêmit en voyant arriver son bourreau. L'homme à la moustache ouvrit la grille et comme la première fois s'assit à nouveau.

— Je suis le jardinier.

Béchir essaya de sourire pour tenter de l'amadouer, ce type devait être un sadique que la peur excitait.

— Je sais, mon grand-père l'était aussi et il adorait les fleurs.

L'homme le dévisagea d'un air intéressé.

— Vraiment ? J'espère qu'il vous a communiqué l'amour des fleurs.

— Oui… Qu'allez-vous faire de moi ?

— Je ne sais pas. Je suis chargé de vous transmettre des remerciements et des excuses.

Béchir commençait à reprendre confiance. Ça devait être sûrement Sol. Ils s'étaient trompés, voilà tout. Il respira profondément. Une lueur d'espoir jaillissait.

— Sol ?

L'homme arborait à nouveau un air jovial. Comme il pouvait paraître sympathique.

— Non. Mes fleurs. Elles ont beaucoup apprécié votre participation à leur développement. Elles ont tenu à ce que je vous remercie. Les excuses, c'est pour ce qui va se passer maintenant.

Un jet de bile remonta dans la gorge de Béchir. Il sentit qu'il allait vomir. Ses pupilles se dilatèrent, sa respiration s'accéléra.

— Vous n'allez pas…

— Je ne vous ai jamais menti, mon jeune ami, sur ma fonction. Je suis le jardinier et un jardinier ça élague.

Il sortit l'instrument de torture de sa poche et le positionna sur le gros orteil.

— Quelle est votre fleur préférée ?

Béchir cria de terreur.

A une cinquantaine de mètres, dans le jardin du manoir, Sol marchait en compagnie de Joana/Marie-Anne sous la serre, au milieu des extraordinaires plantations. Un vrai paradis tropical composé de variétés de palmiers exubérants, de myriades de fleurs de toutes les couleurs, et surtout de roses somptueuses. Sol prit un sécateur qui traînait et en coupa une qu'il donna à la tueuse.

— Merci, je préfère que cet engin soit dans vos mains plutôt que dans celui du jardinier. Je suppose qu'il est à son ouvrage ?

Sol respirait le parfum exhalé par un groupe de cinq roses d'un rouge écarlate.

— Oui, une cruelle nécessité.

— Pourquoi le torturez-vous ainsi ?

Le vieil homme lui prit la main et la conduisit vers le coin des espèces rares. Une moiteur humide imprégnait la serre.

— J'ai besoin de savoir s'il n'a pas emporté, en sus de la pierre de Thebbah, des documents ou des notes appartenant au vieux Juif de l'Institut hébraïque. Et surtout, s'il n'a pas parlé de cette histoire à quelqu'un. Ce monsieur, soi-disant professionnel, s'est fait suivre comme un débutant par les services secrets israéliens depuis son passage à la frontière jordanienne. Heureusement que nous l'avions mis sous surveillance dès son arrivée à l'aéroport d'Amsterdam.

— Pourquoi était-il suivi ? Les Juifs sont au courant de votre intérêt pour la pierre de Thebbah ?

— Non, il a été identifié par hasard par un physionomiste à la frontière et suivi par un agent. C'est un activiste palestinien très recherché. Les Juifs voulaient remonter et identifier sa filière jusqu'en Europe.

Marie-Anne jouait avec sa rose, enlevant les pétales un à un qu'elle jetait sur la terre.

— Comment savez-vous tout cela ?

— Ma chère enfant, nous avons enlevé l'agent qui le suivait dans le Thalys à son arrivée à la gare du Nord. Deux faux infirmiers sont venus le récupérer, le pauvre homme a fait une crise d'épilepsie foudroyante.

— Je suppose que notre ami le jardinier s'est occupé de le faire parler.

Sol effleura le menton de la jeune femme d'un geste affable.

— On ne peut rien vous cacher. Hélas, notre ami des plantes n'aime pas trop les Juifs, j'ai peur qu'il ne lui ait… comment dire… circoncis toutes ses extrémités plus que de raison. Cela étant, avec le tour du Palestinien, ça équilibre. On ne pourra pas nous reprocher un parti pris dans le conflit israélo-palestinien.

Il émit un petit rire qui ressemblait plutôt à un ricanement. Marie-Anne pria pour ne jamais tomber entre ses mains.

Ils sortirent de la serre pour rentrer au château par le grand portail. Un léger vent s'était levé depuis le début de la matinée et apportait une fraîcheur bienvenue après l'atmosphère étouffante de la serre. Leurs pas faisaient crisser le gravier de la petite allée qui menait à l'entrée principale. Sur leur gauche, à une trentaine de mètres de la serre, juste à côté des champs du manoir, une tractopelle fouillait la terre avec lenteur. Le conducteur leur fit un petit signe amical pendant qu'il actionnait les leviers. Sol agita faiblement la main et huma l'air frais.

— Savez-vous ce que fait cet engin, ma chère ?
— Non.

— Il creuse un joli trou pour notre ami palestinien quand il ne sera plus de ce monde. J'ai demandé que le corps soit tourné dans la direction de La Mecque. Par respect.

— Un souhait qui vous honore. Moi, quand j'exécutais des Bosniaques, je leur mettais une tête de cochon dans les fosses communes.

— C'est incorrect. J'ai connu quelques camarades bosniaques à la Waffen SS, ils étaient d'excellents combattants.

Il s'arrêta.

— Maintenant, parlons de votre ordre de mission. Allez récupérer la fille de l'ambassade de Rome et ramenez-la ici. Nous avons perdu assez de temps comme ça. L'un de nos hommes a fouillé son appartement pendant son absence et n'a rien trouvé. Nous ne pouvons pas fouiller son bureau au ministère. Le temps presse. J'ai besoin de ces papiers pour finir ce que j'ai entrepris.

— Et ensuite ?

— Elle recevra la visite du jardinier.

— Question d'ordre professionnel. On m'a raconté la méthode de votre botaniste. Pourquoi ne pose-t-il pas les questions avant de jouer du sécateur. C'est un sadique ?

Sol la regarda pensivement.

— Sadique... peut-être, mais ce n'est pas la raison principale. Il ne fait qu'utiliser une technique de torture inventée par les Chinois, reprise par la Gestapo et plébiscitée sous toutes les dictatures d'Amérique du Sud. Les professionnels de cette discipline ont remarqué que l'irruption de l'irrationnel perturbait le comportement de la victime. Le fait de souffrir sans raison logique induit une peur beaucoup plus efficace que le jeu des questions-réponses. Vous avez vu le film Marathon Man ?

— Oui, celui où Laurence Olivier joue un vieux nazi dentiste qui torture Dustin Hoffman.

— Exactement, Laurence Olivier arrive avec ses instruments de dentiste, inspecte la bouche d'Hoffman, prisonnier sur son siège, en lui répétant en boucle : « C'est sans danger », puis il lui troue la dent sans raison. Eh bien, notre ami opère de la même façon mais avec son sécateur. En règle générale il prend le temps de couper cinq ou six doigts avant de poser les questions. Tout dépend de son humeur.

Marie-Anne vit s'éloigner le vieil homme. Avant qu'il ne disparaisse, elle l'interpella :

— Pourquoi ai-je dû tuer la fille à Rome à coups de canne ?

Il esquissa un baiser et tourna le dos sans répondre.

32

Paris

Marcas s'était fait raccrocher au nez par Jade. Décidément, le courant passait mal avec cette fille, et pourtant ce dernier affrontement en date le perturbait moins que d'habitude. Un instant, elle avait dégagé quelque chose de presque touchant quand elle avait voulu se montrer aimable au téléphone. Mais la pointe d'ironie de Marcas avait brisé cet élan. Antoine soupira. Il tâcherait de se rattraper la prochaine fois d'autant que, selon toute logique, ils devaient se rendre tous les deux dans l'Indre, à la chapelle de Plaincourault, et que le trajet en voiture allait durer au moins quatre heures. Il fallait d'ailleurs réserver deux chambres à l'hôtel. Deux chambres... Une pensée érotique germa aussitôt dans l'esprit de Marcas, Jade était très séduisante...

La sonnette de la porte d'entrée retentit, Marcas posa son portable sur le divan, chassa Jade de son esprit et ouvrit la porte à son invité.

Chaque fois que Marcas recevait son ami vénérable, il devait faire un véritable effort de mémoire pour se rappeler son prénom. *Anselme* n'est pas courant, surtout pour un vénérable du Grand Orient. Cela sonnait comme le prénom d'un père abbé, une référence presque cocasse dans une obédience agnostique.

D'autant qu'Anselme, journaliste dans une chaîne de télévision publique, usait d'une diction d'évêque.

A chacune de ses prises de parole en loge, on croyait entendre un prêtre en chaire en train d'inciter ses ouailles à la tolérance et à la fraternité. Certains frères souriaient, d'autant qu'Anselme était un anticlérical patenté, d'autres croisaient les mains en signe d'onction, mais tous le respectaient. A commencer par Antoine qui, sous ses airs rebelles, écoutait toujours avec attention les paroles qui tombaient de l'*Orient*.

L'appartement de Marcas, après le vestibule, ouvrait sur un petit salon où trônait une bibliothèque pansue, un héritage familial. C'était d'ailleurs le seul vestige vieillot dans un appartement d'inspiration résolument contemporaine avec, accrochées aux murs, deux grandes toiles d'Erró qui éclaboussaient le salon de couleurs vives.

— *Douce ?* Franchement ce n'est pas le mot auquel je m'attendais, ni le portrait que tu m'en as dressé jusqu'à maintenant, rétorqua Anselme en avalant une gorgée de son apéritif, un vin doux blanc. Une fille qui se fait surnommer l'Afghane et joue les gros bras dans les ambassades… Curieux modèle. Non, je suis étonné. Très étonné.

Anselme prononçait toujours le mot *étonné* en pinçant les lèvres. Et Marcas ne lui connaissait que ce défaut. C'était préférable, car il fallait des qualités particulières pour être vénérable, ce poste si convoité où tant d'autres échouaient. A cet office, Anselme commettait un miracle deux fois par mois : faire vivre et travailler dans la fraternité des hommes que souvent tout séparait dans la vie profane… Une sorte de sacerdoce.

— Je ne sais pas. Au dernier moment, elle a eu une parole *douce*, tout simplement. Comme si elle avait laissé tomber quelque chose.

— Et alors ? s'étonna Anselme, séducteur impénitent malgré trois pensions alimentaires.

— Alors, je ne sais pas, soupira Marcas.

— Il y a trop longtemps que tu es célibataire, mon vieux, diagnostiqua le vénérable. Tu ne t'es jamais vraiment remis de ce fichu divorce. Crois-moi…

— Elle semblait vulnérable, pour une fois.

Anselme le regarda avec commisération.

— Alors t'es mal barré ! Allez, suffit avec cette amazone, parle-moi d'abord de ta discussion avec notre frère Jouhanneau.

Marcas lui rapporta chacune des paroles échangées, jusqu'à la dernière.

— Il t'a donc parlé des Templiers.

— Oui, il croit à l'existence d'un secret véritable. Et il avait l'air sérieux.

Il y eut un silence pendant lequel on n'entendit que le tintement des glaçons. Le commissaire reprit :

— Qu'est-ce que tu sais sur ce Jouhanneau ? Tu le connais ?

— De réputation seulement, c'est un universitaire, spécialisé dans l'histoire des religions. C'est aussi le fils d'Henri Jouhanneau. Un neurologue célèbre dans les années 30.

— Je suis au courant. Il a été envoyé à Dachau, je crois.

— Oui, raflé par les Allemands en 1941.

— Pour quelle raison ?

— Les nazis avaient besoin de spécialistes en neurologie. On l'a envoyé mener des recherches dans un camp pour le compte de la Luftwaffe, l'armée de l'air allemande.

— Quel rapport avec la spécialité de ce Jouhanneau ? s'enquit Marcas.

— Les Allemands cherchaient de nouveaux moyens de réanimation pour leurs pilotes abattus au-dessus de la Manche. D'après les survivants, c'étaient en fait les SS qui commanditaient les opérations. Quant aux cobayes, on les prenait dans les camps de concentration voisins. Ensuite, il n'y avait plus qu'à les jeter dans de l'eau glacée avant de tenter de les réanimer. Jouhanneau n'a pas voulu se prêter à ces exactions et est mort à Dachau, juste avant la libération du camp.

— Qu'il repose en paix à l'Orient éternel, ajouta sentencieusement Marcas.

— Oui, qu'il repose... Pourtant cette mort tragique préoccupe toujours son fils. A tel point qu'il a entrepris des recherches sur son père.

— Et alors ?

— En fait, dès 1943, Jouanneau a été transféré du camp de recherche de la Luftwaffe dans un autre camp contrôlé directement par l'Ahnenerbe. Le château de Weweslburg, le siège « culturel » de ces malades. Il semble que l'on y travaillait sur le fonctionnement du psychisme, en particulier les différents niveaux d'états de conscience.

— Tu es bien renseigné, je trouve !

— Jouhanneau a fait une planche biographique sur son père lors d'une tenue funèbre dédiée aux frères déportés. J'y ai assisté.

— Et alors, ce château ?

— Apparemment, les médecins SS travaillaient sur les mécanismes cérébraux. Et ils avaient une sacrée longueur d'avance sur les connaissances de l'époque. En particulier parce qu'ils avaient recruté une équipe pluridisciplinaire. D'après les recherches de Jouhanneau, il y avait même des psychanalystes. Quand on sait ce que Hitler pensait de Freud !

Le vénérable se tut. Marcas se rappelait avoir vu, à Rome, un livre de Freud dédicacé avec force éloges à Mussolini. Les rapports du père de la psychanalyse avec les dictatures européennes avaient été plus qu'ambigus. Anselme reprit la parole :

— Mon opinion personnelle est bien plus claire : les nazis étaient des fous et leurs expériences délirantes ne menaient à rien.

Pour une fois, Anselme s'échauffait et perdait un peu de sa réserve ecclésiastique. Preuve que le sujet lui tenait particulièrement à cœur.

— Par exemple, dans les camps de la mort, le Dr Mengele trafiquait les yeux de ses cobayes, à coups d'injection de produits chimiques pour les faire devenir bleus. Du délire. Dans un genre différent, un certain Dr Horbigger professait en chaire d'université de Munich que la terre était creuse avec en son centre un soleil et des continents. Non seulement cette théorie était officiellement admise mais les SS ont envoyé une expédition au pôle Nord en 1937 pour trouver l'entrée de grottes de façon à étayer cette thèse aberrante. Et je te passe les recherches sur l'astrologie, le Graal, les techniques méditatives tibétaines… On y passerait la nuit entière !

Marcas laissa à son ami le temps de se calmer. Il savait qu'Anselme professait un rationalisme pur et dur et n'aimait guère tout ce qui tournait autour de l'ésotérisme. Pour lui, les rituels maçonniques relevaient d'une discipline intérieure et d'une philosophie sociale. Sa vision de la maçonnerie était d'ailleurs partagée par beaucoup de frères, et au Grand Orient plus que dans les autres obédiences. Des frères qui ne croyaient en aucun dieu et ne se reconnaissaient que dans la filiation maçonnique laïque et républicaine. Anselme avait été initié à la loge l'Auguste Amitié de Condom dans le Gers, un bastion de l'anticléricalisme radical socialiste. Tous les 21 janvier, date anniversaire de la décapitation de Louis XVI, on y mangeait au cours des agapes une tête de veau et chaque vendredi saint, c'était côte de bœuf à volonté dans les assiettes.

Tel est un des nombreux paradoxes de la maçonnerie où coexistent sous le vocable de frères des bouffeurs de curé agnostiques, des chantres de la laïcité, mais aussi des chrétiens convaincus et des Juifs pratiquants.

Marcas connaissait un autre frère, lui aussi journaliste, travaillant sur la chaîne privée concurrente et qui était membre de la GLNF, Grande Loge nationale française. Spécialiste à ses heures perdues de symbolique alchimique, votant à droite et se rendant régulièrement à la messe, il était le contraire même d'Anselme. Et jamais Marcas ne les aurait mis ensemble à la même table : ils se seraient étripés au bout de dix minutes. Et pourtant tous deux maçons... Tout les opposait, mais ils étaient frères.

D'autres clivages existaient aussi à l'intérieur du Grand Orient, peut-être de façon moins marquée, mais les affrontements étaient tout aussi virulents. La dernière élection du Grand Maître du GO dans une grande salle du Stade de France avait été le théâtre de joutes intenses où tous les courants s'affrontaient. Beaucoup de profanes croyaient encore que tout se réglait par une voie hiérarchique avec à sa tête un Grand Maître dictant sa loi aux loges, comme une sorte de dictateur occulte, et se trompaient lourdement. Les loges vivaient leur vie et choisissaient leurs activités comme elles l'entendaient. Peut-être que l'expression Grand Maître y était pour beaucoup, avec son côté pompeux, et dans l'esprit populaire qui dit maître dit esclave.

Quand Marcas surfait sur le Net et allait sur le Blog, un site très complet et réactualisé sur tout ce qui touchait à la maçonnerie, il jetait toujours un œil à la section « anti-maçonnerie » qui recensait les dernières trouvailles des sites Internet adeptes du grand complot maçonnique mondial. Une valeur sûre qui ne manquait jamais de matière, un filon inépuisable. Le dernier site en date provenait du Canada et expliquait que le légionnaire romain qui avait percé le flanc de Jésus sur la croix était le vrai ancêtre des maçons et avait fondé un ordre secret pour abattre le christianisme... Le problème avec ces sites, c'est qu'au milieu de vraies informations, ils déversaient un fatras d'absurdités. Si son ami Anselme, lui, jetait toutes ses critiques dans le même panier, Marcas était moins dogmatique et savait que certaines vérités officielles portaient aussi leur part d'ombre. Tout le problème était de savoir discerner le vrai du faux.

Anselme finit son verre, se leva, avant de reprendre :

— Enfin, tout cela n'a que peu de rapport avec l'actuel Jouhanneau. Et, tu vois, j'en sais plus sur son père que sur lui. Bon, si on allait déjeuner ? On prend ta voiture, direction la rive gauche.

Le commissaire avait ses habitudes, rue de l'Ancienne-Comédie. Un restaurant catalan à la façade de librairie, avec des affiches et des brochures, devant laquelle les touristes ne s'attardaient pas. Un bon point aux yeux de Marcas.

— Tu as bien fait de prévoir le déjeuner, proclama Anselme en s'asseyant. Et puis je ne connais pas cet endroit. Pourtant, je suis un familier du quartier.

Ils avaient pris place face à une minuscule table de bois clair dont le plateau était entièrement recouvert d'une nappe en papier imprimé qui célébrait l'histoire et les mérites de la région autonome de Catalogne.

— Et sur les Templiers, qu'est-ce que Jouhanneau a bien pu trouver ? demanda Marcas.

Anselme ne semblait pas pressé de répondre.

— Tu viens souvent ici ?

— Parfois. Leurs tapas sont excellentes. Surtout le boudin noir. Tu devrais essayer.

— *La Maison de la Catalogne*, épela Anselme en lisant l'enseigne à l'envers sur la devanture. Je ne t'ai jamais demandé, mais ton père était catalan ?

Marcas répondit en plissant le front.

— Non, mais il a longtemps habité Barcelone. Revenons à nos Templiers.

Anselme étudiait maintenant la ruche à vins qui occupait tout un pan de mur. Dans des alvéoles triangulaires bâtis avec de la chaux et des tuiles inclinées, s'empilaient des bouteilles aux reflets sombres.

— Qu'est-ce qu'on produit comme vin en Catalogne ?

Marcas s'impatienta :

— Ça ne te tracasse pas, toi, que le Grand Archiviste de l'obédience se soit déplacé en personne pour me parler d'un mystère à la noix avec ses Templiers ?

Anselme faisait durer le plaisir.

— Regarde par la fenêtre, à droite, tu vois la façade en bois du restaurant d'en face ?

— Je vois surtout des touristes japonais qui font la queue.

— Eh oui, soupira Anselme, grandeur et décadence d'un lieu illustre. Le Procope existait déjà au XVIIIe siècle. Un des premiers endroits où l'on venait déguster du café à moins que l'on ne choisisse de se délecter de chocolat, *mais point trop*, comme on disait à l'époque de Voltaire, *car cela échauffe*. Autrement dit, dans la langue policée de ce temps, cela éveille les désirs intimes.

— Si c'est pour me parler des vertus comparées du café et du chocolat au Siècle des lumières...

La serveuse, une Catalane à la poitrine invisible et au visage anguleux, apporta les plats.

— Les cheveux plaqués en arrière ne l'arrangent pas, remarqua Anselme, pas plus que ses talons évasés ridicules ! Mais soyons sérieux. Ce que je veux t'expliquer, c'est que tu ne gagneras rien à t'impliquer dans ces histoires. Jouhanneau est obsédé par les histoires du temps passé. Il mélange tout. Bientôt, il t'expliquera que ce sont des néonazis qui ont tué la fille.

Marcas restait silencieux tout en découpant avec précaution les morceaux de sa morue au miel.

— Par exemple, regarde le Procope. C'était là que se réunissait l'élite intellectuelle des francs-maçons avant la Révolution pour philosopher. Aujourd'hui, ce n'est plus qu'un piège à touristes. Pourtant nous sommes là, toi et moi, à deux pas, à discuter des mêmes problèmes, plus de deux siècles après. Voilà ce qui compte. Toi, comme Jouhanneau, vous êtes trop plongés dans le passé de l'Ordre. Vous ne voyez plus que les ombres.

— Tu exagères !

— Les individus ne sont que de passage ! Ce qui compte c'est la chaîne, celle *qui nous unit par-delà le temps et l'espace* ! Et cette chaîne-là se reproduit à chaque siècle. Seulement il faut accepter de transmettre le maillon. C'est l'avenir que nous rebâtissons, pas les ruines du passé.

— Je te trouve bien lyrique, ironisa Marcas. Cela dit tu vas m'aider, oui ou non ?

— A te renseigner sur l'Ordre du Temple ?

Anselme regardait maintenant son dessert, une crème aux aromates, avec une sorte de fatalisme.

— Ecoute, j'ai assisté à la dernière tenue d'Orion. Il y avait là ton ami Jouhanneau, mais aussi un autre frère qui faisait une planche, Chefdebien. Tu connais ?

Marcas eut un geste d'étonnement.

— Le grand patron ? Les cosmétiques Revelant ?

— Lui-même. Il est brillamment intervenu en loge justement sur la question des Templiers. Et, pour une fois, une planche rationnelle qui portait sur des faits précis. Pas des bobards ésotériques.

— C'est-à-dire ?

— C'est-à-dire que les influences des Templiers dans nos rituels proviennent tout simplement d'emprunts effectués au tout début du XIXe siècle par des érudits qui avaient eu accès à des archives pillées à la Révolution. Des petits-bourgeois parvenus qui voulaient établir en loge des usages chevaleresques. Histoire de se créer une généalogie aristocratique. La vanité, toujours la vanité !

— Ça ne m'avance guère, soupira Marcas.

— Eh oui. Ça tue le mythe ! répliqua Anselme tout en contemplant la serveuse.

Antoine se leva.

— Tu ne prends pas de café ?

— Non, je crois que je vais y aller.

— Alors, moi, je vais rester un petit peu. Je n'ai jamais connu de Catalane.

Marcas se dirigea vers la porte d'un pas lent.

— Antoine ?

— Oui ?

— L'Afghane…, c'est un joli surnom !

33

Paris

Le tailleur Prada la narguait avec insolence derrière la vitrine. Jade luttait furieusement pour ne pas rentrer dans la boutique et essayer le vêtement tant le désir de se l'approprier la tenaillait.

Son portable coupé, loin de ce Marcas insupportable qu'elle devait revoir un peu plus tard, elle décida de s'accorder ce petit plaisir.

Ceux qui l'avaient surnommée l'Afghane étaient loin d'imaginer que, pendant les années passées à l'ambassade de Kaboul, elle avait souffert du manque de boutiques et développé une fringale insatiable de shopping. Sitôt revenue à Paris elle s'était promis de renouveler sa garde-robe.

C'était si bon d'arpenter à nouveau la capitale. D'un coup, Paris la stimulait. Elle avait opté pour le quartier Saint-Germain bien que les prix fussent parmi les plus élevés de la capitale, mais le plaisir de se balader entre Odéon et la place Saint-Sulpice l'emportait, et puis le choix de vêtements restait incomparable. Elle entra dans la luxueuse boutique de la rue du Dragon et demanda à essayer le tailleur en vitrine.

Les jupes, robes, vestes et pantalons de la collection été trônaient dans des casiers et pendaient sur des cintres en bois clair. L'ensemble dégageait une impression minimaliste, presque austère, très en vogue en cette saison. Ce dépouillement allait généralement de pair avec des prix extravagants. Au mur, des cadres en hêtre arboraient des photos censées exhaler une sérénité étudiée, temple bouddhiste en noir et blanc, visage de femme orientale empreint de placidité distinguée. L'architecte d'intérieur poussait le vice jusqu'à accrocher au-dessus de chaque portant de vêtements un panneau de bois vieilli illustré de sentences calligraphiées à l'encre noire. *Le monde reste un village global ; ta vie demeure un don de chaque jour ; le matériel se compose d'illusions perpétuelles...* L'année dernière, la décoration donnait dans l'indien kitch à la sauce Bollywood.

Une vendeuse filiforme à la moue dédaigneuse indiqua à Jade un coin du magasin. La cabine d'essayage était toute petite, à peine suffisante pour se retourner, certainement pas en rapport avec le standing du magasin.

Elle se dévêtit et enfila le nouveau vêtement pendant qu'une autre cliente s'installait dans la cabine voisine. Jade sortit de son réduit et se contempla dans l'unique miroir du magasin qui lui renvoyait l'image d'une femme guindée dans son tailleur noir à liseré blanc. D'un coup, elle semblait avoir pris cinq ans de plus. Mauvaise idée. A regret, elle jeta un œil sur les cintres des présentoirs mais une fois la déception installée, il devenait très difficile de s'intéresser à un autre vêtement, c'était celui-là et pas un autre. Rien ne lui plaisait, elle décida de se rhabiller et de continuer son lèche-vitrine.

Au moment de rentrer dans sa cabine, elle se fit bousculer par une femme brune qui sortait de la sienne. Elle ressentit comme une piqûre au bras quand la fille manqua de tomber à la renverse, l'agrippant avec ses ongles. Des ongles laqués de noir presque effilés, la nouvelle mode. La fille s'excusa en se relevant. L'une des vendeuses tenta de l'aider mollement comme s'il eût été inconvenant de choir dans ce temple du raffinement. Jade sourit, il devenait plus périlleux de faire du shopping que de s'assurer de la sécurité de l'ambassade de Kaboul.

Jade se rhabilla et décida de se rendre au carré Saint-Germain pour combler ses envies de shopping. Quand elle sortit de la boutique sans un achat, la vendeuse dépitée ne lui accorda même pas un salut. Jade savait qu'elle était à Paris. Le soleil luisait sans retenue, à peine voilé par deux nuages qui campaient paresseusement au-dessus de la capitale. A trois heures de l'après-midi, les rues s'emplissaient d'une foule dense, mélange de touristes et de Parisiens en goguette.

Elle n'arrivait pas à se faire une opinion tranchée sur Marcas. L'homme l'irritait et l'intéressait, un curieux mélange de suffisance et de mystère qui la troublait. Lucide, elle se rendit compte que son analyse se hissait au niveau des états d'âme d'une héroïne de la collection Harlequin.

Ces histoires de meurtres ésotériques de francs-maçons la laissaient perplexe mais ce milieu paraissait tellement opaque que le pire ne pouvait être écarté. La confiance resterait exclue dans leur enquête, Marcas nageait comme un poisson dans l'eau au milieu de ces réseaux occultes. Même si elle activait ses propres connexions à la DST et aux RG, elle ne serait jamais sûre de l'étanchéité des informations recueillies. Certains de ses contacts pouvaient être des frères sans qu'elle le sache.

La paranoïa la guettait mais comment ne pas l'être même si l'on ne retenait qu'un dixième de l'influence prêtée aux francs-maçons. Mais les ordres étaient clairs, il fallait absolument collaborer avec Marcas pour l'enquête. Curieusement, dans son esprit le visage de Sophie se noyait dans un clair-obscur comme si son assassinat n'était qu'un mauvais songe. Et pourtant son corps martyrisé gisait dans une tombe froide de la banlieue parisienne, ça c'était la réalité. Elle n'aurait jamais dû rentrer chez ces francs-macs. Cela lui faisait un deuxième motif sérieux pour mépriser ces enfants de salauds.

Mais il fallait collaborer... Elle devait d'ailleurs appeler Marcas en fin d'après-midi pour confirmer le rendez-vous.

A peine avait-elle fait une dizaine de mètres sur le trottoir qu'elle sentit la tête lui tourner. Elle traversa la rue mais ses sens commençaient à s'engourdir, le trottoir d'en face semblait s'allonger à l'infini, comme l'horizon. Elle avançait sur la chaussée comme une somnambule, sa respiration devenait pénible, les globes de ses yeux roulaient difficilement dans leurs orbites.

Elle paniqua. Garder le contrôle de son corps était une nécessité vitale dans son métier et la moindre altération de ses sens résonnait comme un signal d'alarme. Elle tenta de mettre en application les conseils rabâchés par ses instructeurs au cours de ses mois d'entraînement intensif. Reprendre sa respiration, faire le vide dans son esprit, chasser les pulsions de peur.

Une seule fois, elle avait failli céder à la panique, lors d'une plongée dans le port du Havre pour simuler une attaque commando sous-marine sur un cargo russe. Au moment de placer la fausse mine magnétique sous la coque, son détendeur de combinaison de plongée s'était déréglé, l'air n'arrivait plus jusqu'à ses poumons.

Un cauchemar mortel avec la sensation de perdre sa conscience au ralenti, insensiblement mais avec l'atroce certitude de l'issue inéluctable. Heureusement, un instructeur l'avait sauvée de justesse de la noyade mais aujourd'hui, en plein Quartier latin, au milieu de cette foule joyeuse, personne ne lui tendrait la main.

Les muscles de ses jambes se sclérosaient lentement, ses bras se tétanisaient, son esprit s'affolait de nouveau comme dans les eaux noires et vaseuses du port normand. Ses efforts pour garder le contrôle sur elle-même échouaient. Elle allait s'effondrer sur le bitume sans que personne lève le petit doigt.

Au moment où elle glissa sur le pavé, elle sentit une main la retenir sous le bras. Une aide miraculeuse. Quelqu'un avait vu son malaise et s'était précipité pour ne pas la laisser choir au milieu d'une foule égoïste. Elle qui avait vécu les pires moments en Afghanistan, dans ce pays pourri au milieu des pires crapules, voilà qu'elle était aussi vulnérable qu'une petite vieille.

Sa bouche se figeait comme après une anesthésie chez le dentiste et ses jambes se dérobaient à chaque pas.

— Ne vous en faites pas, mademoiselle, je vous tiens.

La voix, celle d'une femme, était chaleureuse, amicale. Il fallait absolument que Jade reprenne ses esprits, elle aperçut la terrasse d'un café à une dizaine de mètres devant elle.

— Emmenez-moi m'asseoir, c'est juste un coup de pompe.

La poigne sous ses aisselles se fit plus vive alors qu'elle manquait encore de s'effondrer sur le trottoir. Elle n'arrivait pas à distinguer les traits de son ange gardien, elle sentait seulement un parfum sucré qui l'enveloppait. Une fragrance douce et agréable qui ne lui était pas inconnue. La panique de Jade reflua, elle se sentit à nouveau en sécurité.

La voix se fit plus suave.

— C'est vraiment un coup de chance, j'étais juste derrière vous quand vous étiez en train de traverser.

Les voitures klaxonnaient à tout rompre pour faire dégager les deux femmes qui bloquaient la circulation. Un chauffeur de taxi gesticulait rageusement derrière son volant.

Jade se laissait porter en passant son bras sur l'épaule de sa secouriste. Mon Dieu, quelle chance, comme dans le port du Havre, le salut arrive à l'ultime seconde. Il faudra qu'elle prenne l'adresse de la femme pour la remercier. C'était si rare de nos jours. Quand elle raconterait sa mésaventure à ses amis, personne ne la croirait, elle, l'Afghane, tomber dans les pommes en plein milieu de Paris. Une vraie blague.

Un homme jeune avec un fin collier de barbe les avait repérées, il s'approcha pour proposer ses services.

— Vous voulez un coup de main ? Votre amie n'a pas l'air d'aller bien...

Jade voulut répondre mais l'autre jeune femme fut plus rapide.

— Non, ce n'est rien, elle est diabétique. Je dois lui faire une injection d'insuline, ça ira mieux après. Je suis garée juste à côté. Merci pour votre aide.

Puis s'adressant à elle :

— Allez, Jade, un petit effort encore.

La tête de l'Afghane tourbillonnait. Cette inconnue n'était pas son amie et puis d'où connaissait-elle son prénom ? Et d'où sortait cette histoire de diabète ? Elle voulut parler mais aucun son ne sortait de sa gorge.

Une onde de terreur parcourut son corps. Elle était aussi vulnérable qu'un enfant. Elle vit le jeune homme s'éloigner alors qu'on la portait en sens inverse. La terrasse de café s'éloignait aussi, elle voulut tendre un bras pour attraper une chaise qui était déjà hors de portée.

— Lâ… Lâchez-moi. Je veux rentrer…

Son corps ne répondait plus, elle comprit qu'elle avait été droguée. Le parfum entêtant s'imprégnait dans ses narines dures comme du carton.

Elle sut. Le même parfum que la cliente de la cabine d'essayage qui l'avait bousculée. La piqûre au bras, un grand classique.

— Jade, ne t'inquiète pas. Tout va bien, je vais t'emmener dans un endroit où tu pourras te reposer. Et puis nous avons tellement de choses à nous dire.

— Je… Je ne vous connais pas… Laissez-moi.

Les passants la dévisageaient avec hostilité, comme si elle avait trop bu. La porte d'une voiture noire s'ouvrit comme dans un rêve et elle fut déposée tel un petit enfant sur la banquette arrière. Elle était entièrement paralysée, n'arrivant même plus à distinguer les formes et les couleurs. Tout se noyait dans une brume grisâtre.

La voix sensuelle résonna doucement dans sa tête :

— Rassure-toi, Jade. La drogue va t'emmener au pays des songes. Et entre nous, tu as bien fait de ne pas acheter ce tailleur, il ne t'allait pas.

Elle sentit un baiser déposé sur son front et ressentit à nouveau une pulsion de panique dans son corps immobilisé. Et cette fragrance qui l'envahissait jusqu'à la nausée.

— *Dors bien, j'ai oublié de me présenter. Je m'appelle Marie-Anne. Je suis ta nouvelle amie et j'espère qu'on va bien s'entendre. Pendant le peu de temps qu'il te reste à vivre.*

L'Afghane sombra dans un sommeil d'encre.

DEBBHIR

J'ai envoyé mon âme à travers l'invisible
Pour déchiffrer les mystères de l'éternité
Et une nuit elle m'est revenue
En me chuchotant que je suis moi-même
Le ciel et l'enfer.

Omar Khayyam, poète. *Les Rubaiyat*

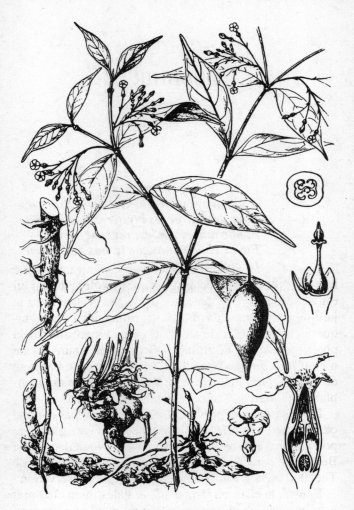

Planche botanique de l'Iboga.

34

Chevreuse

La mort. Rapide, immédiate, pour en finir une bonne fois pour toutes avec cette souffrance intolérable qui lui rongeait la chair et l'âme. La troisième séance avec le jardinier fut la plus terrible. Le tortionnaire s'était attaqué à chaque doigt de sa main en commençant par la phalange du haut, décuplant la douleur. Sa main gauche n'était plus qu'une plaie à vif recouverte d'un bandage de fortune prodigué par le jardinier lui-même qui semblait faire preuve d'une réelle compassion.

Et puis, Sol était apparu. Il ne l'imaginait pas comme ça, un vieil homme aux cheveux de neige, grand, le port encore droit en dépit de son âge. Il voulait savoir si Béchir avait récupéré des documents avec la pierre de Thebbah et dans l'affirmative leur lieu de conservation.

Epuisé, la chair en lambeaux, le Palestinien était prêt à avouer tout ce qu'on voulait du moment que son supplice finissait. Il livra le numéro du casier de la gare du Nord contenant la valise, en espérant une mansuétude de son ravisseur. En vain. Sol lui promit que le jardinier ne viendrait plus l'importuner, mais que sa vie se terminait dans cette cave.

Toutefois, s'il exprimait une dernière volonté avant de mourir ce serait avec plaisir qu'il tenterait de la satisfaire. Béchir demanda un calmant pour apaiser la douleur lancinante et qu'on lui apporte une décoction du champignon hallucinogène rapporté d'Amsterdam, caché dans la double paroi de sa valise. On lui avait administré un dérivé de morphine léger qui n'arrivait pas à apaiser sa souffrance.

Quelques heures ou minutes plus tard – il n'avait plus la notion du temps –, Sol revint dans sa cellule avec une tasse remplie d'un liquide brûlant que Béchir avala jusqu'à la dernière goutte.

— Tuez-moi dans trois heures exactement. A ce moment-là, je serai sous la pleine emprise des champignons.

Il ajouta, le souffle court :

— Charogne, j'avais rempli ma mission.

Sol caressa ses cheveux trempés de sueur.

— Vous avez été suivi par les Juifs, le risque était trop grand. Il n'y a rien de personnel, j'ai beaucoup d'admiration pour la cause palestinienne.

— Arrêtez ces conneries ! Vous êtes un putain de nazi !

Sol se leva sans répondre. La tête de Béchir retomba sur le matelas. Une dernière question le tourmentait :

— Pourquoi devais-je tuer le type de Jérusalem par trois coups ?

Sol se retourna et lui sourit.

— C'est trop long à expliquer. Disons que votre victime appartenait à une association ennemie de longue date de mon groupe. C'était une sorte de carte de visite à leur intention. Je suis obligé de vous quitter. Si ça peut vous consoler, une femme sera à vos côtés quand viendra l'heure de votre délivrance. Elle sera dans la cellule voisine de la vôtre. Puisse-t-elle vous apporter un peu de réconfort. Je vous souhaite de gagner rapidement votre paradis pour vous adonner à tous les plaisirs avec vos vierges célestes promises par Mahomet. Dans ma religion, malheureusement, on ne bénéficie pas de ce genre de comité d'accueil.

Béchir le vit s'approcher de la porte. Sa tête tournait déjà, le champignon commençait à agir. Bientôt son cerveau allait basculer dans un univers parallèle. Il se rendait compte qu'il vivait ses dernières secondes de conscience lucide dans ce monde et hurla :

— Mais quelle religion ?

L'écho de la voix du vieil homme résonna dans la cave :

— Celle du plus fort.

Paris

Marcas relut attentivement la copie des archives du Grand Orient que lui avait remise Jade. Soit le manuscrit du Breuil n'était qu'un tissu d'inepties, soit il y avait quelque chose de censé là-dedans et l'allusion aux Templiers pouvait être révélatrice. En tout cas, des gens avaient assassiné Sophie à Rome pour ces papiers.

L'obsession de du Breuil portait sur la création d'un nouveau temple pour abriter un rituel original, prétendument importé d'Egypte. Supprimer le pavé mosaïque pour mettre à la place un arbuste aux racines nues... et puis cette allusion au breuvage d'amertume que l'on fait boire à chaque nouvel initié en maçonnerie dans toutes les loges du monde. Le rituel de l'ombre... Pour accéder directement au Grand Architecte de l'Univers.

Cette ambition contredisait formellement l'enseignement maçonnique pour lequel la construction du temple intérieur – la connaissance de l'harmonie universelle – se fait pas à pas. Pareille différence ne l'avait pas fait sursauter à la première lecture, mais cette anomalie s'était gravée dans son esprit pour resurgir par la suite.

La doctrine fondamentale de la maçonnerie reposait sur l'apprentissage progressif des symboles et des rituels. Le nouvel initié passe apprenti, puis compagnon, et par la suite maître et encore ce n'est qu'un début si l'on considère les hauts grades pratiqués par certaines loges. La patience et l'humilité constituaient les piliers essentiels pour accéder à un état de connaissance plus élevé. Du Breuil, lui, laissait entendre que son rituel permettait d'accéder à un état de conscience universel.

Une ligne directe avec Dieu.

Un véritable blasphème pour la maçonnerie, si ce mot avait un sens dans cet univers.

Marcas reposa les papiers et se massa la nuque. Jouhanneau lui avait suggéré de se rendre à la chapelle templière de Plaincourault comme si un message les attendait là-bas. Lui et Zewinski.

Marcas consulta sa montre. Quinze minutes de retard. Ça ne lui ressemblait guère... Et puis, il y avait aussi cette question de l'orthographe de Plaincourault. Treize ou quinze lettres ? Il regarda à nouveau sa montre. Comment serait-elle habillée cette fois : pantalon, jupe ?

Il soupira. Mieux valait réfléchir à des choses sérieuses. D'autant qu'il se rendait compte que son enquête initiale pour élucider l'assassinat de Sophie Dawes était en train de se transformer en une sorte de quête initiatique. Au-delà de l'identité des tueurs, c'était bien l'énigme des archives qui désormais l'habitait.

Et puis il y avait ces assassinats répétés dans le temps, calqués sur la mort d'Hiram. Il devait absolument passer au siège de l'obédience pour récupérer un dossier sur le sujet, analogue à celui de Rome. Si par hasard, d'autres meurtres « en trois coups » avaient été recensés en France alors le doute, si tant est qu'il existait encore, ne serait plus permis. Une conspiration traversait le siècle pour abattre des maçons. Dans quel but ? Il l'ignorait mais l'ennemi invisible perdurait à travers le temps.

Il regarda encore sa montre. Cette fois Jade l'avait oublié. Plus d'une demi-heure de retard ! Il composa son numéro sur son portable mais tomba sur son répondeur. Il lui laissa un message sur un ton sec en lui demandant de le rappeler.

Elle recommençait à l'irriter et pourtant il savait que c'était à lui de faire le premier pas. Jade manifestait une hostilité contre la franc-maçonnerie qui dépassait la simple méfiance traditionnelle d'un profane. Il devait en découvrir la source.

Chevreuse

Ce fut l'odeur qui la réveilla progressivement. Une odeur lourde, écœurante, qui imprégnait la pièce jusque dans ses moindres recoins. Elle connaissait ce parfum de mort. Le souvenir revint immédiatement à sa mémoire : dans un hôpital de Kaboul, deux femmes malades que les talibans avaient refusé de soigner, atteintes de gangrène et qui pourrissaient sur place. Jade protégeait deux médecins d'une ONG qui apportaient des médicaments en cachette aux infirmières de l'hôpital dirigé par un étudiant en théologie taliban pour qui la souffrance était un don de Dieu.

Jade émergea lentement de sa torpeur, la tête dans un étau. Des paroles en arabe résonnaient dans sa tête, elle pratiquait cette langue mais ne comprenait pas qui les prononçait. Elle ne se trouvait plus à Kaboul. Et d'ailleurs c'était sûr, elle était en train de faire des courses à Paris, dans le quartier Saint-Germain, quand...

Elle perçut une plainte modulée en arabe, un long gémissement entrecoupé de sanglots. L'Afghane traduisait correctement chaque mot, mais l'ensemble mis bout à bout demeurait incompréhensible.

— Bvitti, je monte sur la pierre..., mes ongles déchirent sa chair maudite... Bvitti... le ciel est rouge de sang, l'œil me regarde. Je dois partir...

C'était quelqu'un qui parlait à ses côtés. Des bribes de phrases incohérentes. Elle essaya de se relever, mais ses jambes étaient liées au sol.

— Je le vois... c'est merveilleux mais la pierre me retient... Va-t'en, tu es le démon...

L'homme poussa un hurlement.

— Tu es le démon... Tu me tentes... Malheur à moi... Rien n'est en dehors du Tout-Puissant.

En tournant la tête sur sa droite, Jade distingua à un mètre à peine d'elle un homme lui aussi prisonnier, qui gesticulait dans tous les sens comme s'il était possédé. Malgré l'obscurité elle vit que l'une de ses mains et son pied droit étaient recouverts de bandages sanguinolents. Elle comprit d'où venait l'odeur infecte qui l'avait réveillée, le malheureux qui gémissait était atteint de gangrène. S'il n'était pas soigné, il allait y passer. Les antibiotiques n'ont plus aucun effet passé un certain stade. Elle s'affola et cria à pleins poumons :

— Il y a quelqu'un ici ? Venez vite. Venez, un homme est mourant.

Elle cessa lorsqu'elle comprit que cela ne servirait à rien. Son comportement était ridicule, les gens qui l'avaient kidnappée devaient parfaitement connaître l'état du pauvre type. Ils en étaient même sûrement responsables.

Elle sentit un début de panique la gagner, mais réussit à se contrôler. Ses ravisseurs ne voulaient sans doute pas la tuer sinon elle ne serait pas là. Elle regarda autour d'elle. Une sorte de cave fermée par une grille ajourée. Aucune autre issue.

— Bvitti... la racine du ciel..., l'œil est devenu lui aussi noir, des larmes de sang coulent... C'est magnifique... Je deviens une des larmes...

Jade se retourna vers Béchir.

— Qui êtes-vous ? Est-ce que vous pouvez m'entendre ?

Le visage de l'homme se tourna vers elle, trempé de sueur, les yeux révulsés, la bouche baveuse.

— Je suis celui qui est... l'abîme...

Heureusement que le type aussi était attaché, elle aurait pu se trouver à la merci de ce dément, c'était bien le seul point positif de sa situation, pensa Jade.

L'homme continuait de monologuer sans retenue, mais ses paroles devenaient de moins en moins perceptibles. Il bavait sur sa chemise et le haut de son pantalon se tachait d'une auréole humide.

Elle détourna la tête et essaya de passer en revue les circonstances de son enlèvement dans le quartier Saint-Germain, du travail de professionnel. Le coup de la drogue, le kidnapping en plein Paris devant des centaines de passants. La fille qui avait réussi ce coup devait être en cheville avec les assassins de son amie Sophie. Soudain, elle réalisa que sa ravisseuse et la tueuse de Rome pouvaient être une seule et même personne et sa colère resurgit, aveuglant tout.

A sa droite, l'homme avait repris son monologue.

— La pierre est mon échelle ! Moi, l'impur de Dieu !

L'odeur devenait insupportable. Il n'irait pas loin. Il fallait en profiter, vite.

— Quel est ton Dieu ?

— C'est le Très Grand… le Voilé. Nul ne connaît sa vraie parole.

— Et toi ?

— J'ai vu la face d'or du Très Saint quand il a soufflé son âme sur la pierre. Il a parlé… Au milieu du langage des hommes. Et le mot sacré est leur destin.

— Quels hommes ?

Un rire dément éclata dans la salle.

— Les impies ont déterré la pierre et semé la destruction. Dieu a gravé, dans la buée des mots, celui qui les réduira en esclavage !

— Mais quels impies ?

— Les fils de Sion qui n'ont pas reconnu le Vrai Dieu. Aujourd'hui la pierre va parler. Elle va dire le nom sacré. Bvitti. Bvitti. Bvitti.

Elle faillit sursauter quand elle tourna la tête vers la grille. Un homme à moustaches la regardait fixement, une pipe à la bouche, la main dans un tablier. Il lui fit un signe de la main amical et sourit. Elle répondit par un ricanement.

— Mais cet homme crève de douleur, vous ne le voyez pas ?

Un deuxième homme s'était approché du premier, d'aspect plus menaçant, et la scrutait elle aussi. Le premier ouvrit la porte de la grille et ils entrèrent tous les deux dans la pièce.

— C'est juste. Et nous allons le calmer immédiatement. Hans ?

Le cerbère au crâne rasé sortit un pistolet sombre de sa veste et l'appliqua contre la tempe de Béchir.

La détonation résonna avec fracas dans la cave.

Un geyser de sang et de chair mêlés fut propulsé sur le mur mitoyen.

— Non !

Jade hurla. Le souvenir de son père jaillit brutalement. La tête couchée sur le fauteuil, la flaque de sang par terre. Le cauchemar qui recommençait. Une balle dans la tête.

Mais cette fois, elle n'était plus une gamine et la peur ne la paralysait plus. Seule la colère l'habitait. Une colère froide, glacée comme une source obscure. Une source qui ne se tarirait jamais.

— Ordures !

L'homme aux moustaches vient s'asseoir à côté de Jade et lui caressa la cuisse d'un air étrange. Il hocha la tête, posa sa pipe sur le sol et lui dit d'un air malicieux :

— Je suis le jardinier. Quelle est votre fleur préférée ?

35

*Paris,
île Saint-Louis*

Le restaurant, dont la devanture conservait encore ses boiseries du siècle passé, était situé entre le quai d'Anjou et la rue Poulletier. La clientèle était presque exclusivement composée d'antiquaires et de galeristes à l'âge respectable, attirés par le décor Belle Epoque des lieux. La cuisine y était sans surprise, mais la cave bien fournie. Dans la salle à la lumière toujours tamisée, des recoins avaient été aménagés pour préserver la discrétion des conversations. Ce cadre douillet dégageait quelque chose d'intime et de privilégié qui séduisait les habitués. C'est du moins l'impression que l'on voulait faire partager.

Ainsi, le directeur fut-il surpris de voir un homme d'une trentaine d'années, vêtu d'un jogging, passer la porte avant de s'immobiliser dans l'entrée. Il balaya du regard la salle comme pour chercher une ombre dissimulée dans l'obscurité.

— Monsieur désire une table ?

— Non, un de mes amis a déjà réservé. Il doit être arrivé, merci.

Et il se glissa entre les chaises pour gagner le fond du restaurant. Là où le directeur venait de placer un client ayant insisté pour obtenir une table la plus tranquille possible.

— Tu as vraiment un goût sûr, mon frère. Ce restaurant est superbe. Malheureusement je ne crois pas avoir la tenue adéquate, fit le nouvel arrivant en s'installant sur une banquette en cuir usé.

— Ne t'inquiète pas pour cela, Patrick, le rassura Marc Jouhanneau.

Le serveur s'avança, ils prirent chacun un apéritif.

— Feu mon oncle, que tu connaissais bien, avait des valeurs vestimentaires très conservatrices. Un peu suranné à mon goût. Et surtout en contradiction complète avec l'évolution des mœurs de notre époque. Cela dit, un des privilèges de la vraie noblesse, dit-on, c'est sa faculté de contradiction. Ainsi, je puis diriger une société de cosmétiques résolument tournée vers l'avenir et être un maçon qui défend des valeurs plus traditionnelles.

— C'est bien pour cela que nous t'avons initié à Orion. Comment as-tu trouvé tes nouveaux frères ?

— Fascinants.

— Je t'ai vu discuter avec notre frère biologiste. Vous avez entamé des relations, disons, profanes ?

Chefdebien sourit. La partie venait de commencer.

— Il n'y a pas de secret. Ce frère, ou plutôt ses chercheurs sont très en avance dans l'étude des biotopes d'Amérique du Sud. Sans rentrer dans les détails, ils ont une expérience en biologie végétale qui pourrait intéresser Revelant.

— C'est-à-dire ?

— Le marché des cosmétiques est en plein essor. Il

y a des débouchés énormes dans le domaine du génie végétal.

Jouhanneau, qui consultait le menu, reposa la carte sur la table.

— C'est un domaine qui, pour certaines raisons, disons familiales, ne m'est pas complètement étranger.

— Ton père ? suggéra Chefdebien.

— Mon père, oui. Tu es bien renseigné !

— Je sais seulement qu'il était un neurologue réputé.

— Je tiens de lui un goût pour les sciences exactes. Et la biologie m'a toujours fasciné.

— Je te voyais plus porté sur la philosophie et la spiritualité. Un historien des religions comme toi.

Jouhanneau passa commande du menu, avant de répondre.

— Je suis ce que Gérard de Nerval appelait un vieil *illuminé*. C'est-à-dire un homme convaincu de devoir découvrir une vérité. Et cette vérité, c'est celle de la maçonnerie. Depuis des années, comme d'ailleurs ton oncle, je recherche notre mémoire collective. Une mémoire lacunaire dont les fragments sont souvent dispersés. D'ailleurs, à l'heure actuelle, il n'existe aucune étude sérieuse, complète et scientifique, qui éclairerait nos racines...

— ... et donc notre présent, ajouta Chefdebien.

— Oui. D'ailleurs, en deux siècles, depuis sa création officielle, la franc-maçonnerie est devenue, de par le monde, une des forces les plus écoutées, les plus redoutées parfois. Pourtant rien ne semble justifier un tel phénomène social. Pourquoi la franc-maçonnerie, par exemple, traverse-t-elle les âges, pourquoi survit-elle à toutes les révolutions, les dictatures ? C'est la question que je me pose. Je ne suis pas le seul d'ailleurs.

— Et la réponse ?

— Le secret ! Ce fameux secret que nul n'a trouvé et dont nous serions, nous les maçons, les dépositaires sans le savoir. Un secret dont beaucoup supputent l'existence et qui alimente tous les fantasmes…

— Et il y a un secret ?

Les intonations de la voix laissaient transparaître une légère ironie. Le serveur posa les couverts sur la table.

— Un secret ? Bien sûr ! Mais tout vrai maçon le partage. Il le pratique sans le comprendre, il le vit sans pouvoir l'expliquer. Chacun de nous depuis son initiation sait bien qu'il a été changé. Une nouvelle dimension l'habite et le travaille, le modifie, le transforme. Comme la pierre brute sous le ciseau de l'artisan qui peu à peu devient une pierre d'angle. Le secret, c'est la pratique du rituel.

— C'est vraiment ce que tu penses…

— Certains pensent qu'il existe aussi un autre secret. Une vérité matérielle. Ton oncle l'a beaucoup cherchée.

Le Grand Archiviste contempla son verre de vin où dansait un reflet carmin.

Le serveur apporta les viandes avec tout le cérémonial nécessaire à un établissement réputé situé dans le cœur du vieux Paris.

Le Grand Archiviste reprit :

— Un secret perdu mais probablement retrouvé. Sans doute par les Templiers. Du moins en partie. Savais-tu que ton oncle s'était aussi intéressé à ces questions… ?

Chefdebien fit un geste d'impuissance.

— Mon oncle se passionnait pour tout. Et surtout pour les Templiers ! Entre nous, et n'y vois là aucune critique personnelle, mais ta quête de secret mêlée à nos chers Templiers, ça verse un peu dans le fantasme.

J'espère que tu ne vas pas m'annoncer que vous recherchez aussi le fils de Jésus ou le Graal…

Marc Jouhanneau le regarda avec insistance.

— Pas d'ironie facile. Je suis comme toi, je laisse les Templiers et leurs grands mystères aux profanes avides de secrets occultes. En revanche, je suis persuadé qu'ils ont mis la main sur une information cachée. J'ai besoin de faire le point sur tout ça, en me retirant quelque temps.

— Pourquoi ne pas passer quelques jours dans le château de mon oncle, en Dordogne ? Tu seras seul, et le cadre est plus que reposant…

Jouhanneau observa son interlocuteur, et prit son temps pour réfléchir.

— J'accepte ta proposition.

— Bien… Bien. Alors contacte le notaire, maître Catarel, à Sarlat, il est en charge de la succession. Je vais le prévenir. Il te donnera les clés.

Le Grand Archiviste reposa ses couverts.

— Je te remercie de ta collaboration. Tu sais que je n'oublie rien. Mais ce n'est pas tout.

Peu à peu le restaurant s'était rempli. Un bruit de conversations roulait par vagues dans la salle, comme l'écume des choses. Du moins pour Jouhanneau.

— Comme tu le sais, mon père est mort en déportation. Durant ses derniers jours, il eut comme compagnon d'infortune, un frère. Un frère juif. Un frère qui n'a rien oublié.

— Ça a dû être affreux…

— Plus que tu ne l'imagines. Les nazis avaient recruté de force mon père pour qu'il collabore à des expériences dites scientifiques. Une fois qu'ils n'ont plus eu besoin de lui, il a été transféré à Dachau. Là, dans ses derniers jours de captivité, il a tout raconté à cet autre détenu, Marek. Selon lui, il existait une société secrète raciste, Thulé, et son paravent la société Ahnenerbe, qui menaient des recherches pour leur propre compte, à l'intérieur du régime nazi. Cette confrérie, très influente dans la SS, constituait un pouvoir dans le pouvoir. Mon père travaillait sur des expériences liées à ce secret.

— Lequel ? Les nazis ont conduit des tas d'expérimentations horribles et délirantes.

— Ils cherchaient une substance héritée des dieux. Mais comme toute porte qui s'ouvre sur l'infini elle pouvait aussi bien mener au paradis qu'à l'enfer. Cette substance aurait fait partie intégrante d'un rituel maçonnique perdu, le rituel de l'ombre.

Chefdebien avait lâché ses couverts.

— Je ne te suis plus.

— Imagine une drogue céleste qui te mettrait en communication directe avec l'origine et la puissance de la vie. Ce que nous maçons appelons le Grand Architecte de l'Univers. Et imagine ce qu'auraient pu en faire les nazis ! Pour eux c'est le soma, célébré dans l'Inde védique et aryenne.

— Mais c'est fou, s'écria Chefdebien. Croire à un secret perdu depuis des millénaires et qui serait... une sorte d'ecstasy puissance...

— Puissance l'infini.

— Non, ce serait dément.

— Dément ? Tu ne peux pas comprendre. Mon père est mort à cause de ce secret.

Patrick repoussa son assiette.

— Je ne vends que des cosmétiques.

— Eh bien, moi, j'ai bien mieux à t'offrir !

Tout en coupant son fromage, Jouhanneau reprit :

— Ce frère juif, Marek, dont je viens de te parler, a consacré sa vie à cette quête. Il était archéologue en

Israël et le mois dernier il a trouvé une pierre gravée, la pierre de Thebbah, qui évoquait une substance analogue à celle recherchée par les nazis à l'époque. Il a été assassiné et la pierre volée par les descendants de nos ennemis.

— Qui ? Ceux de Thulé ?

Le visage de Jouhanneau s'assombrit.

— Oui, la bête est toujours là, cachée, et elle vient de frapper. Nous et eux... nous menons une course à mort pour trouver ce breuvage.

— Qui est ce nous ?

— Quelques-uns d'Orion. Cette quête ne concerne pas le GO, le Grand Maître tomberait des nues s'il entendait parler de nos recherches.

Chefdebien regarda autour de lui, puis mit la main sur l'épaule de Jouhanneau.

— Bon, résumons-nous avant que je n'attrape une migraine. Il s'agit d'un antique secret. Une sorte de philtre, un breuvage que les hommes ont connu puis perdu. Le fameux soma des anciens. La boisson qui vous rend semblable aux dieux !

Le Grand Archiviste sourit.

— Tout à fait. Depuis des temps immémoriaux, nous savons que certaines plantes, c'est-à-dire certaines molécules, ont un effet révélateur sur l'âme humaine.

— Et tu connais les plantes contenues dans ce breuvage ?

— L'une est identifiée, la deuxième se trouve sans doute dans une chapelle templière du centre de la France grâce au rituel découvert par un frère du XVIIIe siècle, la troisième est gravée sur la pierre de Thebbah. Seulement, il manque le dosage exact de ces trois ingrédients. Un manuscrit d'archives fait référence à l'existence de ces éléments, mais ne nomme que l'un d'entre eux. Ceux de Thulé connaissent déjà la nature de deux des composants. Le premier qui arrivera à tout posséder pourra fabriquer, en théorie, un breuvage incomparable qui ouvrirait l'accès à de nouvelles portes de la perception, pour paraphraser Aldous Huxley.

Les deux hommes finissaient leur dessert. Silencieux. Jouhanneau semblait fatigué. Il avait beaucoup parlé. Quant à Chefdebien, habitué aux synthèses rapides, il analysait les informations que venait de lui donner son hôte.

— Bien, indique-moi la substance découverte par tes soins.

— Elle est citée dans un document d'archives que les Russes nous ont rendu. Ce document se présentait sous la forme d'une copie d'un original perdu, un double sûrement écrit par un bureaucrate allemand, à l'époque cela se faisait souvent de faire des copies des documents raflés et considérés comme importants. Bref, une de nos archivistes, Sophie Dawes, a découvert cette copie. L'original a dû rester entre les mains de Thulé. Nous possédons donc tous ce même élément.

Les cafés fumaient sur la table. Personne n'y avait touché.

— Lequel ?

— As-tu entendu parler du mal des ardents ? Du feu de Saint-Antoine ?

— Non.

— En 1039 a eu lieu la première épidémie de feu sacré dans le Dauphiné. Des centaines de paysans devinrent quasi fous, en proie à des hallucinations insupportables.

— Et l'origine de cette épidémie ?

— Le *Claviceps paspali* ou *Claviceps purpurea*. Un minuscule champignon qui pousse sur le blé. Plus connu sous le nom d'ergot de seigle. En 1921, on a isolé les principes hallucinogènes de ce champignon parasite, de la famille des alcaloïdes. Certains d'entre eux sont très puissants. Dans les mystères d'Eleusis en Grèce dédiés à Perséphone, la déesse des Enfers est toujours représentée avec une gerbe de blé entre les mains.

— Et le deuxième ?

— Après avoir découvert les premières archives qui citaient l'ergot de seigle comme élément d'un rituel perdu, Sophie Dawes m'a alerté et nous avons réorienté ses recherches. J'en ai parlé à Marek qui tout de suite a fait le rapprochement avec ce que mon père lui avait raconté de ses expériences avec les nazis. Un mois plus tard, Sophie découvrait dans un autre carton d'archives le manuscrit de du Breuil et quasiment au même moment, Marek trouvait sa pierre de Thebbah. Sophie est partie visiter la chapelle de Plaincourault où elle pensait retrouver la deuxième plante avant de s'envoler pour Rome. Je ne l'ai plus jamais revue.

Chefdebien paraissait abasourdi. Jouhanneau continua :

— Quant au troisième composant, celui découvert par Marek, il est entre les mains de nos ennemis.

— L'archéologue assassiné…, murmura Patrick.

— C'est bien ça, approuva le Grand Archiviste, et il nous faut retrouver la pierre et donc ceux de Thulé. Et pour ça j'ai aussi besoin de ton aide et des moyens de ta société. Une fois réunies les trois plantes du soma, il faudra le reproduire. Pour le boire…

— Et le rapport avec le rituel de l'ombre ?

— Le soma fait partie de ce rituel mystérieux.

Jouhanneau s'éloignait vers Notre-Dame après avoir lancé un dernier signe d'adieu au fringant PDG de Revelant. Jouhanneau voulait partir dans l'après-midi pour Sarlat. Chefdebien avait passé un coup de fil à son pilote personnel pour que le Falcon privé de la société soit prêt à décoller en fin de journée.

Malgré un soleil printanier, l'air du bord de Seine était encore frais. Chefdebien remonta le col de son survêtement. Arrivé à son bureau, il convoquerait son directeur des recherches pour mettre immédiatement un laboratoire à la disposition de Jouhanneau.

Chefdebien ne voyait que des avantages à cette collaboration. Il ne croyait pas un seul instant aux propriétés divines de ce breuvage absorbé au cours du fameux rituel. Jouhanneau lui semblait de surcroît un peu trop fébrile dans sa quête, comme s'il en faisait une affaire personnelle. Son rituel de l'ombre lui montait à la tête. Parfois, certains frères perdaient les pédales et Jouhanneau présentait à l'évidence un comportement obsessionnel. Néanmoins, peut-être que, sans le vouloir, les anciens avaient découvert une potion aux vertus médicamenteuses ou psychotropes. Le marché des antidépresseurs était en pleine expansion et cela faisait longtemps que Revelant voulait se diversifier dans l'industrie pharmaceutique.

Mais l'autre motif de satisfaction, le plus important à ses yeux, résidait dans la dette morale contractée par Jouhanneau. L'officier d'Orion possédait une grande influence dans la maison et serait obligé de l'aider dans le but qu'il poursuivait depuis des années : devenir le futur Grand Maître du Grand Orient.

36

Chevreuse

— Qui êtes-vous ?
— Je vous l'ai dit, je suis le jardinier.

Le moustachu avait effectivement la tête de l'emploi. Jade se redressa sur son matelas et remarqua qu'il fouillait dans la poche de son tablier.

— Pourquoi suis-je ici ?
— Je ne sais pas. Je veux juste connaître votre fleur préférée.
— Je déteste les fleurs, dommage.

L'homme sortit un petit sécateur de sa poche et le fit danser devant ses yeux.

— Impossible, tout le monde aime les fleurs et surtout les femmes. Je vais devoir vous apprendre les bonnes manières.

Il appliqua l'outil de jardinage sur le gros orteil. Jade comprit alors la finalité des bandages entourant la main et le pied du mort qui gisait à ses côtés. Elle ne tremblait pas. Son entraînement passé à endurer les tortures mentales et physiques lui revenait en mémoire. Lors d'un stage dans le camp retranché de la DGSE, à côté d'Orléans, l'un de ses instructeurs avait exposé les différentes formes de torture pratiquées dans le monde. Privations sensorielles, usages de drogues, utilisation d'électricité et de divers ustensiles en tout genre mais, fondamentalement, il ressortait que l'application de violences répétées sur un sujet restait encore la méthode la plus efficace. Mise en pratique au Chili sous Pinochet et en Argentine par la police du général Videla, avec la collaboration active de spécialistes de la CIA, cette méthode avait fait ses preuves.

Le fait d'assister à l'exécution de l'Arabe n'était qu'une entrée en matière, une préparation psychologique à ce qui lui était destiné. Mais elle n'allait pas offrir sa peur à ce salaud, puisqu'il comptait la charcuter autant lui gâcher ce plaisir. Elle savait que la souffrance serait atroce, au-delà du supportable mais elle pensa à Sophie et concentra toute sa haine sur son bourreau.

— Avant de commencer votre travail de jardinier, je voudrais poser une question.

L'homme arrêta son geste, décontenancé.

— Euh... oui.

— Il paraît que les tortionnaires dans votre genre sont souvent des mecs impuissants. J'ai lu une étude là-dessus. Ils jouissent de la douleur de leurs victimes mais sont incapables de bander. C'est votre cas ?

Le moustachu pâlit et fit un signe à son assistant.

— Hans, laisse-nous ! Je vais entamer un débat d'idées avec mademoiselle et élaguer ses arguments, je pense que ses cris vont aller au-delà du supportable.

Il la scruta en se mordant les lèvres.

— Une femme qui n'aime pas les fleurs et qui met en doute ma virilité... Pour une fois je vais innover, je vais commencer par les oreilles.

Le sécateur s'approcha de la tête de Jade qui ne se débattit pas. Elle savait que son bourreau attendait d'apercevoir la première expression de peur sur son visage pour commencer son office. Son visage fermé barré d'un sourire ironique inversait le rapport de force.

Les lames de métal s'entrouvrirent et glissèrent autour de son oreille droite, presque délicatement, comme une caresse. Une caresse de souffrance. Jade ferma les yeux et raidit ses poings comme on lui avait appris, pour concentrer toute son énergie musculaire.

L'homme se pencha vers elle. Elle pouvait sentir son haleine aigre mêlée à une odeur âcre de tabac de pipe.

— Tu me supplieras de m'arrêter dans cinq minutes et je n'en ferai rien.

Soudain une voix de femme retentit dans la cave :

— Ça suffit, jardinier. Laisse-la tranquille.

L'homme redressa le cou et tourna la tête vers la grille. Son visage s'était décomposé en un masque de colère grimaçant.

— Comment osez-vous m'interrompre maintenant ? J'ai des ordres précis.

La jeune femme apparut derrière les barreaux de la grille et haussa le ton :

— Les miens sont plus importants. Sol veut qu'on la monte à l'étage et que je m'occupe d'elle personnellement. Exécution. Et prends ton gorille Hans avec toi.

— On ne me parle pas comme ça, jeune fille. Tu sais qui je suis dans l'organisation ?

— Oui et je m'en fous. Veux-tu que j'apprenne à Sol ton indiscipline ?

Le moustachu rangea son sécateur et se leva à contrecœur.

— Je n'ai que ta parole, mais bon... Et puis ce ne sera que partie remise. Je n'ai jamais essayé le sang d'une femme pour nourrir mes petites protégées. Je reviendrai très bientôt, dit-il en souriant à Jade.

Il ouvrit la grille et sortit avec son homme de main. Marie-Anne s'approcha de l'Afghane et s'assit à son tour sur le matelas.

— C'était moins une. Tu me dois une fière chandelle. C'est comme ça que l'on dit dans ta langue.

Jade la contempla avec mépris.

— N'espère aucune gratitude de ma part, je sais qui tu es. Tu as tué mon amie à Rome.

— Oui. Trop facile à mon goût. En revanche, tu me parais une cible beaucoup plus intéressante. Nous avons des choses à nous dire toutes les deux, mais avant je suis obligée de prendre certaines précautions.

Marie-Anne sortit d'un petit sac de cuir, une bague en argent surmontée d'une pointe qu'elle inséra sur son index. Avant que Jade ne puisse bouger, la tueuse pressa la bague sur son pied nu, une goutte de sang perla à l'endroit de la piqûre.

— Tu as de la chance, Jade. Dans cette cave, d'habitude, ce sont des litres de sang qui s'écoulent sur le sol. Ça va t'endormir un tout petit quart d'heure, juste le temps de te monter à l'étage.

L'Afghane sentit sa tête tourner à nouveau, comme lors de son enlèvement. Elle voulut émettre un son mais déjà sa conscience avait basculé.

Paris
Grand Orient

Des centaines de cartons reposaient sur des étagères de métal grises situées dans une grande pièce au sixième étage de l'immeuble du GO. Chaque boîte était référencée par une grande étiquette couverte d'inscriptions en alphabet cyrillique de couleur noire et nombre d'entre elles portaient encore la trace de scellés brisés récemment.

Marcas passa sa main sur les cartons vieillis par le temps qui avaient parcouru des milliers de kilomètres à travers toute l'Europe. Paris… Berlin… Moscou et Paris à nouveau. Un incroyable périple pour ces manuscrits, mémoire retrouvée d'un ordre séculaire.

Le policier revint vers l'entrée de la salle des archives où se trouvait le conservateur, un homme d'une quarantaine d'années à la barbe poivre et sel et aux sourcils fournis.

— Quelle émotion de contempler ces archives quand on connaît leur histoire. Merci de m'avoir permis d'y jeter un œil. Combien de temps faudra-t-il pour exploiter cette mine d'informations ?

En fin d'après-midi, Marcas, ne voyant pas arriver Jade, avait décidé de faire un saut rue Cadet pour savoir s'il existait d'autres manuscrits de la collection du Breuil et accessoirement si l'on avait conservé des témoignages de meurtres inexpliqués de frères selon le rituel de la mort d'Hiram. Il avait appelé directement le conservateur qui par chance devait passer une partie de la soirée à continuer le dépouillement des archives russes.

— Des années probablement. Heureusement, les Russes nous ont facilité la tâche, toutes les références que tu vois sur les cartons sont des repères de classement précis qui se réfèrent à un inventaire exhaustif. Quand tu penses qu'à partir de 1953, des fonctionnaires tous francophones ont passé des mois et des mois à étudier feuille à feuille nos documents sans probablement en comprendre la portée. Ou peut-être n'ont-ils fait que traduire un travail déjà effectué par les Allemands…

— Que cherchaient-ils ?

— L'empire soviétique s'enfonçait dans le long

glacis de la guerre froide. Ils devaient chercher des documents d'ordre politique et surtout à comprendre comment les loges s'organisaient ou bien si nous avions notre propre réseau d'espionnage. Les communistes ne nous aimaient pas beaucoup...

Marcas hocha la tête d'un air entendu.

— Ils n'étaient pas les seuls. Les nazis, les fascistes, les communistes, les catholiques réactionnaires, les monarchistes, les nationalistes de tout poil, il fallait avoir le cuir solide à l'époque pour afficher son engagement.

— Eh oui, on ne peut pas plaire à tout le monde, mais ces archives ont surtout un intérêt historique émouvant comme le document sur lequel je suis en train de travailler. Prends-le entre tes mains.

Le conservateur tendit à Marcas une feuille jaunie par le temps, recouverte d'une fine écriture surannée presque calligraphiée et qui commençait par ces mots :

Tableau des nouveaux officiers de la R :. Loge des IX Sœurs.

Extrait de la planche à tracer du 20ᵉ jour du 3ᵉ mois de l'année :. L :. 1779.

Vénérable – Fr :. Dr Franklin

Marcas s'exclama :

— La liste nominative des membres de la loge de Benjamin Franklin ! C'est inestimable !

Le conservateur sourit.

— Cette note a plus de deux cents ans, ça laisse songeur. Mais que puis-je pour toi ?

Le policier raconta brièvement le meurtre de Sophie Dawes, le contenu des archives qu'elle avait étudiées et les découvertes sur les anciens meurtres en Italie. Songeur, le conservateur se gratta la barbe.

— Dawes a tout emporté et il ne reste rien du dossier du Breuil. Entre nous, j'étais furieux de la voir embarquer les originaux avec la bénédiction de Jouhanneau. Heureusement ils sont revenus ! Quant aux meurtres dont tu me parles, je te conseille de regarder dans le livre de l'inventaire des boîtes d'archives russes. Les cartons sont référencés sous des cotes précises qui correspondent aux étiquettes des cartons. L'alphabet est en russe mais les chiffres sont les mêmes que chez nous. Quand tu auras trouvé ton bonheur, appelle-moi, je suis dans le bureau d'à côté.

Marcas s'assit sur une chaise posée contre un mur et prit le grand classeur en toile jaune de l'inventaire. Il consulta sa montre, vingt-deux heures. Il repensa à Jade et tenta une nouvelle fois de la joindre sur son portable. Il finit par laisser un nouveau message sur son répondeur. Peut-être avait-elle eu un empêchement de dernière minute, après tout ils n'étaient pas mariés, elle n'avait aucun compte à lui rendre. Il n'allait pas non plus prévenir le juge Darsan. Il attendrait demain s'il n'avait pas de nouvelles.

Il ouvrit le livre d'inventaire et parcourut les différents titres de référence. Un vrai bazar. Bordereau de paiement de loge de l'année 1830, planches de 1925, comptes rendus de réunions de 1799... Patiemment, il décrypta les références.

Au bout d'une demi-heure, alors que ses yeux commençaient à rougir et que ses membres s'ankylosaient, il tomba sur une curieuse notule.

Mémoire du F∴ André Baricof, de la loge Grenelle étoilée, sur les maçons persécutés dans l'histoire. Datation 1938. Série 122, sous-section 12789.

Marcas se leva et passa la tête dans le bureau du conservateur, affairé devant une masse de documents en mauvais état. Celui-ci releva la tête et lui rendit son sourire.

Dix minutes plus tard, Antoine avait sous les yeux un gros carton pansu posé sur la table de consultation. Il brisa la ficelle qui faisait office de scellé et retira le couvercle attaqué par l'humidité. A l'intérieur, des chemises en papier fin contenaient des liasses de manuscrits et de tableaux remplis de chiffres. Marcas passa en revue les chemises une à une pour finalement tomber sur celle qui l'intéressait.

Il posa la grosse boîte par terre, à côté du bureau, et ouvrit le dossier Baricof qui tenait en une dizaine de feuillets. C'était un journaliste membre du GO, travaillant dans un quotidien à grand tirage, et qui avait recensé, de façon assez morbide, les morts violentes de maçons au fil de l'histoire. Marcas lut rapidement le texte. A la huitième page, son cœur fit un bond. Un paragraphe d'une trentaine de lignes :

... Il est curieux de constater qu'il existe une vieille rumeur chez certains de nos frères les plus âgés à propos de meurtres identiques à celui d'Hiram. Les premiers auraient eu lieu en Allemagne au milieu du XVIIIe siècle en Westphalie. Douze frères allemands d'une loge furent retrouvés morts dans une clairière avec les stigmates de la mort d'Hiram, épaule déboîtée, vertèbres cervicales fracturées et crâne fracassé. Un frère, officier principal de police qui menait l'enquête, a découvert que les assassins faisaient partie d'une inquiétante confrérie, la Sainte Vehme, créée par des juges et des militaires pour châtier les ennemis de la chrétienté. L'enquête a été classée sans suite par les autorités et les coupables ne furent jamais poursuivis. Le frère policier a envoyé un compte rendu aux loges pour les alerter.

J'ai retrouvé deux autres assassinats similaires toujours en Allemagne, juste après la guerre. Les premiers ont eu lieu à Munich après l'échec de la révolution spartakiste, quand des extrémistes communistes ont failli prendre le pouvoir en Bavière en 1919. Les représailles du corps franc Oberland, milice d'extrême droite dirigée en sous-main par une confrérie raciste appelée Thulé, furent impitoyables et parmi les centaines d'opposants exécutés on a retrouvé plusieurs maçons massacrés selon le même rituel. Il est à noter que ces frères ne faisaient pas partie des révolutionnaires. On trouve aussi la trace d'un autre assassinat, cette fois à Berlin, un vénérable de la loge Goethe, abandonné sur un trottoir avec les mêmes traces de coups. Il serait intéressant de savoir si les nazis ont continué ce genre de pratiques mais depuis l'interdiction des loges et l'ouverture des camps de détention, nous n'avons plus de contacts là-bas.

Le texte passait ensuite à des considérations philosophiques sur les relations tendues avec les régimes fascistes. Marcas prenait des notes sur son calepin commencé à Rome. Il tenait enfin une piste sérieuse, il n'avait plus affaire à des coïncidences. Tout partait d'Allemagne et se perpétuait au cours des siècles dans une parodie sanglante de mort de la figure la plus respectée de la maçonnerie, Hiram.

37

Chevreuse

Sans doute un aristocrate de la fin du XVIIIe siècle avait imaginé le décor encore intact de cette chambre où tout appelait au plaisir. Dans les dernières années du règne de Louis XV, la noblesse libertine avait créé un style, entièrement dédié aux réjouissances de l'amour physique, un décor de rêve, celui des *petites maisons*.

Dans des châteaux isolés de Paris et de Versailles, dans des vallées au charme bucolique, on avait édifié ces demeures de plaisir où se réunissaient les débauchés de l'époque. Loin des fastes de la cour, des salons mondains ou philosophiques de la capitale, un nouvel art de vivre avait vu le jour.

Un moment de plaisir éphémère que la Révolution avait balayé dans le sang et l'oubli. Nombre de ces *petites maisons* avaient disparu, emportées par le vent de l'Histoire et la pression immobilière. Ne restaient, discrètement préservées, que quelques demeures, au charme suranné, témoins silencieux des jeux d'une époque qui avait connu la liberté des corps et l'indépendance de l'esprit.

Les fenêtres à la française donnaient sur le parc. Les volets avaient été tirés. De longues persiennes dont les claires-voies laissaient passer de fins rayons ensoleillés, transformant le parquet ciré en un miroir scintillant. Les amantes des siècles passés avaient dû voir leurs chevilles d'albâtre délicatement caressées par ce jeu de lumière. Au-dessus de la cheminée en marbre veiné, une glace de Venise espionnait toute la chambre. Sur les fauteuils au galbe sensuellement arrondi, des vêtements féminins reposaient en désordre. Une fine chaussure au talon carré avait fini sa course au pied d'un bureau en acajou, l'autre gisait sur le lit. Une écharpe en lin blanc couronnait un buste de plâtre au sourire complice.

Au fond de la pièce, des draps s'ouvraient sur la profondeur obscure d'une alcôve. Surplombé d'un baldaquin de bois sombre, un lit retenait prisonnière une femme endormie dont les vêtements déchirés laissaient entrevoir une chair blanche.

Assise sur un sofa, Marie-Anne, le regard brûlant, contemplait la femme qu'elle allait tuer.

Durant toutes ces années où elle avait vécu, habitée par le seul désir de vengeance, la Croate n'avait guère eu le temps de penser à sa vie amoureuse. Elle avait croisé des hommes, connu des étreintes fugitives, mais jamais son désir à elle ne s'était éveillé. Elle demeurait une partenaire consciencieuse, appréciée sans doute, mais désespérément absente.

Tuer, c'est d'abord attendre. Attendre parfois des jours que le gibier sorte de sa tanière. Attendre dans des voitures, des couloirs, des bords de route. Attendre dans la pluie et le vent. Marie-Anne ignorait comment ses confrères dans l'art de la mort passaient leur temps de guet, mais elle avait trouvé une solution.

Alors que les heures passaient, elle s'imaginait un

décor lointain. Le souvenir sans doute d'une image aperçue enfant. C'était toujours une chambre, plongée dans une semi-obscurité où elle multipliait à loisir un ameublement raffiné. Tout respirait le plaisir. Dans un recoin plus sombre, il y avait un lit. Toujours un lit défait où des odeurs de volupté se mêlaient aux effluves d'un corps inconnu. C'était toujours le moment où Marie-Anne s'arrêtait. Quand le désir devenait une brûlure.

Une fois, une seule, elle avait transgressé sa propre règle. Et, sur ce lit imaginaire, elle avait vu se dessiner, comme dans un rêve maudit, le corps d'une autre femme...

Depuis, elle s'astreignait à une discipline mentale qui bannissait tout fantasme. Jusqu'à aujourd'hui où elle était rentrée dans cette chambre.

Dehors, le parc était calme. A cette heure, les employés du château avaient fini leur travail. Marie-Anne jeta un coup d'œil par l'embrasure d'un volet. La large pelouse était déserte. Seule une statue au regard de marbre veillait dans le silence. Le gazon s'arrêtait à la lisière d'un bois de chênes qui s'enfonçait jusqu'au mur d'enceinte de la propriété. Nul ne viendrait les déranger.

La Croate se retourna vers le lit. Jade avait bougé. Un simple mouvement de la tête. Dans quel monde obscur avait-elle sombré ? Sous ses aisselles que ses bras prisonniers offraient au regard, Marie-Anne voyait se former une mince buée de sueur. Jamais elle n'avait contemplé quelque chose d'aussi érotique.

Il lui fallait se reprendre. Retrouver le fil de la mission.

Marie-Anne détestait la faiblesse. Sa propre faiblesse. Pourtant elle avait cédé. Elle avait conduit Jade dans la chambre. L'Afghane dormait d'un sommeil profond. Là, elle l'avait déshabillée avant de l'attacher, à l'aide de câbles électriques, aux montants du lit. Et maintenant elle attendait que sa victime se réveille.

Marie-Anne aimait aussi sa faiblesse. Sur le bureau en acajou, elle contemplait une boîte en plastique opaque. A l'intérieur, encore humides, deux champignons à la tige flexible, au chapeau plissé. L'Arabe n'en avait consommé qu'une petit partie. C'est elle qui, sur l'ordre de Sol, avait préparé la décoction que Béchir avait avalée. Un breuvage aux vertus hallucinatoires pour se préparer au grand passage. Et il restait deux champignons... de quoi affronter ses propres faiblesses, de quoi réaliser ses propres fantasmes.

Jade gémit doucement. Elle avait froid. Ses mains semblaient engourdies. Une douleur lancinante montait de ses jambes. Elle voulut bouger. Rien.

— Pas la peine, prononça une voix aux inflexions lentes.

Il fallait ouvrir les yeux.

— Une vraie Belle au bois dormant, reprit la voix, sauf que tu peux attendre le Prince charmant. Viendra pas.

Devant l'Afghane se tenait la jeune tueuse. Les yeux fixes. Vitreux.

— Viendra plus. Alors...

L'inconnue s'était levée.

— Ne m'oblige pas à te torturer. Pense à ton corps. Lentement, elle s'approchait.

— Un si beau corps. Tu as dû avoir beaucoup de plaisir...

Maintenant, elle était sur le lit.

— Ton amie aussi était belle. Je l'ai embrassée avant de la tuer.

Jade faillit hurler.

— Sauf que toi, tu es nue...

— Dis-moi ce que tu veux !

Marie-Anne s'affaissa sur le lit. Ses cheveux blonds se lovèrent au creux de Jade.

— Moi ? Tant de choses ! Et d'abord…

Tout le corps de l'Afghane se raidit.

— La poupée a peur ? Tu préférerais ton flic ?

— Comment vous savez ?

— Franchement tu me déçois. Avec un flic ! Encore ç'aurait été, comment déjà, Sophie ?

— Sale pute !

— Si tu veux, ma chérie ! De toute façon, tu vas mourir. Alors ne te gêne pas. Pute ? Qui sait ? J'aurais peut-être aimé.

Jade eut une inspiration.

— Non, pas le flic. Pas mon genre.

La voix se fit plus sourde :

— Non ?

— Non.

— Tu préférais ta copine ?

— Devine ?

La chevelure blonde se fit plus caressante.

— Et si j'aimais pas les devinettes ?

— Mes mains… Sophie, elle, aimait mes mains.

Marie-Anne se leva en titubant.

— Tes mains… Tes mains. Tu me prends pour une idiote ?

Elle ricana et fit voler ses chaussures à travers la pièce.

— Et pourtant, je vais te prouver le contraire.

— Alors prouve !

Sur le bureau, au milieu de vieux livres, un coupe-papier.

— Une main. Une seule. Et si tu fais un faux mouvement, un seul…

La Croate porta le coupe-papier à sa gorge.

— ... je te vide !

Jade pensa à Marcas. Sans raison. Un autre visage aurait pu apparaître. Pourquoi pas son père ? Ou un homme qui l'avait aimée ? Pourquoi lui ? Il n'avait rien. Un raté. Un vrai raté. D'un coup, elle se rappela un cours de français au lycée. On avait longuement parlé d'un texte de Proust. *Un amour de Swan*. Un amour impossible entre un homme cultivé et une cocotte. Un amour pour lequel ce Swan avait tout sacrifié. Une passion pour « *une femme qui n'était même pas mon genre* ».

Jade se souvenait de cette dernière phrase. Elle ne savait pas si elle la citait correctement, mais la vérité était restée. Une vérité qui lui faisait peur, qui lui avait fait multiplier les amants éphémères. Des gravures de mode ou des brillants intellectuels, mais jamais un homme qu'elle avait aimé. Et là, au plus près de la mort, elle pensait à un type au prénom ridicule. Antoine.

Marie-Anne avait fini de cisailler les liens de la main droite. Elle saisit les doigts de sa prisonnière.

— Maintenant, fais-moi plaisir.

Sarlat, Dordogne

Me Catarel était un notaire averti. On le voyait, toutes les fins de semaine, arpenter la campagne environnante, vêtu en randonneur, son appareil photo numérique en bandoulière. A ses clients, qui le croisaient parfois, il expliquait sa passion de l'architecture locale et devenait vite intarissable à propos d'un mur en colombage ou d'une toiture affaissée.

Correspondant assidu de la *Société des Etudes historiques du Périgord*, il publiait régulièrement un article extatique sur une porte d'entrée vermoulue ou bien dénonçait les méfaits du modernisme en architecture. Peu à peu, il s'était créé une réputation de fin connaisseur, ce qui lui valait une nombreuse clientèle. Réputation qui valait aussi à toute nouvelle agence immobilière, installée dans son secteur, de péricliter dans un délai toujours plus bref. Car les pittoresques photos de Mᵉ Catarel n'alimentaient pas seulement les revues régionales, mais circulaient aussi parmi les amateurs de vieilles pierres : gens souvent fortunés qu'intéressaient toujours une belle maison de maître ou un manoir traditionnel à restaurer.

Pour autant, Mᵉ Catarel était un homme discret. Héritier de plusieurs générations de tabellions, il connaissait son métier et l'état des fortunes de la région. Une expérience profonde qui ne lui avait jamais manqué.

Ainsi quand le jeune Chefdebien, on le nommait ainsi dans la région pour le distinguer de son oncle, lui avait demandé d'accueillir un de ses amis, Marc Jouhanneau, le notaire était prêt à tous les dévouements. D'autant que le PDG de Revelant avait précisé que son ami allait s'installer au château.

Jouhanneau avait pris à l'aéroport du Bourget le jet privé de Revelant, mis à sa disposition par Chefdebien, pour atterrir à Bergerac où une voiture de la délégation commerciale de Bordeaux était venue le chercher. En plaisantant, le patron de Revelant avait dit que ce qu'il faisait là était un abus de bien social au détriment de sa société et qu'un juge pouvait le mettre en prison pour ça. Jouhanneau lui répondit sur le même ton ironique que la justice était truffée de frères compréhensifs.

Mᵉ Catarel avait fait asseoir son visiteur dans un fauteuil anglais au cuir patiné par l'âge. Seul luxe d'une étude au décor austère. Une étude de province.

— Merci de me recevoir si tardivement, maître, mais je viens à peine d'arriver de Paris. Par avion.

Jouhanneau avait volontairement précisé ce détail.

Les sourcils du notaire s'arquèrent légèrement.

— Je ne savais pas qu'il y avait une ligne directe à cette heure…

— Je suis venu en avion privé. Mais parlons du château. Vous en êtes en quelque sorte le gardien.

— On peut le dire. A la succession, les scellés ont été mis et l'héritier, qui m'a investi de sa confiance, m'a demandé de procéder à un inventaire. Et d'assurer aussi l'entretien nécessaire…

— Une confiance qui vous honore…

Les sourcils notariaux montèrent d'un cran.

— J'étais très proche de feu le marquis de Chefdebien. Une amitié de longue date. Un érudit exceptionnel.

— J'ai bien connu moi aussi notre ami. Sa curiosité intellectuelle était insatiable.

— Et d'une profondeur… Cet homme s'intéressait à tout.

— Et son château ?

Le notaire plissa les lèvres.

— Une merveille architecturale, mais je crains que vous ne trouviez le confort… comment dire… un peu sommaire.

— Une austérité, je n'en doute pas, favorable à la réflexion. Le marquis a beaucoup médité et travaillé en ces lieux ?

— Bien sûr. Bien sûr. Un tel endroit, chargé d'histoire, est une source d'inspiration…

Jouhanneau le coupa :

— J'ai hâte de m'en rendre compte par moi-même.

— Vous ne serez pas déçu, j'en suis certain. Le château est prêt à vous recevoir. Quant aux clés, elles sont à votre entière et immédiate disposition, monsieur

Jouhanneau. Mon clerc de notaire va les apporter à l'instant. Mais permettez-moi de vous offrir d'abord un rafraîchissement. Une liqueur de noix, une spécialité locale.

Jouhanneau hocha la tête.

— Ce sera avec plaisir.

Me Catarel apporta lui-même les verres.

— J'espère que, durant votre séjour, vous visiterez notre belle contrée. Vous savez qu'elle est riche en histoire.

— Que me conseillez-vous, maître ?

— D'abord la préhistoire. C'est ici que l'art est né, cher monsieur. Lascaux, un des sommets de la peinture !

— Je croyais la grotte fermée au public ?

— Un fac-similé a été créé à proximité. Un travail remarquable.

— Et la grotte d'origine ?

— Elle n'est ouverte qu'exceptionnellement. Des chercheurs, des officiels. Les peintures pariétales supportent mal le gaz carbonique. La respiration des visiteurs a failli tuer ce site unique.

Le Grand Archiviste esquissa un sourire. Il avait connu des frères, à Cordes, dans le Tarn, qui avaient installé leur temple dans une grotte. Non pas des fantaisistes, mais des frères passionnés qui y tenaient le rituel comme il convenait. Il est vrai que depuis certains travaux récents, les spécialistes considéraient les grottes préhistoriques comme des lieux d'initiation. On parlait de chamanisme, de cérémonies rituelles...

— Et puis les châteaux, monsieur Jouhanneau, les châteaux ! Nous avons de pures merveilles ! Et d'ailleurs le castel de Beune que vous allez découvrir est un modèle du genre.

— C'était le château de famille des Chefdebien ?

Le notaire hésita.

— C'est-à-dire que…

— Je croyais pourtant…

— Feu le marquis prétendait en effet que le château avait fait partie des possessions de sa famille, mais…

— Vous vous passionnez pour l'histoire, n'est-ce pas, maître ?

— Je l'avoue, c'est un peu mon péché.

— Et, donc, ce château…

— N'a jamais été aux Chefdebien. Le marquis l'a acheté alors qu'il était en ruine et il en a restauré une partie.

Jouhanneau, silencieux, sirotait son vin de noix. Le notaire reprit :

— Et je ne sais ce que compte faire l'actuel marquis…

— Moi non plus, mais c'est un homme très occupé.

— Bien sûr ! Revelant !

Les sourcils du notaire étaient de nouveau arqués.

— D'autant qu'une pareille bâtisse demande des soins constants. Un château qui date du XIIIe siècle, vous pensez ! Des hectares de toiture. Rien que sur la partie restaurée. Sans compter toutes les dépendances. Vous savez, c'était un *castrum*. Des maisons nobles, une chapelle…

— Il a une riche histoire ?

— Exceptionnelle !

Le Grand Archiviste abandonna son verre.

— Serait-ce trop abuser de votre temps que de vous demander de…

Les yeux du notaire s'enflammèrent.

— Mais pas du tout ! Voulez-vous reprendre un peu de notre liqueur régionale ?

— Avec plaisir, elle est délicieuse.

Sur le château de Beune, le notaire avait été intarissable. Quand Jouhanneau sortit, il était déjà onze heures du soir. Il traversa la vieille ville et son secteur sauvegardé pour rejoindre sa voiture, garée sur le tour de ville. Les touristes étaient déjà nombreux. Il est vrai que Sarlat offrait un patrimoine architectural exceptionnel. On pouvait se croire revenu dans une ville de la Renaissance. Certaines ruelles n'avaient pas bougé depuis des siècles. Les façades de pierre ocre offraient le décor continu d'hôtels particuliers miraculeusement préservés. Les portes à haut fronton se succédaient tandis que les fenêtres à meneaux rivalisaient de fines sculptures.

Mais les vestiges médiévaux aussi étaient nombreux. A commencer par le cimetière, où l'on trouvait encore des tombes aux dalles plates ornées de la croix pattée du Temple. Et juste au-dessus de l'église, la célèbre lanterne des morts. Une fine tour conique, sans autre ouverture qu'une porte d'entrée, et dont le mystère passionnait les érudits locaux.

On parlait d'un monument commémoratif, d'une tombe collective et même de la loge de maçons opératifs, ceux-là mêmes qui auraient construit l'église abbatiale. Vérité historique ou pas, Sarlat comptait beaucoup de loges maçonniques. Presque toutes les obédiences étaient représentées. Une densité de frères quasi inconnue ailleurs.

Jouhanneau remontait la rue Montaigne en direction du boulevard extérieur. Dans sa poche, il serrait un trousseau de lourdes clés en fer forgé.

38

Chevreuse

— Mais avant… appelle-moi Joana.
— Charmant ! Et ça vient d'où ?
— Croatie… Un charmant pays… aussi…

Jade reprenait ses esprits et essayait d'estimer ses chances de se sortir de cet enfer. Avec une main attachée et ses pieds ligotés, le rapport de force penchait en faveur de la tueuse. L'Afghane n'avait aucune envie de se prêter aux caprices de cette dingue mais ne voyait aucune issue se profiler, surtout avec le couteau sous la gorge.

— J'attends…

La voix de la fille devenait plus rauque et Jade sentit la pression du couteau s'accentuer. Elle avait l'impression de se trouver plongée dans un film de série B avec derrière le miroir un pervers en train de filmer la scène. Une idée germa. Les paroles de son compagnon d'infortune.

— Je suis au courant pour Bvitti.

Joana relâcha momentanément la pression.

— Bvi… quoi ?

— Bvitti. Il faut que je voie ton chef.
— Mon chef ?
Joana ricana.
— Oui, ton maître. Dis-lui que je suis prête à tout lui dire et même beaucoup plus sur les francs-maçons. Ils ont une longueur d'avance sur vous.
Pendant qu'elle détournait l'attention de Joana, sa main avait trouvé l'une des chaussures à talon aiguille déposée par son agresseur sur le lit. Lentement, centimètre par centimètre, elle rapprochait la chaussure de son corps. Le couteau collait à sa gorge mais le tranchant était moins appuyé. Joana se pencha vers Jade.
— Je veux ta main…
Le talon à bout carré métallique effectua un arc de cercle parfait avant de percuter la tempe de la Croate qui bascula sur le côté du lit. La tueuse poussa un cri de douleur animale en s'effondrant sur le sol. Par chance, le couteau n'avait fait qu'effleurer le cou de Jade qui sentit la morsure d'une petite coupure.
L'Afghane saisit la lame et coupa les liens qui la maintenaient sur le lit. Elle n'était pas encore sortie d'affaire, la maison devait grouiller d'amis du jardinier et de la tueuse. Celle-ci était recroquevillée sur le tapis de la chambre, en position fœtale. L'Afghane ne put se résoudre à l'achever de sang-froid, elle lui passa la main à la base du cou et exerça une forte pression sur l'artère carotide pour stopper l'irrigation du cerveau et prolonger l'état d'inconscience. Elle en profita pour la ligoter et la bâillonner avec ses liens.
Jade avait retrouvé tous les réflexes dus à son entraînement, l'esprit en éveil sous l'effet de la décharge d'adrénaline. Elle traversa la pièce et regarda par la fenêtre, le parc était désert à cette heure de la nuit. Par chance, la pièce où on l'avait enfermée se trouvait au premier étage.

Elle contourna le lit et ouvrit délicatement la porte de la chambre, des bruits et de la musique résonnaient au bout du long couloir qui aboutissait à sa chambre. Trop risqué. Elle devait trouver une solution rapidement, à tout moment quelqu'un pouvait surgir. Elle choisit de tenter le coup par la fenêtre.

Elle fouilla le sac à main de Joana posé sur la table et en retira ses papiers d'identité, faux sans aucun doute, et son portable, très précieux pour retrouver les traces des appels passés. Elle se rhabilla rapidement, puis elle passa dans la salle de bains pour se rafraîchir le visage. Le reflet qu'elle aperçut dans le miroir la désespéra, elle avait une tête à faire peur. Ses cheveux collés achevaient de lui donner une allure de folle échappée d'un asile.

Elle n'avait plus le temps de s'arranger. Elle traversa à nouveau la pièce et prit le couteau qu'elle fit danser sous ses yeux. Ce serait si facile... Personne ne le lui reprocherait... Que pèsent des principes moraux face à des gens qui torturent et assassinent sans le moindre remords ? Elle approcha la lame du ventre de Joana avec un sourire mauvais, quelques centimètres seulement et cette engeance passerait de vie à trépas.

Elle avait déjà tué dans sa carrière, mais jamais un adversaire réduit à l'impuissance. Le visage de Sophie dansait devant ses yeux, son sourire, sa joie de vivre... un peu de haine encore et la vengeance serait achevée...

Soudain, elle se ressaisit. Pas question de devenir une machine à tuer, ses principes reprenaient le dessus mais une frustration s'enkystait dans son esprit. Elle ne pouvait s'en sortir indemne. Il fallait lui laisser un souvenir.

Jade regarda autour d'elle et repéra une sculpture de pierre posée sur une table de desserte et qui représentait une sorte de colonne stylisée. Elle la soupesa – le pilier devait faire facilement cinq bons kilos – avant de revenir vers la tueuse. Jade leva la sculpture au-dessus de sa tête et d'un geste brusque frappa le poignet droit de la Croate.

Joana se réveilla sous l'effet du choc et hurla sous son bâillon, ses yeux s'embuèrent de larmes, son corps se tortilla dans tous les sens. Jade la chevaucha et l'immobilisa entre ses cuisses.

— Moi aussi j'ai ma part d'ombre. Je ne suis pas une gentille fille. Tu seras infirme toute ta vie. Et ce n'est pas fini.

Elle immobilisa le poignet brisé d'une main et de l'autre frappa les doigts avec la sculpture. Méthodiquement, avec une précision mécanique. La fille émit un son étouffé, son regard brillait d'une haine intense.

— Voilà, tu ne pourras jamais plus t'en servir. Les os et le cartilage sont en miettes. Pour ta culture personnelle, c'est une technique que m'a apprise l'un de mes instructeurs qui la tenait lui-même d'un officier congolais. Une coutume pour châtier les voleurs.

Avant de se lever, Jade gifla le visage bâillonné.

— Ça, c'est uniquement pour t'humilier et ça me fait du bien. Le problème avec nous les filles, c'est qu'on nous éduque en refrénant nos pulsions... Et de temps en temps, c'est bon de se laisser aller. Adieu, salope !

L'Afghane vérifia la solidité des liens. La tueuse ne pouvait pas s'échapper. Satisfaite, elle s'approcha de la fenêtre et escalada le rebord. Le parc était silencieux, comme la nuit. Elle s'agrippa à la corniche et en moins d'une minute atterrit avec souplesse sur le gravier. Deux hommes probablement armés marchaient le long de la grille et barraient le passage.

Jade se faufila le long de la serre et rampa sur une centaine de mètres sous les vitres. Arrivée de l'autre côté, elle leva la tête et aperçut le jardinier en train d'arroser des ficus géants. Etait-ce une illusion, mais il semblait leur parler comme à des êtres humains. Jade pensa à ce pauvre type mort torturé et sa colère monta. Elle pourrait se glisser vers lui et le tuer mais elle n'avait pas le temps, il fallait s'enfuir et prévenir les autorités, Marcas et Darsan.

Le jardinier interrompit son arrosage et tourna la tête vers l'endroit où se trouvait Jade. Son cœur bondit. Il regarda un instant dans sa direction comme s'il avait entendu un bruit, puis reprit son activité. La jeune femme soupira de soulagement. Elle se faufila vers la partie arrière du château et disparut dans les bois.

Paris

Le taxi l'attendait devant l'entrée de la rue Cadet. Marcas s'engouffra dans la voiture et s'affala sur le siège arrière, il était près de deux heures du matin et il n'avait qu'une seule envie, plonger dans son lit douillet. En dix minutes maximum il serait dans son appartement. Son portable vibra dans sa poche. L'écran indiquait : numéro inconnu. Il décrocha. Une voix féminine l'apostropha.

— Marcas, venez me récupérer tout de suite. Je suis à Dampierre.

— Vous vous payez ma tête ! Je poireaute comme un crétin, je laisse deux messages sur votre répondeur et tout ce que vous trouvez, c'est de me siffler pour servir de chauffeur...

— Stop ! J'ai été enlevée dans la journée par les assassins de Sophie. Ils vont me pourchasser. Rappliquez ! J'ai laissé un message à Darsan, mais il devait dormir. Heureusement que j'ai mémorisé vos deux numéros. Le village où je me trouve est désert. Je ne peux pas prendre le risque de commander un taxi s'ils écoutent les fréquences.

Le ton affolé de la voix ne laissait aucun doute sur l'urgence de la situation. Le policier réfléchit. Du IXe arrondissement de Paris jusqu'à Dampierre il fallait compter au moins une bonne heure en voiture. Trop long.

— Jade, j'arrive. Mais pour gagner du temps je vais d'abord appeler un ami qui habite le coin. Avec un peu de chance il pourra te récupérer avant moi. Je te rappelle.

— Non, je suis sur le portable de la tueuse, je ne connais pas son numéro. C'est moi qui...

Elle avait coupé. Marcas prit son agenda et chercha un nom précis. Le frère Villanueva, chef étoilé et patron du relais-château de la Licorne, l'une des meilleures tables hôtel de la région de Rambouillet. Marcas lui avait rendu un service un an auparavant en lui sortant le dossier confidentiel et complet de sulfureux hommes d'affaires douteux qui désiraient investir dans son affaire, lui évitant ainsi bien des ennuis. Les investisseurs indélicats adoraient les petites entreprises françaises pour blanchir leurs capitaux.

Il composa le numéro. Une voix ensommeillée répondit :

— Ouais...
— Marcas à l'appareil.
— Qui ça ?
— Ton frère Marcas.
— Quelle blague, je suis fils unique.

Marcas se souvenait que Villanueva était un peu dur d'oreille. Il lança le nom de la loge où ils s'étaient connus.

— *L'étoile flamboyante !*

Une exclamation joyeuse retentit :

— Mon frère commissaire ! Je ne t'avais pas reconnu. Que me vaut ce plaisir à cette heure tardive ?

— C'est très sérieux, une de mes amies est en danger. Il faut la récupérer à Dampierre et la mettre en sûreté. Peux-tu me rendre ce service ?

— Bien sûr, je serai à Dampierre dans un quart d'heure maximum.

— Parfait, je vous rejoins. Je vais lui laisser ton numéro de portable pour que tu puisses la retrouver. Merci encore.

Un rire bruyant éclata dans l'appareil.

— J'adore les histoires policières.

Marcas se reposa sur le siège de cuir. Il indiqua le changement de direction au chauffeur.

— Vous avez de quoi payer, maugréa le taxi, à cette heure, ça va coûter dans les cent euros. Je ne prends pas les chèques.

Le policier brandit sa carte tricolore sous le nez du chauffeur qui baissa d'un ton.

— Excusez, mais qui va me rembourser la course ?
Marcas soupira.

— Trouvez-moi un distributeur de billets.
Le portable vibra à nouveau. Jade.

— Alors ?

— Un frère va te récupérer d'ici un quart d'heure et je vous retrouve tous les deux dans son hôtel. Mémorise son numéro de portable pour que tu puisses le guider.

— Marcas ?

— Oui ?

— Tu m'as tutoyée.

— Mets ça sur le compte de l'émotion.

Chevreuse

Le jardinier contemplait avec mépris la fille ligotée par terre. Par son incompétence, elle avait mis en danger l'Orden. Ses hommes avaient fouillé le domaine de fond en comble, en vain. La prisonnière devait courir dans les bois et les chances de la récupérer étaient désormais trop réduites. Il n'avait que trois hommes pour assurer la sécurité du château, un nombre insuffisant pour organiser une battue. Compte tenu de l'heure tardive l'urgence était ailleurs. L'Orden devait effacer toute trace de son passage dans la demeure avant que les autorités n'envoient la police pour fouiller le domaine.

Tous les responsables des maisons de l'Orden dans le monde connaissaient la procédure d'évacuation à appliquer en cas d'extrême urgence. Deux fois par an, le personnel s'astreignait à simuler une évacuation rapide selon un minutage précis. Phase un : récupération des documents dans le coffre et activation du système d'incendie. Toujours des bouteilles de gaz pour faire croire à un incendie accidentel. Phase deux : mise en place dans les chambres du château des six cadavres, gardés habituellement dans des congélateurs. Des faux papiers glissés dans les poches complétaient la mascarade. Phase trois : évacuation à bord de breaks stationnés dans un garage aménagé de l'autre côté du parc. Au dernier exercice, son équipe avait vidé les lieux en vingt-cinq minutes.

Le jardinier libéra Joana.

— Cette chienne m'a bousillé la main. Donnez-moi de la morphine !

L'homme ne broncha pas. Si cela n'avait tenu qu'à lui, il l'aurait exécutée d'une balle dans la tête. C'était généralement la procédure habituelle pour se débarrasser des incompétents. Et dans ce cas précis, elle était responsable de la destruction d'une maison de l'Orden et, pis, de l'identification de certains de ses membres, dont lui. Malheureusement, cette Croate était une protégée de Sol et la fille d'un des membres du directoire. Autant dire intouchable. Une fille à papa.

— D'accord, je vous envoie Hans avec une seringue. Départ dans un quart d'heure maximum. Sachez que je ferai un rapport sur votre échec. A cause de vous, l'Orden perd une base précieuse et moi mes petites chéries.

Joana écoutait pérorer le jardinier avec exaspération, la douleur taraudait sa main droite.

— Vos chéries ?

— Mes plantes d'amour. Elles vont périr dans l'incendie, je ne m'en remettrai jamais, je suis très sensible.

Joana émit un ricanement en regardant le plafond de la chambre.

— Quel taré ! il découpe les gens en morceaux avec son sécateur et verse des larmes sur ses foutues fleurs...

Le jardinier la regarda avec mépris et quitta la chambre en lançant :

— Un quart d'heure, pas plus, l'incendie partira aussitôt.

Joana se traîna vers le lit. Le jardinier ne lui ferait aucun cadeau dans son rapport. Elle savait que ses erreurs ne lui seraient pas pardonnées et que ses mutilations l'empêcheraient désormais d'exercer à nouveau le seul métier qu'elle savait faire : tuer. Elle n'attendait aucune pitié de l'Orden, *la pitié est l'orgueil des faibles*, l'expression favorite de Sol. Sa seule chance de salut résidait dans l'amour de son père.

39

Région de Rambouillet
Domaine de la Licorne

Il y avait longtemps que Marcas n'avait pas dormi dans un hôtel de charme. Et puis le verbe dormir n'était pas celui qui convenait. Il avait passé la fin de la nuit à fumer et à réfléchir. Si on pouvait appeler ça réfléchir.

L'esprit écartelé entre des informations à mettre en ordre et la femme qui dormait dans la chambre mitoyenne, les poignets et les chevilles tuméfiés.

Mais surtout il connaissait désormais le nom de l'élément inscrit sur la pierre de Thebbah. Avant de partir se coucher, Jade lui avait raconté les délires de son compagnon d'infortune et ce nom étrange, Bvitti, qui revenait sans cesse dans sa bouche, accolé à celui de la pierre de Thebbah. Qui était ce pauvre type, ils ne le sauraient jamais, mais grâce à lui une pièce du puzzle se mettait en place.

BVITTI.

Ce nom, Marcas le connaissait. Il l'avait lu quelque part, ou était-ce le souvenir d'une planche lue en loge ? Il était descendu à pas feutrés dans le petit salon de l'hôtel, désert à cette heure tardive, et avait mis en route l'ordinateur connecté sur le Net et en libre accès aux clients.

Il mit une bonne demi-heure pour trouver l'article consacré à Bvitti sur un site consacré à ce culte... africain. Des chercheurs ethnologues du CNRS avaient travaillé sur les rites initiatiques liés à cette plante et pratiqués au Gabon, dans un petit village perdu dans la forêt, fief d'une tribu, les Mitsogho.

L'initiation Bwiti. Bwiti, l'âme du monde, la connaissance de ce qui est au-delà, la vérité cachée.

Pour voir Bwiti, il fallait absorber une décoction à base de racines d'une plante sacrée, l'iboga, et suivre un rituel d'initiation précis.

La substance chimique sacrée : l'ibogaïne.

Jouhanneau serait ravi. Il tiendrait un deuxième élément.

Alors qu'il parcourait l'article, il eut soudain un frisson. Il relut deux fois de suite le passage tant la coïncidence était troublante.

En premier lieu, il y a quelques similarités frappantes entre l'initiation au Bwiti et les rites d'initiation maçonniques. Le résultat final est le même, la connaissance du mystère de l'au-delà, que les maçons appellent le sublime secret [...] Mais le plus étonnant dans le rituel maçonnique, sont les trois coups avec un maillet en souvenir de l'assassinat d'Hiram, l'architecte du Temple de Salomon par trois de ses compagnons à qui il avait refusé de révéler le sublime secret. La seule différence entre les maçons et les adeptes du Bwiti est que ces derniers ont la certitude de connaître ce secret.

Les chercheurs avaient noté que, lors de l'initiation au Bwiti, « *le crâne du candidat est frappé trois fois avec un marteau pour libérer son esprit* ».

Marcas n'en revenait pas de cette coïncidence.

Les idées se bousculaient dans sa tête ; comment le culte de Bwiti s'était-il retrouvé dans une pierre hébraïque vieille de plusieurs millénaires ? Probablement par l'Egypte, via les marchands égyptiens qui entraient en contact avec les tribus africaines ou peut-être par l'Ethiopie qui entretenait aussi des expéditions au plus profond du cœur de l'Afrique.

Son imagination s'enflammait, la reine de Saba, reine d'Ethiopie, conquête du grand roi Salomon, avait peut-être offert ces plantes aux Hébreux...

Il s'était endormi, l'esprit épuisé. Au matin, il avait les yeux rougis, le visage pâle et creusé. Une vraie tête de don Juan après une nuit d'amour. Si Anselme le voyait...

Jade dormait encore. Antoine étira les bras et se dirigea vers la fenêtre. L'aube chassait les derniers lambeaux nocturnes, il n'avait dormi que trois heures. Il lui faudrait du café. Il avait connu des matins plus sereins.

Il repensa à Thulé, cet ordre perverti. Qu'on puisse enlever un militaire expérimenté comme Jade, en plein Paris, le stupéfiait, et qu'on drogue et torture pour un secret fantasmatique... La même engeance qui avait tué et assassiné ses frères dans le temps sous d'autres contrées. Il fallait appeler Jouhanneau tout de suite.

Château de Beune, Dordogne

Le Grand Archiviste éteignit son réveil et revint s'asseoir sur le sofa de la chambre. En passant devant la fenêtre en ogive, il contempla la nuit qui finissait. Six heures du matin, tout était si calme. La veille au soir, il était monté sur la plate-forme du donjon. La vallée de la Beune s'étendait à ses pieds. Un ruisseau serpentait à travers les prés. On entendait le croassement des premières grenouilles. Et partout des bois comme à l'infini.

Les clés du château reposaient sur le bureau.

Le vieux Chefdebien avait dû souvent s'accouder sur ce parapet pour contempler le paysage et l'étoile du berger qui montait lentement derrière les collines. Combien d'hommes, de guetteurs d'absolu, méditaient ainsi durant les siècles ? Mais le caractère de Jouhanneau ne vibrait pas sur la corde de nostalgie. Il s'était endormi juste après son retour de chez le notaire et venait de se réveiller l'esprit dispos. Son portable sonna.

— Ici Marcas.

Malgré les événements, le commissaire fit un rapport précis, Zewinski enlevée, séquestrée en compagnie d'un inconnu qui délirait, la fuite et le refuge dans un hôtel tenu par un frère.

Il fit part de sa découverte de la plante de Bwiti. Il n'oublia pas non plus de mentionner ses fouilles dans les archives du GO. Les meurtres en Allemagne, rappelant la mort d'Hiram…

Jouhanneau sentit l'exaltation monter en lui. Ils étaient à égalité avec ceux de Thulé. Restait le troisième élément et le dosage.

— Partez à Plaincourault. Rappelle-toi les archives découvertes par Sophie. Ce maçon du XVIIIe siècle, ce du Breuil qui voulait créer un nouveau rituel.

Curieusement Marcas avait l'esprit clair. La rectitude s'imposait.

— En relisant ses papiers j'ai découvert qu'il l'avait nommé le rituel de l'ombre.

— Le rituel de l'ombre… Poétique et inquiétant. Et l'une des clés de ce rituel réside dans la fresque. Vous devez partir tous les deux à Plaincourault le plus tôt possible.

— Pourquoi ?

— Sophie Dawes est passée là-bas avant de partir à Rome. Elle m'avait laissé un message pour m'avertir de la découverte d'une fresque extraordinaire dans la chapelle mais sans me donner des détails. Je devais m'y rendre le jour où j'ai appris sa mort. Partez aujourd'hui.

— Ça va être dur, j'ai à peine dormi et je ne garantis pas que Jade puisse...

La voix de Jouhanneau se fit plus dure :

— Ce n'est pas le moment de se plaindre. Les enjeux sont trop importants. Dans la chapelle, la fresque décrit une représentation du péché originel. L'épisode biblique de la tentation d'Eve. Appelle-moi quand tu seras là-bas. Cette fresque cache l'élément qui nous manque et peut-être un code, une formule qu'il nous faut absolument.

Jouhanneau raccrocha.

Ergot de seigle. Le feu de Saint-Antoine.

Iboga. L'arbre de la connaissance africain.

Plus qu'un élément et la formulation.

Jouhanneau se souvenait des papiers de du Breuil, l'ancien de la campagne d'Egypte dont les projets de temple, ahurissants pour l'époque, mettaient en avant, au centre de la loge, *un arbuste aux racines nues...*

Sans compter ce qu'avait trouvé Marek sur sa pierre. L'interdiction absolue de ramener une substance qui *ensemence l'esprit jusqu'à la prophétie...*

Le danger était clair. Un mauvais dosage et les conséquences seraient redoutables. L'enfer ou le paradis.

Jouhanneau regarda sa montre. Il laissa un message à Chefdebien pour que ses biologistes puissent synthétiser les deux premiers composants.

L'ibogaïne pour l'iboga et l'acide lysergique pour l'ergot de seigle.

Avec un peu de chance dans l'après-midi, Marcas lui communiquerait le nom de la troisième plante…

Jouhanneau regarda encore le jour se lever. Ceux de Thulé rôdaient eux aussi, invisibles, espérant mettre la main sur le secret. Chacun était près du but. Pour la première fois depuis des années, il connaissait l'espoir. Son père serait vengé et la quête allait bientôt s'achever.

40

Autoroute A20

Les frites mal cuites suintaient de graisse en compagnie d'une saucisse à la teinte indécise dans leur barquette de plastique transparent. Un doigt de ketchup rouge vif apportait une note incongrue de couleur dans cette portion de nourriture que Jade contemplait avec un dégoût non dissimulé.

— Ça se mange ?

Marcas jeta un coup d'œil sur le rétroviseur et déboîta pour doubler le camping-car hollandais qui se traînait sur la file de droite. Une petite fille leur fit un pied de nez et tira la langue au moment où ils arrivèrent à leur hauteur. Jade afficha sa plus horrible grimace en guise de réplique, ce qui fit hurler de peur la gamine. Les parents hollandais dévisagèrent l'Afghane avec sévérité. Marcas donna un coup d'accélérateur, laissant sur place le camping-car familial, deux frites graisseuses tombèrent sur le pantalon clair de Jade. Deux petites auréoles jaunes se formèrent instantanément.

— Faites attention, je viens de me tacher avec votre *junk food* pour obèse.

Marcas sourit sans cesser de regarder la route.

— Envoyez la note à Darsan ! Il sera ravi !

— Vous ne pouviez pas acheter autre chose que cette immondice ?

Elle brandit une frite qui pendait lamentablement sur le côté.

— Non seulement cette chose est une insulte à la gastronomie en général, mais aussi à l'image de marque de la frite. Je ne parle même pas de la chose flasque censée représenter une saucisse. Et en plus ça pue.

— Il n'y avait rien d'autre à la station-service. Ni sandwichs, ni salades, rien… Comme vous dormiez, je n'ai pas voulu vous déranger. Il ne reste qu'une petite heure avant d'arriver à destination, on mangera un bout là-bas.

La jeune femme remit la portion dans le sac de papier, posa le tout sur la banquette arrière et se lova dans son siège. Le paysage défilait, après les forêts de Sologne, les champs de la Beauce, d'une monotonie sans fin, mais rassurante. Elle gardait des images précises de ses ravisseurs, le tortionnaire et son sécateur, la tueuse complètement défoncée…

A la suite de leur coup de fil, Darsan avait envoyé dans la matinée une équipe spéciale pour arrêter les membres de l'Orden mais ils ne trouvèrent qu'un tas de ruines fumant. Les pompiers étaient passés avant eux, appelés d'urgence. Les flammes de l'incendie avaient affolé les villages aux alentours. Les six cadavres des occupants avaient été retrouvés calcinés et tout le voisinage regretta sincèrement la disparition tragique des membres de l'Association française d'étude des jardins minimalistes, surtout le si gentil jardinier hollandais.

Jade ne broncha pas quand elle apprit l'incendie par Darsan. Il voulait les convoquer immédiatement pour un débriefing mais, sur les conseils de Marcas, elle expliqua qu'ils étaient partis sur une piste nouvelle et qu'ils seraient de retour le lendemain. Jade songea à ce groupe de dingues qui l'avaient séquestrée et qui couraient dans la nature. Des gens pour qui la vie humaine ne représentait rien, à peine un champ d'expérimentation pour leur esprit perverti par une doctrine absurde.

Par son métier, Jade connaissait la dureté et l'absence de compassion de certains représentants de l'espèce humaine. Exécutions sommaires, attentats, tueries de représailles. A son âge, elle pensait avoir fait le tour de la question et pourtant... En fait, une seule fois dans sa vie, elle s'était trouvée en présence d'une cruauté similaire, dans le fief du général afghan Dorstom, chef d'un clan montagneux. Ce « seigneur de la guerre », comme il se faisait surnommer, organisait des séances de torture collectives, destinées à affermir son autorité sur des populations encore mal soumises. La technique était simple et efficace : on utilisait un char d'assaut avec un ou plusieurs prisonniers attachés aux chenilles. Le tank avançait au pas et les malheureux se faisaient broyer au fur et à mesure. D'abord les pieds puis les jambes, le ventre... jusqu'au visage que le char éclatait comme un fruit trop mûr. Le général demandait ensuite à un membre de la famille de nettoyer les chenilles et de récupérer les restes de chair enfoncés dans le sol du campement. Elle avait failli vomir au visionnage du film clandestin tourné par un dissident du clan. Lors des négociations secrètes en 2002 après l'arrivée des Américains en Afghanistan, le général, adversaire historique des talibans, s'était refait une conduite avant de devenir un personnage politique incontournable. Et sans remords, ni ironie, il se vantait partout que ses méthodes si personnelles étaient un modèle d'efficacité pour instiller la peur au cœur de ses ennemis. Son regard d'illuminé ressemblait à celui des ravisseurs de Jade. La même folie, sans limite.

Et dire qu'à ce jour, ce général Dorstom jouissait de la bienveillance et de la considération des démocraties occidentales, bien trop heureuses de laisser à ce féroce chien de garde l'occasion de se salir les mains à leur place.

Tous ces souvenirs l'agaçaient. Et peut-être plus encore de s'être autant rapprochée d'Antoine, ces dernières heures.

— Vous ne trouvez pas que notre histoire d'archives et de Templiers est complètement décalée ?

— Décalée ?

— Oui, chercher un secret vieux de milliers d'années qui a toutes les chances de n'avoir jamais existé pendant que dans le monde des millions de gens crèvent la faim, vivent sous des dictatures ou souffrent de maladies.

Marcas était bouche bée.

— Et nous, on va tranquillement à la campagne pour résoudre ce jeu de piste ésotérique. S'il n'y avait pas eu mon enlèvement et l'assassinat de Sophie, je trouverais ça d'un ridicule achevé.

Le commissaire alluma une cigarette. Le temps de réagir.

— Sûrement pas ! Vous mélangez des idées qui ne sont pas comparables. Quand on choisit d'être responsable de la sécurité de l'ambassade de Rome, le job ne consiste pas à soigner les petits Congolais dans un dispensaire ou à donner un coup de main en Thaïlande aux rescapés du tsunami.

— Certes, mais je travaillais dans la réalité. Avec vous, j'ai l'impression de courir après une chimère, du vent, du fantasme... Genre Indiana Jones à la poursuite du Graal.

Marcas souffla une volute de fumée dans l'habitacle.

— Alors que si nous étions en train de pister la tueuse de votre amie, de manière classique avec des pistolets, des gendarmes, dans le cadre d'une belle opération commando, bien programmée, là, ce serait du concret, de l'efficace ?

— Vous m'ôtez les mots de la bouche.

— Personne ne vous force à venir. De la gare de Châteauroux, en deux heures et demie vous êtes sur Paris.

Le visage d'Antoine avait désormais un air buté.

— Désolée, mais je ne suis pas friande de mystères ésotériques. Je n'ai même jamais lu le Code Trucmuche et je ne comprends pas l'intérêt des gens pour ces histoires. Jésus et son fils caché, les Templiers, l'astrologie, les guérisseurs... ce sont des contes de fées pour adultes. Quant aux énigmes maçonniques, n'en parlons même pas... La secte du Temple solaire se shootait à toutes ces imbécillités, on voit ce que ça a donné...

— Ne soyez pas primaire. Il est facile de rentrer dans une secte et très difficile d'en sortir, chez nous c'est le contraire. Une partie non négligeable des frères du Grand Orient ne goûtent pas à l'ésotérisme et ont la même position que vous sur ces sujets. D'autres obédiences sont plus portées sur l'étude symbolique et ça n'a rien à voir avec de la magie ou des élucubrations surnaturelles. Peu importe ! Il existe une vertu que l'on nomme la tolérance et chacun est libre de croire à ce qu'il veut.

— Pas quand il s'agit d'obscurantisme !

Le policier sentit à nouveau l'exaspération monter.

— Si vous saviez à quel point la maçonnerie a lutté contre l'obscurantisme au cours des siècles. Vous avez été à l'école ?

— Oui, je ne vois pas le rapport...

— Le rapport ? L'école gratuite de Jules Ferry, ouverte à tous, sans distinction de naissance est d'inspiration maçonnique. Les députés qui ont voté la loi, les inspirateurs de chaque ligne, tous étaient des frangins comme vous les appelez. Je pourrais en rajouter. Les premières mutuelles d'aide aux ouvriers malades ont été créées par des maçons. La loi Veil sur l'avortement au début des années 70 ? Inspirée et soutenue de bout en bout par les maçons... Pensez aux filles qui se faisaient charcuter avec des aiguilles à tricoter ! Et, par pitié, ne me parlez plus d'obscurantisme !

— Ah ouais...

— Ouais... comme vous dites. Si vous assistiez par exemple aux tenues de la loge Devoir et Fraternité, ses membres travaillent toute l'année, de midi à minuit, sur des problèmes de société et ne goûtent guère l'ésotérisme. Et pourtant, ils sont cent pour cent maçons.

Jade le regarda s'enflammer. Pour une fois il laissait tomber son masque de flic propre sur lui et d'intellectuel pompeux. Il lui convenait mieux comme ça. Elle décida néanmoins de le pousser un peu plus dans ses retranchements.

— D'accord pour la fibre sociale, mais curieusement on ne trouve pas beaucoup d'ouvriers, de secrétaires dans vos loges. En revanche, des médecins, des patrons, des hommes politiques, alors là, carton plein. Qu'importent les générations et les régimes en place, vous êtes toujours du côté du pouvoir. Ça existe les loges « Par ici la bonne soupe » ?

Les mains de Marcas se crispèrent sur le volant. Cette fille voulait le faire sortir de ses gonds. Elle ne lui pardonnait pas d'avoir eu besoin de lui. Il ne fallait pas tomber dans le piège.

— Peut-être avez-vous raison sur le déséquilibre des classes sociales, mais dire que nous sommes toujours du côté du plus fort est absurde. Posez-vous la question de savoir pourquoi tous les totalitarismes dans le monde ont systématiquement interdit la maçonnerie ?

— Mouais... Hitler et Mussolini. De toute façon ils interdisaient tous les groupes constitués, syndicats, partis, organisations catholiques...

— Ajoutez à droite, Pétain, Franco en Espagne, Salazar au Portugal, puis à gauche tous les guides de la révolution dans les pays communistes et un peu partout une flopée d'autres « grands démocrates » de la même mouture. Sans compter les leaders autoritaires des pays arabes. Et *curieusement*, pour reprendre votre expression, la plupart de leurs opposants venaient de chez nous...

— Bravo pour la propagande. Mais vous oubliez les dictateurs africains, les grands escrocs, les juges qui...

Marcas freina brutalement et se rangea sur la bande d'arrêt d'urgence. Prise au dépourvu, Jade s'agrippa à sa ceinture de sécurité. Il se tourna vers elle.

— Ça suffit. Que les choses soient claires, je ne suis pas le porte-parole de la maçonnerie et comme dans tous les groupes il y a des salauds partout. Ni plus ni moins. Vous êtes persuadée que nous sommes tous des pourris, à votre guise. Je ne fais pas de prosélytisme avec vous, alors arrêtez de me les briser !

Jade sourit. Elle avait remporté la première manche. Et puis il devenait presque séduisant quand il s'énervait.

— Je vous conseille de repartir, c'est très dangereux de rester sur la bande d'arrêt d'urgence.

— Non, je ne démarrerai pas avant que vous ne m'expliquiez la vraie raison de votre animosité.

L'habitacle était submergé par le vacarme des voitures et des camions qui filaient sur l'autoroute. La jeune femme devenait mal à l'aise.

— J'attends.

Jade soupira et raconta le suicide de son père et le rôle joué par trois hommes, tous maçons, pour lui faire vendre son entreprise et la récupérer à bas prix. Au bout d'un quart d'heure elle termina son récit et se réfugia dans son mutisme. Des larmes coulaient le long de ses joues. Marcas resta songeur. Son père et son amie d'enfance. Deux proches, morts violemment. Pour des raisons différentes, mais toutes liées à une proximité avec des frères. Voilà qui pouvait justifier bien des choses. Il redémarra doucement. La voiture prit progressivement de la vitesse, puis s'inséra dans les files de véhicules. Il entendit la voix de Jade, blanche et sèche :

— Ne me parlez plus jusqu'à notre arrivée.

Croatie
Château de Kvar

Assis sur leur banc, cinq hommes et deux femmes contemplaient la baie rocheuse, absorbés dans leurs pensées dans l'attente de l'arrivée de Sol. Certains d'entre eux avaient encore en mémoire le supplice de leur compagnon dans l'étreinte mortelle de la vierge de la chapelle, à quelques mètres de là.

Deux fois par an, le directoire de l'Orden se réunissait en pleine nature, dans l'une des demeures de l'Ordre, pour prendre les décisions importantes sur la conduite des opérations. Une tradition solidement ancrée depuis la création de son ancêtre, le groupe Thulé, et héritée de son fondateur, le baron von Sebottendorff, qui aimait à dire que la nature donnait à l'homme le goût de la transcendance.

L'un des cinq hommes, une fine monture dorée sur les yeux, prit la parole :

— Sol nous contactera tout à l'heure par téléphone,

il est actuellement en France. Le mieux est de commencer à régler les affaires courantes, il nous fera part de l'avancement de l'opération Hiram. Soyez brefs. D'abord le nerf de la guerre, à toi, Heimdall.

Chaque membre du directoire possédait un nom initiatique tiré du panthéon nordique. Heimdall, avocat associé d'un des plus gros cabinets de la City, sortit une petite feuille.

— Les investissements de l'Ordre se sont élevés à environ cinq cents millions d'euros, principalement à travers notre fonds de pension de Miami et au consortium de développement basé à Hong Kong. La baisse des marchés a freiné la progression de notre portefeuille, néanmoins le rachat des aciéries Paxton a compensé les pertes. Je désire l'autorisation du directoire pour prendre des parts dans une société… israélienne.

Les six membres de l'Orden émirent un murmure de désapprobation. L'homme sourit.

— Je sais que nous avons des principes déontologiques forts, jamais d'argent dans une société juive ou dirigée par un Juif, mais dans ce cas précis il s'agit juste d'acheter pour revendre, un mois plus tard tout au plus… La plus-value est plus que confortable.

L'homme aux yeux d'un bleu cobalt enchâssés dans des lunettes dorées, celui qui avait pris la parole le premier, le coupa :

— Pas question. Autre chose ? Non ? A toi, Freya.

Une blonde, les cheveux coupés au carré, célèbre médecin suédois dont les travaux sur le clonage avaient failli lui décrocher le Nobel deux ans auparavant, croisa les bras.

— Peu de choses. Toutes les tentatives pour allonger la viabilité d'un clone humain se sont soldées négativement, je ne vois pas d'issue avant deux ans. Les pseudo-réussites exposées dans les médias se sont aussi écroulées. Notre couveuse d'Asunción déborde d'embryons inachevés. Je propose qu'on les vende sur le marché parallèle pour la recherche sur les médicaments.

Les autres membres acquiescèrent. Le chef pointa le doigt vers son voisin, un homme à forte stature.

— A toi, Thor.

— Une vingtaine de représentants de groupes politiques européens de l'Ouest et de l'Est, proches de nos idées, ont suivi des séances de formation et d'instruction conformes à nos recommandations. Bien évidemment sans qu'ils devinent quel but précis nous poursuivons. Je vous rappelle qu'en cette année de commémoration des soixante ans de la défaite du Reich, la consigne est de ne surtout pas jouer la carte de la provocation. Le mot d'ordre est de jouer sur la fibre sociale et de mettre en avant le caractère progressiste de nos idées. Le chômage frappe toute l'Europe et les démocraties sont incapables de juguler cette progression.

— C'est tout ?

— Non, nous avons des problèmes avec nos amis du White Power aux Etats-Unis. Les représentants du Ku Klux Klan veulent prendre la tête de l'organisation. Ils s'opposent au mouvement du Christ de la race aryenne, plus proche de nous. Je propose des versements de fonds supplémentaires pour ces derniers.

L'autre femme, une sexagénaire au regard perçant, intervint :

— Non. Pourquoi continue-t-on à payer ces demeurés qui se baladent dans les rues avec une croix gammée autour du bras et servent de repoussoir à notre cause ? Bon sang, cela fait maintenant vingt ans que nous avons décidé d'oublier le swastika et tous les symboles qui rappellent le nazisme ! Ces demeurés ne prendront jamais le pouvoir. Laissons-les se faire plaisir devant leurs portraits de Hitler ! Nos représentants les plus efficaces dans les pays européens jouent la carte du populisme et de la xénophobie. Et surtout ils rejettent toute assimilation avec cette période de l'histoire !

L'homme aux fines lunettes, Loki – dieu de la ruse – hocha la tête.

— Tu as raison. Nous leur couperons les crédits. Néanmoins, Thor partira aux Etats-Unis pour prendre des contacts et évaluer le recyclage des éléments les plus évolués. N'oublions pas cependant que le symbole de notre Ordre est la croix gammée arrondie surmontant un poignard. Elle existait quand Hitler était encore un clochard vendant ses toiles sur les marchés et elle continue de survivre. Continuons les évaluations. A toi, Balder.

Un homme corpulent au regard dur, prit la parole :

— J'ai le regret de vous annoncer que notre demeure de Chevreuse à côté de Paris a été incendiée et évacuée.

Les autres membres du directoire le regardèrent avec stupéfaction.

— Le jardinier, l'un de nos plus remarquables compagnons sud-africains, m'a appelé ce matin pour m'apprendre la nouvelle. Il a déclenché la procédure d'urgence en raison de fautes graves commises par l'une de nos membres. Apparemment c'est lié à cette opération Hiram qui aurait mal tournée. Sol était là-bas hier, il pourra, je suppose, nous en dire plus. Toute l'équipe est partie se replier sur Londres, sauf la fille qui a rejoint Sol dans son hôtel parisien.

L'homme qui se faisait appeler Loki perçut comme une ombre dans la voix de Balder. Il savait que cette fille était la sienne. Et il connaissait le châtiment prévu par les statuts de l'Orden : la mort.

Pays de Brenne

La voiture noire filait à travers le pays aux mille étangs. Après avoir passé Mézières-en-Brenne, elle prit la D17 sur trois kilomètres puis la D44 en direction de la maison du Parc naturel où se trouvaient les clés de la chapelle. Des routes en ligne quasiment droite, bordées de chaque côté de plans d'eau, plus de dix mille hectares de terres immergées dans toute la région. Marcas connaissait bien le coin pour avoir fréquenté un temps une sœur du Droit humain, directrice aux Monuments historiques, et qui possédait une maison de campagne dans le Parc. Après un coup de fil, et grâce à elle, il avait obtenu l'autorisation de visiter, sans guide, la chapelle.

La voiture se gara sur le parking déjà à moitié plein de la maison du Parc, un centre de découverte à la fois touristique et naturaliste. Ils sortirent de la voiture, courbatus par trois heures de route. Le soleil miroitait encore devant le grand étang, des groupes de touristes bardés d'appareils photo munis de gigantesques zooms s'affairaient dans tous les sens. Jade prit son sac et contourna la voiture.

— Ce sont des paparazzi ? On attend une vedette dans le coin ?

Marcas sourit.

— Ici les stars sont la guifette moustac, l'outarde canepetière, le fuligule milouin ou encore le… butor étoilé.

— Le butor étoilé, ça vous irait bien comme surnom. Arrogant et la tête dans vos rêves ésotériques. Trêve de plaisanterie, ce sont des noms…

— … d'oiseaux que l'on trouve à profusion à certaines saisons. Nous sommes au milieu d'une réserve naturelle, un paradis pour les volatiles. Les passionnés viennent de l'Europe entière pour les photographier.

Ils marchèrent vers l'entrée de la maison, des enfants couraient dans tous les sens. Marcas eut un pincement au cœur en manquant de bousculer un petit garçon qui avait la même dégaine que son fils. Ils entrèrent dans la bâtisse où se trouvaient une boutique et un restaurant. Marcas indiqua à Jade une table à côté d'une grande cheminée au bout de la salle.

— Installez-vous là-bas et demandez des fritures de carpes, la spécialité locale, et aussi une bouteille de cidre biologique. Je vais chercher les clés en attendant.

Jade s'assit et commanda le plat indiqué par Marcas. Elle se massa le dos, dire que la veille elle était séquestrée et menacée de mort.

A deux tables à côté, deux hommes d'une quarantaine d'années discutaient autour d'une carte géographique. Des photographes professionnels qui s'échangeaient des informations pour un voyage en Colombie. L'un des deux, avec une boucle d'oreilles, expliquait qu'il fallait prévoir un budget pot-de-vin pour prendre des photos dans les villages indiens. Le second, un blond grisonnant au regard malicieux, l'écoutait, un grand verre de bière à la main, en jetant de temps à autre un regard vers Jade.

Marcas arrivait à grandes enjambées, un trousseau à la main. Juste avant de s'asseoir, il salua les deux hommes et échangea quelques mots avec eux.

— Je les croisais souvent quand je venais ici. Et pourtant ce sont de grands voyageurs. Ils passent leur temps à bourlinguer de par le monde, mais continuent à habiter ici entre deux périples. Le premier s'appelle Christian, spécialisé dans les photos de paysages. Des images superbes. Quant à Nicolas, c'est l'un des meilleurs photographes animaliers au monde. Il m'a d'ailleurs demandé si vous restiez dans le coin.

Jade le regarda avec commisération.

— Non merci ! Plus vite je serai rentrée à Paris mieux ce sera.

La serveuse apporta deux plats de carpes frites et une bouteille. Marcas attendit qu'elle se soit éloignée et baissa la voix :

— Maintenant, je vais vous dire ce que nous allons réellement chercher dans la chapelle de Plaincourault.

41

Pays de Brenne

Un gigantesque nuage d'étourneaux planait au-dessus de l'étang de la Mer rouge, le plus grand de toute la région. Les milliers d'oiseaux se regroupaient pratiquement à la même heure chaque jour pour trouver un gîte pour la nuit, sur des arbres élevés. Le ballet durait une vingtaine de minutes puis, sous l'impulsion de quelques éclaireurs, le nuage se désagrégeait comme par enchantement et les volatiles s'abattaient en masse pour s'accorder un repos mérité.

Le soleil, véritable maître de cette danse crépusculaire, disparaissait vers l'ouest, la nuit prenait possession du pays des mille étangs. Les touristes s'étaient eux aussi envolés pour regagner leurs gîtes, toute trace de présence humaine s'estompait, hormis les habitants des rares maisons installées sur cette immensité aquatique.

La voiture filait dans la nuit vers le Sud-Ouest, en direction du Blanc puis du village de Mérigny sur les terres où se trouvait la chapelle.

Jade réfléchissait aux explications fournies par

Marcas. Selon lui et un certain Jouhanneau, ponte au Grand Orient, le secret des manuscrits de Sophie résidait dans cette chapelle perdue au milieu de nulle part et plus précisément sur une fresque peinte datée du Moyen Age. Là se trouvait la clé.

Elle prit dans la boîte à gants la petite brochure touristique consacrée à la chapelle et récupérée à la maison du Parc. Selon ses auteurs, Plaincourault avait été construite au XIIe siècle et appartenait à l'Ordre des chevaliers hospitaliers de Saint-Jean de Jérusalem qui deviendrait des siècles plus tard le fameux Ordre de Malte. A l'époque une grande commanderie de l'Ordre entourait l'édifice religieux qui n'était accessible qu'aux chevaliers, du moins jusqu'au XIVe siècle. Jade interrompit sa lecture.

— Je ne comprends pas, Sophie m'a dit que c'était une chapelle templière. Or, il est écrit ici qu'elle relevait des Hospitaliers.

— Exact. Moi aussi je me suis posé cette question mais le manuscrit du Breuil donne l'explication. Au XIIIe siècle, deux dignitaires du Temple sont passés chez les Hospitaliers, on les appellerait des transfuges de nos jours, et sont devenus les commandeurs successifs pour la région. Du Breuil avait retrouvé dans les archives du Blanc des actes de l'époque qui confirmaient cet événement. Ce sont sans doute ces deux commandeurs qui ont lancé la réalisation des fresques de l'abside. Je rajouterai que les relations entre les Templiers et les Hospitaliers furent souvent ambiguës. Parfois en guerre ouverte en Terre sainte il leur arrivait de conclure des alliances en Europe. Au moment de la chute du Temple, en 1307, de nombreux chevaliers trouvèrent refuge chez les Hospitaliers.

— Et ce sont ces fresques qui nous intéressent ?
— Pour ne rien vous cacher.

Jade continua sa lecture. A la Révolution, comme tous les biens des ordres religieux, Plaincourault fut saisi par l'Etat puis revendu à des bourgeois. La chapelle devint une grange à foin et se délabra au fil des ans. En janvier 1944, un énigmatique fonctionnaire de Vichy qui travaillait aux Monuments historiques prit pourtant la décision de classer la chapelle dans le patrimoine national. L'édifice resta fermé, outragé par le temps, battu par les vents et les pluies, pendant plus de cinquante ans. Jusqu'en 1997 quand le Parc naturel de la Brenne, le Département, la Région et l'Etat financèrent la restauration de ce vestige décrépit, sous l'égide des Monuments historiques. Trois années de restauration minutieuse menées par des spécialistes avaient rendu le lustre à cette chapelle perdue. Les fresques des différentes époques retrouvèrent leur lustre d'antan.

Ils arrivèrent au bout d'une demi-heure. Marcas s'était trompé deux fois de direction avant de trouver l'endroit exact, la chapelle plongée dans l'obscurité se situait en haut d'un virage, sur un promontoire, à côté d'un champ et d'une grande ferme. Ils garèrent la voiture sur le petit chemin boueux qui entourait l'édifice.

Tout était désert, les phares de la voiture avaient fait décamper deux lapins, au loin un chien aboyait.

— Nous y voilà.

Marcas sortit de la voiture et sans attendre Jade fila vers l'entrée. L'impatience les rongeait depuis qu'ils avaient pris le départ en début d'après-midi. Il sortit la grande clé de métal et la fit glisser dans la serrure qui fonctionna à merveille.

— Attendez-moi.

Il entendit à peine la voix de la jeune femme. Il appuya sur l'interrupteur mural qu'on lui avait indiqué mais rien ne vint. Il sortit une lampe de poche et braqua le faisceau en direction du fond de la chapelle, puis balaya l'intérieur de l'édifice.

Marcas et Jade s'avancèrent lentement le long des travées, hypnotisés par la beauté de ces peintures rescapées des siècles lointains, témoins muets d'une époque reculée où la chrétienté régnait en maître et imprégnait les esprits des plus humbles aux plus puissants.

Sur leur droite, saint Eloi auréolé, frappe un fer à cheval à coups de marteau, sous l'œil admiratif de deux compagnons. Plus loin des anges veillent d'autres saints au visage effacé. A gauche, au niveau de la troisième travée, tout un bestiaire surgit du Moyen Age. Deux léopards, dont l'un porte une couronne, s'affrontent toutes griffes dehors.

Le faisceau de la lampe faisait jaillir ici et là une riche palette de couleurs, ocre jaune et rouge, grisés nuancés de touches bleutées, vert d'albâtre...

— Oh, Marcas, regardez celle-ci.

Sur un mur, en hauteur, un renard hilare jouait d'un instrument médiéval, une viole peut-être, à une poule et des poussins. Juste à côté, comme dans le système de lecture d'une bande dessinée, le renard égorgeait la volaille.

Jade lança d'une voix malicieuse :

— J'ai trouvé l'énigme. Le renard symbolise l'homme qui séduit la femme pour arriver à ses fins, à savoir se taper de la chair fraîche. Ces chevaliers hospitaliers avaient beaucoup d'humour et de clairvoyance pour l'époque...

Marcas émit un petit rire.

— Non, mais c'est bien trouvé. La fresque qui nous intéresse est là-bas au fond, vers l'autel.

Ils s'avancèrent de quelques pas, passèrent une petite grille noire qui marquait l'entrée de l'abside. Le rayon de la torche illumina le plafond et les fresques, créant des jeux d'ombre qui donnaient une illusion de mouvement sur les personnages. Jade prit la lampe de Marcas d'un geste brusque.

— Laissez-moi trouver ce qui cloche…

A première vue, rien ne sautait aux yeux. En haut de l'abside, un Christ pantocrator, d'inspiration byzantine, levait son doigt droit vers le ciel, entouré du tétramorphe traditionnel, ces quatre représentations allégoriques des évangélistes : le lion de saint Marc, l'aigle de saint Jean, le taureau de saint Luc, l'homme de Mathieu.

Sur les côtés, des grandes fresques d'environ deux mètres sur deux représentaient quatre scènes de la Bible entrecoupées de trois vitraux.

— Qu'avons-nous là ? Voyons si mon catéchisme reste encore vivace. Ici, une crucifixion, là une Vierge à l'enfant, une pesée des âmes et enfin à l'extrême droite… Adam et Eve entourant un… Bon sang, vous voyez ce que je vois ? Un…

Marcas laissa Jade terminer sa phrase et prononcer le mot magique.

Croatie
Château de Kvar

Le vent soufflait doucement depuis la tombée de la nuit, la météo annonçait un début de mauvais temps sur l'Adriatique, les bateaux étaient tous rentrés dans les ports des environs. Des éclairs apparaissaient au loin en pleine mer, suivis d'un grondement de tonnerre.

Seul, assis sur le banc en haut du promontoire, l'homme aux fines lunettes semblait fasciné par le spectacle des éléments déchaînés. Son portable collé à l'oreille, il parlait à son maître, Sol.

— Un bon présage. Thor frappe de son marteau

l'enclume de la terre. Les membres du directoire sont mécontents de tes explications sur l'opération Hiram. A part peut-être Freya. Ils vous respectent et n'oseraient jamais mettre en doute votre parole mais...

— Mais quoi ?

— Ils appartiennent à une autre génération. Ils partagent nos idées politiques, aiment le pouvoir que leur procure l'organisation mais restent sceptiques sur le but final. Ils considèrent que l'opération Hiram ne mène à rien. Une maison de l'Ordre détruite.

Loki se leva et mit sa main sur un des deux piliers en ruine qui encadraient le banc. L'orage se rapprochait. La voix de Sol grondait.

— Pourtant, ils ont subi l'initiation et savent que le spirituel demeure le plus important. Si la mission Hiram réussit, nous serons à l'aube d'une nouvelle ère. Le retour à l'antique Thulé... Ne le comprennent-ils pas ?

— En théorie oui, mais se dire que l'on a trouvé le moyen de communiquer avec le plan divin, c'est trop abstrait pour eux. Heimdall m'a demandé si vous n'étiez pas devenu gâteux.

Sol s'emportait ?

— Ils verront si je ne suis qu'un vieillard dérangé ! Quand je pense à ce que leurs ancêtres ont versé pour l'Orden. Le directoire est devenu lâche et ne songe qu'à ses privilèges. Aucun d'entre eux ne pourrait être admis chez les Waffen SS comme je l'ai été, ils ont perdu le goût du sang. J'ai fait une erreur en leur laissant le pouvoir. Il faut renouveler le directoire et toi seul peut mener à bien cette tâche. Je suis trop concentré sur l'opération Hiram mais quand tout sera terminé nous lancerons une nouvelle nuit...

— Une nuit ?

Loki regardait l'orage se rapprocher, les nuages

sombres et massifs s'avançaient vers la côte. Sol parlait dans un écho métallique.

— Une nuit des longs couteaux. Pas aussi importante en nombre que celle menée par le Führer pour se débarrasser de ses sections d'assaut, mais avec la même énergie. Ta vierge de fer va se régaler de nouvelles embrassades. Je te laisse, je dois rencontrer maintenant des gens intéressants. Au fait, j'ai ta fille à mes côtés, elle te passe son salut.

Il raccrocha.

Plaincourault

— Un grand champignon !
Le policier acquiesça.
— Une superbe *Amanita muscaria*, encore appelée amanite tue-mouches.

Jade et Antoine s'approchèrent de la fresque pour mieux voir les détails de l'étrange peinture.

Adam et Eve nus, de face, les mains cachant leur sexe. Au milieu, comme pour mieux indiquer leur séparation, un long champignon avec cinq tiges portant chacune un chapeau bombé.

Un serpent s'enroule autour de la tige centrale, fait trois tours et penche sa tête effilée vers Eve.

Jade passa un doigt autour de la fresque.

— Etonnant... un champignon qui remplace le pommier du jardin d'Eden. Curieuse vision de l'arbre du péché originel... Les illustrateurs de l'époque aimaient choquer leurs paroissiens.

— Non, n'oubliez pas que cette chapelle était interdite au commun des mortels. Seuls les chevaliers hospitaliers vinrent prier et communier ici pendant deux siècles.

Marcas sortit un petit appareil photographique et mitrailla le dessin sous toutes ses coutures. Jade observait les détails avec attention.

— Quel est le rapport entre cette curieuse fresque et les textes du maçon du Breuil ?

Marcas rangea l'appareil dans sa poche et s'assit sur une marche en pierre à côté de l'autel en se frottant les mains. La température avait baissé sans qu'ils s'en aperçoivent, la chaleur emmagasinée toute la journée par les murs de la chapelle s'évaporait dans la nuit froide. Jade vint s'asseoir à ses côtés. Marcas sentit le contact, ce n'était pas désagréable.

— Souvenez-vous, du Breuil achète cette chapelle et les terrains qui l'entourent, forcément il tombe sur cette peinture. Rentré d'Egypte, le voilà qui veut créer un nouveau rituel, changer le breuvage d'amertume de l'initiation et mettre une fosse au milieu du temple pour y loger un arbuste. Regardez les racines peintes de ce champignon et la forme effilée des tiges, on dirait presque un arbre avec des fruits.

— Pour moi, c'est un champignon.

— Oui, mais du Breuil, comme beaucoup de maçons, manie la parabole et les symboles pour nommer de façon détournée d'autres choses, objets, végétaux ou animaux. Il voulait utiliser ce champignon pour son rituel. Voilà la clé. Il faut que j'appelle immédiatement Jouhanneau, c'était le troisième élément manquant.

Jade haussa les épaules.

— Mais pourquoi précisément un champignon ?

— Pas n'importe lequel. C'est sans doute un champignon doté de propriétés hallucinogènes. Dans de nombreux cultes païens, sous différentes latitudes, et depuis des milliers d'années, ces champignons ont été utilisés pour rentrer en contact avec des divinités. En Sibérie, en Inde, partout où il poussait. Si l'on suit à la lettre cette peinture, cela veut dire qu'Adam et Eve ont été chassés du paradis pour avoir mangé de ce champignon et non pas une pomme. La connaissance de l'absolu chasse l'innocence. Par un tout petit champignon...

— J'ai lu quelque part qu'en Amérique du Sud, il existait des cultes de champignons sacrés.

— Oui, les champignons hallucinogènes sont utilisés par les chamans dans beaucoup de cultures. Au Mexique, par exemple, avec le Teonanacatl dont le composant principal, la psilocybine, un alcaloïde très puissant, donne des hallucinations intenses d'ordre religieux. Quant à la traduction de Teonanacatl, c'est *la chair des dieux*.

— Comment savez-vous cela ?

— L'un de nos frères, biologiste de haut niveau, a présenté un exposé brillant en loge sur le rôle des champignons hallucinogènes dans le sentiment de religiosité chez les tribus indiennes d'Amérique centrale. Le sujet a lancé un débat passionnant qui a duré très tard. Ce frère a émis l'hypothèse que les récits des grands mystiques chrétiens s'apparentaient à des hallucinations identiques à celles des chamans indiens.

Jade sourit.

— Enfin une explication rationnelle et un maçon qui me paraît sympathique. Ce biologiste avait d'autres preuves pour étayer ses dires ?

— Oui, il nous a parlé d'une expérience menée au début des années 60 aux Etats-Unis. Un psychiatre, le Dr Pahnke, a mené une expérience avec de la psilocybine auprès d'un groupe d'étudiants en théologie chrétienne. Trois sur dix ont décrit, après absorption de la substance purifiée du champignon, des visions mystiques intenses avec le sentiment profond de faire corps avec le Christ et la Vierge. Je veux dire que selon eux, ils voyaient réellement Jésus et Marie.

Jade se leva et observa la fresque.

— Y a-t-il autre chose à découvrir ?

— Sophie est venue dans cette chapelle et elle a trouvé autre chose. Mais quoi ?... Les détails... tout est souvent une question de détails... Cette fresque doit renfermer une formule codée, ou du moins une partie de la formule... En principe, ce sont des chiffres.

L'Afghane le regarda fixement.

— Pour le code du coffre de l'ambassade, Sophie a voulu à tout prix utiliser l'orthographe templière de Plaincourault. Elle a ajouté deux lettres, ce qui faisait un total de 15 lettres.

Marcas réfléchissait.

— Concentrons-nous sur le chiffre 15 et ce dessin. La fresque nous montre 5 chapeaux de champignons reliés à 5 tiges.

Jade tourna la tête en signe de dénégation.

— Non, regardez bien, deux autres tiges plus fines partent du tronc central et soutiennent le chapeau principal. Ce qui fait 5 chapeaux et 7 tiges.

Le policier prit son visage entre ses mains pour se concentrer.

— 5 et 7, il manque un chiffre...

Il prit un papier et inscrivit les chiffres.

$$5, 7 ?$$

Jade sourit.

— J'ai trouvé.

Elle lui arracha le papier des mains.

$$3 + 5 + 7 = 15$$

— Le chiffre 3. Regardez, le serpent fait exactement trois tours autour de la tige.

Marcas émit un petit sifflement.

— Impressionnant. Vous avez pris des cours de symbolique ?

— Du tout. J'adorais les devinettes et les tests d'intelligence quand j'étais petite. Reste à savoir à quoi correspond cette série de trois chiffres.

Antoine sourit.

— A moi de vous éblouir. Dans la symbolique maçonnique, chaque grade est symbolisé par un chiffre. 3 est le chiffre de l'apprenti, 5 du compagnon, 7 celui du maître.

— J'en déduis que l'on attribue un chiffre à chaque ingrédient. 3 mesures de l'un, 5 de l'autre, 7 du troisième. Encore faut-il connaître l'ordre d'attribution.

— Tout juste.

Marcas composa le numéro de Jouhanneau en priant que le réseau fonctionne dans ce coin paumé. Le petit symbole de l'opérateur clignota quelques secondes puis se stabilisa. Il tomba sur le répondeur.

— Ici Marcas, je n'ai plus beaucoup de batterie. Le troisième élément est un champignon, l'amanite tue-mouches. Le dosage pourrait-être 3, 5 et 7. Rappelle-moi. Fraternités.

Antoine raccrocha et vint se placer derrière la jeune femme qui contemplait les étoiles brillantes derrière les carreaux du vitrail. Ils étaient plongés dans l'obscurité, à peine éclairés par la lueur de la torche posée à terre. Il lui mit la main sur l'épaule. Jade se laissa faire, continuant de scruter le ciel. Antoine prononça d'une voix douce :

— Et si nous faisions vraiment la paix ?

Le froid la faisait frissonner, elle posa à son tour sa main sur la sienne. Elle se sentait tout d'un coup intimidée dans ce décor fantomatique et la présence rassurante de Marcas lui apportait un apaisement insoupçonné.

Elle n'était pas du genre à s'angoisser mais l'atmosphère lugubre de cette chapelle noyée dans la nuit ne la rassurait pas. Elle imaginait ces mystérieux chevaliers hospitaliers ou templiers défroqués, drapés dans leurs longues capes frappées d'une croix, prosternés devant cette fresque hérétique. Elle crispa sa main sur celle de Marcas et voulut qu'il soit plus protecteur, plus tendre. Se permettre certaines faiblesses, quand on est forte, est un luxe qu'elle s'autorisait. Elle se pressa contre son compagnon. Il posa son autre main sur sa taille.

Soudain une voix forte résonna dans les ténèbres. Juste devant l'entrée de la chapelle.

— Adam et Eve à nouveau réunis devant l'arbre du péché. Admirable tableau !

42

Val d'Oise

Les vitres aux reflets teintés miroitaient sous l'éclat de la lune et lançaient des éclats d'émeraude dans la forêt environnante. Les trois bâtiments de forme hexagonale du complexe de recherches de la multinationale Revelant occupaient soixante hectares de terres boisées, en bordure de l'Oise, en partie cachés par la densité des arbres.

Au deuxième étage du bâtiment principal, Patrick de Chefdebien achevait une réunion de planification mensuelle du marketing. Exceptionnellement il avait fait réunir ses équipes commerciales au centre de recherches, et non pas au siège de la société à la Défense, il voulait gagner du temps et rester sur place pour s'entretenir avec son directeur de recherches.

La salle de conférences baignait dans une lumière légèrement bleutée. De grandes photos de mannequins célèbres s'affichaient dans des cadres dorés plaqués sur les murs de couleur anthracite. Brunes, blondes, Asiatiques, Africaines, d'une beauté à couper le souffle, elles étaient les ambassadrices de la marque sur tous les continents. Des beautés éphémères ! Tous les deux ans, une équipe de maintenance changeait les photos, au rythme des contrats devenus obsolètes. Les affiches étaient roulées soigneusement et rejoignaient le service des archives situé au sous-sol pour sombrer dans l'oubli, stockées au milieu de centaines de photos pâlies. La firme employait rarement un modèle plus de deux ans, les clientes de la marque avaient besoin constamment de nouveaux visages pour s'identifier à elles. Seuls, les produits phare de Revelant, comme le rouge à lèvres Incandescence, le shampooing Reflet boréal ou le parfum Ariane restaient fidèles au même modèle sur quatre ou cinq ans.

Depuis qu'il avait pris les rênes de la société, Chefdebien martelait un seul credo : Revelant ne vendait pas des cosmétiques, mais de la jeunesse. Les femmes payaient pour une promesse de beauté. Chaque nouveau produit de la gamme ne devait atteindre qu'un seul but, l'imaginaire de la cliente. Un psychanalyste jungien payé à prix d'or et frère de loge de Chefdebien, organisait deux jours par mois des réunions de travail en commun pour stimuler la créativité des directeurs marketing et communication. Il fallait toucher au plus profond l'inconscient collectif féminin et jouer sur les archétypes de la beauté et de la jeunesse. Le mois précédent, le psy avait élaboré avec la responsable du design un nouveau flacon de parfum basé sur la forme ovale, symbole pour lui de la féminité.

Au début de sa prise de pouvoir, les méthodes du PDG avaient fait ricaner mais très vite au vu de l'explosion des ventes, les plus sceptiques s'étaient ravisés.

Assis au milieu d'une grande table de marbre clair, Chefdebien attendait que le dernier orateur ait fini sa présentation, mais son esprit était ailleurs. Jouhanneau lui avait laissé la veille deux messages très brefs pour lui donner les noms des trois substances actives contenues dans son fameux soma. Le PDG de Revelant avait immédiatement demandé à son directeur de recherches de synthétiser des échantillons disponibles rapidement. Les noms des composés étant connus et référencés dans le *Corpus chimicus* international, la fabrication des princeps ne prendrait que trois jours au maximum. C'était un jeu d'enfant pour les chimistes de Revelant qui passaient leur temps à inventer de nouvelles compositions moléculaires pour les cosmétiques à venir.

Sur le répondeur, la voix de Jouhanneau tremblait d'excitation, comme un gamin qui attendait son nouveau jouet. Apparemment, le vieux avait découvert quelque chose.

Perdu dans ses pensées, Chefdebien ne se rendit pas compte que l'exposé du commercial était terminé. Le directeur des ventes à l'international toussa de façon appuyée. Chefdebien sortit de sa réflexion et se leva.

— Mesdames et messieurs, je vous remercie pour vos exposés et surtout d'avoir accepté cette réunion aussi tardive. Je suis ravi que nos chiffres soient excellents. N'oubliez pas que demain à quatorze heures, une équipe de télévision vient tourner ici pour filmer la visite de nos installations par des jeunes filles indonésiennes rescapées du tsunami. Soyez les plus conviviaux possible, les journalistes sont nos amis.

— Et nous adorons les journalistes, surtout quand ils nous font de la pub gratuite, ricana à voix basse la responsable des ventes au Moyen-Orient qui savait qu'elle allait être licenciée et remplacée à la rentrée.

Les employés quittèrent la salle un à un. Chefdebien posa sa main sur l'épaule de la femme en tailleur de chez Gucci.

— J'ai entendu ce que tu as dit. Tu veux m'en parler dans mon bureau ?

— Non, à part mon licenciement annoncé et le fait qu'il va falloir retrouver du boulot, tout va bien.

— Je suis le premier navré, mais Revelant est comme une chaîne, si l'un de ses maillons se fragilise la chaîne se brise.

La femme le regarda d'un air mauvais.

— Epargne-moi tes allégories maçonniques. J'en suis aussi et je pense maîtriser plus que toi le sens profond de la chaîne d'union.

— Et c'est tout à ton honneur. J'ai été touché que tu n'aies pas joué sur notre appartenance commune pour sauver ta place.

— J'ai des principes, figure-toi. En revanche, j'espère que la collection de zéros sur mon chèque de départ tend vers le symbole de l'infini. Ou je ne me priverais pas de te planter le compas là où je pense, mon frère.

Elle se dégagea de son étreinte et sortit sans lui adresser un regard. Chefdebien sourit – l'humour fraternel ! – et s'assit confortablement dans son fauteuil. La touche du téléphone clignota. L'interphone grésilla :

— Monsieur, le directeur de la recherche vient d'arriver.

— Parfait, faites-le rentrer.

Un homme d'une quarantaine d'années, en col roulé noir, la tête entièrement rasée, aussi polie qu'une boule de billard, arriva à grandes enjambées et s'assit brutalement dans le fauteuil mitoyen du PDG.

— Patrick, tu es tombé sur la tête ou quoi ? J'ai eu ta liste de… de *commissions*. Revelant se lance dans la fabrication de stupéfiants, maintenant ?

Plaincourault

Antoine et Jade ne distinguaient pas le visage de l'homme qui les avait apostrophés. La lumière de sa torche puissante les aveuglaient violemment.

— L'amanite tue-mouches pousse dans des ronds que l'on appelle ici ronds de sorcière. C'est normal, le Berry a toujours été un haut lieu de la sorcellerie en France. Levez bien les mains en l'air et écartez-vous de la fresque.

Trois silhouettes avançaient, menaçantes, vers le fond de l'église, l'une d'entre elles claudiquait légèrement. Antoine se mordait les doigts d'avoir laissé son arme de service dans la boîte à gants.

Le petit groupe se tenait face à eux et ils arrivèrent à distinguer leurs visages. Au centre, un homme âgé, aux cheveux de neige, le visage impassible, la nuque raide. A sa gauche, Jade reconnut Joana qui agita sa main gainée d'un bandage. A sa droite, un homme jeune aux cheveux courts, l'air détaché, braquait sur eux un MP5, le pistolet-mitrailleur des forces spéciales américaines, muni d'un modérateur sonore. Un silencieux en langage commun. Sol baissa sa torche.

— Je me suis permis d'entendre votre conversation passionnante sur l'amanite. Sa réputation sulfureuse de champignon vénéneux date de l'implantation du christianisme. Avant, elle était considérée, depuis la nuit des temps, comme la plante de l'immortalité. On l'a utilisée dès la fin du paléolithique. Les chamans et les prêtres des religions païennes la vénéraient comme des fragments de divinités encore présentes sur terre. Ils l'appelaient entre eux, comme d'ailleurs pour d'autres champignons tout aussi sacrés, la chair des dieux. Malheureusement, avec l'emprise de l'Eglise, ces champignons ont été rabaissés à de simples ingrédients de sorcellerie, tout juste bons à préparer des philtres ridicules. Saviez-vous que saint Augustin a dû se fendre d'un long texte pour dénoncer l'usage de ces végétaux si particuliers ? Mais je m'égare. Klaus, peux-tu me tenir la torche ?

Le vieil homme se plaça devant la fresque en ricanant de plaisir.

— Quel blasphème absolu. Le pommier de la Bible remplacé par un champignon hallucinogène. Ces chevaliers du Moyen Age risquaient gros en ces temps d'Inquisition.

Marcas serrait Jade par le coude.

— Qui êtes-vous ?

Sol continuait à contempler la fresque.

— On me nomme Sol. Ce nom ne vous dira rien, en revanche celui de mon Ordre…

— Thulé, n'est-ce pas ?

Le vieil homme se retourna.

— Bien. Très bien. Il existe donc des maçons ayant des lumières sur l'histoire de ce monde… D'ailleurs je voulais vous remercier, commissaire. Si on ne vous avait pas suivi depuis votre réunion au ministère de l'Intérieur, le premier jour puis au gré de vos déambulations jusqu'à Rambouillet pour récupérer votre charmante amie, nous ne serions pas ici à converser si agréablement.

La voix de Marcas se fit neutre.

— Vous n'avez pas l'air surpris de la présence de ce champignon ?

— Non, je me doutais qu'il faisait partie des ingrédients du breuvage qui m'intéresse, mais je n'en avais pas la certitude. Désormais, j'ai les trois composants, et vous venez sans doute de trouver le bon dosage. Parfait, reste à savoir à quelle plante correspond chaque chiffre et c'est ce cher…

La voix de Joana l'interrompit :

— Laissez-moi la fille. Je veux m'occuper personnellement d'elle.

Le vieil homme leva la main.

— Plus tard. Partons, nous avons de la route à faire. Nous allons rendre une petite visite à votre ami, Jouhanneau. Ensuite…

Marcas intervint :

— Ensuite ? Vous aller nous achever ? Comme Hiram ?

Sol esquissa un sourire.

— Peut-être. Mais nous n'en sommes pas là. Allez !

Un des gardes du corps s'avança.

— Qui êtes-vous réellement ?

La voix de Jade retentit sous la voûte de la chapelle.

— Mon vrai nom ? François Le Guermand, naguère Français comme vous.

— Et maintenant ?

Sol passait déjà l'entrée.

— La nationalité n'a aucune importance, seule compte la race.

Val d'Oise

Patrick de Chefdebien observait avec amusement son ami, le Dr Deguy, s'exciter sur sa feuille remplie d'annotations. Ils s'étaient liés d'amitié depuis son arrivée dans la firme et Deguy était le seul qui se permettait de le contredire.

— Les trois substances chimiques que tu m'as demandé de synthétiser sont des bombes pour le cerveau.

— Explique-moi ça en termes scientifiques.

— D'abord l'ergot de seigle qui contient de l'acide lysergique.

— Oui, on dit qu'il est à l'origine de nombreuses épidémies d'hallucinations au Moyen Age et...

— Pas qu'au Moyen Age. Dans les années 40, un chimiste a purifié l'ergot de seigle et trouvé par déclinaison le... LSD, l'acide lysergique diéthylamide. Le redoutable LSD, la drogue préférée des hippies dans les années 60.

Chefdebien se cala dans son fauteuil, l'air épanoui.

— Je continue. L'iboga, la plante africaine, contient de l'ibogaïne qui fait aussi partie de la famille des alcaloïdes psycho-actifs. Non seulement c'est un hallucinogène puissant, mais c'est le seul qui ne provoque pas l'accoutumance des autres drogues. En 1985, un psy l'a fait breveter en vue de produire des médicaments pour soigner les cocaïnomanes et les alcooliques.

— En clair, mélangée avec une autre drogue, elle en atténuera la dépendance tout y ajoutant sa propre puissance hallucinogène...

— Bien vu. Enfin, l'amanite tue-mouches contient de la muscazone et du muscimol, des missiles de croisière qui foncent droit dans les neurones pour te garantir un trip sidéral.

Chefdebien se leva pour se servir un verre de cognac.

— Tu en veux ?

— Non, mais qu'est-ce qu'on est censé trouver ?

— Je vais te répondre mais avant, explique-moi comment ces molécules agissent dans le cerveau ?

— C'est pas sorcier, leur structure chimique ressemble à d'autres molécules essentielles au fonctionnement de notre cerveau, les neurotransmetteurs. Eh bien, tes saloperies viennent prendre leur place et déclenchent le big bang dans ton crâne. Vision du cosmos, de Jésus, des sept nains ou bien de ta mère en train de s'envoyer en l'air avec le dalaï-lama !

— Et le mélange des trois ?

Deguy se versa un verre à son tour.

— Disons qu'à côté, la cocaïne et l'héroïne passeraient pour une tisane de camomille. Ne compte pas sur moi pour tester ce truc ni bousiller mes singes du labo.

Chefdebien insista.

— Et si en agissant sur le dosage on pouvait en moduler les effets ?

— En théorie c'est possible, mais en pratique d'autres s'y sont cassé les dents. La CIA a essayé de jouer à ce petit jeu dans les années 50 et 60.

— Les Américains ?

— Oui. Les recherches médicales les plus poussées sur le LSD ont été financées à l'époque sur ordre direct de Allan W. Dulles, le patron de la CIA. Dès 1953, il voulait s'en servir comme sérum de vérité sur les cocos et accessoirement comme antidépresseur. L'Agence a financé une dizaine d'unités de recherche dans de prestigieuses universités à New York, Boston, Chicago, etc. Et ils ont fini par déconner en s'amusant à en verser dans les cafés et les boissons des agents au siège de l'Agence, le tout sous la surveillance d'un toubib un peu frappé, le Dr Gottlieb. Ces braves espions se sont fait des trips hallucinants, avec l'argent des contribuables. L'un d'entre eux s'est d'ailleurs suicidé en se jetant par la fenêtre d'un hôtel ; le gouvernement a reconnu sa responsabilité, plus de vingt ans plus tard, en 1977, et a versé à sa veuve près de 750 000 dollars. Un joli petit pactole.

— Tu sais ça comment ?

— On l'apprend en dernière année de pharmacologie. Je continue. Le Dr Gottlieb a ensuite voulu s'amuser avec les plantes hallucinogènes après avoir lu l'ouvrage du chercheur Gordon Wasson sur les champignons sacrés. Et en 1954, la CIA lance l'opération « Course à la chair » en référence au surnom

« Chair des dieux », des champignons hallucinogènes d'Amérique du Sud. Des spécialistes universitaires, les mycologues, ont ainsi reçu du jour au lendemain une manne financière inespérée pour subventionner leurs recherches jusque-là confidentielles.

— Incroyable !

— Et le plus pitoyable est à venir. Le Dr Gottlieb, le savant fou de la CIA, ne pouvant plus tester ses mixtures sur les agents, a trouvé des cobayes plus dociles. Des prisonniers noirs d'un pénitencier du Kentucky qui, avec la complicité de l'hôpital de Lexington, ingurgitaient sans le savoir, dans leur nourriture, l'agent actif des champignons. Certains avaient la sensation que la chair et le sang quittaient leur corps.

— *La chair quitte les os…*

— Pardon ?

— Rien, c'est une expression utilisée en franc-maçonnerie.

— Tes sacrés frangins… Bon, tout ça pour dire que la CIA s'est vautrée après avoir englouti des millions de dollars en vain. Les recherches ont été stoppées. Bref, on ne peut pas commander au doigt et à l'œil ces drogues.

Chefdebien posa son verre et regarda la pendule murale. Il était tard.

— Je te le demande comme un service, réalise-moi un échantillon de chacune de ces trois substances et ne pose pas de question. Je t'en dirai la raison plus tard.

Le chercheur sortit l'air soucieux, mais Chefdebien savait qu'il obéirait.

Le PDG de Revelant se versa un nouveau verre en notant que, depuis quelques mois, il avait tendance à abuser de l'alcool, signe de faiblesse manifeste. Il se promit de remédier très vite à cette addiction.

Les explications de son directeur de recherches lui

ouvraient des possibilités insoupçonnées dans la mesure où les échecs d'un organisme comme la CIA ne constituaient pas une preuve manifeste de l'impossibilité de contrôler les effets de cette super-drogue. La science avait fait d'énormes bonds depuis les années 60, et les erreurs commises à l'époque ne pourraient se répéter de nos jours. La puissance de calcul des ordinateurs, en particulier des Cray de troisième génération, permettait de simuler quasiment en temps réel les interactions moléculaires sur un plan virtuel. Bien sûr, cela ne remplaçait pas l'expérimentation animale et humaine, mais le gain de temps dans ce que l'on appelait le *screening* des éléments était fantastique.

Il inscrivit sur son *palm* le nom des trois substances avec l'intention de les soumettre en parallèle dès le lendemain au département informatique, en simulant une interaction sur des neuromédiateurs cérébraux connus comme la dopamine ou la sérotonine.

Il avait promis au vieux Jouhanneau de lui envoyer ses flacons à Sarlat et il tiendrait sa promesse. Cela ne l'empêcherait pas de mener ses propres recherches à des fins plus lucratives. A titre personnel, il ne croyait pas en Dieu, pas plus qu'au Grand Architecte de l'Univers. Son engagement maçonnique ne constituait qu'un moyen supplémentaire pour capter d'autres parcelles de pouvoir. Il était ravi d'avoir payé un historien, spécialiste des Templiers, pour écrire sa planche brillante présentée l'autre soir à la loge Orion. Son examen d'entrée passé avec succès il les tiendrait désormais dans sa main et s'assurerait de leur bienveillance pour la future élection. Quelques voix de plus, surtout auprès de frères de cette influence, constituaient un atout précieux.

Sa bonne étoile le protégeait toujours.

Il sortit de son portefeuille son billet fétiche de un dollar qui ne l'avait jamais quitté depuis dix ans, date de son retour des Etats-Unis, et contempla les symboles frappés sur le papier. Cette pyramide tronquée par un œil, cette inscription latine, *Novus Ordo Seculorum*, « nouvel ordre des âges », les marques parfaites des maçons. Ce fameux billet édité en 1935 sous la présidence du frère Roosevelt.

Et dire que la seule présence de ces symboles sur ce dollar avait réussi à convaincre toute une horde de gens de l'existence d'un grand complot maçonnique. Le roi dollar est d'inspiration maçonnique, le roi dollar domine les échanges monétaires, donc les frères gouvernent le monde... Il ne comptait plus les sites Internet ou les livres qui développaient cette thèse.

Pour Patrick de Chefdebien, la vraie force de la maçonnerie se résumait à cette anecdote, dans le fantasme qu'elle sécrétait, quand sa puissance supposée débordait, et de loin, son influence réelle.

Et une partie de cette projection du pouvoir serait peut-être entre ses mains.

43

Sarlat

Jouhanneau gara la voiture sur la place centrale. A cette heure Sarlat était presque déserte. Pour aller en loge, il décida de traverser la vieille ville. Une manière de remettre de l'ordre dans ses pensées. Il venait d'appeler Chefdebien pour lui transmettre le dernier composant identifié par Marcas. Ce champignon rouge à pois blancs qui hantait les contes de fées... Dans quelques heures l'équipe de Revelant aurait sans doute obtenu la synthèse des trois composants actifs... Le but de toute une vie.

Dans un jour au plus il recevrait de quoi réaliser le soma et alors...

Pourtant, quelque chose tourmentait Jouhanneau. Il se souvenait des carnets de son père. Ce dernier avait une philosophie précise de son engagement maçonnique. Pour lui, seul comptait le travail pratiqué en loge. Il n'y avait pas de breuvage mystique, de philtre magique, de clé unique à tourner pour accéder au plan divin. Non, il fallait comprendre la beauté des symboles. Savoir découvrir dans le monde humain les traces de la cohérence globale. Un effort de l'esprit que Baudelaire avait dû connaître quand il parlait d'un monde où « *tout n'est que luxe, calme et volupté* ».

Et pour cela, il fallait penser par analogie. Entrevoir, derrière l'opacité de l'habitude, les signes du destin. Voilà pourquoi Jouhanneau était venu ici, faire retraite. Une sorte d'ascèse. Si sa quête avait un sens, un signe lui serait donné.

Le vieux marquis de Chefdebien fréquentait à Sarlat l'atelier de la Grande Loge de France. Une obédience considérée comme plus spiritualiste que le Grand Orient, mais avec lequel elle entretenait d'excellentes relations.

Un peu plus tôt, dans l'après-midi, Jouhanneau avait téléphoné au vénérable de la loge pour s'annoncer. La complicité avait été immédiate. Les frères de Sarlat seraient ravis et honorés de recevoir le Grand Archiviste du GO. Quant à Jouhanneau, il était heureux de participer à une tenue au rite écossais. Les frères du Grand Orient pratiquaient, eux, le rite français, plus dépouillé. A la Grande Loge, la liturgie se voulait plus intense, plus dramatique.

Pour les maçons les plus éclairés, ces différences correspondaient en fait aux deux voies de l'alchimie : *la voie sèche* ou le rite français, *la voie humide* ou le rite écossais. Les deux avaient leur valeur. De toute façon, comme il était dit dans l'Evangile : « *Il y a plusieurs demeures dans la maison du Père.* »

Lentement le vénérable donna un coup de maillet.

— Frère Premier Surveillant, qu'avons-nous demandé lors de notre première entrée dans le Temple ?

— La lumière, Vénérable Maître.

— Que cette lumière nous éclaire. Frères Premier et Second Surveillant, je vous invite à me rejoindre à l'Orient pour allumer vos flambeaux et rendre visibles les étoiles. Frère Maître des cérémonies, vous frapperez le sol avec la canne à chaque invocation. Frère Expert et Maître des cérémonies, veuillez nous assister.

Devant le plateau du vénérable brûlait un candélabre. Avec précaution il y préleva une nouvelle flamme. La lumière qui allait éclairer le temple et les frères.

Remontant les travées, chaque surveillant alla prendre sa lumière à la flamme du vénérable, avant de se placer devant son pilier. Trois hautes tiges en bronze entouraient le tapis de loge déroulé sur le pavé mosaïque.

Le vénérable alluma le pilier du sud-est.

— Que la sagesse préside à nos travaux.

Un coup de canne résonna dans le temple.

Le Premier Surveillant illumina le pilier nord-ouest.

— Que la force le soutienne.

Un autre coup de canne retentit alors que le temple commençait de sortir de l'obscurité.

Le Second Surveillant donna la lumière au pilier sud-ouest.

— Que la beauté l'orne.

La pleine lumière régnait désormais dans le temple. Les travaux pouvaient commencer.

L'orateur connaissait parfaitement son sujet. Sa planche, intitulée *Les voyages de l'initiation*, passionnait son public. Sur chaque rangée, les frères écoutaient avec attention l'analyse précise des éléments qui permettaient de purifier le futur initié avant qu'il ne reçoive la lumière. Un seul point avait surpris, l'orateur avait choisi de traiter en dernier le premier élément, celui de la terre.

La voix chaude et assurée qui parlait développait maintenant les valeurs symboliques de l'eau, de l'air et du feu.

L'eau, l'air et le feu, songea Jouhanneau.

Depuis l'appel de Marcas, le Grand Archiviste était obsédé par une seule question. Il possédait désormais les trois composants du soma mythique ainsi que leurs proportions 3, 5, 7. Manquait l'ordre du dosage. Par quelle plante commencer ? L'eau, l'air, le feu... Une illumination subite s'empara du Grand Archiviste. Et si... à ces trois voyages correspondaient...

L'eau d'abord. La matière primordiale. L'eau à l'origine de la vie. Celle dont nous provenons. L'eau du commencement. Un déclic opéra. Une parole de Marcas à propos du culte de Bvitti. Les initiés à ce rituel prétendaient retourner à l'origine ultime grâce à l'iboga. La substance hallucinogène qui menait vers Bviti, le guide vers les ancêtres. Bviti qui ramenait aux racines de l'existence. Bviti ou l'eau.

L'air maintenant. L'*Amanita muscaria*, peut-être ? l'amanite tue-mouches... La mouche. Un autre souvenir accapara Jouhanneau. Une de ses lectures des années de lycée. En cours de grec. *L'Ane d'or* d'Apulée. Un des livres de référence des ésotéristes qui y voyaient une métaphore de la quête alchimique. Dans l'un des chapitres, la mouche était donnée comme le symbole de l'air. L'élément du monde supérieur.

Le feu. L'esprit de Jouhanneau traversait à toute allure la forêt des symboles. Le feu. Les épidémies hallucinatoires dues à l'ergot de seigle. *Le mal des ardents*. *Le feu de Saint-Antoine*. L'ergot provoquait le feu.

L'iboga, l'amanite, l'ergot de seigle. L'eau, l'air, le feu : les trois éléments de l'initiation.

— Bien sûr, vous avez remarqué que, dans ma planche, je n'ai pas encore abordé la question de la terre. A proprement parler, l'expérience de la terre ne constitue pas un voyage. Le futur initié demeure seul dans le cabinet de réflexion où il doit méditer sur les symboles qui s'y trouvent et se préparer aux épreuves qui l'attendent. Le séjour dans la terre correspond en fait à une préparation, de type psychologique, à la véritable initiation. Mais ne nous y trompons pas, elle en est une condition essentielle. Sans ce préalable absolu, il n'y a pas d'initiation véritable.

L'orateur avait fini sa planche. Le vénérable le remercia. Les questions pouvaient débuter.

Jouhanneau venait de comprendre. Il lui manquait un élément essentiel. L'épreuve de la terre. La première.

Une main claqua.

— Tu as la parole, mon frère.

— Vénérable Maître en chaire, et vous tous, mes frères en vos grades et qualités. Si l'orateur a développé avec brio l'origine symbolique des trois éléments qui constituent les épreuves, qu'en est-il du passage dans le cabinet de réflexion, de ce séjour dans le monde souterrain ? Quelle en est la véritable origine ?

L'orateur feuilleta ses papiers avant de répondre.

— L'origine, je crois, nous la connaissons tous. Surtout dans notre région. Il s'agit de la caverne, de la grotte préhistorique où la religion de nos ancêtres s'est formée. Vous savez, on a trop longtemps considéré les grottes ornées comme des temples de l'art. Des sortes de musées... La caverne préhistorique est d'abord un sanctuaire. Un lieu qui n'appartient plus au monde profane et qui est voué à des rituels religieux. Depuis quelques années, les préhistoriens les plus sérieux s'accordent à voir dans la plupart des grottes peintes ou gravées, l'espace sacré où l'homme pouvait entrer en contact avec le monde supérieur. Un espace, semblable à notre temple, un lieu choisi pour un rituel initiatique.

Jouhanneau claqua des mains. Le Premier Surveillant lui donna la parole.

— Vénérable Maître en chaire, et vous tous, mes frères en vos grades et qualités. Une seule question : quelle grotte serait le temple le plus parfait ?

L'orateur répondit sans hésiter :

— Lascaux.

44

Quelque part dans le sud de la France

Le van noir avait quitté la nationale pour prendre un chemin défoncé par des ornières boueuses. La pâle lumière de l'aube estompait les ombres de la nuit qui s'accrochaient encore sur les chênes centenaires. A une vingtaine de mètres de distance une berline bleue suivait la camionnette, avec à son bord Jade et Antoine, les mains et les jambes entravées.

Trois heures s'étaient écoulées depuis le départ de Plaincourault, et le convoi arrivait à mi-chemin de son voyage.

Au bout du sentier, en pleine forêt, se dressait une maison en pierre grise de deux étages, aux volets marron ouverts, flanquée d'un vieux colombier à moitié effondré. L'intérieur de la bâtisse était éclairé au rez-de-chaussée. Un homme en veste de chasse, fumant une pipe, poussa les rideaux et leva le bras pour faire un signe aux nouveaux arrivants.

Le van et la voiture se garèrent devant le perron illuminé par une lanterne en forme de gargouille. L'homme à la pipe sortit de la maison et arriva à la rencontre de

Sol et de Joana qui marchaient sur la bande de terre herbeuse qui faisait office de chemin d'accès.

Sol s'adressa à la jeune femme :

— Voilà notre ami le jardinier qui vient nous saluer.

Joana grimaça.

— Trop aimable de sa part. Mais je m'en serai passée.

— Allons. Sois gentille avec lui. Il nous a préparé la maison pour que nous puissions nous reposer.

— Quel dévouement personnel ! Pourquoi n'a-t-il pas chargé un sous-fifre de cette tâche ?

— Tu poses là une question judicieuse. Je crains qu'il ne soit chargé par nos amis du directoire de nous espionner. C'est l'âme damnée de Heimdall…

Le jardinier arriva devant eux et salua Sol sans prêter la moindre attention à Joana.

— Je suis ravi de vous revoir. J'ai fait dresser un petit buffet et les chambres sont prêtes pour vous ainsi que pour nos deux invités de marque.

— Merci, je ne manquerai pas de faire part de votre efficacité en haut lieu. Comment avez-vous trouvé cet endroit ?

Le débonnaire moustachu fourra sa main dans sa veste et en sortit une blague à tabac en vieux cuir.

— L'Orden possède trois résidences secondaires de ce type en France pour permettre à nos membres de prendre quelques vacances. Le confort est rudimentaire mais…

Le vieil homme le coupa en souriant :

— C'est largement suffisant pour le peu de temps que nous y passerons. Faites rentrer nos hôtes dans la maison et qu'ils se joignent au dîner.

L'homme se passa la main sur sa joue mal rasée.

— Dîner, vraiment ? Je pensais plutôt entamer une petite séance de sécateur avec eux.

— Non. Contentez-vous d'obéir.

— Et elle ? dit le jardinier en montrant du doigt Joana comme si elle était un déchet.

— Elle est mon adjointe dans cette opération. Alors considérez-la comme votre supérieure.

La jeune femme émit un petit rire de satisfaction.

— Tu as entendu ? Remplis tes fonctions de domestique. Va chercher les prisonniers.

L'homme lui fit face d'un air méprisant.

— On se retrouvera après la fin de cette mission. Crois-moi.

Il s'effaça pour les laisser entrer dans la maison, puis se dirigea vers le van. Sol et Joana traversèrent un grand vestibule décoré de bois de cerfs vieillis ornés de petites plaques de cuivre indiquant l'année de leur mise à mort. Les dates remontaient jusqu'au début du siècle dernier.

Dans une grande salle à manger, une table avait été dressée avec des plats déposés aux extrémités. Un homme silencieux ajoutait en hâte deux couverts de plus. Aux murs, des hobereaux portant perruque, en tenue de chasse du XVIIIe siècle, toisaient les visiteurs comme s'ils étaient des intrus. Des outils de travaux agricoles posés çà et là achevaient de donner une tonalité rurale à la pièce. Sol s'assit sur un des fauteuils de bois sculpté en balayant la salle du regard.

— *La terre, elle, ne ment pas*.

Joana prit un siège situé en face de lui à l'aide de sa main valide. La fatigue se peignait sur son visage.

— Ce qui veut dire ?

— C'était l'une des maximes préférées du maréchal Pétain à propos de l'authenticité de la vie à la campagne.

— En Croatie, le seul militaire français que l'on connaisse, c'est le général de Gaulle.

Sol éclata de rire.

— J'ai toujours préféré le maréchal au général, bien que son gâtisme m'ait insupporté. De plus le vieux briscard de Verdun sortait parfois des sentences de choix.

— Ah oui ?

— *Je tiens mes promesses et même celles des autres.* Il faut oser !

Des bruits de pas résonnèrent dans le vestibule. Le jardinier et le jeune garde du corps de Sol firent entrer dans la salle à manger, Jade et Antoine que l'on venait de détacher. Sol leur indiqua deux chaises vides.

— Venez, mes amis, prenez place et restaurez-vous.

Une expression de haine s'alluma sur le visage de Joana en apercevant Jade.

Le couple se regarda quelques secondes, puis s'assit en silence. Devant eux s'alignaient trois grandes assiettes garnies de carottes, betteraves, laitues, endives, radis et tomates. Une soupière fumante emplie d'un liquide marron-rouge et un grand plat de pommes de terre bouillies complétaient le menu. Antoine prit quelques légumes dans son assiette.

— Vous n'êtes pas très carnivore…

Sol qui se servait copieusement acquiesça d'un air entendu.

— Oui, la viande nous est formellement interdite. Moi-même je n'en ai pas mangé depuis soixante ans. Le secret de la longévité…

Jade, qui ne touchait pas aux plats, le coupa :

— Vous savez ce que ça signifie d'enlever des membres des forces de l'ordre dans ce pays ? Un avis de recherche va être envoyé à toutes les gendarmeries et commissariats de France. Vous ne vous en sortirez pas !

La voix de Joana siffla :

— Tais-toi. Une menace de plus et je te tue. Lentement, très lentement.

— Avec quelle main, la droite ?

La tueuse se leva d'un coup, la main crispée sur son couteau de table.

— Suffit ! gronda Sol.

Joana obéit à contrecœur. Le vieil homme se tourna vers Antoine.

— Nous parlions de viande. Pour nous les aliments carnés sont chargés de toxines responsables de nombre de maladies. En revanche, les fruits et légumes possèdent des richesses nutritionnelles extraordinaires. Je vous conseille la soupe de potimarron à votre droite, c'est excellent.

— C'est l'enseignement de Thulé ?

— Entre autres.

Etrangement, Antoine avait retrouvé l'appétit, il était intrigué par ce vieillard à l'allure juvénile.

— Puisque vous nous faites l'honneur de nous nourrir avec soin, peut-être pourriez-vous aussi éclaircir quelques zones d'ombre ?

— Pourquoi pas ? Il est rare que je m'entretienne avec un maçon. D'habitude je les fais tuer. Mais je vous écoute.

— Quel est le but de Thulé ?

— Vaste sujet mais qui se résume à préserver la supériorité de notre sang face à l'invasion incessante des autres races. Nous sommes une sorte de société protectrice à laquelle j'ai l'honneur d'appartenir. Noirs, Arabes, Juifs, Jaunes, métis en tout genre, tous ces êtres prennent chaque jour un peu plus possession du monde qui est le nôtre. A notre niveau, nous essayons d'endiguer cette invasion raciale.

Jade intervint, la voix lourde d'ironie :

— La SPA de la race supérieure ! C'est drôle.

Antoine sourit de la remarque, mais préféra enchaîner :

— Comment avez-vous eu connaissance des archives de notre obédience ?

Sol eut un geste amusé de la main.

— Je préfère vous raconter la naissance de notre ordre. Peut-être comprendrez-vous ! Encore que j'en doute vu votre affiliation… Mais regardez la tête sculptée derrière vous.

Antoine et Jade se retournèrent et aperçurent, posé sur un trépied, le buste d'un homme au front bombé, à la bouche cruelle et aux sourcils froncés.

Il alluma un cigare et posa ses mains sur les accoudoirs.

— Cet homme s'appelait Rudolf Grauer. Nous lui devons tout. Son buste est présent dans toutes les maisons de l'Ordre. Il a créé la société Thulé bien avant la naissance du parti nazi. Ce génie que personne ne connaît plus de nos jours et à côté de qui Hitler n'était qu'une brute, a changé la face du monde. Ce fils de cheminot a d'abord parcouru le monde comme marin, à la fin des années 1890. Puis, il s'installe en Turquie où il acquiert une fortune conséquente avant de revenir en Allemagne, persuadé de son destin. Rentré dans sa mère patrie, il se fait adopter par un aristocrate et devient le comte Rudolf von Sebottendorff. A l'époque, l'Allemagne du Kaiser bruisse de sentiments nationalistes incarnés dans de multiples groupes patriotiques et antisémites au surnom commun, *völkisch*.

Antoine ne perdait pas un mot des explications du vieil homme.

— Et antimaçonniques, je suppose ?

— A votre avis ? A cette époque, notre fondateur s'inscrit dans l'un de ces groupes, le Germanorden, et en devient rapidement un membre influent. Et en 1918, il part à Munich pour y fonder une loge qu'il nommera la Thulé Gesellschaft. En moins de quatre mois, il va y recruter l'élite de la société, fonde deux journaux, dont le *Beobachter*, futur organe de presse des nazis, et crée des cercles d'influence. Mieux, il calque son fonctionnement sur celui de la maçonnerie qu'il a longuement étudiée.

— De quelle manière, calqué ?

— Les postulants, tous de race germanique, sont initiés ; des signes secrets de reconnaissance sont transmis ; un rituel basé sur le paganisme nordique est mis en application. Et comme symbole, Sebottendorff eut l'idée de récupérer le swastika solaire, aux branches arrondies, déjà en vogue dans certains cénacles racistes. Un emblème qui rayonne au-dessus d'un poignard de vengeance.

— C'est curieux, on retrouve aussi ce poignard dans les hauts grades maçonniques...

Sol ne releva pas la coïncidence.

— Très rapidement Sebottendorff dicte le premier et seul commandement de l'organisation : une race blanche doit régner sur le monde. C'était un visionnaire dont le credo tenait en un mot : *Halgadom*.

Jade était épuisée et avait l'impression d'écouter le délire d'un aliéné, mais sans le caractère incohérent. Une folie exprimée à voix douce, tranquille, sereine.

— *Halgadom* veut dire temple sacré. Là où vous les maçons voulez recréer le Temple du Juif Salomon, nous désirons ardemment bâtir celui de tous les peuples descendants de la race aryenne de Thulé et qui ont essaimé en Europe : Nordiques, Germains, Anglais, Saxons, Celtes et... Français. Tous irrigués du sang des migrations des tribus barbares, des Goths et des Francs de pure souche.

— Notre Temple à nous est celui de la fraternité, de l'égalité et de toute l'humanité.

— Ne me faites pas rire ! Vous êtes les premiers à pratiquer l'élitisme dans vos loges.

Sol se versa un verre d'eau.

— Mais je m'égare. Sebottendorff savait que seul le peuple – les prolétaires – pouvait régénérer la race aryenne et il voulait que ses idées pénètrent la classe ouvrière. C'est un de ses adjoints initiés, un certain Harrer, qui créa une association à cette fin. En janvier 1919, on le retrouve avec Anton Drexler à la tête du parti ouvrier allemand où plus tard viendra adhérer un certain... Adolf Hitler, qui en fera le parti nazi.

Antoine répliqua :

— Hitler n'a prospéré que sur les décombres de l'armistice, le chômage endémique et le nationalisme exacerbé.

— Oui, mais dans l'ombre veillait Thulé qui, si elle n'avait aucune prise immédiate sur le Führer, infiltrait ses dignitaires dans son entourage. Hess, Rosenberg, Himmler... Vous croyez que Hitler serait vraiment arrivé au pouvoir s'il n'avait été financé par les grands industriels allemands ? Beaucoup d'entre eux étaient membres de Thulé. Mais Hitler a failli à sa mission, il est devenu mégalomane. Nous l'avions sous-estimé.

Jade sentait la colère monter en elle. Cette discussion l'exaspérait.

— Les millions de Juifs exterminés, les peuples réduits en esclavage, la guerre et la haine ! Beau programme, magnifique réalisation !

Sol fit un signe de tête à son garde du corps.

— Au prochain éclat de voix, mademoiselle, je vous fais sauter la cervelle.

Antoine vit qu'il ne plaisantait pas et posa sa main

sur la cuisse de sa voisine. Il essaya de détourner la conversation.

— Et vous, là-dedans ? Comment un Français...

Le visage du vieillard s'éclaira d'un sourire de satisfaction.

— Très simplement. Je me suis engagé dans les Waffen SS pendant la guerre et des membres de Thulé m'ont repéré pour m'initier. Un parrainage comme en maçonnerie.

Jade ne supportait pas ce vieux facho.

— Super... Dans la famille nazie, je voudrais le grand-père, SS français. Par curiosité, vous avez buté combien de femmes et d'enfants juifs ?

Joana la gifla avec un plaisir non dissimulé. Jade voulut se jeter sur elle mais l'homme de main se dressa devant elle. Sol la fixait l'air méprisant.

— La division Charlemagne se battait sur le front contre d'autres soldats, nous n'avons jamais pris part aux tueries dans les camps de concentration. J'ai gagné mon grade d'*Obersturmbannführer* par ma bravoure.

— Et alors ?

— Alors ? J'ai été choisi.

— Choisi ?

Sol se reversa de l'eau.

— Ma mission consistait à cacher des caisses d'archives maçonniques pillées en France et considérées comme très précieuses pour notre ordre. Vous comprenez maintenant ?

— Mais pourquoi ?

— Une des branches de Thulé au sein de la SS, l'institut Ahnenerbe, conduisait des travaux sur l'Inde aryenne. Ils avaient découvert l'existence d'un breuvage sacré, le soma. Très vite, ils ont mené des expériences à base de plantes hallucinogènes dans un château en Westphalie. Ils avaient recruté des archéologues et des chercheurs en biologie pour recomposer le soma. Des prisonniers russes servaient de cobayes, car les mélanges présentaient des effets indésirables assez spectaculaires.

— Mais quel rapport avec les archives ?

— L'un des chercheurs, un certain professeur Jouhanneau, était un franc-maçon. Il a accepté de collaborer.

— Je ne vous crois pas !

— Il avait une femme enceinte… C'est lui qui a trouvé un dossier manuscrit dans les archives du Grand Orient qui faisait référence à un rituel spécial basé sur l'absorption d'une boisson divine.

Antoine plissa les lèvres.

— Le rituel de l'ombre…

Sol avait allumé un cigare.

— C'est bien ça. Quant à Jouhanneau, l'Ahnenerbe l'a fait transférer à Berlin pour fouiller les cartons d'archives pris à Paris. Au bout de deux mois de recherches, il avait trouvé des fragments épars de ce rituel. Il y avait une étude sur l'ergot de seigle et un manuscrit d'un certain du Breuil. Bien sûr nous avons fait des copies.

— Mais comment saviez-vous qu'il y avait trois éléments ?

— Un autre papier des manuscrits du Breuil, manquant dans votre inventaire, car resté en notre possession après-guerre, évoquait trois composants. Dont une plante venue d'Orient… La suite, vous la connaissez.

— Et Jouhanneau ?

— Il avait échoué. Thulé n'avait pu identifier qu'un seul élément, l'ergot de seigle. Quant aux manuscrits du Breuil, ils nous étaient à l'époque incompréhensibles. Devenu inutile, Jouhanneau a été expédié à Dachau.

— Et vous ?

— En 45, mon convoi est tombé sur un barrage de l'Armée rouge, j'ai été le seul à en réchapper. Après l'accrochage avec les Russes, j'ai récupéré les archives restantes – parmi lesquelles l'étude sur l'ergot de seigle et la copie exhaustive du manuscrit du Breuil. J'ai planqué l'ensemble dans un village en ruine. Dans une église.

« Sous le maître autel. (Sol se mit à rire.) Puis j'ai tenté de passer les lignes alliées.

Le visage de Marcas s'était fermé. Sol continua :

— Ensuite vous avez fait le travail à notre place. Jouhanneau, par exemple, quand il a reçu un appel d'Israël, de cet archéologue juif... Nous étions prêts.

— La pierre de Thebbah ?

Sol hocha la tête avant de reprendre :

— Oui. Quant à l'*Amanita muscaria*... je ne vous remercierai jamais assez !

— Et maintenant ? Qu'allons-nous devenir ?

Sol bâilla et se leva.

— Pour le moment, j'ai encore besoin de vous. Quant à votre petite camarade, Joana – ici présente – sera ravie de s'occuper d'elle en temps utile. L'évocation de ces souvenirs m'a fatigué. J'ai besoin de me reposer. Nous nous reverrons dans l'après-midi pour contacter votre *frère*, Jouhanneau, qui doit se trouver en Dordogne en ce moment.

— Mais comment ?

— Nous l'avons fait suivre aussi.

L'homme à la peau parcheminée, vivant vestige d'une époque révolue, semblait soudain très vieux. Marcas osa une dernière question :

— Que veut dire ce nom, Sol...

— Tiré d'une sentence latine du culte romain de Mithra, *Sol Invictus*. « Le soleil invaincu ». Qui désignait aussi le jour du solstice d'hiver, le 21 décembre quand le soleil renaissait et les jours recommençaient à s'allonger. Le christianisme a récupéré cette fête pour lui substituer Noël, et l'a décalée au 25 décembre. Mais comme le soleil, je serai invaincu.

45

Val d'Oise

La trousse noire contenait deux seringues marquées d'une étiquette similaire indiquant la composition du produit et son dosage, un petit flacon de désinfectant et un sachet de coton. Deux seringues en cas de perte ou d'accident.

Chefdebien remonta la fermeture Eclair sur le côté de la trousse et la donna à l'agent de la sécurité.

— Vous m'avez compris ? Sitôt arrivé au château de Beune, vous donnez cette trousse à M. Jouhanneau. Ensuite vous le filez discrètement et vous me faites un rapport toutes les heures. L'avion vous attend au tarmac du Bourget.

L'agent ne dit rien, se contentant d'un hochement de tête silencieux, et sortit rapidement du bureau du PDG de Revelant. Chefdebien calcula que le dignitaire de la loge Orion recevrait ses produits en début d'après-midi. Ses services de recherches avaient fait du bon boulot en isolant les trois molécules et en les synthétisant. Le PDG avait convaincu Jouhanneau de les utiliser par voie injectable plutôt que sous forme de boisson, non seulement il éviterait les vomissements mais surtout le produit agirait très rapidement sur le cerveau. Il se fit l'effet d'un dealer procurant sa dose à un camé.

Par précaution, Chefdebien avait fait fabriquer d'autres échantillons similaires qui étaient en ce moment même injectés à des macaques de laboratoire.

Maison de l'Orden,
Sud-ouest de la France

L'œil gigantesque enclavé dans un triangle flottait au-dessus de la pyramide. A l'arrière-plan des nuages rouges filent à tout allure dans un ciel sombre et menaçant. Marcas ne peut pas bouger, ses pieds sont incrustés dans la pierre de granit noir du sol. Il se sent impuissant et minuscule face à l'œil omniprésent. Puis du lointain, arrive en galopant un cavalier à tête nue brandissant un bâton flamboyant qu'il fait tournoyer dans les airs. Antoine veut s'enfuir mais ses membres sont soudés à la terre. Le ciel se teinte de sang. Le cavalier descend de sa monture et vient vers lui, armé de son bâton. Sa voix gronde dans la nuit rouge, couvrant les hurlements du vent glacé. Il reconnaît le cavalier... C'est lui..., c'est son double. Marcas veut crier mais aucun son ne sort de sa bouche. Son sosie grimaçant brandit son bâton pour frapper à la tête. Antoine hurle de toutes ses forces : La chair quitte les os. *Son double recule de stupeur, comme frappé d'effroi. Le vent fait vaciller la pyramide. L'œil se met à saigner. Antoine répète à nouveau l'incantation :* La chair quitte les os.

Le cavalier sur sa monture repart comme dans un film projeté en sens inverse.

Les cris d'Antoine réveillèrent Jade en sursaut.

— Calmez-vous.

Marcas transpirait sous ses liens et tenta de se redresser sur son lit.

— Un cauchemar…

— Si ça peut vous consoler, j'ai dormi comme un bébé.

La porte de leur chambre s'ouvrit, le garde armé entra dans la pièce. Jade l'interpella.

— Nous voulons aller aux toilettes. Vous comprenez ?

L'homme secouait la tête.

— *Nein*, *nein*.

Jade prit son air le plus mauvais.

— Sol, *schnell* !

L'homme hésita un instant puis sortit de la chambre en refermant à clé. Antoine sentit la sueur imbiber son corps sous ses vêtements sales. Il se tourna vers Jade.

— Plutôt inconfortable comme situation. Une chargée de sécurité d'ambassade, ça n'a pas un émetteur secret caché dans ses chaussures ou un autre truc dans le genre ?

— Ben voyons. Et vous, vous n'êtes pas en contact télépathique avec le Grand Architecte de l'Univers pour qu'il alerte vos frangins ?

Ils sourirent en se regardant, lui mal rasé, les yeux creusés de cernes, elle, les cheveux collés, le teint blafard.

La serrure s'enclencha de nouveau et le garde apparut en compagnie de Joana.

— Sol se repose. Mais je suis là. Parlez !

Sans attendre de réponse, elle se dirigea vers le lit de Jade et s'assit à côté d'elle. Instinctivement, l'Afghane tenta de reculer.

— Nous voulons nous laver et aller aux toilettes, répondit Marcas.

Joana sortit une pince coupante de sa poche.

— Nous ne sommes pas des monstres, Klaus va vous accompagner. Mais avant, je vais emprunter un petit doigt à ton amie. Somme toute, le jardinier avait raison.

Avant même que Jade ait pu réagir, Joana sectionna d'un geste sec l'auriculaire de l'Afghane qui hurla de douleur. Antoine tenta de se libérer. En vain.

— Arrêtez...

— Tais-toi, chien ! Ce n'est rien en comparaison de ce qu'elle m'a fait, dit Joana en brandissant sa main martyrisée. Bientôt quand nous en aurons fini avec vous, elle me suppliera de l'achever. Avec ses mains, peut-être. Mais pas avec ses doigts.

Jade continuait de hurler. La douleur devenait intolérable.

Croatie
Château de Kvar

Trois chandeliers d'argent illuminaient faiblement la petite crypte souterraine située dans les fondations du château. Loki contemplait pensivement la pierre de marbre noir frappée de l'emblème du swastika solaire qui servait aux commémorations des solstices. Il n'avait plus de nouvelles de Sol depuis vingt-quatre heures et commençait de s'inquiéter pour sa fille. Les membres du directoire le regardaient de façon gênée depuis sa dernière conversation téléphonique avec Sol. Peu importait, bientôt, il serait débarrassé de tous ces incapables.

Heimdall lui avait donné rendez-vous pour parler à l'abri des autres.

Des bruits de pas lourds résonnèrent dans l'escalier de pierre. Loki se retourna et aperçut Heimdall, accompagné d'un garde de la sécurité.

— Je croyais que tu devais venir seul ?
— Loki est le dieu de la ruse, je ne l'oublie jamais. L'opération Hiram est annulée.

Loki recula vers l'autel.

— De quel droit ? Sol sera furieux.

Les deux hommes s'avancèrent vers lui.

— Le directoire a voté cette décision tout à l'heure.
— Impossible, je n'étais pas là.
— Tu ne fais plus partie de Thulé.

Loki se maudit de ne pas avoir emporté une arme.

— Jamais.
— Ton portable est sur écoute et nous avons apprécié comme il convenait les instructions de Sol nous concernant à propos d'une nuit des longs couteaux. Tu comprendras notre agacement.

D'autres bruits de pas se firent entendre. Deux autres hommes armés débouchèrent dans la crypte. Loki s'agrippait à l'autel.

— Vous ne comprenez pas, l'opération Hiram est vitale pour l'avenir de Thulé.
— Sol est un vieillard sénile qui poursuit des chimères et il a failli nous faire identifier par la police française. Il a accumulé les fautes. Ces assassinats de maçons étaient stupides. Quant à son tueur palestinien, il s'en est fallu de peu pour que les Israéliens ne remontent notre filière. As-tu oublié les préceptes de von Sebottendorff ? Notre force vient de notre discrétion. Tant que nous sommes invisibles et prospérons, personne ne peut nous atteindre.
— Je sais mieux que toi...
— Suffit ! Des ordres ont été donnés pour en finir avec Sol et ta fille ainsi que leurs prisonniers là où ils se

trouvent. Quant à toi, nous allons t'accompagner pour rendre une visite à ton amie.

Loki ne parut pas comprendre.

— ... Une vierge.

— Tu ne vas pas...

— Une vierge de fer !

Maison de l'Orden du sud-ouest de la France

Le convoi était de nouveau prêt à partir. Sol contemplait d'un air satisfait ses prisonniers à nouveau entravés que l'on conduisait dans le van.

— Je vais monter avec vous, nous n'avons pas fini notre discussion. Mais avant nous allons saluer notre hôte, le jardinier, pour son hospitalité.

Le jeune garde du corps de Sol poussa devant lui l'homme aux moustaches, le visage tuméfié.

— Notre protecteur des fleurs et des plantes a eu l'idée saugrenue de vouloir nous assassiner pendant la nuit. Heureusement que Klaus veillait. Je suppose qu'il était en mission commandée par le directeur de l'Orden. Joana, tu veux t'en occuper ?

La tueuse apparut sur le perron, un couteau à la main. Elle vint se placer devant le jardinier et lui planta d'un geste rapide la lame dans le bas-ventre en remontant sur la droite. L'homme s'affaissa en hurlant. Sans lui accorder le moindre regard, Sol marchait vers la camionnette.

— Si Joana n'a pas perdu la main, il va mettre vingt bonnes minutes avant de mourir. C'est fou comme les femmes de nos jours prennent les choses en main et deviennent égales ou supérieures aux hommes dans certains domaines. A titre personnel, je suis pour la parité.

Le jardinier se tordait dans tous les sens, comme un ver de terre sectionné cherchant à s'incruster dans la terre.

Jade et Antoine furent poussés à l'intérieur du van. En cinq minutes le convoi quittait la propriété, laissant derrière eux le tortionnaire en train d'agoniser.

Installé sur le siège avant, Sol sifflotait en consultant une carte routière. Marcas reprit la conversation :

— Vous ne nous avez pas raconté votre fin de la guerre.

Sol se tourna vers l'arrière.

— Ce fut assez rapide. Après m'être débarrassé d'une patrouille française qui m'avait intercepté, je suis passé en Suisse pour prendre contact avec la filière Odessa.

— Odessa ?

— Quel manque de culture historique ! A l'automne 44, des dignitaires de la SS, dont évidemment des membres de Thulé, ont compris que la défaite était inévitable. Ils ont donc mis sur pied un réseau d'évacuation vers des pays neutres. En Amérique du Sud principalement, mais aussi dans des pays arabes comme la Syrie ou l'Egypte.

— Odessa, c'était le nom de l'opération ?

— Odessa pour Organisation der SS-Angehörigen. Des entreprises disséminées dans ces pays et achetées avec le trésor de guerre de la SS se sont chargées de recueillir les fugitifs. Des comptes ont été ouverts dans des banques de pays respectables dont la Suisse, naturellement.

— Heureusement, ce fumier de Hitler n'en a pas profité ! souffla rageusement Jade.

Sol lui adressa un sourire.

— Vous ne croyez pas si bien dire. Hitler est un criminel.

— Comment ça ?

— Il a fait périr dans sa chute des millions d'Aryens, notre sang s'est tari dans cette guerre.

— Vous plaisantez ?

Sol lui sourit à nouveau. Comme à un enfant trop jeune pour comprendre.

— Bien sûr, vous ne pouvez partager mon point de vue. Thulé n'avait pas de pouvoir direct sur le Führer. Tout au plus pouvait-elle influencer certaines de ses décisions. Surtout quand il s'est avéré qu'il sombrait dans une folie de plus en plus destructrice. Thulé en a profité pour se servir du réseau Odessa.

— Et vous ?

— Quant à moi, une fois exfiltré, j'ai commencé une autre vie et je suis monté dans la hiérarchie de l'Orden. A la chute du communisme, nous sommes allés récupérer les archives maçonniques que j'avais dissimulées. Pendant l'occupation soviétique en RDA, l'église était devenue un musée de l'athéisme. Depuis la chute du mur, tout était à l'abandon. Ensuite, une fois les archives analysées…

Les yeux de Sol brillèrent d'un éclat minéral.

— … C'est là que j'ai compris l'importance de ces documents inestimables.

— Mais pour en faire quoi ? s'exclama Marcas, vous voulez vraiment entrer en contact avec Dieu ?

— Pas le vôtre, mon cher ami. Le mien, infiniment plus redoutable.

46

Lascaux,
Dordogne

Le vent frais s'était levé en même temps que les étoiles. Face à la porte d'entrée en forme de sas, le conservateur jeta un dernier coup d'œil sur le visiteur imprévu. En général, on le prévenait des mois à l'avance. Les rares invités auxquels le ministère de la Culture octroyait une autorisation exceptionnelle franchissaient des méandres administratifs complexes et rigoureux. Un long processus dont lui, conservateur depuis quinze ans, suivait toutes les étapes. Pareil aux gardiens des Enfers, nul ne parvenait dans Lascaux sans avoir au préalable satisfait à toutes les épreuves d'un parcours long et difficile. Et chacun des élus qui pénétrait dans la grotte avait conscience du privilège, presque du miracle, d'être là. En ce lieu de vertige.

Les rares chercheurs éminents ou personnalités privilégiées, reçus sur autorisation exceptionnelle, avaient témoigné de leur humilité face à l'expérience unique qu'ils allaient vivre. Avant de pénétrer dans la grotte, ils ressemblaient tous à des enfants, timides et admiratifs, auxquels on a promis un cadeau inespéré.

Le visiteur d'aujourd'hui ne rentrait pas dans cette catégorie. Le longue silhouette prise dans un manteau sombre, une écharpe de laine nouée autour du cou, un petit sac gris à la main, échappait à toute analyse. Il parlait peu et contemplait, sans ciller du regard, un point fixe dans la nuit.

Le conservateur détestait accompagner des visiteurs dans la grotte, c'était comme s'il accomplissait un blasphème aux conséquences irrémédiables. Découverte en 1940, la grotte avait été fermée vingt-trois ans plus tard après que l'on se fut aperçu des dégâts causés par le gaz carbonique expiré par les dizaines de milliers de visiteurs au cours des ans. Les roches et leurs sublimes peintures s'étaient corrodées par acidification, insidieusement, alors qu'elles avaient traversé des milliers d'années sans encombre, préservées dans leur atmosphère étanche.

Des capteurs placés dans les différentes salles de la grotte, reliés à un système informatique sophistiqué de télémesure, enregistraient jour et nuit les variations d'hygrométrie, de température et de pression de gaz carbonique. Les techniciens du laboratoire de recherche des Monuments historiques pouvaient savoir à distance si un homme ou un animal s'était introduit dans le sanctuaire.

Le conservateur n'en démordait pas, s'il ne tenait qu'à lui, les visiteurs autorisés devraient venir avec des scaphandres.

Tôt le matin, il avait reçu un fax de Paris, du ministère, paraphé par le directeur du cabinet, lui enjoignant de se mettre à la disposition de M. Jouhanneau en début de soirée.

Un coup de téléphone, une demi-heure plus tard,

avait indiqué les conditions précises de cet ordre hiérarchique. Une quasi-réquisition avait songé, amer, le conservateur. Dès 21 heures, il ouvrirait la grotte à M. Jouhanneau et le laisserait seul. Point.

Le conseiller du ministre avait été plus que bref. A la question sur l'heure à laquelle devait être récupéré ce visiteur imprévu, le conservateur avait insisté sur *imprévu*, la réponse était tombée sans appel :

— Quand on vous le dira !

Plus tard, dans l'après-midi, le conservateur avait fini par téléphoner à la préfecture de Périgueux. Inquiet, fébrile, il avait demandé conseil au secrétaire particulier du cabinet du préfet. Un homme affable et avisé, qu'il connaissait depuis des années. La réponse ne s'était pas fait attendre :

— Mon cher ami, vous êtes comme moi, un fonctionnaire, un simple fonctionnaire, ne l'oubliez pas !

Cette fois, le conservateur n'avait pas insisté. Il ne savait pas que Jouhanneau était passé directement par l'un des conseillers du ministre, membre de la Fraternelle des Enfants de Cambacérès, qui réunissait des maçons homosexuels du GO. Jouhanneau les avait aidés naguère à rencontrer directement un ancien Grand Maître de l'obédience pour le sensibiliser aux problèmes de discrimination rencontrés dans certaines entreprises.

A 21 heures précises, le conservateur ouvrait la porte du sas d'entrée.

Garé sur le parking, au centre de Montignac, le bourg le plus proche de Lascaux, Sol alluma un nouveau cigare. Derrière lui, Marcas et Zewinski se tenaient silencieux, emprisonnés dans leurs liens. Leur conversation était terminée depuis longtemps. Dehors, Joana venait de raccrocher son portable. Elle se rapprocha de la vitre du van que baissa Sol.

— Ils viennent de rentrer.
— Combien ?
— Deux.

Sol sortit de la voiture. Il avait besoin de se dégourdir les jambes. De réfléchir aussi. Méthodiquement.

Il y avait d'abord eu cet inconnu qui avait débarqué au château de Beune dans une voiture de location. Remonter la trace avait été facile. De la voiture louée à l'aéroport, de l'aéroport à l'avion, de l'avion à la société Revelant. De la société à son PDG, un franc-maçon notoire. Un homme ambitieux dont la firme possédait d'excellents laboratoires de chimie moléculaire...

Et puis, Jouhanneau avait quitté Beune pour retrouver, devant l'entrée de la grotte de Lascaux, un inconnu. Mais un inconnu qui avait des clés. Les clés du sanctuaire préhistorique.

On finit par devenir semblable à ses adversaires, songea Sol. J'aurais agi comme lui. Lascaux ! La chapelle Sixtine de la préhistoire ! Un lieu unique ! C'est là qu'il va découvrir le soma des dieux.

— Sol ?

La voix de Joana résonna à ses oreilles.

— Oui, répondit-il calmement.
— On a identifié la voiture de l'homme qui est avec Jouhanneau. C'est le conservateur de la grotte de Lascaux.

Le visage de Sol s'éclaira lentement. Comme la braise qui se réveille sous la cendre.

— Le conservateur... Jouhanneau ne le gardera pas avec lui... Il va sortir. La grotte est loin ?
— Non, juste quelques...
— Dépêchons-nous, le temps presse.

Tout en se dirigeant vers la voiture, Sol regarda le

visage de Joana. Toute sa vie, il n'avait dit qu'une partie de la vérité. Il fallait continuer. Jusqu'au bout.

Il lui prit la main.

— Toi aussi, Joana, tu connaîtras la révélation.

Lascaux

Jouhanneau s'avançait à pas lents vers la salle de la rotonde. Le conservateur décrivait les lieux.

— En fait, la grotte de Lascaux est formée de deux cavités perpendiculaires. Devant vous, la rotonde et le diverticule axial. A gauche, le passage qui conduit à la nef et à l'abside puis à la galerie des félins. Vous souhaitez visiter d'abord quelle partie ?

Le Grand Archiviste serra la trousse noire dans la poche de son manteau. Ils venaient d'arriver dans une première salle de forme circulaire. Chaque paroi était couverte de peintures. Des cerfs, des aurochs, des chevaux, des ours. Tout un bestiaire animal aux couleurs éclatantes. Comme si chaque figure avait été peinte la veille.

— Magnifique, j'avais vu des photos, mais...

Le conservateur respira mieux.

— Lascaux est unique. Un chef-d'œuvre de l'époque du magdalénien. Entre 15240 et 14150 avant notre ère.

— Comment pouvez-vous être si précis ?

— Les chercheurs ont recueilli plus de quatre cents outils en silex ou fragments osseux au sol. La datation a été faite au carbone 14.

— Je suis émerveillé ! Mais il n'y a que des représentations animales ?

— Non, et c'est ce qui fait tout le mystère de Lascaux. Par exemple, on trouve une licorne, près de l'entrée.

— L'animal mythique ?

— Oui. Les magdaléniens rêvaient aussi.

Jouhanneau se souvenait de la tapisserie de *La Dame à la licorne*, conservée au musée de Cluny à Paris. D'immenses tapisseries avec un décor floral exubérant. Des spécialistes du Moyen Age prétendaient même que certaines plantes avaient des pouvoirs hallucinogènes...

— Et puis, ce qui intrigue, ce sont les signes géométriques. Plusieurs centaines. Des sortes de damiers, de grilles. On ignore leur signification précise.

— Une signification religieuse ?

— Peut-être. D'après les spécialistes, ces signes avaient une valeur symbolique. Ils ne renvoient pas à une réalité tangible comme les animaux. Sans doute sont-ils la trace des cérémonies rituelles qui se tenaient ici.

— Vous pensez donc que Lascaux est une sorte de sanctuaire ?

— De temple ! Malheureusement nous ignorons pourquoi.

Le conservateur guidait son hôte dans un couloir étroit qui après deux grandes salles, menait à un cul-de-sac de forme circulaire.

— Le Puits ! Regardez cette scène.

Jouhanneau leva les yeux vers la paroi. Devant un bison aux cornes baissées, se tenait un homme au pénis dressé, les bras en croix. Un homme en train de mourir.

— Il a une tête d'oiseau. Un chaman sans doute.

A ce mot Jouhanneau tressaillit :

— Un chaman ?

— Oui. Les hommes préhistoriques venaient ici pour rentrer en contact avec le monde des esprits. Le chaman servait d'intermédiaire.

Jouhanneau regarda encore la peinture de l'homme à la tête d'oiseau.

— Mais il semble mort !
— Une mort symbolique ! Pour mieux renaître à la vie spirituelle. Voilà pourquoi vous trouvez un autre oiseau dessiné à proximité. La conscience du chaman ainsi libérée va pouvoir rejoindre l'au-delà, le monde des esprits.

Le Grand Archiviste demeurait fasciné par cette image. Le conservateur ajouta :

— Nous sommes bien loin de Lascaux, naissance de l'art…, comme on l'a cru, pendant des années. Ici tout est symbole. Ce ne sont pas des peintres qui ont œuvré dans cette grotte, mais des hommes hantés par le sens du sacré.

— Mais alors, les représentations d'animaux ?

— Beaucoup de chercheurs actuels pensent qu'il s'agit de résultats de visions, d'hallucinations. Après leurs cérémonies rituelles, les hommes préhistoriques peignaient ce qu'ils avaient entrevu…

Ils venaient de passer deux salles plus vastes. L'abside et la nef. Le conservateur revenait vers la rotonde.

— Et par là ? demanda Jouhanneau en montrant du doigt un couloir qui s'enfonçait dans la nuit.

— Le diverticule axial. Des représentations d'animaux dont un bouquetin et…

Le conservateur regarda sa montre. Il lui fallait prendre congé. Le moment le plus délicat.

— Il est temps pour moi de vous laisser. On me préviendra, je pense, quand…

— Et… ?

— Vous dites ?

— C'est vous qui avez dit : « … un bouquetin et… »

Le conservateur était déjà près de la sortie.

— … et un cheval. Un cheval renversé. Qui jaillit d'une brisure du rocher. Comme s'il avait traversé la paroi. Une vision.

Jouhanneau entendit le claquement sec de la porte qui se refermait. Il se retourna. Les peintures brillaient de tout leur éclat sur la pâleur minérale des parois de calcaire. Désormais il était seul.

Val d'Oise

Les premiers résultats venaient de tomber. Deux pages d'analyses. Des colonnes de chiffres. Des termes techniques...

Chefdebien les parcourut hâtivement. Ce qu'il cherchait devait se trouver sur le deuxième feuillet. Il reconnut l'écriture, fine et serrée, de Deguy. Le biologiste avait pris la précaution de rédiger la synthèse finale lui-même.

Chefdebien reposa le rapport sur le bureau et alla chercher une cigarette. Il ne fumait qu'exceptionnellement. Il n'y aurait sans doute pas meilleure occasion.

Avant de reprendre sa lecture, il mémorisa à nouveau le protocole de recherche. Il était simple. Injection d'un substance, non étudiée, intitulée S 357, à un macaque d'âge adulte. Conditions d'étude : l'animal sera filmé durant l'expérience. Prise et analyse de sang toutes les demi-heures. Etude des biorythmes. Scanner et IRM.

Avant d'attaquer la conclusion de Deguy, Chefdebien parcourut l'analyse des données cliniques :

L'observation du sujet en cours d'expérience a permis de mettre en évidence trois modifications inhabituelles :
*— **sur le moniteur de contrôle** : passage d'une activité cardiaque désordonnée, visible sous la forme d'une courbe chaotique à une courbe sinusoïdale quasi parfaite, oscillant de façon régulière et rythmée entre 60 et 70 pulsations minute ;*

— ***mesure par électroencéphalogramme*** : *évolution et variation significatives des ondes cérébrales. Regain d'activité des ondes à fréquence haute, supérieures à 15 Hz. Périodicité récurrente de ce phénomène ;*
— ***lors de l'analyse par imagerie cérébrale****, on distingue nettement l'augmentation de l'activité du cortex cingulaire antérieur. Une sollicitation soutenue de l'aire du thalamus et du tronc cérébral. Ralentissement de l'activité du cortex pariétal supérieur gauche.*

Le PDG de Revelant tira une longue bouffée avant de reposer sa cigarette. Le détail de tous ces paramètres lui échappait. Mais pas les conséquences ! Ce macaque venait de vivre un trip d'enfer !

... L'analyse des données obtenues laisse apparaître une modification substantielle de l'état de conscience du sujet. L'activité inusitée d'aires précises du cerveau et leur mise en connexion traduisent une mobilisation exceptionnelle des capacités de perception sensorielle et émotionnelle. Ce phénomène se couplant avec la production intensifiée d'un état dit de sommeil paradoxal, *qui correspond aux phases de rêve dans le sommeil des mammifères.*

Le rythme cardiaque, stable et régulier, semble une conséquence de la modification de l'état de conscience.

*Dans l'état des connaissances scientifiques actuelles, on ne peut rapprocher ces phénomènes à la fois cérébraux et physiologiques que des expériences menées sur la plasticité du cerveau. C'est-à-dire la capacité, dans certaines conditions, pour la conscience de **créer ou de réactiver**, elle-même, certaines connexions neuronales. Ces synapses, soit dormantes, soit dédiées à d'autres activités, sont réactivées ou réorientées, créant ainsi d'autres configurations neuronales inédites...*

Il s'agit alors d'un cas exceptionnel de reprogrammation du fonctionnement de l'activité cérébrale.

Chefdebien écrasa sa cigarette, les mains et les jambes tremblantes. Le soma des dieux !

Lascaux

Seul ! Jamais dans sa vie il n'avait ressenti cette sensation de solitude intense comme s'il n'était qu'un grain de poussière insignifiant perdu dans cette grotte hantée par les fantômes d'hommes disparus, il y avait plus de quinze mille ans.

Même lors de son initiation maçonnique, lors du passage dans le cabinet de réflexion, seul face à la tête de mort rituelle, il ne s'était senti aussi isolé.

Ces taureaux, bisons et silhouettes humaines peintes sur les parois rocheuses survivraient encore à bien des générations quand ses os à lui ne seraient plus que poudre dans la terre.

C'était le moment ou jamais. Il déplia le manuscrit du Breuil et le posa à terre.

Le rituel de l'ombre.

Il ouvrit la trousse apportée par l'agent de Chefdebien, les deux seringues étincelaient sous la lueur de la torche posée sur un roc contre la paroi. Il imbiba un coton d'alcool qu'il passa sur son avant-bras gauche, puis sortit l'une des seringues de son étui de mousse grise.

Le soma, le breuvage des dieux, la porte d'accès à l'infini. Tout était contenu dans quelques centimètres cubes de ce liquide légèrement bleuté. Il pensa à son père, à

Sophie, à tous ceux assassinés par Thulé... Et le destin l'avait choisi, lui, pour accéder à la connaissance.

Il était temps de commencer le rituel de l'ombre, puis de s'injecter le liquide sacré. A l'aide d'une boussole il répéra l'est et y disposa un caillou, pour le marquer. Puis, à l'opposé, il installa deux repères pour symboliser les colonnes d'entrée du Temple, Jakin et Boaz. Au centre, il traça un rectangle tel qu'indiqué dans le manuscrit du Breuil et creusa une sorte de petite fosse où il déposa une branche d'arbre qu'il avait ramassée avant de venir. Le temple était consacré. Il laissa symboliquement *ses métaux*, sa montre et tous ses effets personnels hors de l'enceinte désormais délimitée.

Puis il prononça les phrases rituelles de l'ouverture des travaux.

Si ses frères en loge le voyaient, ils n'en croiraient pas leurs yeux et le prendraient pour un fou.

Il brandit la seringue au-dessus de lui et s'enfonça l'aiguille dans un vaisseau sanguin qui saillait sous sa peau. Il ressentit une douleur fugitive à l'avant-bras, ferma et décrispa successivement son poing pour faire circuler le sang puis s'allongea sur la terre froide au centre du temple.

Le voyage allait commencer, celui qui le mènerait aux confins de la conscience, peut-être vers le Grand Architecte de l'Univers. Quelques minutes s'écoulèrent. Soudain une chaleur irradia ses membres comme s'ils avaient été jetés dans un bain brûlant, l'onde de choc remontait jusqu'à son cerveau.

Il ne sentait plus le froid du sol, les animaux peints semblaient s'animer sous ses yeux comme s'ils se détachaient de leur support de pierre. Un bruit de trompe résonnait dans le lointain, comme par écho, son cœur battait plus rapidement, ses jambes commençaient à trembler de façon sporadique.

Il tourna la tête et vit qu'il n'était plus seul dans la grotte. Des murmures bruissaient dans les recoins sombres autour de lui. Des silhouettes d'hommes accroupis égrenaient des incantations sourdes. Il savait qu'ils le scrutaient comme une victime sacrificatoire et la peur s'empara de lui.

Des raclements de pierre déchiraient la nuit. Il pleura et regretta sa témérité d'avoir osé contempler l'interdit, ses membres lui devenaient étrangers comme des objets morts.

— Je ne peux pas... Je ne peux pas...

Le peu de conscience qui restait en lui soufflait que les équipes de Chefdebien s'étaient trompées dans le dosage ou pis dans les composants. Il ne pouvait y avoir d'autre raison à ce cauchemar qui prenait forme en lui.

Son corps s'enfonçait dans le sol noir et obscur comme s'il voulait l'engloutir à tout jamais. Il sentait la terre putréfiée s'enfoncer dans sa bouche et pénétrer sa chair. Il se désintégrait dans la terre au fur et à mesure que l'effroi prenait possession de son esprit. Il supplia l'être aux yeux rouges qui le contemplait au-dessus de la fosse dans laquelle il s'enfonçait.

Du Breuil avait menti et perverti le rituel maçonnique, ce n'est pas la lumière qui venait vers lui mais une ombre menaçante qui envahissait son champ de vision. Le chaos engloutissait tout ce qu'il avait été. L'être aux yeux rouges souriait de sa souffrance comme s'il s'en nourrissait.

La peur rongeait ses nerfs et s'attaquait maintenant à son âme. Ses muscles partaient en lambeaux, ses ongles se recroquevillaient, sa peau se craquelait.

La chair quitte les os.

Soudain, il comprit enfin la signification ultime de

cette invocation de maître Hiram au moment de sa mort et hurla de terreur.

Ses cris se perdirent dans les ténèbres de la grotte.

Laboratoire de recherche des Monuments historiques, centre de contrôle de la grotte de Lascaux

Le technicien de permanence appuya sur la chasse d'eau et reboutonna sa braguette en grommelant. Il lui restait encore une heure avant de rentrer chez lui et rejoindre sa famille. Il aurait pu tout aussi bien partir maintenant, la probabilité d'un incident dans la grotte de Lascaux approchait le zéro absolu. Depuis son embauche à ce poste de maintenance des instruments de mesure du site préhistorique, onze ans auparavant, il n'avait jamais été confronté à la moindre alerte. Sauf peut-être une fois, quand un couple de visiteurs « exceptionnels », un ministre et sa maîtresse d'origine asiatique, s'étaient furtivement rapprochés dans la salle des taureaux. Grâce aux capteurs, il avait pu suivre en direct l'élévation de température des deux corps et la hausse de gaz carbonique au moment de l'extase finale.

Il retourna dans son bureau pour continuer à démonter l'un des capteurs remplacés la semaine précédente. Avec un peu de chance, le changement de la diode et le test d'étalonnage ne prendraient qu'un quart d'heure et il pourrait ensuite partir.

L'écran de contrôle de l'ordinateur principal brillait dans la pénombre de la petite pièce. Les diagrammes de couleur verts, rouges et bleus retransmettaient fidèlement les infimes variations de modification de l'atmosphère des salles de la grotte de Lascaux.

Dans le petit bureau attenant, séparé par une porte vitrée, le technicien dévissait le petit instrument de mesure à l'aide d'un tournevis cruciforme. Soudain, une sonnerie retentit à intervalles réguliers dans la pièce de contrôle, signe d'une anomalie détectée dans la grotte par la télémesure. Il posa son petit outil et poussa la porte de séparation. Sur l'écran du PC, les trois diagrammes en bâtons clignotaient à toute vitesse. L'homme poussa un soupir et prit son téléphone, le conservateur devait s'offrir une petite balade sans l'avoir prévenu et naturellement il serait injoignable sur son portable dans la cavité naturelle.

Il pivota son fauteuil vers l'écran, coupa l'alerte et analysa les paramètres de contrôle. Selon l'échelle de valeur de gaz carbonique expiré, il y avait plusieurs personnes dans la grotte. Le conservateur devait sûrement faire le tour du propriétaire à des VIP. Il tapa sur son clavier pour accéder au logiciel de conversion de gaz carbonique en unités expirées par personne et donc connaître le nombre de visiteurs.

Le chiffre six apparut sur l'écran.

Il afficha les résultats en fonction de la localisation des capteurs disséminés, ce qui lui permettait de voir exactement où se trouvaient les visiteurs nocturnes. L'un d'entre eux se situait déjà dans la salle du Puits, les cinq autres progressaient à travers les salles dans sa direction. Le technicien pesta et coupa l'ordinateur. Tant pis. Il n'était pas payé pour fliquer les privilégiés qui jouaient les touristes de luxe.

47

Croatie,
Kvar

Loki se débattait avec l'énergie du désespoir pour échapper à son sort mais ses mains et ses pieds entravés par des menottes, de fabrication russe, ne lui laissaient aucune marge de manœuvre. Les gardes le transportaient comme s'il n'était qu'un enfant fragile, aussi léger qu'un simple sac de pommes de terre. Il voyait défiler au-dessus de lui les pins qu'il aimait tant, entrecoupés de la clarté scintillante des étoiles.

Il pleurait à grosses larmes, implorant la pitié de ses camarades de l'Orden, tout en sachant avec horreur que ce sentiment ne provoquait que mépris. Lui-même n'en était pas capable en temps ordinaire. A la tête des commandos il avait massacré bien des innocents sans sourciller pendant la guerre des Balkans, sans jamais éprouver la moindre compassion.

Le bruit du ressac de la mer sur les rochers de la falaise montait dans la nuit pour se mêler au chant de rossignols perchés sur l'un des ifs plantés sur le promontoire.

Le petit groupe s'avançait vers la chapelle, théâtre de tant d'horreurs commises que les murs étaient imbibés de la mémoire des cris des suppliciés de la vierge de fer.

Loki espérait que ses bourreaux régleraient le curseur de la vierge pour une mort rapide et que les crocs de fer déchireraient son corps sans retenue.

Les membres du directoire l'attendaient silencieux en arc de cercle sous le Christ torturé, et de part et d'autre de la vierge sanguinaire. Loki fut mis sur ses pieds et on l'installa sur le siège du supplice. Il retint ses larmes et s'adressa à voix haute à ses compagnons :

— J'assume mes actes et je reste un fidèle serviteur de l'Orden. Toute ma vie j'aurai œuvré pour l'arrivée du Halgadom sur cette terre. Accordez-moi au moins une mort miséricordieuse et rapide.

Le groupe s'était resserré autour de la vierge. Heimdall brisa le silence le premier :

— Tu te souviens de la clémence que tu as accordée à notre frère de Londres la dernière fois que tu officiais devant cette chose que tu as toi-même installée dans cette chapelle.

— Non…, mais il avait détourné l'argent…

— C'était mon meilleur ami. Je n'ai rien dit à l'époque pour le sauver car l'Orden passe avant tout. En souvenir de lui, tu subiras le même sort. Pense à Sol et à ta charmante fille Joana qui doivent déjà être au Walhalla à cette heure tardive si notre ami le jardinier a exécuté nos ordres. Nous allons effacer toute trace de l'opération Hiram et redevenir ce que nous aurions dû rester : invisibles au yeux des hommes et œuvrant en secret. Un jour viendra où nous nous révélerons à l'humanité.

Les gardes refermèrent le couvercle sur Loki dans un grincement de métal.

Loki vit les pieux s'avancer vers lui au fur et à mesure

que la lumière se rétrécissait dans l'interstice entre le couvercle et la paroi latérale de la vierge. Les dernières paroles qu'il entendit provenaient de la voix sourde d'Heimdall :

— Il te reste vingt minutes à vivre, goûte pleinement à la morsure de la vierge.

Les ténèbres se refermèrent lentement sur lui.

Lascaux

Antoine sentait qu'ils venaient d'arriver au bout du voyage et ne voyait aucune issue pour s'échapper, lui et Jade, des griffes de l'homme de Thulé. L'entrée dans la grotte s'était déroulée sans accroc, le garde du corps de Sol avait assommé un homme à l'entrée qui possédait les clés du sas d'accès et le petit groupe avait rapidement descendu les marches pour pénétrer dans le sanctuaire.

Sol avait trouvé l'interrupteur des blocs d'éclairage, tout un système subtil qui n'illuminait pas directement les fresques pour ne pas les abîmer et qui maintenait une atmosphère de pénombre.

L'âme damnée de Thulé marchait devant le groupe avec une lenteur inhabituelle et s'appuyait sur un solide bâton ramassé non loin de l'entrée de la grotte. Il semblait peiner, sa respiration haletait, probablement à cause de la raréfaction d'oxygène. Derrière lui, Joana avançait sans jeter le moindre regard aux peintures et fumait une cigarette sans se soucier des dommages. Jade suivait devant Marcas, le visage livide, tordu par la souffrance lancinante qui irradiait de sa main mutilée. Elle se retourna et lui adressa un sourire à la dérobée. Ils savaient tous les deux que le vieillard les exécuterait sans états d'âme.

Mourir dans une grotte préhistorique, et dans celle de

Lascaux... Marcas se souvint. Quelques jours auparavant dans la Bibliothèque François-Mitterrand, il s'était interrogé sur le lieu de sa mort en méditant sur le meurtre de Sophie Dawes. Il ne se serait jamais douté que la réponse arriverait aussi vite.

Il songea à l'ironie du destin et se remémora sa visite à Rome. S'il avait accepté l'invitation aux agapes de ses frères italiens après la présentation de sa planche, il ne serait jamais allé à la soirée de l'ambassade de France...

Le groupe arriva face à la salle du Puits.

Un homme était assis et contemplait leur arrivée sans émotion particulière. L'air énigmatique, il joignait ses mains devant ses lèvres en formant un triangle. Un mince sourire éclairait son visage.

Marcas reconnut tout de suite Jouhanneau et aperçut à côté de lui une trousse garnie d'une seringue remplie d'un liquide bleu. Une autre seringue gisait, cassée, sur le sol.

Sol se planta devant Jouhanneau, l'air triomphant.

— Je vois que vous m'avez pris de vitesse. Quel effet cela fait-il de fusionner avec les dieux ?

Jouhanneau ignora les paroles de l'homme de Thulé et s'adressa à Marcas :

— Je suis navré, mon frère, de t'avoir entraîné dans cette quête. Je crains, hélas, qu'il ne pleuve à verse...

Antoine comprit tout de suite le sens de la phrase, *il pleut* prononcé en présence de profanes signifiait qu'il y avait un danger. Sol fit un signe à son garde du corps qui poussa Antoine et Jade contre l'une des parois. Joana restait en retrait de l'autre côté.

Jouhanneau restait immobile, comme statufié. Ses yeux brillaient avec une intensité inhabituelle. Son apparence était la même, mais quelque chose avait changé dans son expression. Une force, une énergie sourde, émanait de lui. Même Marcas ne pouvait soutenir ce regard incandescent.

Sol, comme hypnotisé par la trousse, prit d'un geste vif la seringue qui s'y trouvait et la fit danser sous ses yeux.

— Peu importe votre silence et à vous voir il semble que les effets secondaires de cette drogue soient très limités. Moi aussi, je viens achever ma quête en ce lieu sacré, édifié par des hommes purs qui croyaient aux forces de la nature. Des hommes non contaminés par le Dieu des Juifs et son bâtard de fils.

Jouhanneau tourna la tête vers lui et dit d'une voix blanche :

— Vous ne savez rien de ce qui est, de ce qui fut et de ce qui sera. Le voile de la connaissance ne se lèvera pas pour vous.

— Vraiment ? Nous allons bien voir.

Sol tendit son bras et de son autre main piqua sa peau parcheminée et constellée de taches brunes. Il ferma les yeux pour savourer cet instant.

Antoine et Jade se serraient l'un contre l'autre comme pour mieux se protéger. Sol ouvrit les yeux, ramassa son bâton posé contre un rocher et le pointa vers Jouhanneau.

— A genoux, maçon !

La voix du vénérable de la loge Orion résonna :

— Non. Un homme libre ne se prosterne devant personne.

Sol fit un signe au garde.

Le coup de feu déchira la nuit immémoriale de la grotte de Lascaux.

Jouhanneau tomba sur le sol en se tenant le ventre. Antoine rugit :

— Salopard…

Joana lui asséna un coup de pistolet sur la nuque

pour le faire taire. Antoine vacilla contre la roche. Jade essaya de lui porter secours, mais ses liens l'entravaient.

Sol se tenait au-dessus de Jouhanneau à genoux malgré lui.

— Je sens monter en moi une force incroyable comme si ma jeunesse revenait.

Son visage se transformait en un masque de cruauté.

— Je suis à nouveau le SS de la division Charlemagne, je marche pour la plus grande gloire de l'Occident. Dis-moi ce que tu as vraiment ressenti avant que je ne t'achève, maçon. As-tu vu ton Dieu ?

Jouhanneau le regarda fixement.

— Tu ne pourrais pas comprendre. Je me suis vu. C'est tout.

— Tu mens, chien !

Sol leva le bâton et le fracassa sur l'épaule de Jouhanneau. Le maçon ne cria pas. Sol semblait comme possédé.

— Dans les temps préhistoriques, les chamans faisaient des sacrifices d'animaux pour s'accorder les bonnes grâces des divinités. Regarde. Ces fresques en témoignent. Pour moi tu n'es qu'un animal. La chaleur m'embrase, je sens la puissance se répandre en moi.

Il abattit une deuxième fois son bâton, cette fois sur la nuque. Antoine et Jade assistaient impuissants à cette mise à mort et tiraient sur leurs liens. Sol hurlait :

— Vas-tu me dire ce que tu as ressenti ?

Jouhanneau gisait à terre, la tête arquée contre son épaule droite. Il rassembla ses dernières forces pour articuler ses dernières paroles avant le coup final.

— Je meurs comme… mon maître… Hiram… C'est un honneur. Quant à toi…, tu n'as rien compris…, comme les mauvais compagnons… Il faut avoir un cœur pur, sinon…

Le Grand Archiviste tendit la main.

— Antoine... mon frère... Je n'ai plus peur. Voilà le secret du rituel de l'ombre... Si tu savais, Antoine..., j'ai traversé l'œuvre au noir et ensuite il y a eu... Non pas le Grand Architecte... mais moi, seulement moi... Je n'ai plus peur... Plus jamais !

Sol riait comme un dément. Il leva une dernière fois son bâton et brisa le crâne de Jouhanneau.

Marcas hurla :

— Pourquoi ? Pourquoi lui et tous les autres ? Pourquoi tuer comme pour la mort d'Hiram ?

Sol se dirigea vers lui, d'un pas assuré. Il semblait posséder la jeunesse éternelle.

— Mais, je n'ai fait que remettre en pratique une coutume séculaire. Personne ne sait qui a inventé ce rituel du sang, mais le fondateur de notre Ordre, le comte von Sebottendorff l'a réactivé en Allemagne en donnant lui-même l'exemple. Quand Thulé a choisi de devenir invisible au moment de la montée du nazisme, elle a aussi décidé d'envoyer des messages à tes frères. Quelle plus belle signature que de vous tuer, comme Hiram, tout en restant dans l'ombre. Mais je perds mon temps, j'ai tant de choses à réaliser. Mon destin s'accomplit.

Il tituba comme sous l'effet de l'ivresse. Son garde du corps s'approcha pour le soutenir, mais Sol l'écarta d'un geste brusque. Joana se dirigea elle aussi vers le vieil homme qui crachait par terre.

— Ce n'est rien. Je vais m'asseoir, occupe-toi d'eux. Tue-les. *Je n'ai plus peur...* Il a dit : *Je n'ai plus peur...*

Marcas regarda Jade.

— Je suis désolé, j'aurais aimé...

Elle l'embrassa sur les lèvres.

— Ne dis rien...

Sol s'agitait de façon désordonnée. Sa bouche se mit à baver, sa voix hurlait d'angoisse :

— Non ! Pas eux ! Ils sont tout autour de moi. Pas ça ! Vous les voyez ? Vous les voyez ? Ne les laisse pas s'approcher de moi. Reculez, je suis un SS, vous me devez l'obéissance… Non !

Joana se précipita vers Sol. Affolé, l'homme de main brandit son pistolet et visa Marcas.

Antoine ferma les yeux. *Je n'ai plus peur !*

Un coup de feu retentit, puis un deuxième. Marcas s'effondra sur le sol. Sa dernière image : celle de Sol se tordant à terre comme une bête enragée.

EPILOGUE

48

*Banlieue est de Paris,
Hospice de la Charité*

Le vieillard pleurait jour et nuit dans sa chambre capitonnée. Les infirmières en avaient pitié. Il ne cessait de supplier qu'on lui laisse la lumière allumée comme un enfant qui aurait peur du noir. Ses sanglots de désespoir alternaient avec des crises incontrôlées d'angoisse, même les anxiolytiques les plus puissants n'arrivaient pas à le soulager. Les psychiatres restaient sans réponse face à ce cas si étrange et durent admettre que ses tourments resteraient sans doute inguérissables. Les rares fois où ses yeux restaient secs, il ne cessait de répéter le mot *Pardon*.

Par précaution on lui avait mis une camisole de force pour qu'il ne se tue pas.

*Bordeaux
Clinique de l'Arche-Royale*

Il se réveilla l'esprit embué, la vision trouble. Il cligna des yeux pour accommoder sa vue. Le visage de Jade apparut au-dessus de lui.

— Ne bougez pas. Vous êtes encore sous le choc.
— Où suis-je ?
— En sécurité. Vous l'avez échappé belle.
— J'ai soif…

Jade lui tendit une bouteille d'eau minérale. Il but au goulot comme s'il n'avait rien pris depuis des jours. Sa bouche craquelée s'humidifiait au contact du liquide. Une agréable sensation de fraîcheur. Il voulut se lever, une douleur transperça son ventre, sur le côté droit.

— Je vous ai dit de ne pas bouger. La balle a failli vous expédier pour de bon dans l'au-delà. Les médecins prévoient deux semaines de repos dans cette chambre et ensuite un mois de convalescence pour la cicatrisation.
— Que s'est-il passé ?

Jade lui caressa le front.

— Nous devons la vie à un parfait inconnu, un certain Mac Bena, agent de la sécurité d'origine écossaise de la société Revelant, envoyé par son PDG pour donner les seringues à Jouhanneau et aussi… le surveiller. Quand il nous a vus arriver dans la grotte suivis de Sol, il a compris que quelque chose clochait. C'est un ancien militaire, il est rentré dans la grotte et a abattu le garde du corps de Sol au moment où il allait vous achever. Hélas, le petit nazi vous a quand même envoyé une balle dans le ventre avant de mourir.
— Et Sol ?
— Capturé ainsi que Joana. Cette dernière a été transférée dans une prison de la DGSE pour y être interrogée sur l'Orden et ses ramifications. Quant à Sol, il croupit dans un asile psychiatrique.
— Pourquoi ?

Marcas sentait qu'il partait, la voix de Jade s'estompait dans le lointain.

— Vous saurez.

Il sombra d'un coup.

Banlieue est de Paris,
Hospice de la Charité,
un mois plus tard

De l'époque de sa splendeur, l'ancien hospice de la Charité-Dieu avait conservé un parc boisé qu'aucun jardinier n'avait jamais pris la peine de domestiquer. Les arbres étendaient leurs frondaisons centenaires le long de la façade percée de fenêtres aux linteaux arrondis. Ici pas de barreaux, les malades pour la plupart étaient inoffensifs. Perdus dans leur mutisme ou leur imagination, le monde réel n'était pour eux qu'un lointain souvenir.

Un tilleul, planté lors de la construction de l'hospice, avait déployé ses branches jusqu'aux chambres du premier étage. L'odeur des fleurs, dans la fraîcheur de la nuit, embaumait le couloir silencieux. Après avoir enjambé la fenêtre, l'homme sortit de son sac une blouse blanche qu'il enfila. Sur la poche supérieure, il clipa la carte d'identification de l'hôpital. Il n'y avait plus qu'à trouver la chambre 37.

Arrivé devant la porte numérotée, l'homme sourit quand il lit le nom de son occupant. François Le Guermand. Décidément, on était toujours rattrapé par son passé. Et Thulé rattrapait toujours ceux qu'elle avait condamnés.

Antoine Marcas pénétra dans la chambre alors que l'infirmière venait de commencer la toilette mortuaire. Le directeur de l'hôpital avait prévenu immédiatement le juge Darsan qui aussitôt avait appelé Marcas.

Celui qui avait eu pour nom Sol reposait maintenant

sur un lit de fer. Son corps décharné se devinait sous la couverture. Les mains aux articulations saillantes étaient attachées au montant du lit. Une odeur lourde et entêtante montait de sous les draps.

L'infirmière rougit quand elle aperçut Marcas.

— Je suis désolée, je n'ai pas fini et… vous êtes de la famille ?

— Non.

— Vous comprenez. Ils ne sont pas autonomes…

Le commissaire l'interrompit :

— Appelez le médecin de permanence, je vous prie.

L'infirmière sortit précipitamment.

Marcas contempla le visage de l'ancien SS de la division Charlemagne. La bouche était déformée, prise dans un rictus glacé. Les yeux, définitivement ouverts, regardaient le plafond avec terreur.

Le médecin, un homme jeune, un classeur à la main, entra. Antoine tendit sa carte de service.

— De quoi est-il mort ?

— Vous connaissez le dossier médical ?

— En partie.

— Ce patient souffrait d'une psychose obsessionnelle due à des lésions cérébrales irréversibles.

— Quelle psychose ?

— La peur, monsieur.

L'infirmière tentait d'abaisser les paupières pour dissimuler le regard du mort. Mais chaque tentative était vaine.

Le médecin haussa les épaules.

— Certains rentrent dans la mort les yeux ouverts. Vous lui mettrez un bandeau.

Le commissaire sortit. L'air chaud du parc lui fit du bien. Il sortit une cigarette. Ses mains tremblaient légèrement.

— Vous ne devriez pas fumer.

Il se retourna. Jade était assise sur un banc sous un tilleul dont les feuilles bruissaient au vent. Marcas écrasa la cigarette au sol.

— Darsan m'a prévenue. Il fait chaud ce matin, vous ne trouvez pas ?

Elle se leva. Antoine remarqua qu'elle portait une paire de gants. Ils franchirent la grille. Dehors, la journée commençait.

— J'ai une question, annonça Jade.
— Laquelle ?
— Le secret du rituel de l'ombre !

Marcas laissa errer son regard sur les murs d'enceinte de l'hospice.

— Le soma supprime la peur.
— C'est tout ?
— C'est plus que tout ! Imaginez seulement une vie sans peur, ni de l'avenir, ni des autres, ni de la vieillesse ou de la mort. Plus rien pour nous paralyser. Plus jamais un seul obstacle. La sérénité absolue. Jouhanneau a souri quand Sol l'a tué. Il ne connaissait plus la peur. Dans toutes les religions, le seul être à ne pas connaître la peur, c'est Dieu. Nous, humains, naissons avec la peur de sortir du ventre de notre mère et nous mourons avec la peur de quitter cette vie.

L'Afghane le regardait avec étonnement.

— Mais pourquoi la drogue n'a-t-elle pas eu le même effet chez Sol ?
— *Il n'avait pas le cœur pur*.
— Mais…
— … Alors il a subi l'effet inverse et connu une culpabilité sans fin. C'est peut-être là la force du secret

maçonnique, du moins tel que je le perçois : l'initiation et la pratique du rituel. Cet effort vers la lumière. Sol, lui, n'a fait que s'accorder un shoot comme un drogué. Un camé à la colère de Dieu.

Zewinski ralentit le pas.

— Vous allez tenter l'expérience ?

— Non, j'ai l'orgueil de croire que je peux me passer d'une drogue, fût-elle céleste, pour progresser sur le chemin de la connaissance. Cela étant, les interrogations posées par les effets de cette mixture sont étonnantes. Si le sacré et le religieux tiennent leur source de perturbations de connexions chimiques sous l'action de stimulants externes, alors les religions ne sont basées que sur des impostures. Dieu serait une drogue. La lumière divine, un simple big bang neuronal. Mais...

— Mais quoi ?

— Peut-être aussi que cette substance a réellement le pouvoir de nous mettre en relation avec quelque chose qui nous dépasse...

Jade sourit.

— J'adore quand vous prenez cet air sentencieux. C'est trop drôle. Chassez le maçon il revient au galop. Vous devriez vous prendre un peu moins au sérieux... Faites attention à ne pas commercialiser votre soma, vous pulvériseriez le box-office des stups.

Il éclata de rire.

Devant un kiosque à journaux, un livreur déballait un envoi de magazines. Un coup de vent fit glisser le dessus de la pile sur le trottoir. Marcas arrêta du pied un exemplaire qui glissait vers la chaussée. Il se pencha pour le ramasser. Sur la page de couverture, on voyait une équerre croisée avec un compas.

Révélations
Les mystères de la franc-maçonnerie dévoilés
un entretien exclusif avec
Patrick de Chefdebien

Il feuilleta le magazine. Un encadré accompagnait l'interwiev.

... *et tout sourit au brillant PDG de Revelant, qui vient d'annoncer le prochain lancement d'un nouveau médicament antidépresseur révolutionnaire à base de plantes : le Somatox...*

Et tout ça pour un antidépresseur !

Marcas jeta le magazine par terre.

Jade se tenait devant lui. Elle était dégantée. Il saisit la main tendue. Au loin, le soleil naissant illuminait la rue déserte. Vers l'Orient.

Remerciements

A Béatrice Duval, Anne-France Hubau et Marie-France Dayot chez Fleuve Noir pour leurs conseils avisés. A Frédérika, pour son inspiration, à Virginie pour sa patience.

ANNEXES

Les archives maçonniques

Le manuscrit du Breuil et les archives concernant le rituel de l'ombre et la pierre de Thebbah sont imaginaires mais le circuit de pillage et de récupération des archives du Grand Orient et de la Grande Loge décrit dans le livre est, dans ses grandes lignes, identique, à ce qui s'est passé dans la réalité. Plus de 750 cartons, rendus par les Russes dans les années 2000-2001, sont stockés au siège du Grand Orient de France, rue Cadet à Paris, et attendent d'être exploités. Une autre partie est au siège de la Grande Loge de France. Une excellente enquête de vingt pages est parue dans *Sciences et Avenir,* n° 672 de février 2003, menée par Bernadette Arnaud et Patrick Jean-Baptiste.

Vichy et les persécutions contre la maçonnerie

« La franc-maçonnerie est la principale responsable de nos malheurs, c'est elle qui a menti aux Français et qui leur a donné l'habitude du mensonge. »

« *Un Juif n'est pas responsable de ses origines, un franc-maçon l'est toujours par son choix.* »
Maréchal Philippe PÉTAIN

L'arrivée au pouvoir du maréchal Pétain en juillet 1940 s'est accompagnée de la promulgation rapide de lois antimaçonniques. Le 13 août 1940, toutes les sociétés secrètes sont dissoutes, et au premier chef toutes les obédiences maçonniques. Une exposition antimaçonnique est organisée à Paris en octobre 1940, au Petit Palais, par le directeur du journal *l'Illustration*.

Un an plus tard, le 11 août 1941, une autre loi interdit la fonction publique aux maçons à partir du grade de maître, ce qui vise les trois quarts des effectifs français. Ces maçons perdent leurs moyens de subsistance en temps de guerre mais ils sont en plus dénoncés dans le *Journal officiel* à partir du 12 août. Les journaux collaborationnistes publient des listes de noms. Le 2 décembre 1941, création de la Commission spéciale des sociétés secrètes avec pour objectif de renforcer la lutte contre les maçons dans tout le pays.

64 350 maçons ont ainsi été fichés par le service français des sociétés secrètes. Un peu plus d'un millier d'entre eux ont été déportés dans les camps de concentration. A la différence des Juifs, le fait d'être maçon ne voulait pas dire qu'ils étaient obligatoirement déportés. Les frères arrêtés et envoyés dans les camps de la mort l'ont été, pour une grande partie, pour leur appartenance à des réseaux de résistance dont Patriam Recuperare, Liberté. Le comité clandestin d'Action maçonnique coordonnait les réunions. Pierre Brossolette, initié à la loge Emile Zola, et Jean Moulin, font partie des grands martyrs de la Résistance, mais il y eut aussi nombre d'anonymes membres des différentes obédiences dont les noms ont été retrouvés après-guerre. L'ouvrage *La*

Franc-Maçonnerie française durant la guerre et la Résistance de Maurice Vieux (Grande Loge de France) égrène ces noms. Gallice Gabriel de la loge Arago, Jacques Arama de la loge les Inséparables d'Osiris, Joseph Marchepoil de l'Etoile écossaise… Une tenue funèbre a eu lieu le 17 septembre 1945 au Grand Orient pour prononcer l'éloge des disparus : Bascan des Amis philanthropes, Fourneyron des Démophiles, Gilloty de l'Aurore sociale…

Comme à l'image de la France de l'époque, tous les maçons n'ont pas été résistants et il y en eut même qui ont collaboré. A la Libération, les obédiences ont chassé les brebis galeuses avec fermeté, comme le F∴ *Li… entré dans la magistrature de Pétain et qui a assuré sa fortune dans les Affaires juives (Lettres maçonniques confidentielles, janvier 1958)*.

Si la répression antimaçonnique a été encouragée par les Allemands, elle est surtout l'œuvre de Pétain et de son entourage, issus de la droite nationaliste se réclamant de Charles Maurras, en particulier Raphaël Alibert, ministre de la Justice de l'époque. Le maréchal n'avait jamais caché son mépris de la maçonnerie. L'arrivée de Pierre Laval en 1942, qui n'était pas hostile aux maçons, mettra un frein au zèle antimaçonnique.

Sur cette période sombre, le très complet ouvrage *La Franc-Maçonnerie sous l'Occupation, persécutions et résistance*. (Editions du Rocher). Aussi, Dominique Rossignol, *Vichy et les Francs-Maçons* (J.C. Lattès) ; Lucien Botrel, *Histoire de la F-M sous l'Occupation* (Editions Détrad). Et aussi celui écrit par Henry Coston, de l'autre côté de la barrière sous l'Occupation ; partisan de la collaboration, il travaillait dans les locaux occupés de la Grande Loge de France… *Les Francs-Maçons sous la Francisque* (Publications H.C. 1999).

La maçonnerie sur Internet

Chaque obédience possède son site où l'on trouve quantité d'informations spécifiques. Pour y accéder, le plus simple est soit de taper le nom de l'obédience sur un moteur de recherche, soit d'aller sur www.franc-maconnerie.org, un excellent site très complet qui ouvre sur d'autres sites.

Un autre site de veille sur tout ce qui a trait à la maçonnerie est celui du Blog maçonnique : Hiram.canalblog.com, site belge, constamment réactualisé et qui se paye le luxe de donner l'accès aux sites anti-maçonniques dans le monde. Truffé d'informations étonnantes.

Revues

Le dossier le plus récent au moment où cet ouvrage a été rédigé, est celui paru dans *Historia Thématique*, qui dresse un riche panorama sur la franc-maçonnerie (janvier-février 2005).

Livres

Sur les symboles, les rituels et l'initiation : *Dictionnaire thématique illustré de la franc-maçonnerie*, Jean Lhomme, Edouard Maisondieu, Jacob Tomaso, Editions EDL ; *Dictionnaire de la franc-maçonnerie*, Daniel Ligou, PUF.

Témoignages : *Carnets d'un grand maître*, Jean Verdun, Editions du Rocher ; *La Conversion du regard*, de Michel Barat, Albin Michel ; *Grand O : Les*

Vérités du Grand Maître du Grand Orient de France, Alain Bauer, Folio.

Politique et affaires : *Les Francs-Maçons des années Mitterrand*, Christian de Villeneuve, Patrice Burnat, Grasset ; *Les Frères invisibles*, Ghislaine Ottenheimer, Renaud Lecadre, Albin Michel.

La société Thulé Gesellschaft et l'Ahnenerbe

Cette confrérie secrète raciste, d'inspiration ésotérique, et son fondateur, le comte Rudolf von Sebottendorff ont réellement existé. L'ouvrage de référence *Adolf Hitler*, de l'historien Ian Kershaw (Editions Flammarion), évoque l'existence de Thulé et son rôle dans la création du parti ouvrier allemand, DAP, embryon de ce qui sera le futur parti nazi. Selon cet auteur, la liste des adhérents de Thulé se « lit comme le *Who's who* des premiers sympathisants et personnalités nazis de Munich ». Son rôle s'estompe néanmoins dans l'ascension de Hitler et selon la plupart des historiens, la société Thulé perd rapidement de son influence.

Dans un registre différent, d'autres ouvrages se sont intéressés plus particulièrement à Thulé : *Le Matin des magiciens*, de Louis Pauwels et Jacques Bergier ; *Les Sociétés secrètes nazies*, de Philippe Aziz (Editions Magellan) ; *Thulé, le soleil retrouvé des Hyperboréens*, de Jean Mabire (Robert Laffont) ; *Hitler et l'Ordre noir*, d'André Brissau (Librairie académique Perrin).

Alfred Rosenberg, théoricien du parti nazi, auteur du *Mythe du XXe siècle*, et dignitaire de Thulé, a personnellement commandé le pillage d'une partie des archives maçonniques, persuadé de l'existence d'un secret occulte détenu par les maçons. Un message envoyé à Martin Bormann l'alerte sur le fait que « d'immenses trésors ont été découverts dans les loges parisiennes du Grand Orient et de la Grande Loge ». L'anecdote sur le réseau informatique néonazi baptisé Thulé est exacte.

L'Ahnenerbe, l'institut pour « l'héritage des ancêtres » a été créé en 1935 sur ordre d'Heinrich Himmler. Cet institut menait des recherches scientifiques, historiques, ésotériques avec le concours d'une centaine de chercheurs répartis dans divers départements scientifiques. Voyages en Himalaya pour retrouver les racines de la race aryenne, recherches sur le Graal et les symboles bibliques (la série de *Indiana Jones* s'en est inspirée librement). Astrologie, traces de culture viking dans les poteries, cultes païens, expériences avec des voyants… l'Ahnenerbe se lançait sur tout et n'importe quoi au gré des lubies des dirigeants SS.

Moins folklorique mais, hélas, bien réel, le département H de l'Ahnenerbe s'occupait, avec la collaboration de médecins, d'expérimentations médicales atroces dans les camps de concentration, en particulier de Dachau et de Natzweiler. Wolfram Sievers, secrétaire général de l'Ahnenerbe a été jugé et exécuté au moment du procès de Nuremberg. Une grande partie des archives de cet organisme, qui était le pendant scientifique de la société Thulé, n'a jamais été retrouvée.

Enfin, la division Charlemagne était composée de 8 000 SS français dont une centaine ont fait partie des derniers défenseurs de Berlin.

La chapelle de Plaincourault

Située dans la commune de Mérigny (Indre), elle abrite de superbes fresques dont celle, très énigmatique, d'Adam et Eve entourant un grand champignon en guise d'arbre de la connaissance. Elle est ouverte au public en été.

Les plantes hallucinogènes

Les auteurs de l'ouvrage déconseillent l'absorption du mélange des trois espèces hallucinogènes dépeint dans le récit dont l'effet final dépeint dans le livre est imaginaire.

En revanche, il existe une discipline scientifique qui s'appelle l'enthéobotanique et dont l'objet est de comprendre les liens entre la consommation de plantes ou de champignons hallucinogènes et les visions religieuses et mystiques à travers les cultures et les civilisations.

La revue très prisée des botanistes francophones, « la Garance Voyageuse », dans son numéro 67 y a consacré un long article, rédigé par Vincent Wattiaux. Très documenté sur sa partie scientifique, l'auteur fait d'ailleurs référence à la fresque de la chapelle de Plaincourault. Disponible sur le site garance.voyageuse.free.fr.

L'ouvrage le plus complet et le plus original sur le plan scientifique écrit sur les hallucinogènes et ses effets sur le cerveau est sans conteste *Trips*, de Cheryl Pellerin (Editions du Lézard), truffé d'anecdotes stupéfiantes.

Bwiti. Le culte gabonais à base d'absorption de racines d'iboga a été étudié par des ethnologues du CNRS, Robert Goutarel, Otto Gollnhofer et Roger Sillans. Consultable sur le site Meyaya entièrement dédié à l'iboga et au culte Bwiti : www.iboga.org. L'écrivain Vincent Ravalec, initié au culte Bwiti, a consacré un ouvrage sur ce sujet, *Le Culte de l'iboga*. Lire aussi son témoignage sous forme d'entretien avec Patrice

Van Eersel et Sylvain Michel dans la revue « Nouvelles Clés ». www.nouvellescles.com.

Ergot de seigle. Ce champignon parasite du blé a provoqué des épidémies d'hallucinations dans les campagnes au Moyen Age. Son rôle dans la découverte du LSD décrit dans le récit est en tout point conforme à la réalité.

Amanita muscaria. C'est le premier champignon hallucinogène de l'histoire de l'humanité utilisé par les chamans dans différentes cultures. Plusieurs ouvrages y ont été consacrés, dont le plus célèbre, *Soma, divine mushroom of immortality*, écrit par un chercheur, Robert Wasson, en 1968 (HS). Sa consommation est très dangereuse.

CIA. L'agence de renseignements américaine a effectivement financé des recherches sur les espèces hallucinogènes dont l'opération « Chair des dieux » au Mexique, les faits cités sont exacts. A lire : *Enquête sur les manipulations mentales, les méthodes de la CIA* de l'Américain Gordon Thomas (Albin Michel). Voir aussi *Trips*, cité plus haut.

Glossaire maçonnique

Agapes : repas pris en commun après la *tenue*.
Atelier : réunion de francs-maçons en *loge*.
Attouchements : signes de reconnaissance manuels, variables selon les grades.
Chaîne d'union : rituel de commémoration effectué par les maçons à la fin d'une *tenue*.
Colonnes : situées à l'entrée du *temple*. Elles portent le nom de Jakin et Boaz. Les colonnes symbolisent aussi les deux travées, du *Nord* et du *Midi*, où sont assis les frères pendant la *tenue*.

Compas : avec *l'équerre*, correspond aux deux outils fondamentaux des francs-maçons.

Constitutions : datant du XVIIIe siècle, elles sont le livre de référence des francs-maçons.

Cordon : écharpe décorée portée en sautoir lors des *tenues*.

Couvreur : officier qui garde la porte du *temple* pendant la *tenue*.

Debbhir : nom hébreu de l'*Orient* dans le *temple*.

Delta lumineux : triangle orné d'un œil qui surplombe l'*Orient*.

Droit humain : obédience maçonnique mixte. Environ 11 000 membres.

Equerre : voir *compas*.

Gants : toujours blancs et obligatoires en *tenue*.

Grades : au nombre de trois : Apprenti. Compagnon. Maître.

Grande Loge de France : obédience maçonnique d'inspiration spiritualiste. Environ 27 000 membres.

Grande Loge féminine de France : obédience maçonnique féminine. Environ 11 000 membres.

Grande Loge nationale française : seule obédience maçonnique reconnue par la maçonnerie anglo-saxonne. Environ 33 000 membres.

Grand Orient de France : première obédience maçonnique, adogmatique. Environ 46 000 membres.

Grand Expert : officier qui procède au rituel d'initiation et de passage de grade.

Haut Grade : après le grade de maître, existent d'autres grades pratiqués dans les ateliers supérieurs, dits de perfection. Le rite écossais, par exemple, comporte 33 grades.

Hekkal : partie centrale du *Temple*.

Hiram : selon la légende, l'architecte qui a construit le Temple de Salomon. Assassiné par trois mauvais compagnons qui veulent lui arracher ses secrets pour devenir maîtres. Ancêtre mythique de tous les francs-maçons.

Loge : lieu de réunion et de travail des francs-maçons pendant une *tenue*.

Maître des cérémonies : officier qui dirige les déplacements rituéliques en loge.

Obédiences : fédérations de loges. Les plus importantes, en France, sont le GODF, la GLF, la GLNF, la GLFF et le Droit humain.

Occident : *Ouest* de la *loge* où officient *le premier* et *le second surveillant* ainsi que le *couvreur*.

Officiers : maçons élus par les frères pour diriger l'*atelier*.

Orateur : un des deux officiers placés à l'*Orient*.

Ordre : signe symbolique d'appartenance à la maçonnerie qui ponctue le rituel d'une *tenue*.

Orient : *Est* de la *loge*. Lieu symbolique où officient le *Vénérable*, l'*Orateur* et le *Secrétaire*.

Oulam : nom hébreu du *parvis*.

Parvis : lieu de réunion à l'entrée du *temple*.

Pavé mosaïque : rectangle en forme de damier placé au centre de la *loge*.

Planche : conférence présentée rituellement en *loge*.

Rite : rituel qui régit les travaux en *loge*. Les deux plus pratiqués sont le rite français et le rite écossais.

Salle humide : lieu séparé du *temple* où se passent les *agapes*.

Secrétaire : il consigne les événements de la *tenue* sur un *tracé*.

Surveillants : premier et second. Ils siègent à l'*Occident*. Chacun d'eux dirige une *colonne*, c'est-à-dire un groupe de maçons durant les travaux de l'*atelier*.

Tablier : porté autour de la taille. Il varie selon les *grades*.

Tenue : réunion de l'atelier dans une *loge*.

Temple : nom de la *loge* lors d'une *tenue*.

Tracé : compte rendu écrit d'une *tenue* par le *secrétaire*.

Vénérable : maître maçon élu par ses pairs pour diriger l'*atelier*. Il est placé à l'*Orient*.

Voûte étoilée : plafond symbolique de la *loge*.

TABLE DES MATIÈRES

OULAM 9

BOAZ 37

JAKIN 125

HEKKAL 219

DEBBHIR 337

EPILOGUE 479

ANNEXES 491
  Les archives maçonniques 491
  Vichy et les persécutions contre la maçonnerie . . 491
  La maçonnerie sur Internet 494
  Revues 494
  Livres 494
  La société Thulé Gesellschaft et l'Ahnenerbe . 495
  La chapelle de Plaincourault 496
  Les plantes hallucinogènes 497
  Glossaire maçonnique 498

Après *Le rituel de l'ombre*, découvrez la face cachée de Casanova...

Conjuration Casanova
d'**Eric Giacometti** & **Jacques Ravenne**
vient de paraître aux Éditions Fleuve Noir
(456 p., env. 18 euros).

ERIC GIACOMETTI
et
JACQUES RAVENNE

CONJURATION CASANOVA

Fleuve Noir

PROLOGUE

Sicile,
Abbaye de Thélème,
15 mars 2006

Thomas lui glissa le petit mot juste avant de passer à table. Sa main s'attarda quelques secondes dans la sienne, le temps d'éprouver ce petit pincement au cœur. Un sourire furtif, un regard dérobé et il s'éloigna. Elle le vit rejoindre, à pas rapides, le groupe qui s'attablait dans la salle d'honneur de l'Abbaye.

Anaïs déplia le bout de papier froissé.

Je t'aime. Nous partons ensemble.

Elle resta figée. Ce foutu Irlandais s'était jeté à l'eau. Jamais elle n'avait éprouvé cette sensation bizarre, même pendant son adolescence, alanguie devant son journal intime à rêver sur ses flirts.

Elle se sentit stupide. Stupide mais heureuse. L'Irlandais avait donc craqué. Anaïs plia le papier et le glissa dans son sac.

Moi aussi, je t'aime, Thomas.

Elle n'avait qu'une envie, le rejoindre, mais il avait

déjà décampé. Il connaissait son impatience et savait en jouer. Il faudrait attendre la fin du repas pour qu'il le lui répète en tête à tête. Elle sourit. Thomas avait gagné la deuxième manche amoureuse, avec une pointe de sadisme. Elle se vengerait après le dîner, à sa manière.

Anaïs passa devant un grand miroir mural et aima ce qu'elle vit. Comme tous les convives, elle portait un loup, choisi de couleur jade sombre, qui rehaussait le vert de ses yeux. La robe de soie blanche, haute couture, lui allait à la perfection, le visage maquillé avec grâce rehaussait son teint pâle et ses longs cheveux noirs.

Pas mal du tout.

Anaïs se trouvait belle. Un plaisir qu'elle croyait disparu.

Depuis combien de temps ce n'était pas arrivé ? Tu t'en souviens ?

Des années. La jeune femme sophistiquée qui la contemplait dans le miroir n'avait plus grand-chose en commun avec l'ancienne Anaïs.

Grâce à lui. Thomas.

Le seul fait de prononcer intérieurement son nom la rendait euphorique.

Ça recommence, au secours, je vire bécasse.

Elle ne regrettait pas son séjour à l'Abbaye, une véritable renaissance dans sa vie terne et insipide. Et puis ce soir, à l'issue du vingtième jour, ils seraient unis lors de la grande fête de résurrection des forces de la nature.

Le tintement d'une cloche retentit sur les hauts murs blanchis à la chaux, signal de l'invitation au dîner. Les convives prirent place dans un brouhaha joyeux alors que deux domestiques en livrée apportaient les entrées et servaient du vin à profusion.

Les masques cachaient en partie leurs visages mais ils se reconnaissaient tous à leurs voix. Anaïs s'assit juste sous une gravure encadrée. Un portrait d'époque de Casanova.

À l'autre bout de la table, Thomas, qui portait sur le visage un demi-masque vénitien blanc, la fixait en esquissant une moue malicieuse.

Elle inclina légèrement la tête dans sa direction et lui offrit un sourire distant.

Attends qu'on soit seuls, Thomas...

Des centaines de bougies illuminaient la salle et faisaient rougeoyer l'inscription gravée en lettres d'argent sur le mur au-dessus de la cheminée monumentale de pierre.

Fays ce que voudras.

La devise de l'Abbaye.

Abbaye. Un mot incongru, du moins si l'on se référait à son acception chrétienne. Si, ici, on élevait l'esprit, on ne pratiquait nulle privation du corps. Bien au contraire, l'enseignement reposait sur l'exaltation de tous les sens, sans exception. Les dix hommes et femmes réunis en ce lieu perdu de la Sicile n'avaient pas trop de vingt-quatre heures par jour pour mettre en pratique ce qu'ils apprenaient.

Les conversations se turent brusquement. Le maître de l'Abbaye descendait lentement l'escalier de marbre en laissant glisser sa main sur la rampe ciselée. Les convives le regardaient, fascinés par son allure élégante et sa démarche lente. Presque théâtrale, mais dans ce décor envoûtant rien ne paraissait extravagant. Vêtu d'un complet sombre du XIXe siècle et d'une chemise blanche à jabot de dentelle, il portait sur le visage un loup noir, sobre, mince, qui étirait ses yeux.

Sa voix au timbre clair retentit en écho.

— Mes chers amis, je suis si content de partager ce dîner avec vous. Le dernier, hélas, avant votre départ.

Personne ne parlait, tous semblaient sous l'emprise de

cet homme, Dionysos, comme il se faisait appeler, qui s'avançait vers eux.

La voix se fit plus chaleureuse.

— Allons, ne soyez pas figés de la sorte. Que ce repas inaugure une nuit de plaisir et de joie ! Et que le feu de l'amour vous emporte !

Il s'assit sur le dernier siège inoccupé.

— Portons un toast à nos deux maîtres.

L'homme éleva son verre à la hauteur de ses yeux et, le regard lointain, prononça d'une voix forte :

— À l'amour et au plaisir, que vous portez en chacun de vous.

— À l'amour et au plaisir, répondirent en chœur les convives.

Dionysos but longuement le vin, reposa le verre sur la nappe immaculée et tapa du plat de sa main sur la table.

— J'ai faim.

Des rires éclatèrent et le repas commença. Tous plaisantaient en observant à la dérobée leurs amants et maîtresses, si beaux, si sûrs d'eux. Anaïs discutait avec son voisin de table, lui aussi tombé sous le charme d'une des invitées de l'Abbaye. Elle avala une queue de langoustine poêlée avant de reprendre la parole :

— Je n'arrive pas à comprendre pourquoi je ne l'ai pas remarqué à mon arrivée à l'Abbaye. Normalement, j'aurais dû craquer pour un homme un peu androgyne et voilà que je tombe amoureuse d'un Irlandais à l'allure de joueur de rugby.

Son voisin sourit.

— C'est pareil pour moi. Je suis fou d'une femme aux antipodes de mes goûts habituels, je remercie les dieux qu'elle soit venue au séminaire. Qu'avez-vous prévu tous les deux ?

Tout en mangeant, Anaïs adressa un autre signe de tête à son amant, puis murmura à voix basse :

— Thomas et moi partons ensemble demain.

— Et après ?

— On ne se quittera plus. Il vivra avec moi à Paris. Il est financier, ça ne lui pose aucun souci de travailler en France. Et on veut déjà des enfants, vite. Et toi ?

— J'ai pris la décision de quitter ma femme, j'entame une procédure de divorce à mon retour et je change de vie. Je nage dans le bonheur. J'ai la tête qui tourne…

— Le miracle de l'Abbaye.

Elle n'entendait même plus ses propres paroles, son regard avait croisé celui de son amant et elle se sentait basculer à nouveau. Mais cette fois, ce n'était pas sous l'influence de la passion.

Sa tête tournait.

Elle remarqua que Dionysos s'était levé. Il observait les convives en silence. Un mince sourire flottait sur son fin visage.

Anaïs reposa ses couverts sur la nappe et se prit la tête entre les mains.

Les murs dansaient devant elle. Elle avait dû abuser du vin. Elle se tourna vers son voisin de table et s'aperçut qu'il s'était affaissé sur son siège. Elle voulut se lever, mais ses membres étaient comme engourdis, incapables de se mouvoir.

Ils sont tous en train de dormir.

Anaïs chercha désespérément son amant, mais lui aussi s'était assoupi.

Où es-tu, Thomas ?

Avant de perdre connaissance, elle eut juste le temps de croiser le regard de Casanova, dont les yeux noirs semblaient la transpercer.

Un silence profond s'était abattu sur la grande salle.

L'homme au complet sombre croisa les bras. Il

contempla longuement les dix hommes et femmes inconscients affalés sur leurs fauteuils. Sa voix sortait de sa gorge, comme une plainte profonde.

— Vous êtes si beaux. Si purs…

Comme par enchantement, quatre domestiques surgirent du néant avec sous leurs bras des brancards. Ils se placèrent autour de Dionysos, contemplant les corps comme si la scène était tout à fait naturelle.

— Vous savez ce qu'il vous reste à faire. Le poison a été dosé à merveille, ils se sont tous endormis à jamais, mais la nuit sera courte.

Sans un mot, les quatre hommes s'approchèrent des corps qu'ils commencèrent à étendre sur les civières.

Dans des temps plus rudes, la crique étroitement encaissée servait de refuge aux pirates barbaresques qui revenaient de rapines et de pillages sur les côtes plus à l'est, vers Palerme. Désormais, elle constituait une retraite idéale pour les invités de l'Abbaye de Thélème qui avait acquis un large domaine entourant les bâtiments rénovés. Les rochers formaient comme une gangue protectrice autour de la petite plage de sable, assurant une tranquillité parfaite aux habitués des lieux.

Par-delà les massifs touffus, on apercevait le gigantesque roc sombre, la Rocca, qui dominait la station balnéaire de Cefalù, tel un seigneur immémorial.

Le ressac de la mer était masqué en partie par les crépitements des feux qui gémissaient dans le ciel étoilé, au centre exact de la crique.

Les flammes s'élevèrent dans la nuit noire.

Hautes, puissantes, majestueuses.

Elles se nourrissaient de la chair des dix hommes et femmes enlacés, couple par couple, autour des cinq piliers de bois. Les corps des amants avaient été soigneusement préparés par les domestiques avant d'être enchaînés sur les bûchers montés pour la cérémonie. Ces hommes et ces femmes qui s'étaient prélassés en riant sur la plage l'après-midi même, sous un soleil bienveillant, n'étaient plus que des pantins sans vie.

Le feu devenait plus intense. Les amants dormaient de leur dernier sommeil pendant que les flammes commençaient à lécher leurs vêtements.

Dionysos s'était assis sur une chaise de bois face aux cinq bûchers et avait exigé de rester seul pendant la combustion sacrificielle. À ses côtés, une bouteille de champagne millésimé et une coupe posées sur une petite table.

Sa voix s'éleva dans la nuit.

— L'amour que je vous ai fait connaître sera le gage de votre passage dans l'autre monde. Vous ne souffrez pas, vous serez ensemble pour les siècles des siècles.

Anaïs rêvait. Son amant la serrait dans ses bras protecteurs et ils se fondaient dans l'éternité. Elle sentait ses bras puissants l'enlacer, à jamais. Un tunnel blanc s'ouvrait devant eux. Il lui souriait, elle était ivre de bonheur et saurait le rendre heureux.

Mais le tunnel changea de couleur, se fondit dans un rouge intense, quelque chose n'allait pas. Le visage de son amant se décomposait, ses cheveux tombaient, sa peau fumait…

Elle hurla.

Le maître tourna son regard vers la droite et aperçut l'un des corps se tortiller sur l'un des cinq bûchers. Le hurlement de la fille le ravit.

Pauvre sœur, pourtant ta mission de purification ne fait que commencer. Il prit un pistolet dans sa poche et visa la jeune femme qui tentait désespérément d'échapper à son supplice.

Dionysos tira.

Satisfait, il porta une rose à son nez pour masquer l'odeur pestilentielle de chair brûlée qui montait dans la nuit.

Il se versa une coupe de champagne, puis la leva face aux flammes démesurées. Ses yeux brillaient sous la lumière incandescente qui illuminait la plage déserte.

Bienheureux Casanova... ils sont immortels.

1

*Paris,
Palais-Royal,
mars 2006*

La première chose qu'il découvrit quand il émergea de sa torpeur fut ce regard perçant et pourtant si familier. Deux petits yeux noirs, ourlés de fins sourcils. Dans son cadre de bois doré, le faune joufflu le contemplait avec ironie. Rien de nouveau, le faune ne l'avait jamais aimé. Il s'en était aperçu juste après avoir signé le chèque d'acquisition, il y a deux ans, quand l'antiquaire avait emballé le tableau. Le petit être mythologique lui avait jeté son premier regard cruel, comme pour lui dire : *« Maintenant que je suis à toi, on va bien rire ensemble, surtout moi. »*

C'était une toile d'un petit maître du XVIIIe perdue dans l'arrière-salle d'un antiquaire parisien à la réputation élimée. La peinture, de facture imprécise, représentait une scène banalement champêtre, si ce n'était la présence de deux nymphes dévêtues, extasiées devant un curieux personnage mi-satyre, mi-faune. Au premier regard il avait souri avec mépris, la composition semblait d'un conventionnel absolu, pourtant en s'approchant de la toile il fut surpris par la finesse des expressions sur chacun des trois visages. Les deux femmes semblaient plongées dans une transe qu'il ne parvenait pas à s'expliquer. Le petit personnage central semblait les tenir dans un état extatique sans raison apparente, uniquement par sa seule présence, pour le moins ridicule. Subitement il avait été presque jaloux de cette simple créature qui parvenait à procurer tant de bonheur à ces femmes.

Il avait acheté la toile par curiosité et depuis elle trônait sur le mur de sa chambre, face à son lit. Cela l'excitait presque de faire l'amour sous les yeux de ce faune antipathique.

Sa tête tournait. Il détacha son regard du tableau et se blottit au creux des draps bleutés. Il sentit le corps de sa maîtresse à ses côtés. Sa maîtresse… Un terme vulgaire pour désigner celle dont il était follement épris, devenu malade de possessivité, ne pouvant se permettre, ne fût-ce qu'un seul jour, de ne pas la voir. Même quand son agenda noircissait sous les rendez-vous.

Il posa sa main sur ses cheveux et caressa une boucle noire et soyeuse. Elle lui apprenait tant sur la vie. Et sur lui. Il attendait, fébrile, le jour où son divorce serait prononcé pour vivre enfin, en osmose totale, avec celle qui partageait déjà toutes ses folies. Même les plus intimes. Pour la première fois de sa vie, il était tombé amoureux. D'un amour total, sans réserve, cultivant l'abandon comme un cadeau divin.

Le mal de tête le reprit brutalement. Il réalisa soudain que les rayons du soleil étaient trop vifs pour un matin et se souvint pourtant qu'il avait assisté à une réunion du conseil quelques heures auparavant… ou alors la veille. Il ne savait plus.

Il se tourna sur le lit avec irritation, son esprit ne

parvenait pas à trier les informations éparses qui se bousculaient dans son cerveau. Il mit la main sur la pendule électronique posée sur le chevet. 15 h 45. Impossible, il aurait dû se trouver à son bureau.

Il tira le haut des draps, dénudant le dos de sa compagne, et sourit en observant les lignes harmonieuses qui épousaient les replis sinueux du lit. Plus qu'un mois avant le jugement de son divorce et il n'aurait plus à se cacher, du moins devant les médias. Ils seraient libres de vivre ensemble, un luxe qu'ils ne s'étaient jamais permis depuis son départ du domicile conjugal trois mois auparavant, abandonnant une femme ravie et deux grands adolescents indifférents à son absence.

Gabrielle avait surgi dans sa vie à l'improviste et ne l'avait plus quitté. La tendresse instantanée, la complicité totale, une jeunesse renouvelée : tout venait d'elle. Il en était devenu fou au point de ne plus sentir le poids de la soixantaine qui approchait inexorablement.

Gabrielle, d'une beauté plus classique que flamboyante, possédait quelque chose d'indéfinissable qui faisait défaut aux jeunes maîtresses dont il avait coutume d'user et d'abuser jusqu'alors.

Au moment où il décidait de se lever, une décharge électrique irradia son cerveau. L'intensité de la douleur le fit basculer en arrière, sa tête retomba sur le coussin. Il n'avait jamais eu de migraine de ce genre.

Calme-toi, ça va passer, tout va rentrer dans l'ordre.
Il devait assister à une réunion importante en fin d'après-midi et sentait l'agacement monter en lui.

Qu'est-ce qui se passe ?

Il regarda le mur en face du lit. Le faune semblait se moquer de lui avec plus d'insolence.

Quelque chose clochait.

Le tableau se trouvait à deux mètres du lit et les traits

du visage du petit personnage ressortaient avec une netteté absolue.

Je le vois sans mes lunettes. C'est pas possible!

Ses battements de cœur résonnaient dans sa poitrine.

Ou alors… Il resta tétanisé. L'absence de mémoire immédiate, l'amélioration soudaine de sa myopie, les pointes de migraine… Tous ces symptômes étranges ressentis au réveil découlaient d'une source commune si profonde qu'il en fut transporté de plaisir.

On a…

Il fallait qu'il prenne des notes précises quand il parviendrait à se lever. Sa joie fut de courte durée, une nouvelle attaque de migraine lui traversa l'encéphale.

Il resta figé sur le matelas, attendant que la douleur s'estompe. Il fallait recouvrer ses esprits, se lever et prendre un cachet d'aspirine.

Tout d'un coup, la chambre disparut de son champ de vision. Des images surgirent dans son esprit.

Gabrielle, vêtue de son tailleur noir, avançait à sa rencontre sur le pont des Arts. La scène était incroyablement réelle, il pouvait distinguer nettement la broche de platine sur le revers de la veste. Elle souriait tant qu'il en eut le souffle coupé. Sa vue se brouilla et tout changea. Gabrielle à nouveau, lui montrant du doigt un tableau de Moreau au musée d'Orsay, il entendait même les commentaires de deux touristes allemands à ses côtés. Une autre vision surgit. Gabrielle penchée sur lui avec en arrière-plan la fresque du plafond de son bureau, le plaquant contre le parquet, l'odeur de cire fraîche montant discrètement des lattes de noyer. Ses yeux d'un noir profond le transperçaient. Cet instant lui était si familier : la première fois qu'ils avaient fait l'amour après des semaines d'attente et de séduction.

Une étreinte forte et grisante, dans son bureau, alors que la grande pièce attenante de réception bruissait des voix d'une centaine d'invités. Lui, l'hôte tout-puissant de la soirée, s'était retrouvé maintenu au sol, chevauché par cette femme troublante et il avait ressenti une jouissance inconnue jusqu'alors. Le parfum chaud de la cire restait encore gravé dans sa mémoire olfactive au point que, parfois, seul dans son bureau, à l'abri des regards, il se penchait vers le parquet pour humer la même exhalaison. Un comportement fétichiste, mais si exaltant.

La douleur vrilla son cerveau et le décor changea à nouveau. Un cimetière devant une plage, Gabrielle pleurait devant une tombe, un poignard à la main. La scène lui était totalement inconnue.

Et elle lui faisait peur.

Le kaléidoscope submergeait sa raison, il lutta pour ne pas sombrer dans ce flot incontrôlé de visions déconcertantes.

Arrêtez ça.

Il cria. Gabrielle lui lança un regard irrité et disparut.

Sa chambre et le faune réapparurent comme par enchantement. À son grand soulagement, signe tangible qu'il reprenait pied dans la réalité. Il fallait se lever tout de suite pour annuler sa réunion ou alors envoyer un adjoint, et demander une consultation d'urgence à l'hôpital du Val-de-Grâce pour consulter un spécialiste. Il se voyait mal assurer ses réunions s'il basculait à tout instant dans un univers parallèle.

Des coups retentirent à l'entrée de la vaste chambre.

— Tout va bien, monsieur ? lança une voix masculine, derrière la porte.

Il reconnut son assistant qui avait coutume de se tenir à distance, tout en assurant une garde vigilante vis-à-vis du monde extérieur, l'isolant des importuns quand il voulait rester seul ou passer un moment en compagnie de Gabrielle.

— Oui… Annule le prochain rendez-vous et demande au chauffeur de se tenir prêt dans vingt minutes.

— Vous êtes sûr que ça va ? J'ai entendu un cri…

— Oui, j'ai fait un mauvais rêve. Prépare-nous deux cafés bien serrés.

— Bien, monsieur.

Discret et efficace, l'assistant ne discutait jamais les ordres. Dix ans de services, c'était presque un record, à condition de savoir obéir sans poser de questions.

Le ministre posa sa main sur l'épaule de Gabrielle et la secoua avec douceur. Sa peau était froide.

— Réveille-toi, mon amour. J'ai du travail.

Il se surprit à avoir une pensée érotique fugace en sentant son parfum ambré. Mais ce n'était pas le moment, il devait…

Une autre vision surgit.

Ça recommence.

Ils étaient face à face, assis sur le lit, nus, et chacun portait sa main sur la gorge de l'autre. Le doigt de Gabrielle descendait lentement vers son bas-ventre ; lui, remontait à la même allure lente, mais vers le haut, en direction de la gorge. Son désir l'embrasait. Il voulait la posséder mais c'était trop tôt, beaucoup trop tôt.

La vision disparut brutalement. Il sentait qu'il allait perdre la raison s'il continuait à se laisser envahir par ces flux visuels anarchiques. Il déglutit et se sentit faible comme un enfant. Lui qui passait son temps à tout contrôler se retrouvait incapable de maîtriser ses sens.

Je deviens fou.

Il avait besoin d'aide et regretta d'avoir ignoré l'appel de son assistant. Seule Gabrielle pouvait le sauver.

Elle refusait toujours de se lever. Il la secoua plus rudement. En vain. Elle devait jouer comme souvent au réveil à faire semblant de dormir. Parfois, il s'amusait à la pousser hors du lit. Même un homme de son âge aimait se comporter comme un enfant à l'occasion. C'était aussi un autre cadeau de Gabrielle, lui permettre de redevenir ce qu'il avait toujours été avant que la vie ne l'endurcisse et le transforme en un adulte calculateur et dominateur.

La fragrance douce persistait autour de Gabrielle.

Il n'avait plus le temps de jouer. Il la prit par la taille et les épaules et la retourna sur le lit. Cette fois elle ne pourrait pas résister.

— Allez, debout. Je ne me sens pas bien.

Au moment où elle basculait vers lui, une autre vision apparut. Le cauchemar recommençait, il s'agrippa frénétiquement au matelas pour ne pas perdre pied.

Non, pas ça!

Gabrielle lisait un livre relié de vieux cuir patiné et le regardait en souriant de façon énigmatique. Elle était assise dans une pièce sombre avec au mur le portrait d'un homme dont il n'arrivait pas à distinguer les traits. Deux colonnes de marbre l'entouraient. Cette fois, il eut la sensation d'être à la fois dans la vision et dans son lit, parfaitement conscient des deux univers. Gabrielle regardait en silence un dessin dans le grimoire dont il n'arrivait pas à distinguer les contours, si ce n'est qu'il ressemblait à une gravure alchimique, une sorte d'allégorie truffée de signes étranges. Au fond de la pièce il crut deviner une silhouette sombre, revêtue d'une capuche, qui contemplait Gabrielle.

La vision s'estompa. Il vit le visage de Gabrielle, sa tête posée sur l'oreiller. Ses cheveux de jais contrastaient avec la blancheur des draps.

Ses yeux étaient à moitié clos, elle arborait une expression de bonheur indicible.

Il la regarda plus intensément.

Un filet de sang coulait de la commissure de sa bouche, maculait son menton et sa gorge pâle.

Hébété, il secoua ce corps qui restait obstinément inerte sous ses mains tremblantes.

Soudain il comprit ce qui était arrivé et pourquoi ils étaient couchés sur ce lit à cette heure tardive de la journée. Il comprit aussi le sens des visions qui envahissaient son esprit. Ce fut son dernier instant de lucidité avant de basculer dans l'abîme. Il la prit dans ses bras, la soulevant sans effort, comme au ralenti. Sa main glissa sur le sang qui inondait la poitrine de sa maîtresse.

Il hurla. De désespoir.

Le cri retentit longuement jusqu'aux pièces attenantes, se répercutant comme en écho le long des murs plusieurs fois centenaires. Des coups sourds retentirent à la porte. La poignée s'enclenchait frénétiquement, quelqu'un tentait d'ouvrir la porte fermée à clé. La voix aigrelette de l'assistant trahissait une inquiétude fébrile.

— Que se passe-t-il ? Ouvrez la porte, ouvrez, monsieur le Ministre !

Les sanglots provenant du lit allaient crescendo. Une plainte lugubre qui glaça le sang de l'assistant. Jamais il n'avait entendu cet homme pleurer. C'était un homme fort, puissant, qui ne doutait jamais de lui.

L'assistant renonça à essayer d'ouvrir la porte par des moyens habituels et donna un coup d'épaule sur le chambranle qui céda sans résistance.

— Monsieur le Ministre, vous…

Sur le lit défait, le ministre de la Culture entièrement nu pleurait en berçant dans ses bras sa maîtresse sans vie. Il gémissait comme une bête battue. Au mur, le faune prenait comme un malin plaisir à observer la scène.

— Je l'ai tuée, je l'ai tuée.

Faites de nouvelles découvertes sur
www.pocket.fr

- Des 1ers chapitres à télécharger
- Les dernières parutions
- Toute l'actualité des auteurs
- Des jeux-concours

Il y a toujours
un **Pocket** à découvrir

Imprimé en France par

à La Flèche (Sarthe)
en avril 2010

POCKET – 12, avenue d'Italie - 75627 Paris cedex 13

N° d'impression : 57512
Dépôt légal : mai 2006
Suite du premier tirage : avril 2010
S15276/10